STEFAN NINK

Donnerstags im Fetten Hecht

Buch

»All das ist wirklich passiert.

Fast.

Es hätte zumindest so passieren können.

Vielleicht.«

Siebeneisens Leben in Oer-Erkenschwick ist ein langer, ruhiger Fluss. Bis zu jenem Tag, an dem sein Kumpel Schatten erfährt, dass er geerbt hat. Viel? Sehr viel. 50 Millionen. Euro.

Leider hat die Sache einen Haken: Es gibt sieben Miterben, die gefunden werden müssen, bevor das Geld ausgezahlt wird – und die in den entlegensten Regionen der Welt leben. Und natürlich wird Siebeneisen auserkoren, sie zu finden. Natürlich. Wer denn auch sonst.

Also macht er sich auf die Reise, obwohl er Schlimmes ahnt. Doch wenn man von einem guten Freund um einen kleinen Gefallen gebeten wird, willigt man natürlich ein – vor allem, wenn es um so viel Geld geht. Hätte man Siebeneisen allerdings gesagt, was da alles auf ihn zukommen würde, wäre er sicher daheim geblieben. Aber später weiß man eben immer alles besser …

Autor

Stefan Nink fliegt, fährt und läuft für Magazine, Radiostationen und Verlage über den Planeten. Seine Reportagen wurden vielfach ausgezeichnet und übersetzt. Er hat über dreißig Reisebücher veröffentlicht; in seinem Blog www.47tukane.de schreibt er über das, was ihm unterwegs sonst so auffällt. Wenn er zu Hause ist, steht er samstags bei Heimspielen von Mainz05 im P-Block.

Von Stefan Nink außerdem lieferbar:

Freitags in der Faulen Kobra (0171)
Sonntags im Maskierten Waschbär (2656)

Stefan Nink

Donnerstags im Fetten Hecht

Roman

blanvalet

Der Verlag weist ausdrücklich darauf hin, dass im Text enthaltene externe Links vom Verlag nur bis zum Zeitpunkt der Buchveröffentlichung eingesehen werden konnten. Auf spätere Veränderungen hat der Verlag keinerlei Einfluss. Eine Haftung des Verlags ist daher ausgeschlossen.

MIX
Papier aus verantwortungsvollen Quellen
FSC® C014496
FSC www.fsc.org

Verlagsgruppe Random House FSC® N001967

3. Auflage
Taschenbuchausgabe April 2014 bei Blanvalet Verlag,
einem Unternehmen der Verlagsgruppe
Random House GmbH, Neumarkter Str. 28, 81673 München

Umschlaggestaltung: www.buerosued.de
LH · Herstellung: sam
Druck und Einband: GGP Media GmbH, Pößneck
Printed in Germany
ISBN: 978-3-442-37865-4

www.blanvalet.de

»Peculiar travel suggestions are dancing lessons from God.«

(KURT VONNEGUT)

Der Arzt hielt die Feder noch einmal unter die Nasenlöcher und wartete. Nichts. Er schloss kurz die Augen, öffnete sie wieder und sah den Weisen O ein letztes Mal an. Der große Lehrer war nicht mehr unter ihnen. Er sah zu den Tempeldienern hinunter und schüttelte langsam den Kopf. Die Diener nickten. Gemeinsam schritten sie zur Tür, nacheinander traten sie ins Freie. Das Wehklagen, das kurz darauf auf dem Platz vor dem Heiligtum begann, drang wie dumpfes Geheul durch die Mauern.

Drinnen stieg der Arzt von dem Podest mit dem aufgebahrten Körper herunter. Als er sich unten den Staub von den Händen wischte, glaubte er, ein leises, erleichtertes Seufzen zu hören. Er schüttelte erneut den Kopf, dieses Mal über sich selbst. Dann verließ er den Tempel durch eine Hintertür. Zu Hause wartete seine Frau. Und das Okra-Curry, das es sonntags immer gab.

O

(QINGDAO, IM AUGUST.)

Aha, da kam die Nächste, Nummer 43. Siebeneisen las die Zahl auf dem kleinen Plastikschild, das sie vorne an ihre Uniform gesteckt hatte. Ihr Name stand in Chinesisch darunter, für alle, die es lesen konnten. Siebeneisen hatte selbst mit der Zahl seine Probleme. Natürlich wusste er nicht, was 43 auf Chinesisch hieß, und natürlich machte das die Konversation nicht wirklich einfacher.

»Fortythree?«

Nummer 43 lächelte und blieb an seinem Stuhl stehen. Siebeneisen wusste genau, dass dies nichts zu bedeuten hatte. Gelächelt wurde in diesem Land immer und überall. Zuerst lächeln sie, dachte er, und dann schicken sie dich geradewegs ins Verderben, weil sie die Frage überhaupt nicht verstanden haben. Auf diese Weise war er in den vergangenen Tagen bereits in einem Tanzkurs für Schwangere gelandet, im Büro der Städtischen Grünanlagenverwaltung und in etwas, das mit Sicherheit eine Fälscherwerkstatt für Mobiltelefone war – jedes Mal hatte er zuvor nach dem Weg zu seinem Hotel gefragt. Siebeneisen schaute in Nummer 43s Lächeln.

»May? I? Order? Something? To eat?« Er gab sich Mühe, jedes Wort mit einer kleinen Geste zu kombinieren.

Nummer 43 lächelte weiter. Siebeneisen glaubte allerdings, die Andeutung eines Nickens zu erkennen. Einen kurzen Moment lang verspürte er etwas in sich regen, keimen, wachsen, aber dann hatte er das zarte Pflänzchen Hoffnung auch schon mit dem Gartenspaten der Vernunft zerdeppert. Nichts verstand Nummer 43, kein Wort verstand sie. Sie lächelte bloß immerzu weiter. Aus reinem Trotz orderte er ein Wiener Schnitzel mit Pommes. Nummer 43 nickte eifrig und gab Silben von sich, die wie eine Bestätigung klangen. Sie notierte die Bestellung auf ihrem Block oder tat zumindest so, lächelte ihr schönstes Nummer-43-Lächeln und eilte davon. Siebeneisen war sich sicher, dass sie eine weitere Fuhre Bier holen ging. Nie hatte er sich auf seiner langen Reise derart unverstanden gefühlt, das stand fest. Möglicherweise war es sicherer, einfach nichts mehr zu sagen.

Sie saßen seit dem Morgen um diesen Tisch in der Halle des Bieres auf Qingdaos Oktoberfest. Im Grand Palace Hotel hatte man Siebeneisen geraten, ziemlich früh zum Festivalgelände zu fahren, um noch einen Sitzplatz zu bekommen, es werde sehr voll sein an diesem Sonntag. Und am Abend gebe es ja auch noch das Feuerwerk, das größte in China! In diesem Jahr, hatte ihm der Mann an der Rezeption erzählt, würde es sogar spektakulärer ausfallen als das berühmte Neujahrsfeuerwerk von Hongkong, auf keinen Fall dürfe er das verpassen. Also war Siebeneisen um halb sechs aufgestanden, hatte sich unter die Dusche gequält und anschließend hinunter in die Lobby des Grand Palace. Sein Fahrer wartete bereits. Er saß auf einem Sofa, kontrollierte gerade den Sitz seiner Manschettenknöpfe und war wie immer die Höflichkeit in Person. Als er Siebeneisen entdeckte, sprang er auf. Für einen Moment sah es aus, als wollte er salutieren. Stattdessen verbeugte er sich formvollendet.

»Guten Morgen! Möchten Sie für heute wirklich keinen Dolmetscher haben? Er könnte schnell hier sein.«

»Ach nein, lassen Sie es gut sein. Das wird auch ohne gehen. Kein Problem.« Siebeneisen sah, wie sich die Augenbrauen seines Fahrers für einen Moment nach oben wölbten, was er aber ignorierte. Dann gingen sie nach draußen, wo die Limousine wartete und die Hitze.

Der August ist ein Monat, in dem die Menschenrechtskommission der UN den Nordosten Chinas eigentlich sperren müsste. Schon frühmorgens pappt die Luft wie ein Prittstift; nachmittags hat sie sich dann derart verdichtet, dass sich die Welt nur noch mit halber Geschwindigkeit zu drehen scheint. Obwohl Qingdao am Meer liegt und die Werbebroschüren potenziellen Touristen in tollkühn konstruierten Sätzen »eine ewig lebenden Brise von Ozean frischer!« versprechen, herrschte an diesem Morgen absolute Windstille, und über der Stadt hing ein Geruch von faulendem Seetang. Vor allem aber war es heiß, furchtbar heiß. Wenn man die Straße hinuntersah, schien der Asphalt in der Luft zu wabern. Wie in Afrika, dachte Siebeneisen, als sie auf dem Parkplatz vor dem Oktoberfestgelände hielten. Bloß viel heißer.

Beim Verlassen der klimatisierten Limousine beschlug seine Brille. Innerhalb von zwei Sekunden war die Welt in Nebel gehüllt, und er stolperte mehr oder weniger orientierungslos in jene Richtung, in der eben noch der Eingang gewesen war – jetzt aber hockte dort ein haushoher aufblasbarer Tiger, mit dem er prompt kollidierte. Für einen kurzen Moment gab der gestreifte Gummibauch des Tieres nach, dann beulte er sich in seine ursprüngliche Form zurück, wobei es Siebeneisen beinahe von den Füßen riss. Er lugte über den Rand seiner Brille (eine Maßnahme, die wegen seiner minus acht Dioptrien die Lage nicht wirklich entscheidend verbesserte) und verbeugte sich vor den drei Familien, die ihn fotografieren wollten. Dann ging er rasch durch das Eingangstor, das sich etwa fünf Meter neben dem Tiger befand.

Obwohl es noch keine acht Uhr am Morgen war, schallte Siebeneisen bereits eine dissonante Version des Bayerischen Defiliermarschs entgegen. Hinter dem langsam lichter werdenden Nebel seiner Brille entdeckte er eine chinesische Blasmusikkapelle, komplett in Krachledernen und Filzhüten, angeführt von einem Mann, der sie mit einer Art Wanderstock dirigierte. Die Kapelle marschierte an fähnchenschwingenden Oktoberfestbesuchern vorbei geradewegs auf ihn zu. Siebeneisen hatte zwar noch immer Sichtprobleme, konnte aber erkennen, dass der Mann mit dem Wanderstock über das ganze Gesicht strahlte als er ihn entdeckte. Instinktiv wich er ein paar Schritte zurück und ging dann zügig nach rechts zwischen einigen Imbissbuden hindurch. Als er einen Blick über die Schulter warf, war ihm die Kapelle allerdings noch immer auf den Fersen. Sie spielte nun den Tölzer Schützenmarsch. Siebeneisen befiel leichte Panik. Er sah sich um. Gleich neben ihm befand sich der Eingang zu einer der Ausstellungshallen, die auf dem Festivalgelände aufgebaut worden waren. Siebeneisen konnte sich nicht vorstellen, was man in solchen Hallen auf einem Bierfest präsentierte, die Blasmusikkapelle würde ihm aber bestimmt nicht folgen, wenn er sich das schnell ansähe. Er öffnete die Tür zu einer Art Vorraum, zahlte drei Yuan Eintritt und bekam im Gegenzug einen roten Wintermantel ausgehändigt. Und eine Pelzmütze. Die Frau an der Kasse bedeutete ihm, den Mantel anzuziehen. Sie öffnete eine schwere Eisentür und schob ihn in die eigentliche Halle. Hinter ihm fiel die Tür ins Schloss.

Siebeneisen schaute in eine Welt aus Eis. Da standen Paläste und Tempel, Wachtürme, Gartenpavillons und Getreidespeicher, Pagoden, Brücken und Bauernhäuser, zusammengesetzt aus gewaltigen Eisquadern und anschließend ausgearbeitet bis ins kleinste Detail. Offenbar war den Künstlern die chinesische Welt aber nicht genug gewesen, sie hatten auch ein Colosseum aus Eis errichtet und den Berliner Reichstag und die Cheopspyramide, und weiter hinten stand tatsächlich der Eiffelturm. All das war wunderschön, bloß war es leider auch ziemlich kalt. Eiskalt, sozusagen. Das Leihmäntelchen war eher für eine chinesische Elfe geschneidert und passte vorne und hinten nicht; Siebeneisen vermutete, dass er darin aussah wie ein Gnom kurz vor einem Herzinfarkt. Die Pelzmütze hatte er an der Kasse liegen lassen, und der Eingang hinter ihm war – ja, doch: verschlossen. Siebeneisen hämmerte gegen die Tür. Er zitterte heftig. Nach seinem hektischen Spaziergang über das Gelände war er schweißnass, und hier drinnen war es kälter als in der Antarktis, und wenn er nicht bald rauskäme, würde sein durchgeschwitztes Hemd an ihm festfrieren. Er hämmerte erneut gegen die Tür. Die Tür blieb verschlossen. Siebeneisen machte sich auf die Suche nach einem Ausgang.

Dummerweise hatten die Architekten der Eiswelt ihre Attraktion als Labyrinth angelegt. Die nächsten Minuten rutschte und schlitterte Siebeneisen zwischen Tempeln, Burgen und Palästen hin und her, schaute über Mauerzinnen auf Akropolis und Freiheitsstatue und stolperte durch eine Großfamilie maßstabsgetreuer Kaiserpinguine. Er folgte einem Hinweisschild, das er nicht lesen konnte, gelangte auf diesem Weg aber nur in einen Garten mit geschnitzten Obstbäumen aus Eis. In einem Festungsturm entdeckte er große Stapel Raketen und Böller, wohl für das geplante Feuerwerk am Abend, aber leider keine Tür zur Außenwelt. Obwohl er in Bewegung blieb, wurde ihm immer kälter, und als er sich durch die Haare fahren wollte, waren da keine Haare mehr auf seinem Kopf, sondern nur vereiste Zipfel. Siebeneisen fluchte. Er verfluchte die Erbauer der Eiswelt, er verfluchte dieses Oktoberfest, vor allem aber verfluchte er sich selbst: Wie konnte er nur so dumm sein und einfach in diese Halle hineinlaufen! Nach allem, was schon passiert war auf dieser Reise! Er stapfte weiter, über den Platz des Himmlischen Friedens und an einem Teilstück der Chinesischen Mauer vorbei. Den Ausgang sah er dann endlich auf der anderen Seite eines zugefrorenen Seerosenteiches, über den eine filigran geschwungene Brücke führte. Schlotternd lief er hinaus ins Freie.

Durch die schon wieder beschlagenen Gläser seiner Brille nahm Siebeneisen ein pompöses Gebäude direkt vor ihm wahr, das aussah wie ein schlecht designtes Ufo. Aus seinem Innern drang eine malmende Geräuschkulisse. Das musste die Halle des Bieres sein, dachte er. Und die Halle des Bieres, das hatten sie ihm im Hotel erzählt, war das Zentrum des Oktoberfestes von Qingdao. Der Ort, an dem er die Person finden würde, nach der er suchte.

Also war er hineingegangen in dieses Monstrum kommunistischer Architekturkunst, in dem mindestens 5 000 Chinesen dabei waren, sich die Kante zu geben. Hatte sich am ersten Tisch vorbeimogeln können und am zweiten ebenfalls noch, aber nach dreißig oder vierzig Metern zerrten und zogen so viele Menschen an ihm, dass er sich auf einen freien Plastikstuhl fallen ließ. Siebeneisen musste sich gar nicht vergewissern – er wusste auch so, dass er der einzige Nicht-Chinese in der Halle des Bieres war. Qingdao lag fernab jeglichen touristischen Interesses, hier fuhr niemand hin, daran änderten auch die »Ozean frischer!«-Broschüren nichts. Und wenn doch, besuchte niemand in aller Herrgottsfrühe ein Bierfest. Nein, Siebeneisen war allein und obendrein aus Deutschland, ein Abgesandter jener Nation, die hier in Qingdao das Bierbrauen eingeführt hatte. Anders gesagt: Er war ein gefundenes Fressen für jeden trinkseligen Besucher.

Das alles war jetzt sechs Stunden her. Oder auch acht. Siebeneisen konnte sich nicht daran erinnern, an irgendeinem anderen Ort auf seiner langen Reise jemals so sprachlos gewesen zu sein. Niemand verstand ihn, und er verstand ebenfalls niemanden. Er hatte schon vor geraumer Zeit aufgehört, mit anderen Besuchern reden zu wollen – er wollte nur noch, dass der Mann, auf den er wartete, endlich kam. Bislang allerdings waren ausschließlich Trachtenkapellen aufgetaucht. Sie hatten auf der Bühne in der Mitte des Ufos alles intoniert, was die bayerische, steirische und böhmische Musikgeschichte an Schenkelklopfern und Gassenhauern hergab, und Siebeneisen war sich sicher, auch eine pentatonisch angehauchte Version von »Fest soll mein Taufbund immer stehen« erkannt zu haben, aber was wusste er denn schon. Außerdem war er mit Lobpreisen beschäftigt.

»Yüllgengloohb!«, rief jetzt einer weiter links am Tisch, *»Yüllgengloohb!!«*

Siebeneisen hob einen der 134 vollen, halb vollen und halb leeren Plastikbecher vom Tisch und erwiderte den Trinkspruch.

»Yüllgengloohb! Good! Very good!« Er kippte die laue Plörre hinunter.

Natürlich wusste er inzwischen, auf wessen Wohl er da eben getrunken hatte. Im Laufe des Nachmittages und mit zunehmendem Alkoholspiegel war es ihm gelungen, die Trinksprüche und Toasts seiner Gastgeber zu verstehen, und das ganz ohne Kenntnisse der Landessprache. Als das Drama sich entfaltet hatte, war das noch unmöglich gewesen, genauso gut hätte er altbabylonische Erntedankgesänge dechiffrieren können, aber jetzt wusste er, dass es sich bei *Yüllgengloohb!* um Deutschlands berühmtesten Fußballtrainer handelte. Zuvor hatte er schon auf das ewige Wohl von Menschen wie *Pudolllskyh* und *Meeemuttözzil* angestoßen, *Swoinnstoigggl* hatte er mehrmals rühmen müssen, und es musste gegen Mittag gewesen sein, als er begonnen hatte, nicht nur die Bundesliga, sondern auch und vor allem die Satellitenschüsselindustrie sowie sämtliche Fußballspartensender dieser Welt zur Hölle zu wünschen. Beziehungsweise in die Halle des Bieres, was so ziemlich das Gleiche sein musste.

Wie konnte man ein Oktoberfest überhaupt mitten im Hochsommer ausrichten? Draußen waren es 43 Grad, mindestens, und hier drinnen höchstens zwei weniger, und Siebeneisen hatte schon seit geraumer Zeit das Gefühl, er befinde sich im Zentrum eines Raum-Zeit-Vakuums, in dem die Minuten nicht verrinnen wollten und jede Veränderung der physischen Position unmöglich war. Er konnte nur auf seinem weißen Plastikstuhl sitzen und versuchen, den enormen Flüssigkeitsverlust auszugleichen, indem er auf jeden neuen Fußballspieler hocherfreut einen Becher Plörrebier Richtung Decke hob. Und anschließend auf einen Zug leerte.

Die Menschen um ihn herum waren nicht betrunken – sie waren sterngranatenvoll. Sie schrien durcheinander, sie spuckten sich beim Reden ins Gesicht, sie rülpsten und grölten immer neue Fußballernamen, und anschließend musste natürlich immer angestoßen werden. Mehrere Gäste waren über dem Tisch zusammengebrochen und schnarchten hemmungslos. Andere starrten teilnahmslos vor sich hin. Am Nachbartisch war es zu einer Prügelei gekommen, bei der sich die Trinker zuerst das Plörrebier ins Gesicht kippten und anschließend mit den weißen Plastikstühlen bearbeiteten, bis die Saal-Security sie nach draußen zerrte. Die Kapelle auf der Bühne spielte jetzt eine Version von »Hoch auf dem gelben Wagen«, die sich anhörte, als habe sich ein Free-Jazz-Bandleader sehr viel Mühe beim Bearbeiten des Originalarrangements gegeben. Siebeneisen rann der Schweiß über die Stirn. Die Männer an den Tischen um ihn herum hatten ihre T-Shirts und Unterhemden bis auf die Brust hinaufgerollt und kühlten sich die Bäuche mit Eiswürfeln, die sie bei Nummer 57 und Nummer 18 bestellten und die 57 und 18 bestimmt in der Eisstadt nebenan klauten. Die Frauen am Tisch lallten nur noch.

Siebeneisen war sich mittlerweile sicher, dass sein Mann nicht mehr auftauchen würde. Der Hinweis, ihn hier in Qingdao zu treffen, hatte vielversprechend geklungen, aber welcher Hinweis tat das nicht, wenn man ihn am Ende einer langen Reise erhielt und man eigentlich nur noch nach Hause wollte? Siebeneisen seufzte innerlich. Ihm war jetzt etwas übel. Als er sich aufrappelte, drehte sich das Bierzelt um ihn herum. In seinen Ohren summte es seltsam. Wahrscheinlich ein drohender Hörsturz, dachte Siebeneisen. Er knallte den halb leeren Becher zurück auf den Tisch, stützte sich kurz ab und schob mit dem Hintern seinen Plastikstuhl aus dem Weg. Beim Umdrehen stieß er mit Nummer 43 zusammen, die ihm gerade seine Bestellung bringen wollte, ein Tablett mit kleinen Knabbereien – gegrillte Skorpione, Schalen mit merkwürdigem Schleim und etwas, das nach frittierten Unken aussah. Siebeneisen stürzte Richtung Ausgang. Knallte gegen Tische, quetschte sich an Bedienungen vorbei, stapfte durch Berge aus Plastikbechern, kämpfte und drängelte und stieß sich durch die Halle. Als er die Hitze des Augusttages bereits spürte, ein fauchender Drachen, der darauf wartete, ihn zu verbrutzeln, spielte die Kapelle einen besonders lauten Tusch. Der Ansager sprach natürlich Chinesisch, oder besser: Er schrie Chinesisch. Deswegen merkte Siebeneisen erst im allerletzten Moment, weshalb sich die Stimme des Mannes da hinter ihm auf der Bühne fast überschlug. Er war einen Schritt vor dem Ausgang, als er den Namen O'Shady hörte.

1

(DONNERSTAGS IM FETTEN HECHT, OER-ERKENSCHWICK. ETWA EIN HALBES JAHR ZUVOR.)

Der Erdnusskrümel steckte oben links hinten zwischen den Zähnen, und er versuchte jetzt seit Minuten, ihn mit der Zunge herauszubekommen. Warum aß er dieses Zeugs auch ständig? Wollte er so fett wie Schatten werden? Wipperfürth machte das doch auch nicht. Wipperfürth knabberte überhaupt nichts an ihren Abenden, alles, was Walburga an Nüssen und Salzstangen und Chips von der Theke an ihren Tisch schleppte, schien für ihn nicht zu existieren. Stattdessen nippte er an seinem Bier, kniff die Augen zusammen, konzentrierte sich – und führte schon wieder mit 6:2. Nein: mit 7:2. Siebeneisen schnippte den Ball aus dem Netz. Den hätte er haben können. Den davor auch. Alle haltbar. Er durfte sich eben bloß nicht ständig von seinen Gedanken ablenken lassen. Konzentrieren. Hellwach sein. Seine Torwartknöpfe jene Zehntelsekunde schneller drücken, die nötig war, um den Ball abzuwehren. Und anschließend den eigenen Konter einnetzen. Wipperfürth notierte seinen Treffer auf der kleinen Kreidetafel an der Wand neben ihrem Spieltisch. Er verzog keine Miene. Siebeneisen vermutete, dass er noch nicht einmal innerlich jubilierte, das entsprach bestimmt nicht diesen Zen-Grundsätzen, von denen Wipperfürth andauernd schwadronierte. Vor drei oder vier Monaten hatte er bei einem ihrer Tipp-Kick-Abende offenbart, dass er jetzt Zen-Buddhist sei. Das heißt: eigentlich nicht erst jetzt, sondern schon immer und ewig, bloß habe er das eben erst erkannt. Wipperfürth hatte damals einen VHS-Kurs besucht, in dem er autogenes Training lernen sollte, aber offensichtlich war der Kursleiter ein wenig über sein Ziel hinausgeschossen. Und jetzt war Wipperfürth also Zen-Buddhist. An jenem Abend hatte er ihnen die Grundgesetze seines neuen Lebens dargelegt, und wenn Schatten ihn damals nicht zurückgehalten hätte, wäre Wipperfürth nach seiner zweiten Flasche Bier wahrscheinlich auf den Tipp-Kick-Tisch gestiegen, um ihnen die Kunst des yogischen Fliegens zu zeigen. So blieb es bei »Achte den Moment!«-Mahnungen und wirren Anekdoten über japanische Zen-Meister, die auf der Suche nach Vollendung 37 Jahre an einem Gartenbusch herumstutzten und all so was.

Siebeneisen hatte das Allermeiste von diesem furchtbaren Gefasel zum Glück augenblicklich wieder vergessen. Leider brachte Wipperfürth zu jedem ihrer Treffen neue Erkenntnisse aus der Welt der Shaolin, Samurai und wer weiß wem noch mit. Walburga hörte sich das Ganze jedes Mal mit stoischer Miene an, aber Walburga war Wirtin, bei solchen Leuten hinterlassen solche Schilderungen keine bleibenden Schäden. Siebeneisen aber machten diese angeblichen Fernostweisheiten nach zehn Stunden Redaktionsdienst nervös. Vor allem, wenn Wipperfürth sie vortrug, als seien sie ihm eben auf dem Weg in den Fetten Hecht zugeflogen, als hätten sie sich urplötzlich in der Luft vor ihm materialisiert, Om Mani Padme Om, hier ist deine tägliche Portion Weisheit, lieber Wipperfürth, greif zu. Siebeneisen krampfte es bei so etwas innerlich. Vor allem, wenn er sich tagsüber mit Anzeigenkunden und Pressemitteilungen herumgeschlagen und am späten Nachmittag noch in einer Kreistagssitzung gehockt hatte, um anschließend schnell 120 Zeilen über die Pläne zur »Schnakenbekämpfung in den Oer-Erkenschwicker-Auen« zu schreiben. Siebeneisen hoffte auf das VHS-

Programm für das kommende Semester. Er war sich sicher, dass sich dort verlockende Alternativangebote für Wipperfürth finden lassen würden, »Modellbaustrecken für Maisonettewohnungen« zum Beispiel oder »Mit dem Meerschwein auf Du und Du«. Alles war besser als dieser Zen-Tick. Alles. Selbst die gefalteten Papierbrontosaurier, die Wipperfürth letzten Winter aus seinem Origamikurs angeschleppt hatte.

8:2. Zum Glück gab es jetzt richtige Netze an den Tipp-Kick-Toren. Schatten hatte die organisiert. Früher, bei diesen Plastiktornetzen, wusste man nie, ob der Ball auch tatsächlich drin war, weil er bei festen Schüssen regelmäßig wieder rausflog aus dem Tor. Und natürlich hatte es jedes Mal Gezeter gegeben, war doch Latte, war doch gehalten, was hast du denn da gesehen, all so was, als ob Wembley 66 niemals enden würde. Seit es die richtigen Netze gab, passierte das nicht mehr: Der Ball blieb jetzt im Tor liegen. Und Siebeneisen konnte ihn anschließend wieder herausholen und ihn im Mittelkreis positionieren, so war das. Die ersten beiden Partien hatte er haushoch verloren. Die dritte würde er gleich verloren haben. Die zwei übrigen der maximal fünf Runden mussten sie dann nicht mehr spielen – der erste Euro war futsch. Und drei Punkte in der ewigen Zum-Fetten-Hecht-Tabelle auch. Siebeneisen hätte jetzt gerne eine Runde ausgesetzt und einen Schnaps getrunken, aber so lange Schatten nicht da war, musste er weitermachen: Wipperfürth musste beschäftigt werden. Sonst würde er wieder mit diesem Zen-Zeugs anfangen.

Sie spielten seit vier Jahren zusammen. Immer donnerstags im Fetten Hecht. Immer um acht. Anfangs hatten sie sich mittwochs getroffen, dann aber beschlossen, dass man an einem Wochentag, an dem es fast das ganze Jahr über Livefußball im Fernsehen gab, unmöglich Tischfußball spielen konnte. Also hatten sie den Donnerstag genommen, da kam außer ihnen eh niemand in den Fetten Hecht. Nicht, dass an den anderen Tagen mehr los gewesen wäre – ihr Treffpunkt war nicht gerade das, was man eine Oer-Erkenschwicker-Szenekneipe nennen würde. Im Branchenverzeichnis firmierte der Fette Hecht unter »Gaststätten«, war aber in dieser Rubrik mit Sicherheit nur gelistet, weil man ihn schließlich irgendwo unterbringen musste. Als Walburga die »Gaststätte« 1982 von ihrem Vater übernommen hatte, war seit bestimmt zwanzig Jahren nicht mehr renoviert worden, und Siebeneisen schätzte, dass Walburga seitdem penibel darauf geachtet hatte, den zeitlupenhaften Verfall des Etablissements bloß nicht aufzuhalten. Ein Foto der Gaststube mit ihrem Interieur hätte problemlos in einen Bildband *Erinnerungen an die DDR* gepasst. Es gab acht Tische, die auf pflegeleichten erdbraunen Bodenfliesen standen, eine so bizarre wie verspinnwebte Sammlung an Geweihen und ausgestopften Rebhühnern an den Wänden sowie eine Theke mit kopfüber hängenden Schnapsflaschen, aber ohne Zapfhähne – im Fetten Hecht wurde ausschließlich Flaschenbier getrunken. Eine Küche gab es übrigens auch nicht, die hatte Walburga vor Jahren geschlossen. Seitdem versorgte sie ihre Gäste mit Knabberzeugs. Auf Kosten des Hauses, die einzige Attraktion des Fetten Hechts. Neben dem Tipp-Kick-Tisch hinten in der Ecke.

Es stand 13:3 als Schatten endlich eintraf. Schatten war Ire und hieß eigentlich Seamus Brothaigh Donnchadh O'Shady, aber das war für den durchschnittlichen Oer-Erkenschwicker sprachlich nun wirklich nicht zu bewältigen. Deswegen nannte ihn jeder nur Schatten. Bis auf Schatten selbst, der sich natürlich weiterhin Seamus Brothaigh Donnchadh O'Shady nannte. Wipperfürth nickte ihm zur Begrüßung zenmäßig karg zu, bevor er den Ball mit der Emotionslosigkeit eines Kendo-Meisters an Siebeneisens Torhüter vorbei links oben in den Winkel zimmerte. Schatten war völlig außer Atem und schwitzte fürchterlich, kleine Rinnsale suchten sich aus den Haaren heraus eine passende Bahn über die Stirn. Die zweihundertfünfzig Meter von seiner Wohnung bis zum Fetten Hecht und vor allem die vier Treppenstufen hinauf zur Eingangstür setzten ihn immer kurzzeitig außer Gefecht, aber dieses Mal schien es schlimmer als sonst zu sein. Schatten sah aus, als sei er unterwegs wiederbelebt worden. Er japste kurz auf und ließ sich auf einen Stuhl fallen, der dabei verdächtig ächzte. Hinter ihrem Tresen zog Walburga die Stirn kraus. Siebeneisen steckte seinen fingergroßen Tipp-Kick-Spieler in die Hosentasche und warf Wipperfürth den gewonnenen Euro zu.

»Und? Wie war's in der Heimat? Hattest du 'ne schöne Beerdigung?«

In der Woche zuvor hatte Schatten erfahren, dass eine seiner Verwandten verstorben war, die seit prähistorischen Zeiten in einem alten Bauernhof irgendwo an der irischen Küste hauste. Seine Trauer hielt sich in Grenzen, die gute Frau war beinahe hundert geworden und genealogisch nur über äußerst verschlungene Pfade mit ihm verwandt. Gesehen hatte Schatten Großgroßtante Claire zuletzt in den Sechzigern, als er ungefähr fünf gewesen war. Aber, wie das bei Iren nun mal so ist, Familie ist Familie, da fuhr man zur Beerdigung. Und sei es nur, um die 78 Cousins und Cousinen wiederzusehen, die man ebenfalls nicht mehr getroffen hatte, seit man ungefähr fünf gewesen war. Also war Schatten vor drei Tagen nach Irland geflogen. Und so wie er heute aussah, war er vom Friedhof sofort in den Pub, aus dem Pub direkt in den Flieger und aus dem Flieger direkt hierhergekommen. Irgendwie waren die Iren zu beneiden, dachte Siebeneisen: Wenn es zu Ende ging, machten sie selbst aus Beerdigungen hochprozentige Spektakel. Er konnte sich gut vorstellen, wie diese Trauerfeier abgelaufen war, er sah sie gewissermaßen vor sich, die 78 Cousins und Cousinen, wie sie zuerst auf die Himmelfahrt der verstorbenen Tante angestoßen hatten und anschließend auf jeden einzelnen O'Shady bis zurück in die Zeit der großen Kartoffelmissernte. Mindestens.

»Es gibt News«, sagte Schatten unvermittelt.

Siebeneisen ließ den Gedanken an Cromwells randalierende Soldateska und klamme Katen voller ängstlich schreiender Gören irgendwo im Kleinhirn weitermäandern. Er sah Schatten an. Wipperfürth sah Schatten an. Schatten sah sie an.

»Ich habe geerbt.«

Es gibt Fragen, die nach bestimmten Sätzen auf der Hand liegen. Die obligatorisch sind, gewissermaßen fest verknüpft mit der Aussage vor ihnen. Erzählt jemand von einem Unfall, ist ein »Ist dir was passiert?« die einzig mögliche Replik. Auf die Mitteilung »Wir haben Nachwuchs« fragt man selbstverständlich, ob es sich um einen Jungen oder ein Mädchen handelt. Und wenn jemand sagt, er habe geerbt, dann fragt man ihn sofort, wie viel, etwas anderes geht da gar nicht. Es sei denn, der Erzähler sieht aus, als könne er jeden Moment kollabieren. So wie Schatten gerade. Selbst Wipperfürth erkannte, dass etwas nicht stimmte. Normalerweise hätte er in so einem Moment etwas wie »Irdisches Gut verbaut den Weg ins Nirwana« gesagt oder eine andere seiner Instant-Karma-Weisheiten abgerufen – stattdessen ging er zum Tresen, ließ sich von Walburga ein Glas Wasser geben und brachte es Schatten. Und Schatten trank und schnaufte und erzählte, wie er zum Testamentsvollstrecker gerufen worden war und wie der ihm eröffnet hatte, dass er, Seamus Brothaigh Donnchadh O'Shady, bedacht worden sei. Zusammen mit sieben anderen, deren Namen Schatten noch nie gehört hatte. Und von denen keiner auf der Beerdigung erschienen war.

»Eigentlich waren es ursprünglich sogar acht, aber einer ist vergangene Woche verstorben.«

»Um Himmels willen. Nicht, dass das in eurer Familie jetzt um sich greift. War der auch so alt wie deine Großgroßtante?« Siebeneisen zog sich einen Stuhl heran und setzte sich neben den immer noch schnaufenden Schatten.

»Keine Ahnung. Der lebte in Indien. War wohl so eine Art Guru.«

»Dann war er sehr alt.« Natürlich kannte Wipperfürth sich auch bei den Indern aus, nicht nur bei den Japanern. Er hielt sich die gefalteten Hände vor die Stirn, winkelte das rechte Bein an und legte die Sohle seines rechten Fußes an die Wade des linken Beines, wahrscheinlich eine Yogafigur.

»Ist doch auch völlig egal.« Siebeneisen wollte jegliche Diskussion über die Unterschiede zwischen japanischen und indischen Meistern beenden, noch bevor sie überhaupt begann. Er warf Wipperfürth einen bösen Blick zu. Wipperfürth entknotete sich.

»Großgroßtante Claire war eine Gerechtigkeitsfanatikerin.« Schatten ignorierte Wipperfürths Gymnastik komplett. Er trank einen winzigen Schluck Wasser. »Sie hat keinen von ihren Lieblings-Großgroßneffen und Lieblings-Großgroßnichten bevorzugen wollen. Deswegen wird das Erbe auch nur dann ausgezahlt, wenn wir alle acht zustimmen. Und alle gemeinsam zu ihrem Nachlassverwalter kommen. Nach Dublin.«

»Na ja, Dublin ist so weit weg ja nicht, das dürfte wohl nicht allzu schwierig werden«, meinte Siebeneisen. Wipperfürth nickte zenmäßig.

»Im Prinzip ja. Leider hat man von keinem meiner sieben Miterben eine Adresse oder eine Telefonnummer oder sonst irgendetwas. Niemand weiß, wo die sich aufhalten oder was sie machen. Ich bin sozusagen der Einzige, der zurzeit auffindbar ist. Deswegen soll ich jetzt die sieben anderen O'Shadys finden.

»Und wenn du das nicht kannst?«, fragte Wipperfürth.

»Oder nicht willst?«, fragte Siebeneisen.

»Wird Großgroßtante Claires Geld an eine Stiftung ausgezahlt. Irgendwas mit Gärten und Rosen.«

Schatten schwieg. Er sah alles andere als glücklich aus. Einen Dummen finden sie immer, dachte Siebeneisen. Er stellte sich Schatten vor, wie er in den kommenden Wochen und Monaten vor dem Laptop saß und Adressen googelte. Möglicherweise würde er auch die eine oder andere Reise unternehmen müssen, das würde ein völliges Fiasko werden. Schatten war grotesk übergewichtig, Siebeneisen vermutete, dass er so viel wog wie ein pubertierendes Nilpferdjunges. Den Trip nach Irland hatte er nur antreten können, weil Wipperfürth ihn quasi bis zur Gangway geschleppt hatte und ihn auf der anderen Seite des Fluges drei Dubliner Cousins in Empfang genommen hatten – allein hätte Schatten das gar nicht erst versuchen müssen. Selbst kleinste Aktivitäten führten bei ihm zu Schweißausbrüchen und Schnappatmung, und wenn er erst einmal zu schwitzen und zu keuchen begonnen hatte, löste das in seiner unmittelbaren Umgebung dementsprechende Reaktionen aus. Ein keuchender Schatten ließ Umstehende erstarren. Kichernde Jugendliche verstummten, Mütter zogen ihre Kinder zu sich heran, besorgte Männer sahen sich nach dem nächsten Defibrillator um. Siebeneisen versuchte, das Bild eines Rettungsarzteinsatzes am Frankfurter Flughafen zu verdrängen. Da kommt was auf den Armen zu, dachte er. Vor allem, weil es irische O'Shadys wahrscheinlich in ähnlicher Reichhaltigkeit gab wie deutsche Schmitzens und Müllers. Die allerdings waren in der Regel brav zu Hause auf ihrer Scholle geblieben, während die O'Shadys mit hoher Wahrscheinlichkeit in die Welt hinaus emigriert waren. Wie hieß es so schön? Wo immer man in der Welt ankommt, sind drei Menschentypen schon vor einem da:

chinesische Geschäftsleute, Jehovas Zeugen – und irische Auswanderer. Die Iren waren überall. Die O'Shadys also wahrscheinlich auch.

»Von Sheila O'Shady wusste der Nachlassverwalter immerhin, dass sie in Australien lebt.«

Schatten schien es langsam besser zu gehen. Er atmete nun halbwegs ruhig.

»Aha. Australien.« Siebeneisen kannte sich dort nicht aus, vermutete allerdings, dass einen eine solche Standortangabe im Falle des Falles nur sehr unwesentlich weiterbringen würde.

»Er hat herausgefunden, dass sie mit einem Boxzirkus im Outback unterwegs ist«, sagte Schatten, »die reisen von Ort zu Ort und treten am Wochenende gegen die Lokalmatadoren in einer Art Zirkuszelt an.«

Siebeneisen versuchte, sich Schattens Miterbin vorzustellen, wie sie in der australischen Pampa auf tätowierte Bauarbeiter eindrosch. War bestimmt ein liebreizendes Geschöpf.

»Sie boxt da natürlich nicht.« Schatten schien Siebeneisens Gedanken erraten zu haben. »Offenbar kümmert sie sich um die Würstchenbude. Hotdogs, Hamburger, Getränke, so was alles.«

Siebeneisen konnte nicht mehr anders, er musste das jetzt wissen.

»Sag mal, Schatten«, meinte er und versuchte, so nebensächlich wie möglich zu klingen, »lohnt sich das denn überhaupt? Dieser ganze Aufwand? Am Ende sind die in alle Welt zerstreut! Das könnte dann ziemlich teuer werden – dann müsstest du einige tausend Euro investieren, Flugtickets, Mietwagen, Hotels, Verpflegung, das alles würde eine ziemliche Stange Geld kosten.«

Schatten lächelte versonnen. Siebeneisen irritierte das. Wenn er jemanden kannte, den man als geizig bezeichnen konnte, dann war es Schatten.

»Die Spesen spielen keine Rolle. Absolut keine. Ich habe schon mit meiner Bank telefoniert. Ein Kredit ist kein Problem.«

Er trank einen Schluck Wasser, ganz wenig, ganz vorsichtig, als sei er kein nilpferdgroßes Wesen, sondern ein winziges Vögelchen mit Halsschmerzen. Sein Blick war seltsam leer als er Siebeneisen in die Augen sah.

»Es geht um 50 Millionen. Für jeden der acht Erben.«

2

Und so hatte es angefangen: mit diesen Sätzen und dieser Zahl. Später würde Siebeneisen oft an diesen Moment zurückdenken und sich an die Details zu erinnern versuchen, an die kleinen Rinnsale auf Schattens Stirn, an Wipperfürths Entrücktheit, daran, wie hell und fein sich das Zerschellen des Glases auf dem Fliesenboden angehört hatte, das Walburga aus ihrem Geschirrhandtuch gerutscht war.

Aber in diesem Moment, als Schatten die Erbsumme aussprach, da dachte Siebeneisen, er habe sich verhört oder Schatten sich versprochen oder im Universum der zwischenmenschlichen Wahrnehmungen sei sonst irgendein Mist passiert. Vielleicht hatten sie in Irland auch klammheimlich eine neue Währung eingeführt, zuzutrauen war denen so was ja. Aber dann brachte Walburga vier Schnäpse, und sie erhoben die Gläser und leerten sie, und Siebeneisen erkannte allmählich, dass er das gerade schon richtig verstanden hatte.

»50 Millionen.« Es war das erste Mal, nach langem Schweigen, dass Wipperfürth sich zu Wort meldete – offenbar gibt es Größenordnungen, bei denen auch Zen-Buddhisten in die normale Welt zurückkehren.

»50 Millionen«, sagte Schatten. »Für jeden«.

»Wo hat sie denn all das Geld her, deine Großgroßtante?« Siebeneisen wollte noch immer nicht wirklich glauben, was er da hörte.

»Lange Geschichte. Es gab wohl schon immer ein beträchtliches Vermögen in diesem Zweig der Familie, das von Generation zu Generation vererbt wurde. Tante Claire allerdings hat es vervielfacht.«

»Vervielfacht?«

»Ja. Die alte Dame hatte wohl ein gutes Händchen, was die Börse anging. Offensichtlich hat sie damals Mitte der Neunziger einen stattlichen Betrag in einige junge Internet-Start-ups gesteckt. Und ihre Aktien verkauft, kurz bevor die Dotcom-Blase platzte.«

»Willst du damit sagen, deine Großtante hat aus ihrem verfallenen Bauernhaus mit den Aktien irgendwelcher Silicon-Valley-Unternehmen spekuliert?«

»Das war wohl so. Und es hat sich offensichtlich gelohnt.«

»Kann man dann wohl sagen, wenn am Ende für jeden Erben 50 Millionen herausspringen«. Siebeneisen schüttelte den Kopf.

»Aber nur, wenn alle Erben gefunden werden. Bislang wissen wir nur von der Australierin. Von allen anderen haben wir lediglich die Namen. Den Rest werden wir recherchieren müssen.«

Wipperfürth nickte und schwieg, aber Siebeneisen war sich sicher, dass ihm das mehrmalige »Wir« gerade eben ebenso aufgefallen war wie ihm. Und als hätte Schatten seine Gedanken erraten, blickte der nun zu den ausgestopften Rebhühnern an der Wand und klang plötzlich so beiläufig wie möglich.

»Dass ich selbst das nicht bewältigen kann, liegt auf der Hand.«

Wie zur Unterstützung seiner Worte lief Schatten ein besonders prächtiger Sturzbach aus den Haaren. Das Japsen war wieder deutlich stärker geworden. Siebeneisen vermutete, dass er mit voller Absicht so schnaufte.

»Aber unter uns ist ja jemand, der über beträchtliche Reiseerfahrung verfügt und die Recherche außerdem zu seinem täglich Brot gemacht hat, wie man so schön sagt.«

Siebeneisen hatte es geahnt, nein: Er hatte es gewusst. In jenem Moment, als Schatten das erste Mal dieses verräterische kleine »Wir« benutzte, hatte er es gewusst, oh ja. Und ihm war klar, was jetzt gleich kommen würde. Reiseerfahrung! Er! Siebeneisen war bislang genau dreimal verreist. Das erste Mal vor ein paar Jahren, wegen einer Wette – da hatte er unvorsichtigerweise behauptet, aus tausend Euro in Las Vegas ein kleines Vermögen zu machen, hatte eine Pauschalreise in die USA gebucht und war vor Ort anschließend jämmerlich gescheitert. Die zweite Reise war ein verlängertes Wochenende in einem arabischen Luxushotel gewesen, über das er einen Bericht für den Reiseteil des Oer-Erkenschwicker *Tagesboten* verfassen sollte (Siebeneisen hatte den Kurztrip in denkbar schlechter Erinnerung, was vor allem an den Nebenkosten lag, die sich in drei Tagen Sieben-Sterne-Resort gewissermaßen ohne sein Zutun angesammelt und am Ende an das Bruttosozialprodukt von Burkina Faso erinnert hatten). Und die dritte Reise? Ein Preis. Bei der Weihnachtstombola der Freiwilligen Feuerwehr, eine Woche im Bayerischen Wald, wo es dann ununterbrochen geregnet und der Bayerische Wald sich hinter einer Wand aus Wasser versteckt hatte. Den Rest der Welt kannte er lediglich aus seinen Büchern. Und den gelben *National-Geographic*-Heften, von denen er beinahe 120 komplette Jahrgänge besaß, die sich in sämtlichen Ecken seiner Wohnung zu statisch bedenklichen Gebilden türmten. Die ersten knapp tausend Magazine stammten von Flohmärkten, Antiquariaten und Internetauktionen; seit knapp drei Jahrzehnten war Siebeneisen selbst Abonnent. Aus den gelben Heften wusste er, dass es am Amazonas hochtoxische Winzfrösche gab und in Nevadas Wüste Felsbrocken, die über Nacht zu wandern schienen, ohne dass jemand wusste, weshalb. Er hatte Reportagen über die Brutpflege bei isländischen Papageientauchern gelesen und kannte sich ein bisschen aus mit der Herstellung von Schrumpfköpfen auf Papua-Neuguinea. Wie ihn all sein theoretisches Wissen allerdings befähigen sollte, kreuz und quer auf der Welt Menschen aufzuspüren, war Siebeneisen schleierhaft. Das war ein Job für einen Privatdetektiv, mindestens. Oder einen Agenten.

»Und dieser Jemand unter uns spricht außerdem ein besseres Englisch als jeder Ire.« Schattens Bemerkung unterbrach Siebeneisens Gedankenfluss. Er sah, wie der Ire seinem Kumpel Wipperfürth verschwörerisch zuzwinkerte. Anschließend drehte Schatten seinen massigen Körper wieder theatralisch zu Siebeneisen.

»Meine Damen und Herren, lassen Sie mich Ihnen unseren Kandidaten vorstellen: Aufgewachsen unmittelbar neben einem NATO-Fliegerhorst, der Vater, Hausmeister dort, nahm den Jungen an Wochenenden und in den Ferien regelmäßig mit zur Arbeit, deswegen schon sehr früher und intensiver Kontakt mit dem englischen Idiom unterschiedlichster Herkunft. Folgerichtig ein feines Gespür für amerikanische, irische und bestimmt auch australische Akzente. Außerdem…«

»Außerdem im besten Alter.« Wipperfürth fiel Schatten ins Wort. Wenn Siebeneisen es nicht besser gewusst hätte, wäre er sich sicher gewesen, dass die beiden sich abgesprochen hatten.

»Nach eigenem Bekunden in letzter Zeit gelangweilt von seinem Job bei einer hiesigen Publikation«, fuhr Schatten fort, »leider aber etwas antriebslos, was Veränderungen angeht. Verfügt über ein enzyklopädisches Wissen in den Bereichen Ethnologie, Biologie, Virologie und etlichen anderen Ologien.«

»Trotzdem furchtlos«, log Wipperfürth.

»Keine bekannten Krankheiten«, ergänzte Schatten.

»Einnehmendes Äußeres.«

»Etwa eins fünfundachtzig groß, fast noch volles Haar, lediglich angedeuteter Bauchansatz.«

»Nervenstark.«

»In sich ruhend.«

»Zuverlässig.«

»Unbescholten.«

»Ungebunden.«

»Genau, keine schreienden Kinder oder gebrechliche Eltern, um die er sich kümmern muss.«

»Und sowieso urlaubsreif.«

»Es reicht!«, ging Siebeneisen dazwischen. »Können wir mal bei der Sache bleiben?«

Wipperfürth und Schatten verstummten.

»Darf ich das von eben nochmal in meinen Worten wiederholen?«, fragte Siebeneisen und sah Schatten an, »du willst mich um die halbe Welt jagen, damit ich deine Miterben finde? Menschen, von denen wir im Moment bis auf eine Ausnahme, von der wir wissen, dass sie Fritten in Australien verkauft, noch nicht einmal ahnen, auf welchem Erdteil sie sich befinden?«

Schatten nickte zustimmend. Siebeneisen brachte das erst richtig in Fahrt.

»Menschen, die O'Shady heißen wie geschätzte 236 000 andere Iren auch? Kannst du dir vorstellen, was du angezeigt bekommst, wenn du so was wie »Sean O'Shady« bei Google eingibst? Oder bei der amerikanischen Einwanderungsbehörde anfragst, Officer, Entschuldigung, ich suche da einen Sean oder Shaun oder Shawn O'Shady, oder vielleicht auch John, John wie Joe oder Joseph – könnten Sie mir da bitte mal eine Aufstellung aller Personen dieser Namen machen, die bei Ihnen letztens so eingewandert sind? Und was, wenn sie mittlerweile geheiratet und einen anderen Namen angenommen haben? Oder überhaupt nicht gefunden werden wollen? Und von diesen Personen soll ich sieben ausfindig machen – habe ich das richtig verstanden?«

Schatten nickte. Nickte zu allem, nickte immerzu. Siebeneisen vermutete, dass er sich dieses Gespräch auf dem Weg zurück aus Irland bereits exakt ausgemalt hatte. Und deswegen auch schon genau wusste, wie das weitere Prozedere aussehen sollte.

»Ich stelle mir das folgendermaßen vor: Der Fette Hecht wird unser Hauptquartier. Und jeden Donnerstag ist Kommandobesprechung.«

Schatten sah zu Walburga hinüber, die blass auf einem Stuhl unter den ausgestopften Rebhühnern saß. Kein Wunder, dachte Siebeneisen, dem das schon vor einigen Minuten aufgefallen war. Er selbst war immerhin schon dreimal verreist, Walburga aber hatte Oer-Erkenschwick sicher niemals in ihrem Leben verlassen, noch nicht einmal zum Einkaufen in Dortmund. Ihr musste dieses Gespräch vorkommen wie ein Kinofilm, in dem Woody Allen auf eine Expedition wie bei *Indiana Jones* vorbereitet wurde. Außerdem war sie bestimmt schrecklich aufgeregt, weil diese ungeheuerliche Aktion von ihrem Wirtshaus aus gesteuert werden sollte. Schatten zwinkerte ihr zu. Worauf Walburga selig lächelte. Worauf Schatten mit der Darlegung seines Masterplans fortfuhr.

»Unser lieber Siebeneisen ist also sozusagen unser Mann vor Ort. Er findet meine Miterben und erklärt ihnen, dass sie sich alle in Dublin einfinden müssen. Wenn er alle zusammenhat, kommt er zurück.«

»Tatsächlich?« Für einen Augenblick hoffte Siebeneisen, dass ihm möglicherweise ein wenig Sarkasmus helfen würde. Was leider nicht der Fall war. Schatten überging die Bemerkung einfach.

»Ich bin mir sicher, dass dich dein Chef für ein paar Wochen freistellen wird, wenn du ihm die Sache erklärst, da fällt ja dann auch für seine Postille die eine oder andere schöne Story ab. Dann bekommst du von mir eine gut gepolsterte Kreditkarte und fliegst nach Australien. Und während du dort unterwegs bist, recherchiere ich von hier aus für dich. Sobald ich Neuigkeiten habe, melde ich mich bei dir. Am besten, du schaust gleich heute Abend mal in deinen gelben Geografie-Heften nach, was du über das Outback findest.«

Schatten schnaufte. Wipperfürth nickte. Siebeneisen versuchte sein Glück.

»Und was soll Wipperfürth bei der ganzen Sache machen?«, fragte er. Nicht, dass er Wipperfürth mit dabeihaben wollte, wenn er im australischen Busch nach einer Wurstbuden-Verkäuferin suchte, aber vielleicht konnte er mit so einer Frage Zeit gewinnen. Zeit für Gegenargumente. Zeit für Meinungsänderungen. Zeit für den Kometen, der gerade in 800 000 Kilometer über dem Fetten Hecht an der Erde vorbeisauste, sich zu einem pfeilgeraden Absturz zu entschließen.

»Wippi bleibt hier bei mir«, sagte Schatten leider augenblicklich, »hier wird ja einiges an Recherchen zu erledigen sein. Außerdem brauche ich spirituellen Beistand.«

Wipperfürth nickte. »Om Mani Padme Om«, sagte er.

Na klar sagte er das.

Zu Hause stand Siebeneisen lange vor dem Badezimmerspiegel und betrachtete ein blasses, ach was: fahles Gesicht. Dann nahm er einen Zahnstocher und fischte den Krümel oben links hinten zwischen den Zähnen heraus.

3

(AUSTRALIEN, ZWEI WOCHEN SPÄTER.)

Es rauschte ganz leise, ganz sanft, es rauschte, als wolle es bloß niemanden aufwecken, das Rauschen. So ein Meer kann ja fürchterlich wüten, kann grollen und donnern und an Land krachen, als wolle es keinen Stein auf dem anderen lassen. Es kann Schiffe versenken und ganze Landstriche atlantismäßig absaufen lassen – es kann allerdings auch so tun, als könne es kein Wässerchen trüben. Dann liegt es da wie geplättet, die Sonne spiegelt sich in ihm, und in Bewegung gerät es nur, weil Gezeiten, Erdrotation und was da sonst noch alles so mitspielt es aus seiner Lethargie reißen. Wenn das Meer so drauf ist, dann schickt es seine Wellen in langen, flachen Schüben Richtung Strand, an dem sie dann mehr oder weniger lustlos herumknabbern. Wenn es so drauf ist, könnte man fast glauben, auch ein Meer könne irgendwann wegdösen.

Siebeneisen hörte das Meer natürlich trotzdem, da draußen vor seiner Balkontür. Er war längst wach. Vier Stunden zuvor war er hundemüde und mit dem Vorsatz ins Bett gefallen, bis mindestens zum nächsten Mittag tief und fest zu schlafen. Jetzt aber war er noch vor der Morgendämmerung wach und dachte schon mal vorsorglich missmutig an die Stunden nach Mittag, wenn der Jetlag über ihn herfallen würde wie ein Kommando Cheyenne über einen festgefahrenen Siedlertreck. Er kannte das von seiner Reise nach Las Vegas: Da war er am ersten Nachmittag an einem Casino-Tisch eingenickt. Mehrmals. Mitten im Spiel. Und einmal sogar für längere Zeit – als er aufgewacht war, hatten Mitspieler um ihn herumgesessen, die vorher nicht da gewesen waren. Der Croupier hatte ihm damals empfohlen, doch eine kleine Pause einzulegen. Wahrscheinlich hatte er vermutet, Siebeneisen hätte seit Tagen ununterbrochen im Casino gehockt.

Der Flug nach Cairns hatte gefühlte zwei Wochen gedauert. Wipperfürth hatte das Ticket offensichtlich auf einer Webseite für Billigtarife gebucht, anders ließen sich die endlosen Zwischenstopps in Tirana, Ekaterinburg und Peking nicht erklären. Und auch der Sitzabstand in der Touristenklasse nicht. Als Siebeneisen eben aufgewacht war, lag er auf der Seite und hatte die Knie in exakt jenem Winkel angezogen, den er im Flugzeug hatte einnehmen müssen. Er befürchtete, dass er später nur mit Mühe würde gehen können. Gerade mal ein paar Tage war er nun unterwegs, und schon war klar, dass Schattens hehre Versprechungen natürlich leere Versprechungen gewesen waren. Von wegen Spesen spielten keine Rolle! Der Ire Schatten war ein Schotte, wenn es ums Geld ging. Und Wipperfürth ein williger Handlanger.

Von draußen sickerte die Dämmerung ins Zimmer. Mein erster australischer Morgen, dachte Siebeneisen, ach was: Mein erster Morgen auf der Südhalbkugel! Er beschloss aufzustehen und zu überprüfen, ob das Wasser hier tatsächlich in der anderen Richtung ablief, wie Wipperfürth zu Hause behauptet hatte. Er ließ das Waschbecken volllaufen, zog den Stöpsel und betrachtete, wie der Inhalt ziemlich zügig verschwand, ohne dass er einen Wirbel sehen konnte. Er drehte den Hahn erneut auf, riss einen kleinen Schnipsel von der Pappkarte auf der Ablage (»Hängen Sie Ihr Handtuch an den Haken, wenn Sie es ein zweites Mal benutzen wollen!«), warf ihn ins Wasser und zog den Stöpsel. Der Schnipsel trudelte in kleinen Kreiseln Richtung Ausguss und verschwand. Siebeneisen sah ihm hinterher. Im Uhrzeigersinn, dachte er. Aber war das zu Hause nicht auch so? Er versuchte, sich daran zu erinnern, während er sich mit der Maschine auf dem Schreibtisch einen Kaffee machte. Natürlich kam er zu keinem eindeutigen Ergebnis. Natürlich gelang es ihm stattdessen, den Schreibtisch zu fluten.

»G'day!« Die Frau an der Rezeption hatte eine Ewigkeit gebraucht, bis sie am Telefon war.

»*Good day!* Ich würde gerne Frühstück bestellen.«

»Australian oder Continental?«

Siebeneisen überlegte kurz und bestellte dann das australische Frühstück, so oft würde er ja nicht in dieses Land kommen. Bevor er aber sagen konnte, dass er gerne Espresso hätte und vielleicht Margarine zu den Vollkornbrötchen und lieber Kirsch- als Erdbeermarmelade und das Ei auf jeden Fall hart gekocht, tutete schon das Aufgelegtzeichen aus dem Hörer. Sofort danach klopfte es an der Tür und die Frau von der Rezeption brachte: »Frühstück!«

Siebeneisen schaute auf das Tablett: ein Styroporbecher mit heißem Wasser, ein Teebeutel, eine gelbe Tube und drei wabblige Toastscheiben, die eiskalt zu sein schienen.

»Was ist denn in der Tube?«

»Vegemite. Typisch australisch! Werden Sie mögen!«

Die Frau knallte zuerst das Tablett auf den Tisch und dann die Tür ins Schloss. Siebeneisen nahm die Tube und drückte aus ihr eine Masse auf den Toast, die aussah wie etwas, das man Katzen bei Wurmbefall verabreicht. Er beschloss, den typischen Geschmack Australiens nicht schmecken zu wollen. Er nahm den Tee und ging hinaus auf den Balkon.

Da war es, das Meer. Zumindest bei der Wahl des Hotels hatte Wipperfürth Geschmack bewiesen. Es war nicht luxuriös, natürlich nicht. Aber es lag tatsächlich direkt am Strand, das Hotel, und nicht an einer Schnellstraße, wie Siebeneisen geargwöhnt hatte. Er merkte, wie er sich allmählich besser fühlte. Richtig heiß war es auch schon, obwohl es erst kurz nach sechs am Morgen war. Frühestens in drei Stunden konnte er den Mietwagen abholen, mit dem er ins Outback fahren wollte. Selbst nach einem ausgedehnten zweiten Frühstück war da noch viel Zeit. Siebeneisen beschloss, seinen ersten Tag in Australien mit einer Runde im Meer zu beginnen.

Das Schild las er erst, als es fast schon zu spät war. Siebeneisen hatte seine Brille zusammen mit Hose, Hemd und Schuhen auf dem Hotelhandtuch weiter hinten am Strand deponiert, deswegen hielt er das Schild für einen dieser überflüssigen »No lifeguard on duty!«-Hinweise, wie sie zu Hause neuerdings sogar an Anglerteichen mit 43 Zentimeter Wassertiefe herumstanden. Als ob man das nicht eh sehen könnte, dass an diesem menschenleeren Strand niemand auf einem Ausguck hockte! Selbst bei seiner Kurzsichtigkeit ging das! Trotzdem machte er auf dem Weg ins Wasser einen kleinen Schlenker hinüber. Und jetzt stand er dort und las:

Achtung! Extreme Lebensgefahr! Hochgiftige Quallen (März–Oktober), Weiße Haie (Oktober–März) und Salzwasserkrokodile (ganzjährig)!

Siebeneisen las das, und er las es noch einmal, bevor er beschloss, auf sein Debüt im australischen Meer zu verzichten. Durch den tiefen Sand stapfte er missmutig zurück zu seinen Sachen. Und stellte fest, dass Dinge in der Hitze eines australischen Morgens größer aussahen, als sie in Wirklichkeit waren. Allerdings erklärte das nicht, weshalb sich seine Sachen nun auch zu bewegen schienen. Als Siebeneisen näher kam und mehr Einzelheiten sehen konnte, erkannte er eine ziemlich fette Echse, die offensichtlich an seinen Kleidern herumschnüffelte. Siebeneisen ging schneller. Und noch schneller. Er begann zu laufen, so gut das ging in diesem Sand. Die Echse entdeckte ihn. Sie ließ etwas aus ihrem Maul fallen und stakste erstaunlich schnell davon, wobei sie mehrmals den Kopf zu ihm umdrehte. Als er an seinem Handtuch angekommen war, wusste Siebeneisen, dass er noch vor dem Frühstück einen Laden finden musste, in dem es Klebeband gab. Damit ließ sich ein durchgebissener Brillenbügel vielleicht reparieren.

Gut acht Stunden später rollte sein kleiner Mietwagen vor ein Motel in Tamboorini. Es war zwar noch keine fünf Uhr am Nachmittag, aber Siebeneisen fielen die Augen zu, immer wieder, und wenn er sie während der Fahrt erschrocken aufgerissen hatte, war da garantiert eines dieser suizidal veranlagten Kängurus am Straßenrand zu sehen gewesen, das nur darauf gewartet haben zu schien, ihm vor den Kühler zu hopsen (die Selbstbeteiligung bei der Mietwagenversicherung war möglicherweise genau deshalb so astronomisch hoch – in anderen Teilen der Welt kaufte man davon komplette Autos). Die letzten Stunden war er durch eine Landschaft wie aus der Genesis gefahren, rot und staubig und mit einer Handvoll jämmerlicher Büsche gesprenkelt. Hin und wieder hatten ein paar Rinder in der Gegend herumgestanden, die ausgesehen hatten wie aus einem Dokumentarfilm über Biafra. Auf beinahe jedem der verkrümmten, blattlosen Bäume hatte ein dürrer Vogel gehockt. Sonst war da nichts gewesen, gar nichts. Nur Weite, bis zum Horizont.

Auf den endlosen Flügen hatte Siebeneisen an die zwanzig Australien-Reportagen gelesen, die er sich aus seinen *National-Geographic*-Jahrgängen kopiert hatte, deswegen überraschte ihn diese

Ödnis nicht wirklich. Das australische Outback, wusste er, umfasste – salopp gesagt – ganz Australien, wenn man mal von den Städten absah, die sich an die Küste krallten. Sobald man deren äußere Vororte hinter sich hatte, eröffnete sich ganz schnell diese alttestamentarische Szenerie jenseits von Gut und Böse, ein Land von einer Endlosigkeit, die selbst den meisten Einheimischen Angst einflößte: zu heiß, zu groß, zu gewaltig. Wenn man einem Australier in Sydney oder Melbourne sagte, man wolle ins Outback, würde der einem sehr viele Gründe aufzählen, weshalb man besser in der Stadt blieb. Und noch mehr Gründe, weshalb er selbst noch nie da draußen war und auch nie dorthin möchte, am Samstag ist ja auch immer Rugby, *no, thank you very much*. Siebeneisen hatte das am Morgen im Hotel ähnlich erlebt: Die Rezeptionistin hatte ihm angeboten, sein Zimmer bis 22 Uhr freizuhalten – für den Fall, dass er umdrehte und zurückkam. Außerdem hatte sie wissen wollen, ob er versehentlich auf seiner Brille geschlafen habe. Wer in diesem Land textmarkergelbes Klebeband verwendete, war Siebeneisen schleierhaft.

Er war auf dem Weg in die Simpson Desert in Queensland, wo der Boxzirkus gerade unterwegs war. Wipperfürth hatte das im Internet herausgefunden, in welchem Forum auch immer. Wahrscheinlich gab es genug Wahnsinnige, die sich für die Termine eines Unternehmens interessierten, dessen Beschäftigungsfeld man euphemistisch mit »Zähne ausschlagen« umschreiben konnte. Telefonisch war die Truppe nicht erreichbar, was Siebeneisen nicht wunderte – sein Handy hatte jeglichen Netzkontakt bereits eine halbe Stunde hinter Cairns verloren. Also blieb ihm nichts anderes übrig, als in diese Simpsonwüste hineinzufahren und Sheila O'Shady zu finden. Sheila! Siebeneisen fragte sich, wie ein Volk, das Künstler wie Joyce und Beckett hervorgebracht hatte, seine Kinder mit solchen Vornamen ins Leben hinausschicken konnte. Aber dann wiederum konnte man ebenso darüber nachdenken, warum die ersten weißen Australier eine vor sich hin bröselnde Landschaft wie die hier nach ihrer liebreizenden Regentin zu Hause benannt hatten. Und im Buckingham Palace war der Queen damals dann bestimmt erzählt worden, der zu ihren Ehren getaufte Teil der neuen Kolonie sei ein lieblicher Landstrich, der sich nur mit Müh und Not vom Garten Eden unterscheiden ließ.

Abgesehen von seiner Küste war dieses Queensland vor allem eins: leer. Natürlich waren auf Siebeneisens Landkarte Siedlungen eingezeichnet, ziemlich viele sogar, aber darauf, dachte er, sollte man besser nicht hereinfallen, das war ihm schon nach ein, zwei Stunden klar geworden. Die meisten Käffer, durch die er bislang gefahren war, bestanden nur aus einer Handvoll Häusern, die sich irgendwann im 19. Jahrhundert in pionierhafter Vorfreude einer Staubpiste in den Weg gelagert hatten und seitdem darauf warteten, dass das übrige Australien nachkam. Was offensichtlich noch nicht geschehen war. Deswegen hatten Orte wie Birrieboorie oder Waltman's Creek auch nur zwischen 14 und 37 Einwohner, eine Kneipe, eine Tankstelle und beeindruckende Wegweiser am Ortsausgang. Auf denen stand dann Tröstliches wie »Sydney: 2 433 km« oder »Achtung: Keine Tankmöglichkeit auf den nächsten 1 116 km«. Noch nie hatte Siebeneisen während einer Autofahrt so oft mit dem Finger gegen das Glas vor der Benzinanzeige geklopft.

Und noch nie hatte er auf einer Autofahrt so viel gegrübelt. Mit jedem Hinweisschild und seiner astronomischen Entfernungsangabe war sich Siebeneisen einsamer und verlorener vorgekommen. Was machte er hier eigentlich? Allein, in einem Mietwagen, am anderen Ende der Welt? Bislang war es ihm mehr oder weniger gelungen, den Gedanken an die mögliche Dauer seiner Mission zu verdrängen, jetzt aber, wo das Reisefieber verflogen war und die erste Aufregung verschwunden – da beschlich ihn das vage Gefühl, sich vielleicht zu viel zugetraut zu haben. Gut möglich, dass dieser Trip nicht Wochen, sondern Monate dauerte. Und nicht nur viel länger, sondern auch viel komplizierter werden würde als Wipperfürth und Schatten sich das an jenem Donnerstag im Fetten Hecht zusammenfabuliert hatten. Siebeneisen fiel die schlaflose Nacht nach dem besagten Abend wieder ein. Er war unruhig durch seine Wohnung gelaufen, hatte in alten *National-Geographic*-Ausgaben nach Australien-Reportagen gesucht und später lange Zeit am Wohnzimmerfenster gestanden, er wohnte im sechsten Stock eines Mietshochhauses. Oer-Erkenschwick hatte unter ihm gelegen wie eine leblose, graue Masse. Bei Sonnenaufgang hatte Siebeneisen dann gewusst, dass er es wagen sollte. Da draußen warteten schreckliche Viren, giftige Schlangen, Vulkanausbrüche und Lebensmittelvergiftungen auf ihn, das stand fest. Aber vielleicht ja auch eine Welt, von der er bislang nur gelesen hatte.

Und jetzt war er da, in der Welt. Und hoffte, dass sein Benzin reichen würde, um in den nächsten Outback-Ort zu kommen. Der Mietwagen machte nicht den besten Eindruck, laut Tacho war das Auto bereits seit 189 000 Kilometern auf den Straßen Australiens unterwegs. Wipperfürth hatte es reserviert und Siebeneisen bei ihrer Verabschiedung am Flughafen umständlich erklärt, dass er sich auf gar keinen Fall zusätzliche Versicherungen aufschwatzen lassen sollte – und ja keine höhere, bessere und damit teurere Fahrzeugklasse. Anschließend hatte ihm Schatten feierlich die versprochene Kreditkarte überreicht, mit der sämtliche Reisekosten bezahlt werden sollten. Und dann hatten sie sich kurz umarmt, und Siebeneisen war durch die Sicherheitskontrolle gegangen. Hinter ihm hatten Wipperfürth und Schatten regungslos zwischen den weinenden und winkenden Familienangehörigen der anderen Passagiere gestanden.

4

»Wie lange möchten Sie bleiben?« Der Mann an der Rezeption des Motels in Tamboorini klappte ein dickes Reservierungsbuch auf. Er tat so, als suche er ein freies Zimmer, obwohl auf dem Parkplatz lediglich Siebeneisens Mietwagen stand.

»Eine Nacht. Ich muss morgen früh weiter.«

»Eine Nacht bloß? Da haben Sie ja kaum Zeit, sich unsere Sehenswürdigkeiten anzuschauen!«

Der Mann an der Rezeption sah Siebeneisen vorwurfsvoll an. Aus den Ärmeln seines T-Shirts krochen tätowierte Schlangen. Aus dem Halsausschnitt ebenfalls. Eine fein gemaserte Viper hatte es bis kurz unter das rechte Ohr geschafft, wo sie in Richtung des goldenen Ohrrings züngelte. Siebeneisen überlegte, ob es sich um eine einheimische Reptilienart handelte.

»Äh… leider nein. Ich bin geschäftlich unterwegs. Was haben Sie denn Nettes in Ihrem Ort?«

Der Mann an der Rezeption blickte jetzt ziemlich finster. Offenbar fühlte er sich in seiner Ehre als Einwohner des bezaubernden Tamboorini gekränkt.

»Sie haben noch nie etwas von unserer Salatgurke gehört? Die größte Australiens?«

»Nein, sorry, tut mir leid…«

»Wir haben die größte Salatgurkenfigur des Kontinents hier bei uns! Steht an der Straße raus zu den Wilmington-Dünen. Ein Künstler aus Perth hat sie angefertigt, aus einem einzigen Stück Kunststoff. Acht Meter hoch!«

Siebeneisen wusste nicht so recht, was er sagen sollte.

»Aber unsere Glühwürmchen-Höhle sagt Ihnen was?«

»Sorry, leider auch nicht… klingt aber sehr, sehr interessant.«

»Interessant? Das ist pure Magie, wenn die alle in der Dunkelheit leuchten!«

Der Mann an der Rezeption sah nun leicht verträumt aus. Vermutlich erinnerte er sich an seinen letzten Besuch in der Glühwürmchen-Höhle, dachte Siebeneisen. Mit was die Leute sich hier draußen im Outback beschäftigten! Wahrscheinlich gab es solche Gurken und Höhlen in jedem Kaff zwischen hier und der Westküste.

»Zimmer 17.« Der Tätowierte gab ihm den Schlüssel.

»Aber wenigstens unser Kamel-Museum müssen Sie sich anschauen! Dafür muss Zeit sein! Es ist das Einzige in ganz Australien!«

Er reichte Siebeneisen eine Broschüre. Auf der Titelseite war ein Kamel zu sehen, das quer über den Gleisen einer Eisenbahnstrecke lag. Es sah ziemlich tot aus. Offensichtlich war es mit einem Zug kollidiert. »Mit echten Exponaten!« stand unter dem Foto. Siebeneisen bedankte sich bei dem Mann an der Rezeption.

»Das schaue ich mir auf jeden Fall an!«, hörte er sich sagen.

In seinem Zimmer widerstand er der Versuchung, sich aufs Bett zu legen – er würde augenblicklich einschlafen, mitten in der Nacht aufwachen und sich später dann fünf Stunden lang bis zum Sonnenaufgang ärgern, dass er seinen Dostojewski im letzten Flugzeug vergessen hatte. Wobei er sich nicht sicher war, ob das Buch eine passende Reiselektüre für das Outback gewesen wäre. *Schuld und Sühne* buddelte tiefenpsychologisch in der verwirrten Seele seines Hauptdarstellers herum, der seit 733 Seiten im Kreisverkehr des eigenen Ichs unterwegs war, das war kein Stoff, über den man an einer Bar im Landesinnern Australiens diskutierte, so viel war klar. Und als Siebeneisen fünf Minuten später die Tür des Roadhouses auf der anderen Straßenseite öffnete, ahnte er, dass an solchen Orten auch nicht über irgendwelche anderen Druckerzeugnisse debattiert wurde. Es sei denn, es handelte sich um die Startliste eines Pferderennens.

Ein australisches Roadhouse ist ein heimeliger Ort – wenn man Australier ist. Bei Reisenden anderer Nationalität lösen Etablissements wie The Matamoorie Inn oder das Crossroads Roadhouse zumindest befremdliche Gefühle aus, wenn sie sich nach sieben Stunden oder 655 Kilometern Fahrt allmählich aus der flirrenden Hitze am Horizont herauskristallisieren. Ähnlich wie Ortschaften wirken auch diese Roadhouses auf Straßenkarten wie Oasen der Zivilisation inmitten der unbarmherzigen Wüste, aber das ist wieder einer dieser australischen Taschenspielertricks. In Wahrheit sind Roadhouses meist nicht viel mehr als Tankstellen mit angeschlossenen Kneipen. Eine Autowerkstatt mit einem größeren Vorrat an Frontscheiben und Scheinwerfern gibt es auch fast immer, wegen der suizidalen Kängurus. Plus ein Waschhaus mit Duschen und Münzwaschmaschinen. Das Diamantina Roadhouse beheimatete außerdem noch besagtes Kamel-Museum, auf das ein ausgestopftes Exemplar neben der Theke hinwies. Siebeneisen benötigte einige Minuten, um sich an die Lichtverhältnisse zu gewöhnen; die ersten zehn oder zwanzig Sekunden hielt er das Kamel für eine Werbefigur des nahen Simpson Desert Dinosaur Adventure Parks, den der Mann an der Rezeption ihm bestimmt als Nächstes empfohlen hätte. Es war aber eindeutig ein ausgestopftes Kamel. Ein ziemlich großes Kamel. Mit ziemlich großen Glasaugen, die Siebeneisen zu fixieren schienen. Er beschloss, das Tier zu ignorieren.

Bei den kartoffelkellerähnlichen Lichtverhältnissen fiel das nicht weiter schwer. Um das Diamantina Roadhouse gegen die

Sonne abzuschotten, hatte sein Besitzer große Pappkartons vor die Fenster geklebt. Auf die Innentemperatur schien das keine Auswirkungen zu haben, genauso wenig, wie die moskitonetzbespannte zweite Eingangstür die Fliegen fernzuhalten schien. Die Insekten hingen in seltsam trägen Klumpen wie Mobiles in der Luft; trotzdem schafften es einige augenblicklich, sich auf Siebeneisens Brille niederzulassen und dort hocken zu bleiben. Direkt über den Fliegenmobiles baumelten BHs von der Decke, die meisten mit verblichenen Lippenstiftabdrücken verziert. Und noch eine Etage höher hatte wer auch immer Geldscheine an die Decke geklebt. Keine australischen, sondern US-Dollar, Yen, Rubel und D-Mark. Siebeneisen fragte sich, ob wohl ein Zusammenhang zwischen den BHs und den Geldscheinen existierte. Außer ihm schien nur ein einziger anderer Gast anwesend zu sein: ein großer, hagerer Mann in flaschengrünen Shorts, der an der Jukebox lehnte und fortwährend mit dem Gerät redete. Siebeneisen setzte sich auf einen Hocker an der Bar und schaute zu den Büstenhaltern hinauf. Aus der Jukebox dröhnte »Barking Spiders: Live« von Cold Chisel. Es roch nach Rauch, Bier und altem Frittierfett.

»Want a tinnie, mate?«

Von irgendwo aus dem Halbdunkel materialisierte sich der Barkeeper. Siebeneisen nickte. Als Kind hatte er seinen Vater oft bei dessen Rundgängen in der Kaserne begleitet. Damals machten dort regelmäßig australische Offiziere Station, die dem Kleinen ein paar Brocken Englisch beibrachten. Deswegen wusste Siebeneisen, dass *mate* so viel wie Kumpel bedeutete und die übliche australische Anrede darstellte. Und ein *tinnie* war eine Dose, was in diesem Teil der Welt selbstverständlich gleichbedeutend war mit einer Dose Bier. *Tinnies* trank man gerne schon zum *brekkie*, dem Frühstück, spätestens aber zum Abendessen, bei dem üblicherweise eine kleine Herde Rinder auf den Grill geschmissen wurde. Das hieß dann natürlich nicht Barbecue, sondern *barbie*.

Siebeneisen hatte den ersten Schluck aus seiner *tinnie* getrunken, als sich der Hagere von der Jukebox an die Bar setzte. Er nickte dem Mann unverbindlich zu, was sich leider als folgenschwerer Fehler herausstellte.

»*G'day, mate!* Fremd hier? Ich komm mal rüber, haste ja nix dagegen, oder? Tolles Roadhouse! Super Jukebox! Wohnst du auch gegenüber bei Matt im Motel? Ist ein guter Kumpel von mir, kannte schon meinen alten Herrn, als der noch bei der Eisenbahn war. Hat die Gleise mitten durchs Outback gelegt, war 'ne miese Maloche, kann ich dir sagen, mussten per Kamel versorgt werden, weil die Gäule in der Wüste verreckten, meine Frau Mutter hat ihn oft monatelang nicht gesehen …«

»Ich bin aus Deutschland«, sagte Siebeneisen, bloß, um irgendetwas zu sagen.

Auf den Redefluss des Hageren neben ihn hatte das keinerlei Einfluss. Der Mann hatte offensichtlich seit sieben Wochen ausschließlich mit Jukeboxen kommuniziert, anders ließ sich die Kaskade von biografischen Details und Anekdoten unmöglich erklären, die in den nächsten Minuten auf Siebeneisen einprasselte. Wahrscheinlich machte das Outback das mit den Menschen, die zu lange allein in ihm herumfuhren, dachte er: Sobald sie jemandem zum Reden finden, stoppt sie kein querliegender Tanklaster.

»Lucky Jim der Name, hab ich das schon gesagt? Lucky wie *lucky*, weil ich vor zwanzig Jahren diesen reifengroßen Türkis in einer Mine in Cooper Peedy gefunden hab, bin sozusagen steinreich geworden, verstehste?«

Siebeneisen verstand durchaus. Er nickte, eine Bewegung, die Lucky Jim das Erzähltempo steigern ließ, nachdem er lautstark gerülpst hatte.

»Zwei Monate später war die Kohle schon wieder futschikato, wie der Japaner sagt, genau wie die Frau, mit der ich acht Wochen lang verheiratet war, fiel alles in einen Zeitraum, Bankrott und Scheidung, was ein Zufall, aber dann hab ich als Fischer angeheuert, bin dann aber bloß in 'nem Sturm vom Trawler gefallen, so kann's gehen, aber die Haie hatten keinen Hunger auf Lucky Jim, Lucky wie *lucky*, verstehste?«

Siebeneisen nickte. Aber nur ganz leicht.

»Bin dann ans Ufer von so 'ner Luxusinsel gespült worden, verstehste, so eine, wo du 800 Dollar für die Übernachtung blechen musst und anschließend das Frühstück noch extra berechnet bekommst, tolle Insel aber, bin dann dort geblieben und Chefgärtner geworden, ganz lässiger Job, bisschen Palmenstutzen und so, verstehste, aber dann hat mich der General Manager mit seiner Gattin erwischt, als er die gepflanzten Kauribäume inspizieren wollte, an so einem hatte sie sich gerade abgestützt, nach vorne gebeugt, naja, war ziemlich blöd, dass der da gerade kam, verstehste?«

Siebeneisen versuchte, den Kopf völlig unbeweglich zu halten.

»War aber mal wieder *lucky*, klar, *lucky* wie in Lucky Jim, konnte gerade noch so abhauen, im Maschinenraum einer Jacht, tolle Schnitte, mein lieber Mann, gehört irgend so 'nem Scheich, hat zu Hause wahrscheinlich endlos Ölfelder und drei Fußballvereine in England oder so, aber egal, ich war dann erst 'ne Zeit lang Laienprediger und hab dann anschließend Popcorn im Kino verkauft und dann diese Harpunenteile, Froggy Blaster, haste ja bestimmt von gehört, mit den Dingern machste aus jeder fetten Kröte, die dir in den Garten hoppst, in null Komma nichts dunkelgrünes Hack, vestehste? Und jetzt will ich nach Noolia. Will da bei einem Boxzirkus anheuern. Die suchen Leute. Zahlen gut, hab ich gehört.«

Obwohl Siebeneisen gedanklich gerade bei der geografischen und berufsspezifischen Unbeweglichkeit des Mittelstands in Oer-Erkenschwick war, wo niemand jemals den Job oder auch nur den Stadtteil wechseln würde, hatte er Lucky Jims letzten Satz sehr wohl registriert. Er ließ sich trotzdem nichts anmerken. Wenn er zu erkennen gäbe, dass auch er zu dieser Boxtruppe wollte, riskierte er, dass spätestens morgen Mittag Blut aus seinem linken Ohr rinnen würde. 1 300 Kilometer Outback-Gezockele mit diesem Wahnsinnigen auf dem Beifahrersitz waren absolut undenkbar. Wipperfürth mit seiner Zen-Mentalität würde das vielleicht schaffen, dachte Siebeneisen, aber er selbst: einen Teufel würde er. Lucky Jim war sowieso längst weiter mit seinem Lebensbericht. In Sydney, genau genommen.

»Treff mich da an Weihnachten mit Crazy George, alter Kumpel von mir. Ist ein Cousin von Shakey Whip, dem schulde ich ja noch ein Auto, weil ich seine Kiste neulich im Adelaide River versenkt habe, mit der Frau auf dem Rücksitz, also wir beide da hinten, und weder sie noch ich haben auf die einsetzende Flut geachtet, kannst du dir das vorstellen?«

Siebeneisen konnte. Er behielt es aber sicherheitshalber für sich.

»War übrigens 'ne Schwester von Mike, verstehste, von DEM Mike, Lasso-Mike, fängt dir jedes ausgebüxte Rind von der Ladefläche eines Pick-ups ein, bei voller Fahrt, musste dir mal klarmachen, jeder andere würde da in hohem Bogen runterfliegen und sich die Rippen brechen, wie Big Tone letztes Jahr beim Rodeo in Wakkamata, scheiße, hat das beim Aufprall gekracht, da waren mehr Knochen kaputt als heil geblieben, und wenn Mike ihn nicht so schnell zum Arzt gefahren hätte, wer weiß, möglicherweise hätte Big Tone nie wieder reiten können, Rob von der Wilford Station war es damals ja genauso gegangen, als er…«

Irgendwann, kurz bevor die Welt sich um ihn zu drehen begann, beschloss Siebeneisen, dass er dringend etwas anderes trinken müsse als *tinnies*. Er rief nach dem Barkeeper. Der tauchte aus dem Dunkel der hinteren Roadhouse-Regionen auf, wo er scheinbar das eine oder andere Huhn gerupft hatte, jedenfalls klebten ihm Federn im Haar und an seinem durchgeschwitzten Hemd. Siebeneisen bestellte Rum. Er trank das Glas in einem Zug aus. Der Alkohol sackte durch Richtung Magen; auf seinem Weg nach unten traf er an irgendeiner dunklen Ecke auf den Jetlag, der dort nur auf einen Kumpel gewartet zu haben schien. Die beiden verbündeten sich sofort: Siebeneisen wurde schlagartig müde. Und Lucky Jim fiel gerade die Geschichte ein, die ihm damals in den Flinders passiert war, als er mit dieser Riesenladung TNT losgeschickt wurde, um eine alte Silbermine zu sprengen, und wie ihm mitten im Nichts nacheinander drei Reifen geplatzt waren und er zwei Tage ohne Wasser festsaß und nur grüne Ameisen zu essen hatte, schmecken ja wie Zitronen, und wie ihn der Suchhubschrauber nur deshalb fand, weil er einen halben Berg in die Luft jagte, als der Heli hoch über ihm kreiste.

»Das Loch kannste heute noch sehen! 800 Kilo TNT hab ich verpulvert! Steht sogar im *Lonely Planet* – die schreiben, es sei der Krater eines Kometeneinschlags aus dem Jura!«

Manchmal macht die Zeit so was ja. Schert sich einen Dreck um Einstein und das Universum und tut stattdessen endlich mal, wozu sie Bock hat. Trödelt herum, zieht sich selbst in die Länge. Checkt mal ab, wie das ist, wenn sie kurz stehen bleibt. Dabei entsteht in der irritierten Struktur des Universums ein seltsames Geräusch, eine Art weißes Rauschen – ganz ähnlich jenem Ton, den Siebeneisen nun in der Ferne hörte und der unaufhörlich näher zu kommen schien. Irgendwann war das Rauschen so laut, dass Luckys Episoden wie durch dichten Nebel zu ihm waberten und sich Wörter wie »Hubschrauberabsturz«, »Ganzkörpergips«, »Krankenschwester« und »Miss Australia« zu surrealen Sinngebilden zusammensetzten. Siebeneisens Kopf bekam zunehmend Probleme mit der Schwerkraft und fiel immer wieder nach vorne. Irgendwann drückte er sich gegen den Widerstand der Atmosphäre von seinem Barhocker nach oben und stand auf, stand auf und schwankte wortlos zum Ausgang. Als er an dem Kamel vorbeikam, war es ihm, als zwinkere das Tier ihm mit seinem linken Auge zu.

Draußen schloss ihn die Hitze des Outbacks in ihre Arme. Die Sonne hing über der Wüste wie ein roter Flummi, der gerade von der heißen Erde zurückgeschnellt war.

5

Der frühe Morgen ist die schönste Tageszeit im Outback. Jene Stunden zwischen Noch-nicht-mehr-Nacht und Noch-nicht-ganz-Tag, wenn die Welt ganz bei sich zu sein scheint, wenn kein Motorengeräusch das liebliche Zirpen der Zikaden unterbricht und kein Cold Chisel-Gitarrensolo das zarte Rascheln aus den Büschen, wo sich die Giftschlangen schläfrig aneinanderkuscheln. Jene Minuten, in denen die Sonne noch hinter dem Horizont trödelt, der Himmel voller Vorfreude auf die anstehenden Backofentemperaturen aber schon mal vorsorglich rot angelaufen ist. Manchmal streicht dann sogar ein sanfter Wind über die ausgebrannte Outbackerde, der kleine Sandhosen aufwirbelt und so tut, als trage er den Duft von blühenden Gärten heran. Und dort, wo der Horizont noch dunkel ist, hängt die Milchstraße wie ein bleicher Bumerang am Himmel. Anders gesagt: An einem frühen Morgen macht das Landesinnere Australiens einen beinahe liebenswerten Eindruck. Zumindest so lange, bis man mit seiner Reisetasche auf den Parkplatz kommt und entdeckt, dass ein hagerer Mann in flaschengrünen Shorts am Auto lehnt und auf ein Känguru einredet.

Für einen Moment dachte Siebeneisen, er habe sich geirrt und das da vorne sei nicht sein Mietwagen, aber da hatte Lucky Jim ihn entdeckt, gewunken und irgendetwas in seine Richtung gerufen. Und dann kam das Känguru auch schon auf ihn zugehüpft und stellte Siebeneisen seine Vorderpfoten auf die Brust. Das hier ist nicht wahr, dachte er, nein, nein, nein, das ist nur ein böser Albtraum, der dir in die Augen schaut, mehr nicht, Du! Musst! Jetzt! Aufwachen! Das Nächste, was er spürte, war eine feuchte Zunge im Gesicht. Und, gleich anschließend, ein kurzes Getrommel auf seiner Brust. Offenbar war das die Känguru-übliche Art, einen Fremden zu begrüßen.

»*Meet my mate Wilbur!*«, rief Lucky Jim zu ihm hinüber, »keine Angst, der tut nichts!«

Tat Wilbur aber doch – er baute sich erneut vor Siebeneisen auf und begann, an ihm herumzuschnüffeln. Siebeneisen versuchte, sich wegzudrehen, nach links, nach rechts, nach hinten, aber das Känguru tänzelte mühelos in die jeweils richtige Schnüffelposition. Es hatte seinen Kopf zwischen zwei Hemdknöpfe gesteckt und schnupperte dort weiter, während Siebeneisen verzweifelt versuchte, es von sich wegzudrücken. Lucky Jim rief ihm vom Auto zu, dass er das Tier als Junges adoptiert habe, die Mutter überfahren, das Kleine im Beutel, ganz zutraulich, man glaubt es nicht, und dann so schnell so groß geworden, mein lieber Mann, dabei fresse es nur Grünzeugs, 47 Kilo beim letzten Wiegen und noch nicht ausgewachsen, aber immer hungrig. Siebeneisen versuchte, das so schnell so groß gewordene Känguru daran zu hindern, ihn in den Sand zu ringen.

»Was willst du?!«, rief er zu Lucky Jim hinüber, als ob er es nicht längst wüsste.

»Hab von Matt an der Rezeption gehört, dass du nach Noolia fährst. Kannste uns vielleicht mitnehmen?«

Die folgenden Stunden vergingen wie befürchtet. Natürlich hatte Siebeneisen die beiden nicht zurücklassen können, der nächste Bus wurde hier draußen bestimmt nicht vor 2027 erwartet, das hatte er nicht übers Herz gebracht. Vor allem nicht, weil Wilbur ihn die ganze Zeit mit seinen traurigen Känguruaugen angeschaut hatte. Jetzt hoppelte und rumpelte sein kleiner Mietwagen schon seit ein paar Stunden über eine stetig schlimmer werdende Piste Richtung Noolia. Draußen war alles wie gehabt. Man sah geisterweiße Eukalyptusbäume in einer roten Unendlichkeit. Verbrannte Süßgräserbüschel, schwarze Aschehaufen, aus denen wundersamerweise neues Grün spross. Und Termitenhügel, tausende aus der roten Erde ragende Miniaturwolkenkratzer. Auf dem Sitz neben Siebeneisen lag Wilbur und schlief. Lucky Jim hatte darauf bestanden, dass das Känguru vorne mitfahren durfte, »ihm wird hinten schnell schlecht, und das willst du deiner Mietwagenfirma nicht antun, *mate*«. Er hing quer über dem Rücksitz, trank mittlerweile sein bestimmt zwölftes *tinnie* und monologisierte. Von Pferderennen, Schlangenbissen, Wetttrinken und Achsenbrüchen. Siebeneisen lenkte sich ab, indem er darüber nachdachte, wie verschiedene Regisseure diese Fahrt durch das Outback verfilmen würden. Fellini hätte die wenigsten Probleme damit gehabt, der hätte bloß die Kamera mitlaufen lassen müssen und vor allem den Ton, gegen die Surrealität der Dialoge war das *Schiff der Träume* ein Theaterstück für Drittklässler. Kubrick? Hätte den Mietwagen aus der Luft gefilmt, ein kleines, abgeschlossenes Universum, isoliert in der bedrohlichen Natur, so wie Jack Nicholsons VW-Käfer in der Eingangssequenz von *The Shining*. Wim Wenders würde sich für Schwarz-Weiß entschieden haben, natürlich, er hätte eine klagende Gitarre unter die Bilder gelegt und ein Foto von Nastassja Kinski aufs Armaturenbrett geklebt. Und bei Jim Jarmusch wäre das Auto zu den Klängen von Tom Waits durch die Wüste gerumpelt, den Siebeneisen sehr bewunderte. Die Geräusche, die Stoßdämpfer, Auspuff und Bodenblech des Mietwagens von sich gaben, erinnerten frappant an Waits' Rhythmen, die er mit Pfannen und Kochtöpfen aus dem Sezessionskrieg erzeugte, wenn er in der Scheune hinterm Haus seine Songs aufnahm.

Der Boxzirkus campierte weit draußen vor Noolia, auf einem eingezäunten Gelände, das man auf einem Foto jedem Geografen als Teil der Sahelzone hätte verkaufen können. Mittendrin hockte eine Art Zirkuszelt. Es war rot-weiß gestreift und nicht richtig abgespannt, jeder Windstoß blähte es auf wie einen Fesselballon kurz vor dem Start. Neben dem Zelt stand ein Wohnwagen, auf der anderen Seite parkten sechs oder sieben verbeulte Kleinwagen und ein Laster, der aussah, als sei er beim letzten Golfkrieg der amerikanischen Artillerie im Weg gewesen. Außerdem gab es noch mehrere quer stehende Anhänger und etwas, das wie eine zusammengefallene Hüpfburg aussah. Das Ganze wirkte wie eine Mischung aus Mittelalterjahrmarkt und *Mad-Max*-Kulisse. Von einer Imbissbude war nichts zu sehen.

Siebeneisen steuerte den Wagen durch das Gatter im Zaun. Lucky Jim war eingeschlafen und brabbelte leise auf dem Rücksitz vor sich hin, wahrscheinlich träumte er von Auftritten vor großem Publikum. Wilbur gähnte und streckte alle viere von sich. Siebeneisen tätschelte das Känguru sanft, stieg aus und ging hinüber zum Zirkuszelt. Als er es fast erreicht hatte, öffnete sich die Tür des Wohnwagens nebenan. Ein kräftiger Mann in fleckigem T-Shirt, Shorts und Hut erschien in der Tür.

»Kann ich helfen?«

Siebeneisen stellte sich vor. »Ist Sheila da? Ich würde sie gerne sprechen. Es handelt sich um eine Familienangelegenheit.«

Der Mann in der Wohnwagentür zog an einem Joint.

»Da bist du einen Tag zu spät, *mate*. Sheila ist schon vor nach Birdsville. Da steht am Wochenende unser Zelt. Gab noch ein paar Dinge dort zu klären. Das wird immer eine Riesenshow.«

Siebeneisen war nicht sonderlich überrascht. Im Gegenteil: Es hätte ihn überrascht, wenn er Sheila hier getroffen und eine halbe Stunde später auf dem Rückweg nach Cairns gewesen wäre. So lief das nicht. So lief nichts, was Schatten und/oder Wipperfürth anleierten, das fing beim Besorgen neuer Tipp-Kick-Bälle an und setzte sich bei Flugbuchungen und jetzt eben mitten im australischen Outback fort.

»Wie weit ist es denn bis Birdsville?«

»600 Kilometer. Kannst dich morgen früh an uns dranhängen. Da draußen gibt es noch nicht einmal eine Tanke, nur Scheißhitze und Fliegen. Bleibst mit deinem Mietwagen besser bei uns.«

Der Mann zog wieder an seinem Joint. »Ich bin Spencer. Mir gehört der Laden hier. Kannst du boxen?«

Zwei Stunden und ein paar *tinnies* später ließ Siebeneisen den Beifahrersitz in seinem Auto in die Waagerechte hinunter und schloss die Augen. Er hatte ein gutes Gefühl. Der aufgewachte Lucky Jim war soeben in Spencers Wohnwagen verschwunden, wahrscheinlich zu Vertragsverhandlungen, wobei Siebeneisen sich fragte, wie jemand mit der Statur eines Lucky Luke auf die Idee kommen konnte, als Boxer anzuheuern. Wilbur befand sich irgendwo dort draußen auf Erkundungshopps. Und Sheila O'Shady wartete in Birdsville, wo er sie in zwei Tagen treffen würde, indem er sich einfach hinter die Boxer hängte. Ihr Boss aber schien schwer in Ordnung zu sein. Spencer hatte ihm beim Begrüßungs*tinnie* im Wohnwagen ein T-Shirt geschenkt, das ihn als »Proud Member of Spencer's Legendary Boxing Circus« auswies. Damit, sagte er, könne ihm in Birdsville nichts passieren, jeder dort habe einen Heidenrespekt vor seinen Boxern. Siebeneisen fand das klug. Wenn sie morgen früh starteten, würde er auf jeden Fall versuchen, Lucky Jim zu Spencer abzuschieben. Oder zu den Boxern. Zu Menschen, die seine Storys noch nicht kannten, sie aber bestimmt gerne hören würden. Alles in allem, dachte Siebeneisen, bevor sich die Müdigkeit über ihn legte wie ein schweres Tuch, alles in allem geht die Sache ziemlich gut voran.

Das Nächste, was er hörte, waren Flüche, splitterndes Glas und Schreie in der Nacht. Offenbar waren die Boxer aus dem Ort zurück. Siebeneisen stellte seinen Sitz nach oben und versuchte, im Dunkeln etwas zu erkennen. Zu sehen war eine ganze Menge – schemenhafte Gestalten schwankten hin und her, schrien und schwenkten Holzlatten. Neben dem Zirkusfeld flackerte ein Lagerfeuer, in dessen Schein Siebeneisen eine Gruppe Männer ausmachte, die sich prügelten und mit Bierdosen bewarfen. Lucky Jim stand auf dem Dach des Lastwagens, seine dürre Gestalt zeichnete sich vor dem blassen Nachthimmel ab. Er schien die Kombattanten anzufeuern, von denen soeben drei oder vier ineinander verkeilt gegen die Stützpfeiler des Zirkuszeltes gekracht waren, das nun zeitlupenartig in sich zusammenfiel. Dann ging die Tür des Wohnwagens auf, und Spencer erschien, ein Gewehr in der Hand. Siebeneisen hörte einen scharfen Knall. Es wurde schlagartig ruhig. Er beschloss, jetzt und augenblicklich weiterzuschlafen. Er verriegelte sämtliche Autotüren und kippte den Sitz in die Waagerechte zurück.

Am nächsten Morgen kroch der Konvoi wie eine arthritische Raupe auf die Piste. Spencer fuhr den Lastwagen an der Spitze des Zuges, in dem das Zirkuszelt und die Hüpfburg verstaut waren. Dahinter rumpelten die Autos mit den Boxern, ganz am Ende folgte Siebeneisen in seinem neuen T-Shirt. Wilbur saß auf dem Beifahrersitz und blickte feldherrenmäßig aus dem Fenster, seine Känguruaugen huschten hin und her und schienen den Horizont abzusuchen. Der Mann auf dem Sitz hinter ihnen dagegen wirkte wie sediert. Lucky Jim war bleich wie ein Geist, eine gewaltige Pilotensonnenbrille verdeckte die Hälfte seines Gesichtes und ließ nur erahnen, in welche tiefen Höhlen sich seine Augen zurückgezogen hatten.

Siebeneisen hatte Lucky geradezu gedrängt, wieder zu ihm in den Mietwagen zu steigen, nachdem er die Boxer beim Frühstück kennengelernt hatte. Spencers Truppe bestand aus arbeitslosen Kängurujägern, saufenden Cholerikern und anderen Wahnsinnigen, so viel war Siebeneisen nach zwei Scheiben Wabbelweißbrot und einem Becher Pulverkaffee klar. Sie trugen Irokesenfrisuren, Tätowierungen auf beinahe jedem Oberkörperquadratzentimeter und Namen wie Black Mamba, The Undertaker oder Make My Day. Der hockte beim Frühstück neben Siebeneisen auf einer alten Kiste und fragte ihn mit Blick auf das T-Shirt, ob er als neues Teammitglied angeheuert habe. Siebeneisen versuchte zu erklären, dass er nur mit nach Birdsville komme, um nicht allein durch die Wüste fahren zu müssen, nur deshalb, worauf Make My Day in den Sand rotzte und Siebeneisen aufforderte, ihm vor der Abfahrt an der Tankstelle eine Palette Dosenbier zu kaufen, »wenn du mir schon keins aus Deutschland mitgebracht hast!« Siebeneisen beschloss, das nicht auszudiskutieren. Glücklicherweise machte The Undertaker in jenem Moment eine offensichtlich unpassende Bemerkung über Make My Days Freundin, worauf Make My Day ein Glas Vegemite Richtung Undertaker schleuderte, aber nur den Außenspiegel von Spencers Lastwagen traf. Siebeneisen beschloss, sich schon mal langsam aufbruchsfertig zu machen.

Und jetzt zockelte er also mit seinen beiden Beifahrern hinter den anderen her. Weil aus den Fenstern des Autos vor ihm immer wieder leere Bierdosen flogen und Make My Day mehrmals seine geballte Faust aus dem Fenster reckte, ließ Siebeneisen ein paar Hundert Meter Abstand zwischen sich und dem Konvoi.

»Dieser blöde Idiot!« Lucky Jim war aufgewacht. »Spencer

sollte ihn einfach nicht mehr mitnehmen. Spätestens seit der Sache mit den Mäusen nicht mehr.«

Siebeneisen wartete auf den üblichen Monolog von der Rückbank, aber offenbar war Lucky Jim zu verkatert, um wie sonst üblich einen Nebensatz an den anderen zu tackern.

»Welche Mäuse?«

»Vor dem Boxzirkus gehörte Spencer ein Mäusezirkus. Alle dressiert. Konnten oben auf den Waggons einer Spielzeugeisenbahn fahren. Sogar Loopings. Die Leute waren völlig verrückt nach der Show. War in ganz Australien unterwegs.«

»Und?«

»Funktionierte natürlich nicht von selbst. Spencer hat die Mäuse mit Sekundenkleber auf die Eisenbahnwaggons geklebt. Hat das Ganze ›Psychadelic Mouse Circus‹ genannt. Irgendwann sind ihm die Tierschützer auf die Schliche gekommen. In Sydney haben ihn dann die Bullen während der Vorführung hochgenommen.«

»Und Make My Day? Hat der den Schrankenwärter gespielt?«

»Der war damals für die Mäuse verantwortlich. Hat sie gefüttert und ihnen nach der Show den Kleber von den Pfoten gelöst und all das, verstehste? Als die Bullen die Eisenbahnanlage beschlagnahmen wollten, hat er mit einem Schienenstrang auf sie eingeschlagen. Kannste dir das vorstellen?«

Das konnte Siebeneisen, sogar sehr gut konnte er das. Seit seiner Ankunft auf diesem Kontinent hatte er kaum einen Menschen getroffen, der nach Oer-Erkenschwicker Maßstäben als halbwegs normal durchgegangen wäre. Da wunderte es ihn überhaupt nicht, dass ein mäuseliebender Schläger Polizisten mit den Schienen einer Spielzeugeisenbahn verdrosch. Und auch nicht, dass Lucky Jim durch seine Erinnerungen an den Psychadelic Mouse Circus nun allmählich in Fahrt kam und ein weiteres Potpourri herzerwärmender Lagerfeuergeschichten von sich gab, die sich vom Mäusepolizeieinsatz in Sydney über Razzien auf Krabbenfischerbooten bis zu historischen Anekdoten über Ned Kelly spannten, offenbar ein Gesetzloser, der im 19. Jahrhundert im Outback unterwegs gewesen war und den Reichen genommen hatte, um den Armen zu geben. Siebeneisen hatte kurz vor seiner Abreise *Robin Hood* im Kino gesehen, mit Cate Blanchett als Lady Marian, und jetzt merkte er, wie seine Gedanken abschweiften, Richtung Sherwood Forest und ein Leben in Baumhäusern. Das Gelaber vom Rücksitz, das Gerumpel auf dieser ausgefahrenen Piste, das leise Schnarchen des Kängurus, die Hitze – all das führte dazu, dass er allmählich in eine Art Kokon zu rutschen schien. In eine kleine, eigene Welt, in der die Realität keine Rolle spielte und stattdessen eine ätherische Cate Blanchett über dem Morgentau schwebte. Bis er merkte, dass das da auf seiner Schulter Lucky Jims Hand war.

»Wo sind denn die anderen? Die waren doch eben noch vor uns! Haben wir irgendwo 'ne Abzweigung verpasst?«

Als sie Birdsville elf Stunden später erreichten (und damit etwa sieben Stunden nach den anderen, die an der einzigen Kreuzung weit und breit die Hinweisschilder beachtet hatten), thronte das rot-weiße Zirkuszelt der Boxer neben der Kneipe in der Ortsmitte. Ortsmitte? Auch Birdsville war nicht viel mehr als der Schnittpunkt zweier Pisten. Allerdings ein sehr belebter Schnittpunkt. Sie mussten das Auto draußen im Outback stehen lassen, weil in der Ortsmitte selbst schon überall Autos standen. Siebeneisen schätzte, dass sich von den vielleicht 2000 Menschen, die sich hier eingefunden hatten, etwa 1900 vor dem Zelt drängten. Die Übrigen standen vor Sheila O'Shadys Hotdog-Bude. Er beschloss, mit der Kontaktaufnahme bis nach der Show zu warten, wenn alle ihr Würstchen gegessen hatten, das schien ihm passender, als mit der Tür ins Haus zu fallen. Vorher würde er sich die Vorführung im Zelt ansehen.

Spencers Boxzirkus funktionierte nach einem einfachen Prinzip: Jeder aus dem Publikum, der gegen einen der Boxer antrat, konnte 50 Dollar gewinnen – wenn es ihm gelang, seinen Gegner K.o. zu schlagen. Der Ausgang war dem Zirkusbesitzer natürlich völlig egal, er verdiente an den Zuschauern, gut 400 passten in sein Zelt, 30 Dollar kostete der Eintritt, drei Shows gab es heute, drei weitere morgen. Spencer stellte die Paarungen persönlich zusammen.

»Dazu brauchst du einen Kennerblick«, erklärte er Siebeneisen, als die Zuschauer ins Zelt strömten, »ansonsten gibt es ganz schnell Ärger.«

»Wieso denn das?«

»Wenn ein Boxer wesentlich besser ist als sein Gegner, dauert der Kampf möglicherweise nur ein paar Sekunden. Das mögen die Leute überhaupt nicht. Einen dieser kurzen K.o.-Kämpfe am Abend kannst du dir leisten, der ist meistens sogar gut für die Stimmung. Passiert das aber ein zweites Mal, geht die Show zu schnell vorbei. Dann fühlen sich die Leute um den Eintritt geprellt und werden sauer.«

Siebeneisen nickte. Das war ja nachvollziehbar, die Leute wollten etwas sehen für ihr Geld. Er sah hinüber zur anderen Seite des Boxrings, wo gerade eine Gruppe Männer Platz nahm. Sie trugen schwarze Lederhosen, Jeanswesten mit Aufnähern und Bärte wie die Musiker von ZZ Top. Als sie saßen, starrten sie regungslos Richtung Ring. Siebeneisen ließ seinen Blick durch das Zelt wandern: Auch viele der übrigen Zuschauer machten nicht unbedingt einen vertrauenerweckenden Eindruck. Die könnte man problemlos mit den Boxern aus Spencers Truppe austauschen, dachte er, das würde nicht auffallen.

»Wo soll ich mich denn hinsetzen?«

»Am besten hier vorne, in die erste Reihe. Da siehst du in deinem T-Shirt wie ein Ordner aus. Das flößt den Leuten Respekt ein.«

Also suchte sich Siebeneisen einen freien Platz auf einer Sitzbank gleich am Ring. Und wusste bereits wenige Minuten nach Beginn der Vorstellung, dass Spencer einen anstrengenden Abend haben würde: Lediglich die Anwesenheit des Boxzirkusdirektors verhinderte, dass sich die Kämpfe im Ring zu Schlimmerem ausweiteten. Gerade eben, beim Eröffnungskampf des Abends, hatte The Undertaker seinen Herausforderer zu Boden gestreckt, einen massigen Eisenbahnarbeiter, der allerdings schon ohne Zutun seines Gegners kaum noch geradeaus gehen konnte. Leider nahm seine Frau die Niederlage ihres Gatten sehr persönlich und traktierte The Undertaker nun mit ihrer Handtasche, die sie wie ein Lasso über ihrem Kopf schwang. Spencer stellte sich vor seinen Boxer, vier Leute aus dem Publikum zerrten die keifende Frau mit ihrer Tasche zurück auf die Sitzbank. Als Nächstes stieg Make My Day in den Ring. Offensichtlich kannte man ihn hier bereits, beziehungsweise seine Vorliebe für Bier, jedenfalls hagelte es einen Schauer leerer Blechdosen, die Make My Day heroisch lächelnd zur Seite kickte. Er benötigte zwanzig Sekunden bis zum K.o. Also nur unwesentlich länger als für das Leeren einer Dose.

Und dann kam tatsächlich Lucky Jim, der dürre, hagere Lucky Jim, der seine Pilotenbrille trug und das erst bemerkte, als Spencer ihn darauf aufmerksam machte, der schon bei der Begrüßung seines Gegners auf diesen einredete und damit auch nicht aufhörte, als der Kampf begonnen und sein Kontrahent die ersten Luftlöcher geschlagen hatte. Der Mann wog etwa viermal so viel wie Lucky, hatte zehnmal so viel Muskelmasse und trug einen langen Bart. Siebeneisen sah hinüber zu den ZZ-Top-Männern. Sie starrten nicht länger schweigend vor sich hin, sondern waren aufgesprungen, feuerten ihren Kumpel an und beschimpften seinen Gegner mit wüsten Ausdrücken. Lucky Jim schien das nicht zu beeindrucken, er hüpfte auf seinen dünnen

Beinchen im Ring herum, als probe er einen Renaissancetanz. Das Publikum johlte und jubelte, und Lucky hob die Arme wie ein Dirigent und rief »Schwebe wie der Schmetterling, stich wie die Biene!«, und dann schlug er zu, ein einziges Mal schlug er zu, und sein bärtiger Gegner verdrehte die Augen und klatschte auf die Matte und blieb liegen.

Wahrscheinlich hätte Siebeneisen in diesem Moment einfach sitzen bleiben sollen. Oder vor der Show ein anderes T-Shirt anziehen müssen. Die Kombination aus jubelndem Aufspringen und leuchtendem »Proud Member of Spencer's Legendary Boxing Circus«-Schriftzug aber war keine glückliche – die ZZ Tops auf der anderen Seite des Rings jedenfalls empfanden das so. Einer von ihnen zeigte mit dem Finger auf ihn, drei oder vier andere begannen, über die anderen Zuschauer auf ihn zuzuklettern, was den anderen Zuschauern aber überhaupt nicht gefiel, was zuerst zu Geschubse, dann zu Gestoße und sehr bald zu Gekeile führte. Fassungslos sah Siebeneisen, wie eine vierhundertköpfige Zuschauermenge übergangslos in eine vierhundertköpfige Massenschlägerei morphte. Im Ring waren Lucky und Spencer in einem Pulk aus Menschen verschwunden, die Frau mit der Handtasche schlug nun auf Luckys Gegner ein, Make My Day wehrte mit der rechten Hand heranfliegende Bierdosen ab und zerrte – in Ermangelung von Spielzeugeisenbahnschienen – mit der Linken an der Verankerung einer Sitzbank. Und vor Siebeneisen tauchte jener Bärtige auf, der eine Ewigkeit beziehungsweise neuneinhalb Sekunden zuvor auf ihn gezeigt hatte. Das Letzte, an das sich Siebeneisen erinnerte, waren zwei riesige Kängurupfoten, die etwa auf Höhe seines Kinns von links hinten an ihm vorbeiflogen.

6

Er konnte sehen, dass sie mit ihm sprach, er sah, wie ihre Lippen unhörbare Worte formten, er hätte ihr stunden-, ach was: tagelang dabei zusehen können. Siebeneisen betrachtete Cate Blanchett, wie sie ihn, Siebeneisen, betrachtete. Er wusste nicht, warum sie da war und nicht, warum sie mit ihm sprach, aber das spielte auch keine Rolle. Nur diese Lippen waren jetzt wichtig, die Lippen und diese blassen Augen. Siebeneisen sah in sie hinein, tief hinein, und dann kroch ein Bild aus seiner Vergangenheit in sein Bewusstsein, etwas, das er vergessen hatte und das nun ganz allmählich zurückkam, etwas, das mit Sherwood Forest und dem Sheriff von Nottingham zu tun hatte. Er kniff die Augen zusammen, was zu einem entsetzlichen Gerumpel in seinem Kopf führte. Trotzdem versuchte er es:

»Lady Marian?«

»Er kommt zu sich!« Die Augen hatten sich kurz abgewendet, jetzt schauten sie ihn wieder an. Und die Hände zu den Augen waren unter seinem Hinterkopf und hoben ihn sachte nach vorne, und an seinen Lippen war plötzlich ein Glas. Er trank und fühlte sich sofort viel besser.

»Hab doch gesagt, dass der was wegstecken kann«, sagte eine Stimme irgendwo im Raum, »ich kannte mal einen, der hat es damals in Darwin gleich mit fünf Rodeoreitern aufgenommen, verstehste, Jack hieß der, war ein Cousin von Mighty Rob, der Rob, den sie Weihnachten 72 ...«

Siebeneisens Kopf wurde abgelegt, ganz sanft auch das, dann war da ein »Ist ja gut ... ich geh ja schon ...« und ein ziemlich energisches »Raus jetzt!«, und es war still. Die Augen erschienen wieder über Siebeneisens Kopf.

»Ich bin Sheila O'Shady«, sagt Lady Marian. Beziehungsweise Cate Blanchett.

Siebeneisen hatte keine schlimmeren Verletzungen. Oder zumindest keine, die im australischen Outback als solche galten. Der Gesichtsbereich ab seiner Oberlippe aufwärts war geschwollen und blau-gelb-lila verfärbt, an der linken Schläfe war ein kleiner Cut, eine Rippe war geprellt, die gebrochene Nase hatten ihm bereits die Flying Doctors gerichtet, die nach der Massenschlägerei im Zelt mit einer Cessna und mehreren Kisten Verbandsmaterial nach Birdsville geflogen waren. Ziemliche Mengen dieser Binden waren nun um seinen Schädel gewickelt, wie Siebeneisen tastend feststellte, nachdem er sich aufgerichtet und die Welt um ihn herum ihr wirres Kreiseln eingestellt hatte. Neben ihm saß Wilbur, kratzte sich an seinem Beutel und schaute Siebeneisen an, als sei der vier Tage nach Pearl Harbor in einem Militärhospital auf Oahu aufgewacht und müsse das ganze Schlamassel nun behutsam erklärt bekommen. Das Känguru trug einen Verband um die rechte Vorderpfote, offensichtlich hatte sein Rettungseinsatz im Zelt Spuren hinterlassen. Siebeneisen stellte sich vor, wie das Gesicht des Mannes aussah, in das Wilbur mit 130 km/h gesprungen war, die Hinterläufe vorneweg. Er tätschelte das Tier. Sheila O'Shady kam mit einem Hotdog in der Hand zu seinem Bett. Einen Moment lang fragte sich Siebeneisen, ob alle Hotdog-Verkäuferinnen im australischen Outback aussahen wie Elbenfeen. Dann beschloss er, seinen Job zu erledigen. Jetzt. Sofort.

Und natürlich war Sheila O'Shady sprachlos. Was hätte sie auch anderes sein sollen? Siebeneisen dachte an Schattens Auftritt donnerstags im Fetten Hecht. Damals wusste er schon ein paar Tage, dass er möglicherweise 50 Millionen geerbt hatte und wirkte immer noch geschockt. So eine Nachricht musste man erst einmal wegstecken, dachte er, selbst ein gestandener Kerl wie Schatten musste das. Da konnte man von einer Würstchenverkäuferin nicht erwarten, dass sie hier sofort alles stehen und liegen lassen würde, sich in sein Auto setzte und mit ihm zurück nach Cairns fuhr, wo sie erreichbar wäre, wenn alle anderen Erben gefunden waren.

»Ich könnte jetzt hier natürlich sofort alles stehen und liegen lassen, mich in dein Auto setzen und mit dir zurück nach Cairns fahren«, sagte Sheila O'Shady. Sie war zum Fenster gegangen und schaute hinaus. »Da wäre ich erreichbar, wenn alle anderen Erben gefunden sind.«

Siebeneisen sagte nichts. Er überlegte, ob er seit seinem K.o. möglicherweise alles laut aussprach, was er eigentlich nur denken wollte.

»Aber mal ganz im Ernst: Da würde ich doch verrückt werden.« Sheila drehte sich zu ihm um.

»So, wie sich das anhört, dauert das noch ewig, bis du alle deine Schäfchen zusammenhast. Da bleibe ich besser bei den Jungs und tingele mit denen weiter durchs Outback. Ich kann mich ja von jedem Ort aus bei diesem Typen melden, der deine Reise von Deutschland aus organisiert. Wie hieß der noch gleich?«

Drei Tage später erhaschte Siebeneisen in der Lobby seines Motels einen Blick auf sein Spiegelbild: Er sah aus wie etwas, das Howard Carter 1922 im Tal der Könige aus einem Sarkophag befreit hatte. Die Rezeptionistin erkannte ihn trotzdem – irgendwo zwischen den Bandagen schaute ein Stück mit textmarkergelbem Klebeband geflickter Brillenbügel hervor. Sie überreichte ihm einen Zettel. Siebeneisen entzifferte ein gekrakeltes *Call Whipperfeert @ Vetter Hascht*. Moment, sagte sie, da sei noch eine zweite Nachricht. Noch ein Zettel, wieder von Whipperfeert: *Next Stop: Lo Monthang, Nepal, Himalaja.*

7

(Eine Woche später. Kathmandu, Nepal.)

Die Menschen waren vor ihm zurückgewichen, schon am Flughafen, auch im Hotel, hier aber, in den vollen, engen Gassen von Kathmandus Altstadt, wo geschoben und gedrängelt und gedrückt wurde, hier war es ganz offensichtlich: Die Leute fürchteten sich vor ihm. Änderten die Richtung, wenn er auf sie zukam, schlugen kleine Bögen, drehten ab in Seitengassen, blieben plötzlich interessiert an völlig uninteressanten Schaufenstern stehen. Kleine Kinder versteckten sich hinter den Beinen ihrer Mütter; eben war ihm eine Tür vor der Nase zugeschlagen worden. Und zwei dralle amerikanische College Girls in unmöglich engen Shorts hatten versucht, ihm – *»Oh my God! Oh! My! God!«* – ein paar völlig zerfledderte Rupienscheine in die Hand zu drücken. Erst als er plötzlich einem ebenfalls bandagierten Mann gegenüberstand, wurde Siebeneisen klar, dass alle ihn für einen leprakranken Bettler hielten. Er musste unbedingt mit diesem Jigme telefonieren und ihn vorwarnen, der Mann wusste ja nichts von den optischen Folgen seiner Outback-Schlägerei. Und dann musste er diese Bandagen abnehmen. Ganz gleich, wie er unter ihnen aussah.

Wipperfürth hatte ihm bei ihrem Telefonat in Cairns nicht wirklich viel sagen können. Oder sagen wollen. Siebeneisen sollte als Nächstes in den Himalaja fliegen. Nach Nepal. Nach Kathmandu. Und von dort weiter in die Berge, nach Jomoson, einem Kaff in der Nähe der Annapurna. Dort würde er von einem Mann namens Jigme erwartet werden, offensichtlich ein Fahrer. Wipperfürth hatte herausgefunden, dass Liam O'Shady als Zahnarzt in Mustang arbeitete, einem kleinen Königreich, das sich die Nepalesen irgendwann unter den Nagel gerissen hatten, weil sie befürchteten, dass die Chinesen eines schönen Tages über diesen Einschnitt in der Kette der Achttausender einmarschieren könnten – so jedenfalls hatte ihm Wipperfürth das in einem kleinen geopolitischen Referat am Telefon erklärt. Siebeneisen kannte dieses Mustang nicht, aber im Hotel hatte ein Flugticket nach Jomoson für ihn gelegen, also schien das schon alles seine Richtigkeit zu haben. Von Jomoson würde ihn dieser Jigme dann schnell nach Mustang zu Liam O'Shady bringen. Siebeneisen sah auf dem Ticket nach der Ankunftszeit in Jomoson: 17:30 Uhr. Gut möglich, dass sie zum Abendessen bereits alles erledigt hätten.

Der Verband um seinen Kopf ließ sich schnell lösen. Siebeneisen stand vor dem Badezimmerspiegel. So schlimm war die Sache nicht! Ein wenig wie ein Waschbär sah er noch aus. Beide Augen lagen in schwarzblauen Höhlen, das linke war dazu noch ziemlich geschwollen. Aber seine Nase hatte der Flying Doctor in Birdsville wunderbar gerichtet, nur ein leichter Knick war zu sehen. Sein Profil erinnerte nach dem unrühmlichen Zwischenfall ein wenig an das eines römischen Imperators, befand Siebeneisen. Drei, vier Kilo weniger, und man könnte es als klassisch bezeichnen. Er beschloss, in der kleinen Ayurveda-Apotheke neben dem Hotel vorsichtshalber neue Mullbinden zu kaufen und sich vielleicht auch eine kleine Reiseapotheke zusammenstellen zu lassen. Anschließend würde er seinen ersten Abend in Nepal mit einem angemessenen Abendessen begehen.

Der Flug nach Jomoson erwies sich am nächsten Tag als luftfahrttechnisches Äquivalent zu einer Achterbahnfahrt auf der Oer-Erkenschwicker Herbstkirmes. Der Pilot steuerte die kleine Propellermaschine nach dem Start ziemlich rasch im Steilflug Richtung Berge, wo sie etwa viereinhalb Minuten später in die ersten Turbulenzen geriet. Das Flugzeug sackte ab, die Gepäckfächer sprangen auf, und Siebeneisen fing einen Rucksack auf, der sich von oben seinen blauen Augen näherte. Er blickte aus dem Fenster und sah einen Bergrücken auf sich zurasen. Kurz bevor der Berg da war, korrigierte der Pilot den Kurs, die Maschine drehte ein klein wenig bei und ließ zwischen ihrem rechten Flügel und einem heimtückisch gezackten Felsgrat etwa zwei Handbreit Platz. Dann fiel das Flugzeug in ein Luftloch und der Rucksack erneut aus dem Gepäckfach, gefolgt von einer großen Pappkiste, aus der nach dem Aufprall im Mittelgang drei Hühner entkamen und laut gackernd vielversprechende Flugversuche starteten. Irgendwer schrie. Ein Mann aus der ersten Reihe stand auf und versuchte, die Hühner einzufangen. Irgendwer schrie lauter. Der Kopilot kam mit einem Tablett Tee aus dem Cockpit und lächelte, als wisse er, nur er allein, um die geheimnisvollen Künste des Piloten und dass man mit ihm immer unversehrt ans Ziel komme. Zum ersten Mal in seinem Leben wünschte Siebeneisen, er sei Wipperfürth, Meister der Zen-Gelassenheit. Dann flog ihm eines der Hühner ins Gesicht.

»Sie müssen Mr Siebeneisen sein!« Der Mann vor ihm reichte ihm bis zur Schulter und trug eine signalfarbene Daunenjacke, die ihn so breit wie hoch erscheinen ließ. Siebeneisen schüttelte Jigme die Hand.

»Ja, der bin ich. Schön, Sie zu sehen!«

»Hatten Sie einen guten Flug?«

»Oh ja. Unvergesslich. Man hatte den Eindruck, dem Himmel sehr nahe zu sein.«

Jigme lächelte wissend. Wahrscheinlich fliegt er ständig in solchen Höllenmaschinen, dachte Siebeneisen. Er beschloss, sofort zur Sache zu kommen, bevor Einzelheiten seiner Anreise diskutiert werden würden.

»Wie lange fahren wir zu Mr O'Shady? Wann treffen wir ihn?«

Jigme schien die Frage nicht richtig verstanden zu haben. Er lächelte und musterte Siebeneisen von oben nach unten. »Bald, Mr Siebeneisen, wir treffen ihn sehr bald. Es kommt ein wenig aufs Wetter an. Kommen Sie, ich stelle Sie dem Team vor.«

Siebeneisen folgte Jigme aus der Flughafenhalle auf die Straße und fragte sich dabei, was das Wetter mit ihrer Fahrt zu tun hatte und von welchem Team der Mann sprach – ein Jeep und ein Fahrer sollten doch wohl genügen. Draußen herrschte ein unglaubliches Gewimmel, für einen so winzigen Ort wie Jomoson war es erstaunlich voll. Überall waren Männer dabei, große Stapel Kisten, Kartons und Säcke zu verschnüren, andere stapelten Eierkörbe übereinander und schleppten große Blechkessel heran. Siebeneisen gefiel das Treiben. Er dachte daran, wie emsig und fleißig die Menschen in diesem Teil der Welt rackern mussten und bekam ein schlechtes Gewissen, als ihm einfiel, dass er und seine Kollegen zu Hause beim *Tagesboten* sich schon beschwerten, wenn sie abends die komplette Ausgabe eine halbe Stunde lang auf Kommafehler durchforsten mussten. Da war das doch anders hier! Schon spät am Abend, und ein ganzer Ort war noch auf den Beinen und bei der Arbeit! Ein gellender Pfiff riss ihn aus seinen Gedanken. Um ihn herum ließ ein ganzer Ort Kisten und Eierkörbe stehen und stellte sich in einer langen Reihe auf.

»Das sind unsere Männer«, sagte Jigme.

Siebeneisen verstand nicht. Was meinte Jigme? Er versuchte, interessiert zu erscheinen, Jigme wollte ihm sicherlich die Arbeiter seines Transportunternehmens vorstellen, ein stolzer Nepali, der einem Europäer zeigt, wie weit er es gebracht hat.

»Gehören die alle zu Ihrem Unternehmen, Jigme? Sind das alles Fahrer? Sie müssen ja eine ziemliche Autoflotte haben!«

Jigme sah ihn an. Er lächelte verlegen, als wisse er nicht genau, wie er auf so ein Kompliment reagieren solle. Er antwortete nicht. Er lächelte einfach weiter. Und irgendwo in Siebeneisen regte sich etwas. Etwas erwachte. Etwas streckte und reckte sich. Etwas wusste, dass seine Zeit wieder einmal gekommen war. Nebenan, im naiven Teil seines Bewusstseins, wo die Beruhigungs- und Appeasement-Abteilung saß, wurde wie üblich beschwichtigt und beteuert, ach wo, kein Grund zur Sorge, alles in Ordnung, mach dir nicht zu viele Gedanken. Im anderen Teil aber, der, in dem etliche Jahre Erlebnisse mit Schatten und Wipperfürth abgespeichert waren, in dem griente plötzlich eine dicke, fette Gewissheit.

Jigme lächelte noch immer. »Das ist Ihre Expeditionsmannschaft, Mr Siebeneisen, wie von Ihrem Kollegen aus Deutschland angefordert. 38 Mann, Träger und Köche, alles gute Leute. Wir haben natürlich auch einen Schlafsack für Sie, und eine Jacke und Wanderschuhe. Ich bin Ihr Sherpa. Und Ihr Übersetzer. Wir brechen morgen früh auf. Wenn nichts dazwischen kommt, sind wir nach sieben Tagesmärschen in der Hauptstadt Lo Monthang. Mr O'Shady praktiziert dort als Zahnarzt Seiner Majestät.«

8

(ZWEI TAGE SPÄTER. IRGENDWO IM HIMALAJA, AUF DEM WEG NACH LO MONTHANG.)

Der Motte schien das Rampenlicht zu gefallen: Jetzt flatterte sie aufgeregt an der Decke entlang. Siebeneisen folgte ihr mit dem Strahl seiner Taschenlampe und summte »Super Trouper« von Abba. Er war aufgewacht, als das Insekt wild flatternd auf seinem Gesicht notgelandet war – es hatte sich angefühlt, als tanze ein junger Spatz auf seiner Nase Kasatschok. Nie zuvor hatte er eine Motte dieser Größe gesehen. Er konnte auch nicht nachvollziehen, wie ein Lebewesen mit diesen Flugeigenschaften auch nur halbwegs unbeschadet durchs Insektenleben kommen konnte. Die Motte zappelte, als werde sie von einem Zufallsgenerator gesteuert, dotzte abwechselnd gegen Dach und Wände, brummte sich sekundenlang störrisch an irgendeinem Holzbalken fest und stürzte immer wieder Richtung Boden, wo sie im Dunkeln verschwand. Zwanzig Sekunden später irrlichterte sie in wirren Spiralen zurück Richtung Decke. Irgendwo draußen begann ein einsamer Hund zu kläffen. Zwei Minuten später heulten seine zwanzig besten Kumpels um die Wette.

Siebeneisen lag in seinem Schlafsack und schaute durch ein Loch im Dach des Steinhauses hinauf in einen unglaublichen Sternenhimmel. Er konnte nicht schlafen. Wegen der Motte. Weil Rashid schnarchte. Weil ihm jeder Knochen weh tat und sein Kopf wegen der Höhe dröhnte. Und weil es trotz des

Schlafsacks bitterkalt war. Natürlich war es das, dachte er, sie übernachteten auf 4 200 Meter Höhe, da musste er sich nicht wundern – er hätte sich nur richtig vorbereiten sollen. Siebeneisen seufzte. In Kathmandu war er an Dutzenden Läden mit Trekkingausrüstung vorbeigekommen, in denen alles angeboten wurde, was für eine Tour in solche Regionen sinnvoll war. Thermo-Unterwäsche zum Beispiel. Fleecepullover. Skimützen. Und er? Hatte geglaubt, es ginge mal schnell mit dem Jeep zu einer Zahnarztklinik zwei Straßen vom Flughafen entfernt. Statt mit Schattens Kreditkarte die dickste Daunenjacke und die wärmsten Handschuhe zu kaufen, hatte er einen gebrauchten Reiseführer erstanden. Toll gemacht, dachte Siebeneisen. Er stellte sich all die Dinge vor, die Schatten über dieses Mustang in Erfahrung gebracht haben musste, Wipperfürth ihm bei ihrem Telefonat verschwiegen und Jigme ihm dann nach und nach offenbart hatte. Dass keine einzige Straße im ganzen Land existierte, zum Beispiel. Dass es deshalb auch kein Auto gab, und übrigens auch keinen Bahnhof und keinen Hafen und keinen Flughafen. Dass er deswegen bis in die verflixte Hauptstadt namens Lo Monthang laufen musste, wenn er Liam O'Shady treffen wollte, und anschließend auch wieder zurück, insgesamt 140 Kilometer durchs Hochgebirge. Und dann waren da natürlich noch die übrigen Kleinigkeiten, von denen nie die Rede gewesen war: eiskalte Nächte, tollwütige Hunde, Blasen an den Füßen. Und obendrein auch noch ein Aufpasser, der überwachen sollte, dass auch ja kein Kaugummipapierchen im Reich des Königs zurückblieb. Die nepalesischen Behörden wollten eine weitere Müllhalde wie am Everest Basislager vermeiden, hieß es. Deswegen schickten sie jeder Reisegruppe nach Lo Monthang einen Beamten mit.

Das hatte Siebeneisen natürlich nicht geglaubt. Schon nach wenigen Stunden mit diesem Rashid war ihm klar gewesen, dass dieser sogenannte Umweltoffizier nur abgestellt worden war, um die astronomische Summe zu rechtfertigen, die das Visum für seine kleine Expedition kostete. Vielleicht war er auch seinen Vorgesetzten im Büro in Kathmandu auf den Zeiger gegangen, und die hatten gedacht: Hey, super, da kommt doch dieser wahnsinnige Deutsche, der diesen Zahnarzt treffen möchte, dem geben wir unseren Rashid mit, dann sind wir ihn los und bekommen noch einen Sack Rupien dafür. Und jetzt marschierte er also mit ihnen, der Umweltoffizier Rashid. Beziehungsweise: schleppte sich hinter ihnen her. Er trug einen Seidenblouson, eine Stoffhose, Halbschuhe und eine gestrickte Zipfelmütze mit Wikingerschiffmuster. Um seinen Hals baumelte eine kleine Trinkflasche, wie Siebeneisen sie zuletzt im Kindergarten gesehen hatte, hellgrün und mit Marienkäfer-Aufklebern. Außerdem hatte er einen winzigen Fifth-Avenue-Shopping-Rucksack dabei, in dem steckten zwei Stangen Zigaretten und ein Transistorradio. Das Gerät ließ sich offenbar nicht ausschalten und plärrte ununterbrochen Wahlkampf-Propaganda der Regierungspartei in die Berge hinaus, zu der Rashid unentwegt stöhnte und jammerte. Der Umweltoffizier war völlig untrainiert. Die einzigen Berge, die er kannte, waren die auf seinem Schreibtisch. Siebeneisen vermutete, dass er ihren Marsch nicht überstehen würde.

Der erste Tag auf dem Weg nach Lo Monthang hatte mit einem Frühstück in Jomoson begonnen, in einem Zeltlager, in dem neben Siebeneisen und Jigme auch »die Männer« übernachteten. Er war schon vor Sonnenaufgang aus dem Zelt gekrochen, kam aber nicht weit, weil die Holztür des Innenhofes, in dem die Zelte standen, verschlossen war. Also stapfte er in der Eiseskälte im Hof herum, wo es aussah wie in Wallensteins Heerlager: Rucksäcke, Packtaschen, Kisten und Tragegestänge, alles türmte sich in wilden Haufen übereinander und wurde von Hühnern inspiziert, die zwischen den Gegenständen umherstaksten und an Rucksackriemen und Zeltverschlüssen pickten. Wo noch Platz war in diesem Chaos, lagen Kühe. Siebeneisen drückte einen Esel zur Seite, der im Stehen schlief, setzte sich auf eine Treppenstufe und las in seinem Reiseführer über das, was da vor ihm lag. Die Route nach Lo Monthang galt demnach als eine der schönsten Strecken im Himalaja – und gleichzeitig als eine der leichtesten. Sanft bergan würde sie führen, schrieb der Reiseführer, immerzu ganz sanft, und während man also feengleich dahinschwebe, bekomme man einige der großartigsten Panoramen dieser Welt zu sehen. Weil die Strecke als Handelsweg genutzt werde, gebe es obendrein unvergessliche Begegnungen mit Händlern, die hinauf in das kleine Königreich an der tibetischen Grenze zogen. Und mit solchen, die von dort oben kommen würden, mit schwer beladenen Kiepen und Mauleseln.

Die erste dieser unvergesslichen Begegnungen hätte ihre Reise bereits am Morgen um Haaresbreite beendet. Sie waren noch keine halbe Stunde unterwegs, als etwa 80 mit Säcken beladene Esel mit einem Höllengetöse um einen Felsvorsprung gedonnert kamen, gefolgt von einem hinterherlaufenden Eselsführer, der seine Einheit durch Pfiffe zu weiteren Höchstleistungen anspornte. Jigme warf sich auf Siebeneisen und drückte ihn gegen die Felswand, was eine gute Idee war, weil sich auf der anderen Wegseite logischerweise kein weiterer Fels, stattdessen aber eine klaffende Schlucht befand. Mehrere Minuten lang klebte Siebeneisen zwischen Jigmes wärmender Daunenjacke und dem kalten Gestein, bis auch der letzte Esel an ihnen vorbei war und der Staub sich gelegt hatte. Jigme lächelte.

»Es sind heute nur vier Stunden bis Kagbeni. Eine kurze Etappe, zum Warmwerden. Und ab morgen laufen wir durch ein breites, ausgetrocknetes Flusstal, da können wir den Karawanen aus dem Weg gehen.« Er klopfte sich den Staub von seiner Jacke. Hinter ihnen rappelte sich Rashid auf und betrachtete einen großen Riss in seinem Seidenblouson. Weiter vorne waren die anderen Expeditionsmitglieder dabei, ihre Säcke und Körbe zu sortieren, die sie beim Herannahen der Eselsstampede hastig abgeworfen hatten – vollbepackt hätten sie aus Eselssicht wunderbare Ziele abgegeben, die man prima in den Abgrund hätte stupsen können.

»Was schleppen wir da eigentlich alles mit uns?«, wollte Siebeneisen wissen.

»Proviant. In Mustang gibt es weder Gasthöfe noch Läden. Alles, was wir zum Überleben brauchen, müssen wir mitbringen.«

Siebeneisen nickte. Er schaute hinüber zu der endlosen Kette der 38 Träger, die ihre Lasten mittlerweile geschultert hatten und in einer langen Reihe den schmalen, steilen Gebirgspfad hinaufmarschierten. Ein schönes Bild war das! Allerdings kam es Siebeneisen vor, als würde irgendetwas an der systemimmanenten Logik des Sherpas nicht stimmen. Er beschloss, im Laufe des Tages darüber nachzudenken. Überhaupt musste er über einiges grübeln. Er hatte zum Beispiel keinen Schimmer, wie man einen Himalaja-König begrüßte. Siebeneisen hielt es für möglich, dass sämtliche Expeditionsmitglieder längst beschlossen hatten, den komischen Westler voranzuschicken, sobald die Begegnung bevorstand. Da sollte er eine Lösung finden, dachte er. Vor allem aber musste er seine Kräfte einteilen: Sie hatten erst einen Bruchteil des Weges hinter sich, aber schon jetzt konnte er weit hinten am Horizont den Muskelkater seines Lebens herannahen sehen.

Was dann wirklich hinter ihnen auftauchte, waren dunkle Wolken. Sie zogen sich ziemlich schnell zu einer bösartig aussehenden Wand zusammen, die der Wind wiederum ziemlich schnell auf die Wanderer zutrieb. Jigme hatte zwar von einer »kurzen Etappe zum Warmwerden« gesprochen, am Ende aber waren sie seit zehn Stunden unterwegs, als sich ihr Etappenziel endlich in der Dämmerung abzeichnete. Kagbeni sah aus, als hätten es seine Gründer vor tausend Jahren an einen Steilhang geklebt. Vor der Wolkenwand schien sich der Ort zusammenzuziehen und mit jeder Minute kleiner zu werden – bis er zu einer bröckelnden, mittelalterlichen Feste geschrumpft war, vor deren Mauern der Sturm stattliche Sandhosen aufwirbelte. Auf den Dächern flatterten zerfranste Gebetsfahnen, an den Häusern hingen blau bemalte Kuhschädel; irgendwo weinte ein Kind. Als Siebeneisen den Ort durch ein Tor in der Mauer betrat, kam ihm aus dem Dunkel ein Reiter entgegen. Er jagte an ihm vorbei hinaus in die Dämmerung, wo sich das Klappern der Hufe im Heulen des Windes verlor.

Und nun war die endlose Nacht vorbei, und er konnte sein flatterndes Studienobjekt mittlerweile auch ohne Taschenlampe ausmachen, und dazu auch all das, was die Dunkelheit seit ihrer Ankunft in der verlassenen Steinhütte gnädigerweise verdeckt und versteckt hatte. Die zentimeterdicke Staubschicht zum Beispiel, die Parade der Käfer auf dem Lehmboden oder die zerzauste Katze in der Ecke, deren Fell wahrscheinlich auch der einen oder anderen Spezies eine Heimstatt bot. Und Rashid, von dem nicht mehr als die Zipfelmütze zu sehen war, die oben aus dem Schlafsack lugte. Dass ein neuer Tag begann im Himalaja, ließ sich auch an anderen Dingen feststellen. Am aufgeregten Gekrähe der Hähne zum Beispiel. Daran, dass die Hunde ihr Kläffen einstellten und nun schlafen gingen, nachdem sie wahrscheinlich jedes andere Lebewesen im Umkreis von 150 Kilometern die Nacht lang wach gehalten hatten. Und draußen waren nun auch Schritte zu hören, und jetzt hämmerte es an der Tür. Siebeneisen, der zum ersten Mal in dieser endlosen

Nacht nicht glaubte, in den kommenden Minuten erfrieren zu müssen, tauchte in seinen Schlafsack ab. Es hämmerte weiter. Er sah auf seine Uhr: zehn nach sechs. Die Tür des alten Steinhauses wackelte beträchtlich. Rashid wachte auf, rückte seine Strickmütze zurecht, rotzte geräuschvoll in die Ecke und schaltete seinen Weltempfänger an. Siebeneisen dachte an Hiob. Dem waren auch solche Plagen zur Prüfung geschickt worden.

Als es fünf Minuten später immer noch klopfte, stand er auf, stieg über die Katze und schob den Riegel der Holztür zurück. Draußen stand eine Frau. Ein Urgroßmütterchen. Eine Mumie. Sie war in mehrere Lagen Jacken, Decken und Tücher eingewickelt, nur ihr Gesicht war zu sehen, das allerdings wiederum unter einer dicken Dreckschicht lag und so viele Falten hatte, dass Siebeneisen sofort an eine topografische Landkarte denken musste. Die ist 120, mindestens, dachte Siebeneisen, aber da hatte die Mumie ihn schon am Arm gepackt und seinen Kopf zu ihr hinuntergezogen, und jetzt öffnete sie ihren Mund und zeigte mit dem Finger in Richtung ihrer letzten beiden verbliebenen Zähne hinten links. Siebeneisen nickte und murmelte etwas wie »schön, schön, dass Sie die so lange erhalten konnten«, aber die Frau ließ ihn nicht los, zerrte an seinem Arm, zeigte in ihren Mund und zeterte in einem fort. Irgendwie gelang es Siebeneisen, sich loszureißen. Sofort trat er ein paar Schritte zurück. Das half. Die Mumie drehte sich abrupt um und humpelte behände vom Hof, und Siebeneisen betrachtete erfreut, dass die Köche schon Teewasser aufsetzten, aber da war die Mumie auch schon wieder da, mit einer Zange, die aussah, als habe man mit ihr schon im Jahre des Herrn 1544 Nägel aus dem Holz gezogen. Die Mumie wackelte mit der Zange vor Siebeneisens Gesicht herum.

»Mr O'Shady reist gelegentlich mit dem König durchs Land.«

Jigme stand hinter Siebeneisen. Der Sherpa lächelte.

»Wo immer Seine Majestät Pause macht, kümmert sich O'Shady um die Bewohner.»

Er nickte in Richtung der Mumie, die noch immer ihre Zange in der Hand hielt, sich aber etwas beruhigt zu haben schien.

»Sie glaubt, dass jeder westliche Reisende Zahnschmerzen heilen kann. Können Sie ihr den Zahn vielleicht ziehen?«

9

(FÜNF TAGE SPÄTER. IMMER NOCH IRGENDWO IM HIMALAJA, IMMER NOCH AUF DEM WEG NACH LO MONTHANG.)

Die nächsten Tage folgten einem eigenen, eigentümlichen Rhythmus. Sie begannen an irgendeinem verlausten Lagerplatz mit der üblichen Geräuschkulisse aus Wiehern, Rotzen und Propagandareden aus dem Transistor. Sobald die Sonne über die schneebedeckten Grate der Berge lugte und die Temperaturen erträglich waren, schälte sich Siebeneisen aus seinem Schlafsack und suchte sich einen ruhigen Platz etwas abseits, um sich Notizen zu machen. Sein Chef in der Redaktion des *Tagesboten* hatte ihn nur nach längerer Diskussion für die Reise freigestellt, »Sabbatical« nannte man das wohl jetzt. Allerdings hatte Siebeneisen versprechen müssen, die eine oder andere Reportage für den Reiseteil mitzubringen. Also schrieb er jeden Morgen nach dem Aufstehen ein paar Zeilen, bis es Tee und Rühreier gab. Nach dem Frühstück machten sich Siebeneisen, Jigme und Rashid dann auf den Weg, während die übrigen Männer das Lager abbrachen.

Am ersten Tag hatte Siebeneisen noch gedacht, dass die Träger bei diesem Timing bestimmt Stunden nach ihnen am Ziel eintreffen würden, tatsächlich aber dauerte es keine 30 Minuten, bis der Rest der Expeditionstruppe sie eingeholt hatte. Die Männer mit ihren zentnerschweren Kiepen, Säcken und Tragen auf dem Rücken joggten mühelos an ihnen vorbei, wobei sie sangen, diskutierten und rauchten oder auch alles gleichzeitig taten. Leider dehnte sich ab diesem desillusionierenden Moment der Rest des Tages wie Gummi – was auch daran lag, dass er fortan durch 7334 Luftschnapp-, Durchkeuch- und »Nur mal kurz setzen...«-Pausen in kleinste Einheiten unterteilt wurde. Wenn es dämmerte, spornte Jigme Siebeneisen zur Eile an und flitzte anschließend fünf bis sieben Kilometer zurück, um sich um Rashid zu kümmern, der meist irgendwo auf einem Stein hockte und seine Blasen sowie das Schicksal der Welt beklagte. Unterdessen wurde das Camp in Orten aufgeschlagen, die aus 20 oder 30 windumtosten Lehmhäusern bestanden. Zumindest eines hatte immer einen geschützten Innenhof, und gegen eine Handvoll Rupien öffnete der Hausherr seine Tür für die Gäste.

Siebeneisen kam sich in diesen Höfen immer vor wie im Zoo. Sobald die Kunde vom Eintreffen der Expedition die Runde machte, rückte die Ortsbevölkerung an, um den Fremden zu bestaunen. Der Fremde hatte längst kapituliert. Er verteilte auf einem Stuhl in der Hofmitte freigiebig Mullbinden und Heftpflaster sowie kleine Kleckse Handcreme aus der Ayurveda-Apotheke in Kathmandu und hoffte, dass keine Zahnpatienten vorbeischauen würden. Zum Glück war es meist schnell zu dunkel für Diagnose und Behandlung, dann gab es Rühreier und Tee, und dann versuchte man zu schlafen. Leider verstärkten die Lehmmauern der Häuser jedes noch so kleine Geräusch zu einem Höllenlärm. Meist früh in der Nacht klang es regelmäßig, als jage zu Rashids Hindu-Orchester aus dem Radio ein Wolfsrudel durch die Gassen. Die Dorfköter entfernten sich zum Ortsausgang oder wohin auch immer, und wenn Siebeneisen gerade glaubte, sie seien nun fort, drehten sie um und kehrten kläffend zurück. Später trieb meist der Hausherr das Vieh in den Hof mit den Zelten, wobei er unentwegt »Uaaaah!

Uaaaah!« oder ähnliche Kommandos brüllte. Anschließend wurde nur noch gehustet und geschnarcht, und die Esel fraßen die Spannleinen durch, und die Kühe kackten vor die Zelteingänge, sonst aber war es ruhig und friedlich. Und irgendwann beschloss die Nacht, dass sie jetzt lange genug in den eisigen Höhen des Himalajas gefroren hatte und verzog sich irgendwo anders hin, und es wurde Morgen, und alles ging von vorne los.

Heute wird alles anders, dachte Siebeneisen, während er einen Berg hinaufstieg, über den der Weg unbedingt wollte, obwohl rechts wie links problemlos Platz in der Ebene gewesen wäre. In diesem Land schienen die Pfade grundsätzlich über die Berge zu führen statt um sie herum. Kaum war morgens um sieben der erste Pass bewältigt, ging es von knapp 4000 Meter Höhe steil zurück auf 3100 und sofort wieder hinauf auf 3800. Anschließend hinunter auf 3200. Und zum Abendessen noch mal schnell rauf auf 3700 – Siebeneisen kontrollierte ihr Hoch und Runter bei jeder Marschpause auf der Landkarte, die hinten im Reiseführer steckte. Verlaufen konnte man sich bei alldem Auf und Ab auch nicht: Es schien tatsächlich nur diesen einen Trampelpfad zu geben, den Hufe und Sohlen in jahrhundertelanger Fleißarbeit ausgetreten hatten.

Siebeneisen schaute den Hügel hinauf, hinter dem der Rest der Mannschaft bereits vor geraumer Zeit verschwunden war. Er war allein, so allein, wie man sein konnte in diesen Bergen. In den vergangenen Tagen hatte er diese Momente der Ruhe und Einsamkeit schätzen gelernt: ohne das Geschwätz der Träger, ohne das allgegenwärtige Gerotze, ohne Rashids quengelndes Radio. Aber das würde jetzt ja ohnehin fürs Erste vorbei sein: Heute Abend sollten sie die Hauptstadt erreichen.

Siebeneisen fühlte sich wunderbar beschwingt, als er daran dachte. Vergessen waren der körperweite Muskelkater, vergessen das Gedröhne im Kopf, stattdessen schwirrte eine kleine

Melodie munter in seiner Seele, und weil gerade alles so fabelhaft war, beschloss er, auf einer Felsnase ein paar Meter weg vom Pfad ein Päuschen einzulegen. Er balancierte über ein Stück Geröllgebröckel, machte einen großen Ausfallschritt und zog sich vorsichtig auf den kleinen Felsvorsprung. Da lag sie, die Hauptstadt! Weit weg noch, am Horizont, am Rande einer Ebene, durch die eine langgezogene Reihe kleiner schwarzer Punkte zog, und mit gehörigem Abstand dann noch ein letzter Punkt, dessen Radio bis hierhinauf zu hören war. Siebeneisen verspürte den warmen Rausch des Triumphs, und weil ihn ja niemand sehen konnte auf seiner Felsnase, breitete er in »Ich bin der König der Welt!«-Manier die Arme aus. Das Knacken des Steins unter seinem rechten Fuß war auch im aufheulenden Wind gut zu hören.

Wer je die fabelhaften *National-Geographic*-Reportagen gelesen hat, die der Schweizer Geologe Toni Hagen in den Sechzigerjahren über seine Expeditionen in diesen unzugänglichen Teil des Himalajas geschrieben hat, der weiß: Das kleine Königreich Mustang ist eine geologisch hochinteressante Destination. Als sich vor 40 oder 50 Millionen Jahren die Berge des Himalajas nach oben knufften und drückten, wurde das Land nördlich der gewaltigen Gipfel allmählich in den Schatten gestellt – jede noch so kümmerliche Regenwolke, die seitdem aus den heißen Ebenen Indiens nach Norden ziehen möchte, wird hier abgefangen. Zwei Tagesmärsche weiter südlich gibt es meterhohen Schnee auf den Gipfeln und Apfelbaumplantagen in den Tälern. In Mustang dagegen gibt es – nun ja: nichts. Mustang ist eine Welt aus Geröll, das sich hier und dort zu himmelsstürmenden Bergen auftürmt, meistens aber gelangweilt in der Gegend herumliegt. Als habe die Schöpfung bei seiner Erschaffung bereits nach zwei Arbeitsminuten eine Kaffeepause eingelegt und sei anschließend nicht mehr zurückgekommen, so sieht Mustang aus. Wie das Death Valley nach einer nuklearen Katastrophe. Oder die Rückseite des Mondes. Nur wenn am Nachmittag der Nordwind über die Geröllwüsten bläst, kommt ein wenig Bewegung in die Sache: Wirbelnde Sandhosen sind die einzige optische Abwechslung in der alttestamentarischen Ödnis Mustangs. Es sei denn, ein Wanderer löst irgendwo in den Bergen mit einem falschen Tritt einen Erdrutsch aus und rattert mit vierhundert Kubikmetern Geröll in die Tiefe. So eine Staubfahne ist dann natürlich meilenweit zu sehen.

Siebeneisen lag auf dem Rücken und versuchte, Befehle aus seinem Kopf an die einzelnen Körperteile zu senden. Mit den Füßen: konnte er wippen. Die Beine: waren beweglich. Die Arme: auch. Bloß der Kopf ließ sich nicht anheben, irgendetwas schien ihn auf den Boden zu drücken. Es war stockfinster. Siebeneisen hatte das Gefühl, dass ihm hin und wieder etwas übers Gesicht strich, ganz sachte, ganz sanft. Er befreite seine rechte Hand aus dem Geröll um ihn herum und bewegte sie vorsichtig Richtung Kopf. Beinahe augenblicklich stieß er gegen etwas Warmes und sehr Weiches. Federn, dachte Siebeneisen, Federn, und plötzlich wusste er, dass er nicht mehr auf dieser Welt weilte und er soeben die Flügel eines Engels berührt hatte. Beinahe zeitgleich allerdings gab der Engel einen entsetzlichen Krächzlaut von sich und bewegte sich, und plötzlich war es wieder helllichter Tag, und Siebeneisen sah einen riesigen Geier neben sich sitzen.

Er schrie auf. Den Vogel animierte das offensichtlich, jedenfalls krächzte er jetzt ohrenbetäubend, wobei er mit seinem überaus hässlichen, kahlen Hals hin und her ruckte. Er verlagerte das Gleichgewicht von einem Bein aufs andere, spreizte die Flügel und wurde dadurch etwa vier Meter breit. Siebeneisen befiel Panik. Er wusste nicht, wie lange er schon im Hang unter seinem Aussichtspunkt lag – offenbar aber lange genug, um ihn für diesen monströsen Aasfresser tot aussehen zu lassen. War er drei Minuten bewusstlos gewesen? Eine halbe Stunde? Länger? Und wenn er so lange hier lag, dann waren die anderen mittlerweile hoffnungslos weit entfernt! Dieser Gedankengang brachte ihn sehr schnell zu der Frage, wie man mit einem fünfzehn Kilo schweren und offensichtlich sehr hungrigen Lämmergeier umgehen musste, der einen aus einem Meter Entfernung beäugte. Der Geier legte den Kopf ein wenig schief. Er bewegte seinen langen Hals so, dass sich sein Schnabel wie am Ende einer Teleskopstange Siebeneisens Gesicht näherte. Oh Gott, dachte er. Das Teleskop fuhr ein wenig zurück. Der Geier senkte den Kopf und wetzte seinen Schnabel an einem Geröllbrocken.

Dann hüpfte er Siebeneisen auf den Bauch.

Später, viel später, als alles vorüber war und die Erinnerung das meiste durch den Weichspülergang der Verklärung geschickt hatte, da wunderte sich Siebeneisen manchmal, warum der Schuss nicht zu hören gewesen war. Dabei war die Antwort klar. Er hatte in jenem Moment einfach zu laut geschrien. In jenem besagten Moment schaute ihm der Geier in die Augen, und Siebeneisen wusste, dass es das war: Aus. Ende. Vorbei. Einen Moment später bestand die Welt dann aus 17 geplatzten Daunenkissen. Wiederum einen Moment später kippte das, was vom Geier übrig geblieben war, in Zeitlupe von Siebeneisens Bauch nach vorne auf Siebeneisens Gesicht, und es wurde wieder dunkel. Und dann bebte die Erde, und dann wieherte ein Pferd, und dann nahm jemand den toten Geier von ihm herunter.

»Hm…«, sagte das Gesicht über Siebeneisens Gesicht.

»Tashi delek!«, antwortete Siebeneisen und blinzelte in die plötzliche Helligkeit. Er hatte nicht viele tibetische Vokabeln gelernt in den letzten Tagen, aber »Guten Tag!« gehörte definitiv dazu.

»Hmhm …«, sagte das Gesicht. Wie alle anderen Gesichter in diesem Teil der Welt verschanzte es sich hinter einer dicken Gemengelage aus Staub und Lagerfeuerruß. Es war ein ziemlich gestrenges Gesicht, mit dunklen, schmalen Augen und einem Bart, wie er mal eine Zeitlang unter schwulen Harley-Fahrern populär war. Obendrauf auf dem Gesicht saß eine Pelzmütze. Unter ihm baumelte eine Kette, an der mehrere dunkle Krallen hingen. Und etwas, das wie ein ausgebleichter Mäuseschädel aussah.

»Thugs rje che!«, sagte Siebeneisen. »Danke« war noch so ein tibetisches Wort, das er beherrschte.

»Hmhmhm …«, sagte das Gesicht. Dann verschwand es, und Siebeneisen blickte in den blauen Himmel des Himalajas. Er hörte Geräusche, Klappern, Kramen, das Klacken von Steinen, die aufeinandergeschlagen wurden. Irgendwann zog feiner Rauch durch sein Blickfeld. Weiter weg schnaubte das Pferd. Nach einer Weile tauchte das Gesicht wieder über ihm auf. Dunkle Hände hielten eine Schale mit einer trüben, dampfenden Flüssigkeit, die einen schlimmen Geruch verströmte. Siebeneisen ahnte, was ihm da in die Nase stieg, Jigmes Männer tranken dieses fürchterliche Zeug jeden Abend. Tee mit ranziger Yakbutter gilt den Völkern des asiatischen Hochgebirges als traditioneller Willkommenstrunk – für den westlichen Reisenden allerdings, da war sich Siebeneisen sicher, existiert auf Gottes weiter Welt kein zweites Getränk, das ihn bereits durch seinen Geruch stärker zusammenfahren lässt. Beziehungsweise, in diesem Fall: schneller auf die Beine bringt. Für einen Mann, der gerade eben noch halb zerschmettert am Boden lag (oder sich zumindest halb zerschmettert fühlte), erhob sich Siebeneisen ziemlich flink aus dem Staub.

»Hmhmhmhm …«, sagte der Mann zu dem Gesicht. Er sah aus, als sei er soeben vom Set einer *Kurier-des-Zaren*-Verfilmung gekommen: Stiefel, Gamaschen, darüber eine Art Gehrock, darüber eine Jacke mit Pelzkragen. In einer gewaltigen Lederscheide an seiner Seite steckte ein offensichtlich ebenfalls gewaltiges Messer; das Gewehr trug er an einem Riemen auf seinem Rücken.

»Trinken Sie einen Schluck, das wird Ihnen helfen!«, sagte er jetzt.

Siebeneisen, der sich in den Tagen zuvor vornehmlich durch clowneskes Gehampel und dem Wortschatz eines Zweijährigen mit den Bewohnern Mustangs unterhalten hatte, war verwirrt: Sein Retter sprach einwandfreies Englisch. Er glaubte sogar, eine Spur Rocky-Mountain-Akzent herausgehört zu haben, aber nach einer 40-Meter-Rutsche durchs Geröll glaubte man bestimmt so manches, also ging er nicht weiter darauf ein. Um den Willkommens-Buttertee würde er nicht herumkommen, schließlich hatte der Mann da ihm eben das Leben gerettet oder zumindest vor einem Geierschnabelloch im Bauch bewahrt. Er nahm einen ganz kleinen, ganz vorsichtigen Schluck. Es schmeckte scheußlich. Wie etwas, mit dem man Jägerzäune präpariert. Sein Gegenüber betrachtete ihn neugierig. Vor allem schien sein Retter an seiner Brille interessiert zu sein.

»Ich habe noch nie textmarkergelbes Klebeband gesehen«, sagte er schließlich. »Haben Sie das in Kathmandu gekauft?«

Und dann ritten sie Lo Monthang entgegen: hinten auf dem Pferd Siebeneisen, zwischendrin der tote Geier und vorne Tenzing, Grenzschützer und einziger Polizist seiner Majestät, des Königs von Mustang. Und bester Schütze im Land, auch das war klar, nachdem er Siebeneisen nach fast zehn Minuten Ritt die Stelle gezeigt hatte, von wo aus er den Geier erwischt hatte: Das waren mindestens 400 Meter Luftlinie. Siebeneisen wusste nicht, weshalb sie den völlig zerfledderten Vogel mitnahmen, konnte sich aber sehr gut vorstellen, dass ein einheimischer Homöopath da bestimmt die ein oder andere Idee haben würde. In der Geröllwüste unter ihnen wartete Lo Monthang, die Hauptstadt des Königreichs Mustang. Siebeneisen konnte die Fahnen auf den Häusern erkennen, die dicken, buckligen Mauern, den festungsartigen Palast. Und das Tor, durch das laut Reiseführer in den letzten 1 300 Jahren noch nicht viele Fremde gegangen waren. Dort unten wartete eine Stadt wie aus einer anderen, fernen Zeit. Und irgendwo hinter ihren Mauern wartete Liam O'Shady, der Zahnarzt Seiner Majestät.

10

Lange vor seiner Abreise aus Oer-Erkenschwick – und lange bevor er überhaupt daran denken konnte, jemals eine Weltenecke wie den Himalaja zu erkunden – war Siebeneisen donnerstags im Fetten Hecht auf einen interessanten Text gestoßen. Er hatte auf seine Tipp-Kick-Partner gewartet und in einer *National-Geographic*-Ausgabe mit dem Schwerpunkt »Theorien« geblättert. Eine davon war besonders faszinierend gewesen, und wenn Wipperfürth und Schatten nicht plötzlich in den Fetten Hecht gepoltert wären, hätte er sich auch ihren Namen merken können. Auf jeden Fall besagte diese Theorie, dass sich der Entwicklungsstand einer Gesellschaft darüber definiert, wie stark ihr Alltag von althergebrachten Sitten und Bräuchen beeinflusst wird. Westliche Industriegesellschaften beispielsweise, in denen sich kein Mensch mehr um schwarze Katzen oder Frauen auf Besen kümmert (und in denen ein uralter Geisteraustreibungsbrauch zu einem albernen Kürbisfest verkommen ist), befinden sich nach dieser Theorie auf einer hohen Entwicklungsstufe – und zugleich auf einer, auf der Tradition und der Wertekanon auf der Abschussliste stehen. Andere Kulturen, in denen Kränze aus bestimmten Blüten neugierige Finanzbeamte abschrecken sollen (Hawaii) oder der Kauf von Büchern an Silvester böse Dämonen ködert (China), werden entsprechend anders eingeordnet. Falls sich irgendwann mal ein Experte in Sachen Sitten und Gebräuche nach Lo Monthang verirren sollte, dachte Siebeneisen an einem Nachmittag Monate später und eine halbe Welt entfernt, dann wüsste er ganz schnell: Es gibt Orte auf diesem Planeten, für die man bewährte Parameter erheblich erweitern muss.

Er war noch keine Stunde in der Stadt und hatte bereits gegen eine erhebliche Zahl ihrer geheimen Gesetze verstoßen. Er war auf der linken Seite von Tenzings Pferd abgestiegen statt auf der rechten. Hatte versäumt, neunmal im Uhrzeigersinn um die Gebetsfahnen hinter dem Stadttor zu laufen. Sich geweigert, eine bottichgroße Begrüßungstasse Buttertee in einem Zug zu leeren. Und beim ersten Erkundungsgang durch die staubigen Gassen der Stadt offensichtlich zu lange vor einem monströsen Schädel pausiert, der auf einer mannshohen Steinpyramide thronte. Denn dann war da plötzlich ein zusätzlicher Stein, und dann noch einer, und Siebeneisen musste feststellen, dass er von einem Trio uralter Männer beworfen wurde. Die drei saßen zehn Meter hinter der Schädelpyramide auf einer Bank und zielten erstaunlich gut. Zum Glück tauchte Jigme in diesem Moment auf, zerrte Siebeneisen von der Pyramide weg und beschwor ihn, sich erst einmal besser bedächtig zu bewegen – man wisse nie, wie die Alten gerade gelaunt seien. Siebeneisen vermutete, dass es sich bei den verschrumpelten Steinewerfern um eine Art Wächterrat für Sitten und Gebräuche handelte, aber vielleicht waren es auch Innen-, Außen- und Verteidigungsminister, was wusste er denn schon. Die drei sahen aus, als hätten Waldorf und Statler von den *Muppets* einen Skatpartner bekommen und sich anschließend 73 Jahre lang in einen Sandsturm gesetzt. Siebeneisen war sich sicher, dass sie noch viel schrumpeliger aussehen würden, wenn man ihnen die Schmutzkrusten abschälte.

Überhaupt war dieses Lo Monthang ein einziges Dreckloch. Überall lag Müll herum, und jeder Esel der Stadt schien an schlimmem Durchfall zu leiden. An den Mauern der Lehmhäuser hatte der Wind den Dreck zu kleinen Dünen zusammengeweht. In einer Ecke vergammelte ein Haufen großer Knochen, um den eine Legion Fliegen kreiste.

»Das sieht hier nicht immer so aus«, erklärte Jigme. Er lächelte entschuldigend.

»Streikt die königliche Müllabfuhr?« Siebeneisen trat mit dem Fuß nach einem völlig zerzausten Hund, der gerade sein Bein an seinem Bein heben wollte.

»Es hat mit…«, Jigme zögerte. Sein Lächeln war nun etwas bemüht.

»Es hat mit…«, soufflierte Siebeneisen.

»…der Abwesenheit Seiner Majestät zu tun. Sobald der König die Stadt verlassen hat, darf hier niemand mehr kehren. Das könnte böse Geister aufwirbeln, die sich auf die Fersen Seiner Majestät heften würden.«

»Er ist überhaupt nicht hier?« Siebeneisen ahnte sofort Schlimmes. Dem Dreck nach zu urteilen, musste sich der König auf einer achtjährigen Staatsreise befinden. Der Hund unternahm einen neuen Versuch, worauf Siebeneisen ihn fest in den Hintern trat. Er glaubte, eine Wolke kleiner Punkte aufstieben und zurück ins Fell fallen zu sehen.

»Er ist vor einer guten Woche nach Kathmandu aufgebrochen. Hätten wir Jomoson einen Tag früher verlassen, wären wir ihm unterwegs begegnet.« Jigme lächelte deeskalierend. Die tägliche Konfrontation mit Geröllawinen, faden Rühreiern und Lämmergeiern schien auch für das sozialkompetente Verhalten im Umgang mit westlichen Reisenden zu schulen, denen man mal wieder eine schlechte Nachricht überbringen musste. Der westliche Reisende versuchte unterdessen, eine munter drauflosmarschierende Gedankenreihe von »Hätte/wäre/wenn«-Folgen unter Kontrolle zu bringen, die soeben bei einem Tag in einem australischen Krankenhaus angelangt waren, den er sich hätte sparen können, wenn…

»Wenn der Hund nicht geschissen hätte, hätte er den Hasen noch bekommen«, meinte er stattdessen. Seine Großmutter hatte das immer gesagt, plötzlich war es ihm wieder eingefallen.

Jigme sah ihn verwundert an. Er lächelte höflich.

»Wann kommt Seine Majestät denn zurück?«

»Die Leute sagen: morgen. Es kann aber auch übermorgen werden. Oder überübermorgen.«

Siebeneisen seufzte. Ihm kam ein Moment in den Sinn, Jahrhunderte her und in einem anderen Leben, in dem er geglaubt hatte, Liam O'Shady innerhalb einer Stunde nach seiner Ankunft auf einem staubigen Rollfeld zu treffen. Und ein anderer Augenblick, eine Ewigkeit her und in einem anderen Universum, in dem er sich von einem schnaufenden Iren hatte überreden lassen, schnell mal ein paar Miterben aufzutreiben.

»Wieso wusste Tenzing denn davon nichts? Der ist doch Kriminalhauptkommissar in diesem Land!«

»Tenzing hat in den vergangenen Wochen die Grenzen kontrolliert. Er hatte keinen Kontakt zum Hof.«

»Und wo ist er jetzt?«

»Auf der Stadtmauer. Er will einen Geier schießen.«

»Noch einen?« Siebeneisen fragte sich, ob der Polizist einen Laden für Daunenkopfkissen eröffnen wollte.

»Der erste war nicht richtig. Die Alten brauchen gewisse Teile, die nur männliche Geier haben.«

Siebeneisen fand Tenzing auf der Ostmauer, nachdem er eine wacklige Leiter hinaufgeklettert war, die jemand aus großen Wurzelstücken zusammengebunden hatte. Der Polizist hockte auf einem staubigen Kissen und spähte hinaus in die Geröllebene. Neben ihm auf der Mauer verströmte eine Schale Buttertee ihr liebliches Aroma. Die Sonne stand schon tief, die Stadt warf ihre Scherenschnittschatten in ein Land, das von innen heraus zu glühen schien, und zum ersten Mal auf seiner

Reise durch Mustang empfand Siebeneisen so etwas wie ein Gefühl von Schönheit, nein: Erhabenheit. Tenzing nickte ihm zu. Dann verdunkelte sich sein Gesicht für einen kurzen Moment, und dann ging alles sehr schnell: Der Polizist schaffte es in 2,4 Sekunden aus dem Schneidersitz in die Vertikale, und während Siebeneisen erstaunt dem riesigen Geier hinterhersah, der in die Ebene hinausflog, hatte Tenzing bereits sein Gewehr zwischen Kinn und Schulter geklemmt und zu murmeln begonnen. Der Geier entfernte sich schnell und war jetzt nur noch ein kleiner Punkt, aber Tenzing murmelte weiter, und als er fertig war, atmete er tief durch. Der Schuss war nicht mehr als ein feines Klacken, Siebeneisen hätte ihn fast überhört. Er sah auch nicht, ob Tenzing erfolgreich war, weil er den Vogel schon Sekunden zuvor aus den Augen verloren hatte. Der Polizist drehte sich um und rief etwas von der Mauer hinunter, wo ein kleiner Junge begeistert lachte, sich auf ein Pferd schwang und durch das Stadttor in die Ebene hinausgaloppierte.

»Glauben Sie, dass Sie ihn getroffen haben?« Siebeneisen sorgte sich ein wenig um den Jungen, der ihm nicht älter als fünf oder sechs zu sein schien und gerade zu einem Geier hinausritt, der etwa so groß war wie ein Nazgul aus *Der Herr der Ringe.*

»Zwischen dem dritten und vierten Halswirbel. Der hat nicht einmal mehr den Aufprall mitbekommen.«

»Was? Ich hab das Vieh noch nicht einmal mehr sehen können, und Sie wissen, zwischen welchen Halswirbeln Sie ihn erwischt haben?«

Siebeneisen war sprachlos. Sein Blick fiel auf das Gewehr des Polizisten. Vor nicht allzu langer Zeit hatte Wipperfürth zu Hause in Oer-Erkenschwick seine Vietnam-Phase durchlebt, während der er seine Freunde monatelang mit den unmöglichsten Kriegsführungs- und Strategiedetails traktierte. Siebeneisen musste sich damals viermal *Deer Hunter* ansehen und dreimal

Apocalypse Now; seitdem konnte er eine Douglas A-4 Skyhawk von einer Grumman A-6 unterscheiden und eine Ithaca 37 von einer …

»Ist das eine M16?«

Tenzing nickte.

»Wie kommen Sie denn an die?«

Tenzing sah hinaus in die Ebene. Dann drehte er sich zu Siebeneisen um.

»Setzen Sie sich zu mir.«

Eine Stunde und leider auch drei Buttertee später wusste Siebeneisen, dass Tenzing in einer anderen Zeit zur Leibwache des Dalai Lamas gehört hatte. Dass er mit dem Oberhaupt der Tibeter nach Indien geflohen war, als die Chinesen seinen Palast in Lhasa beschossen hatten – und anschließend nicht mehr in die Heimat zurückgekonnt und -gewollt hatte. Also war er nach Mustang gegangen, in das Land, das von allen Himalaja-Regionen am meisten nach Tibet aussah, ohne Tibet zu sein. Was vor allem daran lag, wie Tenzing erzählte, dass es geografisch wie ein Daumen in das annektierte Land hineinragte und lediglich durch die Kapriolen der Geschichte keine Region innerhalb Tibets war. Was wiederum das Interesse der USA geweckt hatte, die in dem kleinen Königreich eine Möglichkeit gesehen hatten, die Chinesen zu ärgern. Also waren Tenzing und seine Leibgarde-Kameraden von der CIA kontaktiert worden. Man hatte sie für ein halbes Jahr in ein Camp der US-Marines nach Colorado geflogen, zu Scharfschützen ausgebildet und anschließend mit dem Fallschirm über Mustang abspringen lassen, wo sie fortan die chinesischen Grenzposten ins Visier nahmen. Daher dieser Akzent, der nach Denver klang. Daher die Gewissheit, einen 500 Meter entfernten Geier zwischen dem dritten und vierten Halswirbel erwischt zu haben. Daher der Verdacht, dass man Siebeneisens Expedition einen Umweltoffizier mitgegeben hatte, um in den Bergen nach noch lebenden Widerstandskämpfern zu suchen.

»Rashid? Der würde doch die Stadt nicht mehr finden, wenn wir ihn 200 Meter vor dem Tor in die Ebene setzen würden!« Siebeneisen dachte an die Zipfelmütze mit Wikingerschiffmuster. Und die Marienkäfer auf der Kindergartentrinkflasche. «Unterschätzen Sie den Mann nicht«, meinte Tenzing, »seit seiner Ankunft hat er nichts anderes gemacht, als Fragen zu stellen. Und alle Fragen waren Fragen über mich.«

Siebeneisen dachte nach. Konnte das wirklich stimmen? Rashid? Am Abend zuvor war der Umweltoffizier mit einer zerlesenen Illustrierten zu ihrem Lagerfeuer gekommen und hatte ihnen ein Foto gezeigt: *»You know that man?«* Siebeneisen und Jigme hatten sich kurz angesehen und dann heimtückisch verneint. Worauf ihnen Rashid stolz erklärte, dass es sich bei dem Mann auf dem Foto um *Barack Obama, President of America* handelte. Dann war er zurück zu seinem Radio geschlurft, mit dem triumphierenden Lächeln eines Mannes, der sich seiner Überlegenheit bewusst ist. Und dieser Trottel sollte hier oben nach vergessenen CIA-Agenten Ausschau halten?

»Er wird nichts von dem erzählen, was er hier gesehen hat«, unterbrach Tenzing Siebeneisens Gedankengang.

»Glauben Sie? Wenn er wirklich hier ist, um nach Leuten wie Ihnen zu suchen, wird er zu Hause sofort zu seinem Vorgesetzten laufen und petzen!«

»Es sei denn, er hat nichts zu erzählen…«

Der Polizist lächelte grimmig. Er starrte in die Dämmerung. Vor ihnen lag die gewaltige Ebene, leer und leblos bis zu einem Horizont, an dem sich die Gipfel des Himalajas sehr sorgfältig zu einem jener Panoramen staffelten, für die die Postkartenindustrie das überbreite Format erfunden hat.

»Ein Reiter.«

Siebeneisen wollte wegen Tenzings letzter Bemerkung nachhaken, schaute aber jetzt ebenfalls hinaus in die Ebene. Er konnte nichts erkennen. Doch, jetzt: einen winzigen Punkt mit einer Staubschleppe hinter sich, der sich nach links und anschließend wieder nach rechts bewegte. Offensichtlich hatte der Mann eine Schlangenlinien-Route gewählt.

»Warum reitet der denn so komisch? Er wäre doch schneller hier, wenn er einfach geradeaus galoppieren würde!«

»Am dritten Abend vor einer Neumondnacht? Bei Westwind?« Tenzing schüttelte den Kopf. »Das würde sämtliche Geister der Berge erzürnen. Und die Alten erst!«

Aus dem kleinen Punkt war mittlerweile ein größerer geworden. Offenbar gab der Reiter seinem Pferd die Sporen. Musste er auch, dachte Siebeneisen, ansonsten wäre er morgen früh noch nicht hier. Vor allem nicht, wenn er weiterhin die ganze Breite der Ebene ausnutzte. Tenzing und er sahen nach rechts und dann nach links und dann wieder nach rechts, als würde dort unten im Geröll ein Tennismatch ausgetragen. Tenzing kniff die Augen jetzt noch etwas stärker zusammen.

»Es ist der Regierungssprecher. Da ist etwas passiert.«

11

(KATHMANDU. KNAPP ZWEI WOCHEN SPÄTER.)

Als er das Glas auf den Tresen stellte, schwappte das Bier über den Rand und auf die Unterlagen, aber der Barkeeper entschuldigte sich nicht einmal – stattdessen widmete er sich sofort wieder seinem Nasenpiercing. Siebeneisen griff nach den Servietten und wischte auf. Früher konnten Menschen, die in Kneipen arbeiteten, ein Glas zumindest so abstellen, dass es anschließend noch voll war, dachte er. Er warf dem Mann hinter dem Tresen einen vernichtenden Blick zu. Der Barkeeper starrte ins Leere. Er fingerte an dem Ring in seiner Nase herum. Wahrscheinlich saß das Ding nicht richtig.

Siebeneisen beschloss, sich nicht aufzuregen. Er trank einen großen Schluck und betrachtete dabei die Aufkleber. Was um alles in der Welt brachte Touristen dazu, unschuldige Tresen, Türen und Fensterscheiben am anderen Ende der Welt mit solchem Zeugs vollzukleistern? »Mein Stammcafé in Krems«, »Yeti Tours Warnemünde«, »Gipfelstürmer Leineberg«? Siebeneisen seufzte. Vorsichtig tupfte er die Faxe trocken, die das Bier erwischt hatte, hoffentlich war das noch alles lesbar. Er versuchte, auf dem Barhocker eine Position zu finden, in der er halbwegs sitzen konnte. Eine ohne muskuläre Erinnerungen an die letzten Etappen seines kleinen Himalaja-Spaziergangs, der mit der Ankunft des Reiters in Lo Monthang eine überraschende Wendung genommen hatte.

Zwanzig Minuten, nachdem Tenzing geahnt hatte, dass etwas passiert sei, war nämlich Folgendes passiert: Der Regierungssprecher war nach einer ausholenden Ellipse vor dem Stadttor angekommen, hatte es tatsächlich ohne weitere Umwege in die Stadt geschafft und dort mit lauter Stimme verkündet, dass Seine Majestät in Kathmandu zu verweilen gedenke. Zu Regierungsgesprächen. Für die kommenden Wochen. Und dass er seinen Begleitern freigegeben habe. Ebenfalls in Kathmandu. Siebeneisen ließ sich das von Tenzing übersetzen. Sein Organismus war im Laufe der Wandertage immer besser mit dem geringeren Sauerstoffgehalt in der Höhe zurechtgekommen, in diesem Moment aber befiel ihn ein eigenartiger Schwindel. Die Welt um ihn herum schien an ihren Rändern zu oszillieren und beulte sich seltsam aus, nur kurz, für ein, zwei, drei Momente, als wolle sie mal kurz austesten, wie weit sie gehen könne. Dann rutschten Stadt, Land und Übersetzer wieder in die stabile Grundstellung. Siebeneisen beschloss, sich nach seiner Rückkehr von seinem Hausarzt durchchecken zu lassen.

Sie waren daraufhin nur eine Nacht in Lo Monthang geblieben. Die drei Alten hatten Siebeneisen, Jigme und Rashid Schlafplätze in einem Steinhaus zugewiesen, das in einer düsteren Ecke der Stadt kauerte und an den Stall von Bethlehem erinnerte. In der Mitte des einzigen Raumes stand ein gusseiserner Ofen, dessen Feuer mit dem getrockneten Dung der Durchfallesel versorgt wurde und mit seinem beißenden Qualm die Erklärung für den geräucherten Zustand der Menschen in dieser Stadt lieferte. Spät am Abend brachte ihnen ein altes Mütterchen ein undefinierbares Abendessen. Siebeneisen war froh, dass sich Rashid sofort den Teller mit der größten Portion schnappte. Der Umweltoffizier aß nicht, so konnte man das nicht bezeichnen – er führte Angriffskriege gegen sein Essen. Zum Glück hatte seine schmatzende und schlürfende Artillerie den Feind bereits vernichtet, bevor Siebeneisen überhaupt die Zutaten auf seinem Teller identifizieren konnte: Linsen und Reis, das Übliche. Es schmeckte erstaunlich passabel.

Am nächsten Morgen waren sie aufgebrochen. Bereits jetzt, auf seinem Barhocker am Tresen, kam Siebeneisen der Rückweg seltsam unwirklich vor, als sei nicht er, sondern ein anderer tagelang durch die Geröllwüsten zurückmarschiert. Die letzte 35-Kilometer-Etappe war gerade mal ein paar Tage her, aber schon hatte sich der tröstende Schatten des Vergessens über endlose Märsche, Begegnungen mit zahnwehkranken Großmütterchen und das Frühstücksrührei gelegt, das mit jedem Morgen merkwürdiger roch. Auch jener Moment, in dem ihm dämmerte, dass er nur deshalb für 38 Träger zahlen musste, weil man 38 Träger brauchte, um genügend Proviant für 38 Träger durchs Gebirge schleppen zu können, war bereits zu einer kleinen, amüsanten Episode geworden (in Wirklichkeit hatte er derart geflucht, dass Rashid in Tränen ausgebrochen war und von Jigme beruhigt werden musste, den restlichen Abend hockte der Umweltoffizier weit abseits von allen und summte leise vor sich hin). Siebeneisen war sich sicher, dass es irgendwo im menschlichen Hirn eine »Das verdrängst du besser schnell«-Taste gab, die bei gewissen Gelegenheiten automatisch gedrückt wurde. Zum Beispiel bei wochenlangen, vergeblichen Hochgebirgsmärschen.

In Jomoson war ihnen dann mitgeteilt worden, dass wegen der unsicheren Wetterlage in den kommenden Tagen keine Flugzeuge starten durften. Also marschierten sie weiter. Tagelang. Bis hinunter nach Besisahar. Dort setzte Jigme Siebeneisen und Rashid in einen verbeulten Bus, auf die letzten freien Plätze, neben einen Vogelhändler, in dessen Käfig 47 Sittiche in jeder Kurve kreischten, als seien sie eine angeschickerte Gymnasialklasse auf

Klassenfahrt. Siebeneisen versuchte, den Blick stur geradeaus Richtung Windschutzscheibe zu richten. Am Armaturenbrett, mitten im nepalüblichen Sammelsurium aus Plastikblumen, gehäkelten Deckchen und Postkarten mit den wichtigsten Hindu-Göttern, klebte ein Schild mit der Aufschrift »Nach Kathmandu oder in die Hölle«. Der Bus fuhr nur dann, wenn der unentwegt singende Fahrer in regelmäßigen Abständen Vollgas gab und sofort anschließend den Gang herausnahm. Weil es stetig bergab ging, waren sie mit dieser Technik ziemlich zügig unterwegs.

Während der achtzehnstündigen Schussfahrt aus den Bergen ins Kathmandu Valley grübelte Siebeneisen siebzehneinhalb Stunden über unterschiedliche Methoden, all das hier zwei bestimmten Personen auf der anderen Seite des Planeten heimzuzahlen. Die restliche halbe Stunde regte er sich über Rashid auf. Der Umweltoffizier stellte unentwegt die gleichen Fragen, wohin fahren wir denn, sind wir bald da, spielen wir das Nummernschildspiel, kann ich ein Curry haben? Geringer Sauerstoffgehalt in der Höhe, dachte Siebeneisen, wirkt sich offenbar von Hirn zu Hirn unterschiedlich aus.

Kathmandu begrüßte sie mit dem ortsüblichen Frontalangriff auf die Sinne. Es stank und duftete und knatterte und hupte, und wer eine Straße überqueren wollte, kam sich vor wie in einem Computerspiel, bei dem unerwartet von links und rechts heranschießende Alien-Raumschiffe dem hin und her hüpfenden Helden nach dem Leben trachten. Siebeneisen wollte sich von Rashid verabschieden, immerhin hatten sie mehrere Wochen lang Rühreier und verlauste Steinkaten geteilt. Er entdeckte den Umweltoffizier auf der Hauptstraße vor dem Busbahnhof, wo er verloren auf einer Verkehrsinsel stand und sich mit beiden Händen an seine Marienkäfer-Trinkflasche klammerte. Als er Siebeneisen sah, hellten sich seine Gesichtszüge kurz auf. »Mein Name ist Rashid Shamesta, ich wohne in der Kamaladi Road 376 und habe mich verlaufen.« Siebeneisen war sprachlos. Er zog Rashid zu einem Verkehrspolizisten hinüber, bei dessen Anblick dieser erneut brav sein Sätzlein aufsagte. Siebeneisen hielt es für besser, sich bloß mit einem Klapps auf die Schulter zu verabschieden. Zu Hause in Oer-Erkenschwick würde er dieses Krankheitsbild unbedingt recherchieren müssen. Reinhold Messner wusste wahrscheinlich überhaupt nicht, was für ein Glück er gehabt hatte.

Von Kathmandu konnte man das nicht unbedingt behaupten. In den Siebzigern war Nepals Hauptstadt ja ein Sehnsuchtsziel der Hippies gewesen; Siebeneisen hatte einen Kollegen beim *Tagesboten*, der damals mit einem VW-Bus von Düsseldorf bis nach Nepal gefahren war und bis heute davon schwärmte, wenn sie zusammen beim Chinesen zu Mittag aßen. Seitdem hatte sich Kathmandu allerdings offenbar gewaltig verändert. Vier Jahrzehnte nach dem Eintreffen der ersten Hippies standen keine unterschiedlichen Haschsorten mehr auf den Speisekarten, sondern Putenbrust-Enchiladas, Tofu-Currys und vegane Apfelkuchen. Es gab Shiatsu-Massagepraxen, Yogastudios und Internetcafés, in denen man Videokonferenzen mit Kollegen in Brisbane, London und Osaka abhalten konnte. Es gab Tattoostudios und T-Shirt-Designer und mehr israelische Wehrdienstflüchtlinge als Soldaten auf dem Golan. Und einen Irish Pub gab es auch.

Das Happy Shamrock lag zwischen einem Spezialladen für Räucherstäbchen (»10 000 Duftrichtungen!«) und einem Schrein des Elefantengottes Ganesh, an dem die zehntausend Duftrichtungen gleich nach dem Kauf abgebrannt werden konnten. Jedes Mal, wenn jemand die Kneipentür öffnete, mogelten sich Moschus und Sandelholz in den Pub und vermischten sich mit dem wirren Sitargeklimpere aus den Lautsprecherboxen. Siebeneisen hatte sich auf einen Hocker weit hinten am Tresen gesetzt. Irgendwann würde Liam O'Shady hier auftauchen, da war er sich sicher. Und bis dahin? Könnte er darüber nachdenken, warum eine Institution wie der Irish Pub scheinbar zwangsläufig zu einem Tollhaus degenerierte, sobald er außerhalb der grünen Insel eröffnete. In Irland selbst war der Pub seit den Tagen von St. Patrick ja eine Rückzugsbastion vor allem Unbill des Alltags, eine Höhle, eine Insel. Überall sonst aber schien dieser heilige Ort zu Disneyland mutiert. Schatten beklagte das seit Jahren, und Siebeneisen ahnte allmählich, weshalb das so war. Er betrachtete den Barkeeper, einen hageren, bleichen Franzosen, der mit sich selbst redete und noch immer versuchte, seinen Nasenring zu polieren. Am anderen Ende des Tresens saß ein alter Mann, bekleidet nur mit einem Lendenschurz. Siebeneisen war auf dem Weg zurück aus Mustang etlichen dieser Pilger begegnet, die zwischen irgendwelchen heiligen Stätten Shivas oder Vishnus oder einer anderen Gottheit hin und her zogen. In solchen Momenten war er jedes Mal erleichtert, dass Schattens achter Miterbe noch vor der Testamentseröffnung in seinem Ashram verstorben war, das ersparte Siebeneisen zumindest den Abstecher nach Indien. Aus den Augenwinkeln sah er zu dem Pilger hinüber: Der Alte schien auf seinem Barhocker zu meditieren. Weiter hinten im Raum hatte ein Tisch deutscher Trekkingtouristen mit einer Gruppe junger Amerikanerinnen angebändelt, die bereits so betrunken waren, dass sie nur noch schrien, kicherten oder abwechselnd zur Toilette rannten. Das japanische Pärchen am Tisch links daneben schlief fest. Direkt hinter Siebeneisen saß eine Gruppe koreanischer Banker. Die Männer waren soeben von einem Pferdetrekking zurückgekehrt, von dem sie den zwei bekifften und schweigsamen Russen am Nebentisch in gebrochenem Englisch detailliert berichteten und zur Untermalung immer wieder die Titelmelodie von

Bonanza sangen. Die italienische Familie am Tisch nebenan diskutierte noch lauter, offenbar ging es bei ihr um die Qualität der Snacks. Zur Auswahl standen nur »Shiva Potatoe Chips« oder »Lord Haruman Peanuts«. Auf die Packungen waren knatschbunte Heiligenbildchen gedruckt. Siebeneisen stellte sich Walburga vor, wie sie im Fetten Hecht »Maria Magdalena Erdnussflips« auftischte. Oder »Judas Ischariot Salzstangen«.

Er begann, seine mittlerweile getrockneten Faxe durchzusehen. Weil er ihn während seiner Wochen im Reich der Lämmergeier nicht erreichen konnte, hatte Wipperfürth die Rezeption von Siebeneisens kleinem Hotel in Kathmandu mit einer Kaskade an Faxnachrichten befeuert. Die meisten dieser Botschaften waren inzwischen obsolet oder sowieso völlig belanglos. Sie bestanden aus detailgetreuen Wiedergaben von Unterhaltungen mit Schatten oder minutiösen Beschreibungen der Recherche (»Als Erstes habe ich das Wort »Eis« bei Google eingegeben. In 1,02 Sekunden erhielt ich 1 634 998 Treffer. Ich begann daraufhin, die Liste von oben nach unten abzuarbeiten«). Auf einer anderen Seite hatte Wipperfürth sämtliche VHS-Kurse aufgelistet, zu denen er sich anmelden wollte. Das, was er suchte, fand Siebeneisen schließlich in einem Nebensatz auf dem vorletzten Blatt. Er las die Stelle mehrere Male. Dann bestellte er sich ein weiteres Bier.

Als Liam O'Shady zusammen mit einem Schwall Räucherstäbchennebel ins Happy Shamrock kam, erkannte Siebeneisen ihn sofort: Selbst in einer von Sadhus, Gurus und anderen optisch auffälligen Gestalten wimmelnden Stadt wie Kathmandu war der Zahnarzt ein echter Hingucker. O'Shady war über zwei Meter groß und in das mustangübliche Sammelsurium aus Hemden, Jacken und Überwürfen gehüllt. Er trug eine Art Cowboyhut, unter dem eine rote Mähne hervorquoll, die farblich hervorragend mit seinem langen Vollbart korrespondierte – Siebeneisen musste sofort an Rübezahl denken. Er wartete, bis O'Shady saß und ein Guinness vor sich hatte. Dann stand er auf, ging zu ihm hinüber und versuchte dabei, die stechenden Blitze in Beinen, Rücken und Schultern zu ignorieren.

»Liam O'Shady?«

»Sitzt vor Ihnen.« Der Ire sah ihn an. Wache grüne Augen, eine Narbe auf der Stirn und ein Schraffurmuster aus feinen Falten, wo zwischen Bartansatz und Mähne noch Platz war. Ein Typ wie aus einer Highland-Saga, dachte Siebeneisen.

»Haben Sie sich verletzt? Sie gehen so komisch.«

»Was? Ach so. Nein, nur Muskelkater. Ich war zuletzt lange auf den Beinen. In Mustang.«

Rübezahl schmunzelte. »Im Land hinter den sieben Bergen? Was haben Sie denn da gemacht? 'ne kleine Wanderung? Setzen Sie sich doch.«

Siebeneisen zog sich einen Barhocker heran und versuchte, so unauffällig wie möglich auf ihn zu steigen.

»Ich wollte zu Ihnen.«

»Zu mir?« O'Shady sah ihn erstaunt an.

»Ja. Ich soll Ihnen eine Botschaft überbringen. Aus Dublin. Ihre Großgroßtante Claire ist leider verstorben.«

»Wer?«

»Claire. Claire O'Shady. Sie hat Sie in ihrem Testament bedacht.«

»Wer soll das denn sein? Eine Verwandte von mir?«

»Ja. Aber wohl nur sehr entfernt. Vielleicht waren Sie als Kind mal bei ihr zu Besuch? Jedenfalls gehören Sie zu den acht Leuten, die sie in ihrem Testament erwähnt hat.«

»Und deshalb sind Sie von Europa nach Nepal geflogen?«

»Und anschließend ins Gebirge gelaufen, ja. Ich bin aber nicht aus Europa gekommen, sondern aus Australien. Da habe ich schon eine Miterbin von Ihnen aufgesucht.«

O'Shady trank einen großen Schluck Guinness. Siebeneisen konnte sehen, wie es in ihm arbeitete. Wahrscheinlich ahnt er allmählich, dass man so eine Anreise nicht einfach so unternimmt, dachte er. Der französische Barkeeper schien ebenfalls nachzudenken. Im Laufe ihres Gespräches war er allmählich immer näher an sie herangerückt. Er lehnte jetzt ganz in ihrer Nähe an einer Wand mit Flaschen und tat so, als sei mit seinem Nasenringpiercing etwas nicht in Ordnung.

O'Shady holte einen Kugelschreiber aus der Tasche, zog den Bierdeckel unter seinem Bierglas heraus und schrieb:

»Wie viel?«

Siebeneisen nahm den Stift und schrieb »50 Millionen« untendrunter, und weil ihm in diesem Moment einfiel, dass der Wert dieser Zahl in der Währung vor Ort ziemlich zusammenschrumpfen würde, ergänzte er noch schnell ein Kürzel dahinter, »€«.

O'Shady sah zuerst den Bierdeckel an und dann Siebeneisen. Er runzelte die Stirn, wodurch seine Augen ganz schmal wurden. Ich würde das auch nicht sofort glauben, dachte Siebeneisen. Er nickte dem Iren aufmunternd zu. Und als hätte er lediglich auf dieses letzte kleine Zeichen der Bestätigung gewartet, sprang Liam O'Shady von seinem Barhocker und riss die Arme in die Höhe und warf den Kopf in den Nacken, und dann brüllte er das lauteste und längste »Jaaaaaa!«, das Siebeneisen und das Happy Shamrock und Kathmandu und ganz Nepal je gehört hatten.

»Trinkt man den in Irland so?« Mittlerweile war es zwei Stunden her, dass Siebeneisen seine Nachricht überbracht hatte. Sie waren längst zu Hochprozentigem übergegangen. Siebeneisen sah Liam O'Shady zu, wie er seinen Whiskey lange im Mund hin und her spülte und für etliche Sekunden in die linke Wange drückte, bevor er ihn schluckte.

»Das betäubt. Und desinfiziert. Ich habe so einen seltsamen Druck da hinten links. Ich glaube, da entzündet sich was.«

»Na, da sind Sie bei sich ja in besten Händen.«

Kommt ein Zahnarzt zum Zahnarzt: Hörte sich an wie der Beginn eines Kalauers. Siebeneisen versuchte sich vorzustellen, wie das war, wenn ein Zahnarzt Zahnschmerzen bekam. Er trank einen Schluck, griff in die Tüte »Shiva Potatoe Chips« und betrachtete den Barkeeper, der schlafend über der Registrierkasse hing. O'Shady war den neugierigen Franzosen losgeworden, indem er ihn zum Mittrinken animiert hatte. Irgendwann nach dem vierten Glas war der Barkeeper eingeschlafen.

»Fällt mir gerade ein...«, sagte O'Shady nach einer Weile, »das war ja bestimmt nicht so, sonst hätten Sie längst etwas gemerkt, aber...«

Er nahm eine Handvoll Chips.

»Was war nicht so? Was hätte ich bemerkt?«

»Bei Ihrem Abendessen in der Hauptstadt, da war kein Geflügel in Ihren Linsen, oder?«

Siebeneisen dachte nach. Das war in der Kate des Ältestenrats gewesen. Eine alte Frau hatte ihnen das Essen gebracht. Den Teller mit der größten Portion hatte sich damals Rashid geschnappt, an die anschließende Geräuschkulisse konnte er sich gut erinnern. Er selbst hatte die üblichen Linsen mit Reis gegessen. Er sagte das dem Iren.

»Habe ich mir schon gedacht.« O'Shady grinste. »Die Alten hatten die Portion für Ihren Aufpasser nämlich ein wenig präpariert.«

»Was? Womit denn?«

»Geierhoden. Der wird gehäckselt und anschließend mit einer bestimmten Flechte gemischt.«

»Um Himmels willen. Und wozu?«

»Ruft in kleinen Dosen angeblich Erinnerungslücken hervor. Wenn man mehr davon isst, spielen die Synapsen da oben in der Schaltzentrale ein bisschen verrückt«. Er klopfte sich mit der flachen Hand an die Stirn. »Man glaubt dann, man sei wieder…«

Siebeneisen schaute den Iren an. Er verstand, ganz genau verstand er.

»…ein kleines Kind?«, ergänzte er den Satz.

Und Liam O'Shady lächelte sein schönstes Zahnarztlächeln. Auch, wenn es hinten links ziemlich wehtat.

12

Aus dem »Gesendete E-Mails«-Ordner von Dr. Timothy Leroy,
Leiter Glaziologisches Forschungszentrum,
Queen Mum Station, Antarktis
(Unterordner »Anfragen«, Subfolder »Bizarres«).

FROM: Dr. Timothy Leroy
To: Manfred »Zen« Wipperfürth
SENT: 12. März 2010, 13:14
RE: Contact O'Shady

Sehr geehrter Herr Wipperfürth,

Ihre E-Mail-Anfrage hat mich über unsere Headquarters in London erreicht. Ich darf Ihnen mitteilen, dass James O'Shady tatsächlich Mitglied unseres Forschungsteams ist – und gleichzeitig meine Bewunderung für Ihre Rechercheleistung zum Ausdruck bringen.
Dass Sie Dr. O'Shady bis zu uns verfolgen konnten, obwohl Ihnen ursprünglich nicht mehr als die Information vorlag, nach der unser Mitarbeiter »irgendwas mit Eis« zu tun hat, verdient meinen Respekt. Die Schilderung über Ihre Suche bei namhaften Speiseeisherstellern habe ich interessiert gelesen (obwohl ich nicht wirklich glauben kann, dass Herr Schatten tatsächlich zwei Kilo Vanilleeis auf einmal essen kann, da haben Sie bestimmt etwas übertrieben, nehme

ich an). Auch Ihre Telefonate mit der Tiefkühlschrankfabrik konnte ich mir lebhaft vorstellen. Dass Ihnen dann ausgerechnet im Kino die Idee gekommen ist, Ihre Suche auf die Forschungsstationen in der Antarktis auszudehnen, war ja wirklich ein schöner Zufall. Ich dachte bisher immer, dieses *Happy Feet* sei ein Film für Kinder im Vorschulalter. Waren Sie mit Ihrer Tochter dort?

Jetzt aber zur Sache! Leider ist es mir nicht möglich, Ihre E-Mail weiterzuleiten – Dr. O'Shady befindet sich noch etwa fünf Monate auf unserer Satellitenstation am Rande des Smurf-Schildes, um dort das Verhalten von Kaiserpinguinen gegenüber einer einzelnen Bezugsperson und umgekehrt zu dokumentieren (die genaue Versuchsbezeichnung ist etwas komplizierter, »Nähe trotz DNA-Divergenz? Wechselwirkungen zwischen homo sapiens und aptenodytes forster«). Bitte haben Sie Verständnis dafür, dass eine Kontaktaufnahme mit der Satellitenstation nur für absolute Notfälle vorgesehen ist, um den Versuchsablauf nicht zu stören. Nach seiner Rückkehr ins Forschungszentrum wird Dr. O'Shady Ihre Nachricht selbstverständlich erhalten.

Mit freundlichen Grüßen aus der Antarktis,
Timothy Leroy

FROM: Dr. Timothy Leroy
TO: Manfred »Zen« Wipperfürth
SENT: 13. März 2010, 11:32
RE: RE: RE: Contact O'Shady

Sehr geehrter Herr Wipperfürth,

wie ich Ihnen bereits in meiner E-Mail von gestern mitgeteilt habe, befindet sich Dr. O'Shady momentan nicht im Forschungszentrum, sondern in einem unserer Satelliten. Ein »kurzer Anruf« oder »eine flinke SMS«, wie von Ihnen angeregt, sind aufgrund der geografischen Gegebenheiten nicht möglich.

Gruß,
Timothy Leroy

FROM: Dr. Timothy Leroy
TO: Manfred »Zen« Wipperfürth
SENT: 14. März 2010, 12:27
RE: RE: RE: RE: RE: Contact O'Shady

Sehr geehrter Herr Wipperfürth,

ich denke schon, dass ich Sie richtig verstanden habe. Dennoch möchte ich Ihnen hiermit noch einmal ausdrücklich mitteilen, dass ich keinerlei Möglichkeit habe, mit Dr. O'Shady in Kontakt zu treten. Ich weiß nicht, aus welchen Quellen sich Ihre Kenntnis der Antarktis bezieht, muss Sie aber bitten, sich auf meine Expertise zu verlassen – ganz abgesehen davon, dass es bei uns keine Huskys gibt.

Wir reden hier über die Antarktis und über eine Entfernung von über 350 nautischen Meilen!

Hochachtungsvoll,
Dr. Timothy Leroy

FROM: Dr. Timothy Leroy
TO: Manfred »Zen« Wipperfürth
SENT: 14. März 2010, 12:28
RE: RE: RE: RE: RE: RE: Contact O'Shady

PS: Wir haben auch kein Schlauchboot, das diese Distanz zurücklegen könnte. Und auch kein Kanu und auch kein Kajak und auch kein Tretboot.

FROM: Dr. Timothy Leroy
TO: Manfred »Zen« Wipperfürth
SENT: 19. März 2010, 10:25
RE: RE: RE: RE: RE: RE: RE: RE: Contact O'Shady

Sehr geehrter Herr Wipperfürth,

danke für Ihre erneute Nachricht.
Folgender Vorschlag zur Güte: Lassen Sie Herrn Siebeneisen von Ushuaia aus mit einem Kreuzfahrtschiff in die Antarktis fahren, das ist die südlichste Stadt in Argentinien. In diesem Jahr dauert die Saison wegen des spät einsetzenden Winters ungewöhnlich lang. Wenn das Wetter es zulässt, nehmen diese Schiffe üblicherweise Kurs auf die Station unserer amerikanischen Kollegen. Herr Siebeneisen soll dort von Bord gehen; wir stehen mit den Kollegen in Kon-

takt und werden organisieren, dass er zu unserem Satelliten gebracht wird. Bitte informieren Sie Ihren Mitarbeiter unbedingt über die klimatischen Bedingungen in der Antarktis, er soll sich in Ushuaia mit dicker Winterkleidung ausstatten. Und sorgen Sie dafür, dass er genügend Tabletten gegen Seekrankheit im Gepäck hat – das Meer kann zu dieser Jahreszeit recht stürmisch sein.
P.S.: Es freut mich, dass Sie eine Facebookseite für Ihren Freund eingerichtet haben. Bei Gelegenheit werde ich mir die gerne anschauen.

FROM: Dr. Timothy Leroy
TO: Manfred »Zen« Wipperfürth
SENT: 20. März 2010, 13:09
RE: RE: RE: RE: RE: RE: RE: RE: RE: RE: Contact O'Shady

Darüber kann ich Ihnen keine genaue Auskunft geben. Wenn es schnell geht, kann er auf dem gleichen Kreuzfahrtschiff zurück nach Ushuaia, die Kreuzer legen vier Tage nach ihrem ersten Stopp noch einmal bei den Amerikanern an. Verpasst er das Schiff, muss er … nun ja: Das würde ich ihm vielleicht nicht sagen. Neun Monate in einer Forschungsstation können verdammt lang werden.

FROM: Dr. Timothy Leroy
TO: Manfred »Zen« Wipperfürth
SENT: 21. März 2010, 09:55
RE: RE: RE: RE: RE: RE: RE: RE: RE: RE: RE: RE: Contact O'Shady

er hat einen lämmergeierangriff überlebt????

13

(SATELLITENSTATION DER BRITISCHEN QUEEN MUM STATION, CA. ZEHN TAGE SPÄTER.)

Er hätte ein paar Kartons mehr mitnehmen sollen, ärgerte er sich beim Blick in das Regal, zwanzig Gläser waren zu wenig, da hätte er sich besser auf sein Bauchgefühl verlassen. Aber wer hätte das denn ahnen können? Ursprünglich waren die Vorräte ja für ihn allein gedacht – dass die Pinguine auf Kapern abfahren würden, konnte nun wirklich niemand wissen, das war noch nie untersucht worden. James O'Shady sortierte die Dosen und Gläser im Regal: Erbsen, Gulaschsuppe, Sauerkraut, Kichererbsen, von allem war noch reichlich da. Bloß nicht von den Kapern. Vielleicht würden die Tiere auch etwas anderes akzeptieren? Einen Versuch war es wert. Er entschied sich für eine Dose Makkaroni, ohne Farb- und Konservierungsstoffe, keine Geschmacksverstärker, haltbar bis 2021, damit würde er keinen Fehler machen. Hoffentlich. O'Shady sah auf die Uhr. In einer Stunde würden die Ersten zurück an Land kommen. Wenn er es ausprobieren wollte, konnte er es genauso gut gleich heute tun.

Er ging aus der Vorratskammer hinüber ins Labor und kniff sofort die Augen zusammen – auch nach sieben Monaten in der Antarktis hatte er sich nicht an deren Helligkeit gewöhnen können. Draußen konnte man sich eigentlich nie ohne Sonnenbrille aufhalten, selbst an bedeckten Tagen nicht, aber auch in den Räumen der kleinen Forschungsstation war es oft unangenehm hell. Wissenschaftliche Untersuchungen führten in diesem Zusammenhang immer die absolute Reinheit der antarktischen Luft an, und dass hier draußen eben keine Ruß- und Staubpartikel das Licht filterten wie überall sonst auf der Welt. O'Shady hielt das für absolut nebensächlich. Dass es selbst in den hintersten Ecken des Labors so hell war, lag seiner Meinung nach in erster Linie daran, dass die komplette Welt um dieses Labor herum ausschließlich aus gleißendem, weißem Eis bestand. An den Rändern des Kontinents, also dort, wo Kreuzfahrttouristen an Land gingen oder Fernsehteams ihre Dokumentarfilme drehten, die auch er an verregneten Sonntagnachmittagen zur Genüge gesehen hatte, da erinnerte die Antarktis ja meistens an einen skandinavischen Küstenabschnitt im Winter, vereist und verschneit zwar, wegen seiner frei liegenden Felsen und Kiesstrände aber durchaus noch einwandfrei als Landmasse zu erkennen. Hier draußen am Rande des Smurf-Schildes aber sah die Sache anders aus. Hier gab es keine Felsen, keine Steine, keinen Kiesstrand, noch nicht einmal einen winzigen Erdkrümel gab es hier. Die Station hockte auf einer mindestens 400 Meter dicken Eisschicht, und wenn man sie auf einer Landkarte einzeichnen und anschließend mit dem Zirkel einen Kreis mit einem Radius von 250 Kilometern um sie herum ziehen würde, dann hätte man nichts anderes eingekreist als, nun ja: Eis. Beziehungsweise: Eiswasser, auf der südöstlichen Seite, die schmale Callaway-Bucht war nur zweihundert Meter entfernt. O'Shady schirmte seine Augen mit der flachen Hand ab und schaute hinaus auf das glitzernde Wasser. Manchmal konnte man dort Wale sehen, ganz nah. Heute wirkte das Meer wie plattgehämmert und glitzerte, als schwämmen Millionen kleiner Sterne auf seinen flachen Wogen. An der Eiskante stand eine endlos langgezogene Vierer- und Fünferreihe regloser Silhouetten: Die jungen Pinguine warteten darauf, dass ihre Eltern vom Fischfang zurückkehren würden.

In der Welt der gehypten Tierarten waren Kaiserpinguine ja die absoluten Superstars, dachte O'Shady. Natürlich punkteten Fischotter, Wombats und Opossumbabys wesentlich höher in der »Ach Gott, wie niedlich«-Rubrik – bloß konnten sie sich im weltweiten Vermarktungswettbewerb offensichtlich auf keine nennenswerte Lobby stützen. Clownfische? Schwer zu halten, anfällig, trieben gerne mit dem Bauch nach oben im Becken, wenn die Kleinen aus der Schule kamen und den lieben Nemo füttern wollten. Collies, Delfine, Kängurus? Hatten ihre beste Zeit in den Siebzigern (mittlerweile ging es ja in populären Fernsehserien um die Probleme im Zusammenleben von Mensch und Vampir und ähnliche Dinge). Und sonst? War da ja nicht viel. Eisbären wurden lediglich verehrt, solange sie nicht größer waren als Möpse. Koalas waren ein wenig zu lethargisch, bei denen wusste man nie, ob sie da oben in ihren Eukalyptusbaumastgabeln schon das Zeitliche gesegnet hatten oder noch meditierten. Und die Orcas waren nach Willys Abgang und einigen unschönen Zwischenfällen in amerikanischen Freizeitparks komplett aus der Beliebtheitsskala verschwunden. Blieben die Pinguine: trollig, tollpatschig und fürsorglich, ein Geschenk für die Trickfilm- und Stofftierindustrie. Dass sie auf zwei Beinen liefen, machte sie beinahe menschlich. Und pädagogisch wertvoll waren sie obendrein, Rollenteilung bei Nahrungssuche und Ausbrüten der Eier, demokratisches Verhalten in Extremsituationen (während der Winterstürme werden abwechselnd alle Vögel zum Aufwärmen in ihre geschützte Mitte gelassen), spielerisches Zusammenleben der Küken in Kitagruppen während der Abwesenheit der berufstätigen Eltern – man konnte fast meinen, Pinguine seien die besseren Menschen. Außerdem taten sie keiner Seele etwas zuleide. Dass die Leute bei Pinguinen ausschließlich an Kaiserpinguine dachten und nonchalant ignorierten, dass es neben dieser Spezies auch noch siebzehn andere Arten gab, von denen die allermeisten nicht so trollig, nicht so tollpatschig und nicht so fürsorglich waren, spielte keine Rolle: In der öffentlichen Wahrnehmung waren Pinguine Kaiserpinguine, und Kaiserpinguine waren die A+-Stars unter den Tieren.

O'Shady grübelte stundenlang am Tag über solche Dinge. Er hatte ja auch die Zeit dazu. Er sollte sich viel mehr von diesen Gedankenspielereien aufschreiben, dachte er, als er die Dose Makkaroni in die Tasche seiner feuerroten Daunenjacke steckte und nach draußen ging. Auch daran hatte er sich gewöhnen müssen: Es war längst nicht so kalt in der Antarktis wie er immer geglaubt hatte – mit der richtigen Winterkleidung ließ es sich ganz gut aushalten, und wenn die Sommersonne schien, war es hier unten am Ende der Welt nicht viel anders als beim Skilaufen auf einem Alpengletscher, minus Après-Ski mit Weißbier und Pfläumli natürlich. Und plus bestialischem Gestank. Zügig lief er zur Bucht hinunter. Als er noch etwa fünfzig Meter vom Wasser entfernt war, drehten sich alle jungen Pinguine wie auf ein geheimes Zeichen gleichzeitig nach ihm um. Es war wie immer: Die Tiere reagierten innerhalb von Sekundenbruchteilen aufeinander, höchst erstaunlich bei einer Spezies, die für zwanzig Meter Watschelstrecke gut und gerne zehn Minuten benötigen konnte. Möglicherweise verfügten Pinguine über eine Art Schwarmintelligenz, dachte O'Shady. Wer weiß, wozu sie sich verwenden ließen. Die amerikanische Marine hatte eine Zeitlang dressierte Delfine als Aufklärer eingesetzt. Eine zehntausend Tiere starke Pinguinkolonie eröffnete eventuell völlig neue strategische Möglichkeiten.

Die Vögel an der Eiskante sahen ihn mit Blicken an, in denen absolute Gleichgültigkeit lag. Auch daran hatte sich O'Shady gewöhnt: Er schien für die Pinguine nichts anderes zu sein als ein – Pinguin. Vielleicht einer, der größer war als sie, seine Federn in eine komische rote Plastikhülle gesteckt hatte und sich niemals ins Wasser traute, aber nichtsdestotrotz eben doch nur ein Pinguin. Das Konzept Mensch, das war bislang das Fazit seiner Forschungen, existierte für einen Pinguin nicht. Vielleicht sollte er in seinen Aufzeichnungen auch die möglichen philosophischen Aspekte dieser Betrachtung erwähnen, dachte O'Shady gerade, als ein fürchterliches Tröten die antarktische Stille zerriss. Wie auf ein Kommando warfen die Pinguine ihre Köpfe in den Nacken und gaben Laute von sich, die klangen, als würde ein »Grundkurs Trompete« an einer Vorschule seine erste Übungseinheit abhalten. O'Shady setzte sich aufs Eis und holte seine Konservendose aus der Jacke. Da den Tieren offensichtlich der Eigengeruch fehlte (beziehungsweise vom Gestank verrotteten Fisches und gärender Vogelkacke verdeckt wurde, der wie eine Dunstglocke über jeder Kolonie hing) und ein Pinguin offensichtlich auch für einen Pinguin wie ein Pinguin aussah, gaben die Jungtiere den heimkehrenden Eltern akustische Hinweise auf ihren Standort. Bei drei oder vier Vögeln mochte sich das ganz rührend anhören. In einer Kolonie mit 700 Jungtieren war es kaum auszuhalten. Wenn Joshua damals eine Kohorte Pinguine vor Jericho aufgefahren hätte – die Mauern der Stadt wären ruckzuck zu Sand zerbröselt.

Heimkehrende Pinguine sind ein eindrucksvoller Anblick. Auf dem Land wirken die Tiere ja eher unbeholfen und tapsig, im Wasser aber ist ein ausgewachsener Kaiserpinguin mit 1,20 Meter Länge und 35 Kilo Gewicht nichts, mit dem man gerne mal eben zufällig zusammenstoßen wollte. Vor allem nicht, wenn er gerade mühelos auf knapp 40 km/h beschleunigt hat und an einen Torpedo erinnert, der in Richtung Munitionskammer des feindlichen Schiffes unterwegs ist. Weil sie so viel Schwung wie möglich mitnehmen wollen, kommen heimkehrende Kaiserpinguine wie fette Pfeile aus dem Wasser geschossen. An Land scheinen sie sich in den ersten ein, zwei Minuten dann regelmäßig über den plötzlichen Verlust ihrer Beweglichkeit zu wundern. Dann beginnen sie, den auf See vorverdauten Fisch für ihre Jungen hervorzuwürgen.

O'Shady musste nicht lange warten: Seine Eltern erkannten ihn wie immer ohne akustisches Signal und kamen auf ihn zugewatschelt. Gleich am ersten Tag hatte ihn eine Gruppe Pinguine adoptiert. Er vermutete, dass diese Tiere ihre Jungen verloren hatten, da bot sich der große, rote Pinguin als Ersatz an, der offensichtlich nicht selbst fischen konnte. Zuerst hatte er diese Ad-hoc-Adoption für unmöglich gehalten, aber nach einigen Tagen dämmerte O'Shady, dass die Beziehung zwischen Mensch und Pinguin viel tiefer gehen konnte, als es Forschungen bislang vermuten ließen. Es hatte ihn allerdings etliche Tage gekostet, bevor ihm beim Anblick des für ihn herausgewürgten Fischmansches nicht mehr schlagartig übel wurde. Seine neuen Eltern hatten sehr schnell realisiert, dass ihr Zögling keinen Schnabel besaß, mit dem er sein vorverdautes Fressen aus ihren Hälsen holen konnte, also spuckten sie es ihm vor die Füße. Zum Glück ließen sich die Tiere täuschen, wenn es um die Aufnahme der Nahrung ging: O'Shady tat bloß so, als esse er brav seinen Teller leer. Das gelang ihm allerdings nur, weil er die Pinguine mit den Kapern ablenkte, die er ihnen gewissermaßen als Gegengeschenk reichte. O'Shady aß sie selbst liebend gern zu Fischgerichten, und offenbar schmeckten sie auch den Vögeln, jedenfalls fielen die Pinguine augenblicklich über sie her. Während sie die Kapern pickten, ließ O'Shady den Fischmansch schnell hinter einem Eisbrocken verschwinden, so einfach war das.

Leider waren Kaiserpinguine nicht dumm. Jedenfalls nicht dumm genug, um Konserven-Makkaroni für Kapern zu halten. Die Tiere standen im Halbkreis um den Wissenschaftler und schauten ihn durchdringend an. Wenn O'Shady auf dem Boden saß, war er kleiner als seine Eltern und musste zu ihnen hinaufblicken. Der größte der Kaiserpinguine watschelte jetzt zwei kleine Schritte auf ihn zu. Sein weißer Bauch wölbte sich von unten nach oben, wie eine kleine Welle, dann beugte er sich nach vorne, und schon lag ein neuer Abendessengang, zum Verzehr bereit, vor O'Shady. Nun gut, dachte er, Forschung ist Forschung. Er wollte gerade einen Happs probieren, als er aus den Augenwinkeln einen dunklen Punkt auf dem gleißenden Eis bemerkte. O'Shady kniff die Augen zusammen. Er täuschte sich nicht: Da draußen in der Eiswüste stand tatsächlich ein Mensch.

Ein Mensch, der gerade einen Fußball in seine Richtung trat.

14

(IMMER NOCH IN DER ANTARKTIS.
DREI ODER VIER TAGE ZUVOR.)

Da stand er also auf dem Eis, stand da und wusste nicht wohin. Sie waren überall, und er durfte ihnen nicht zu nahe treten, das betonten die Wissenschaftler an Bord immer wieder. Abstand wahren! Nicht stören! Nicht hektisch bewegen! Siebeneisen machte einen vorsichtigen Schritt zur Seite, aber natürlich hockten, lagen, standen und kackten auch dort Pinguine. Auf der anderen Seite ebenfalls. Vorne auch. Hinter ihm genauso. Wie bitteschön sollte man mitten zwischen zigtausenden Pinguinen einen Zehnmeterabstand einhalten? Seine Mitreisenden konnte Siebeneisen nicht fragen, von denen war keiner in der Nähe. Der Inder war an Bord der MS Fram geblieben; der Neuseeländer ging sowieso nie an Land. Die Australierinnen waren aus dem anlandenden Schlauchboot gestürmt, als wollten sie den D-Day nachspielen. Frau Naubeck mit ihrer Gehhilfe schwankte weit hinten über den steinigen Strand; die Kreischerin stützte sie. Und die Grönländer suchten mal wieder einen Platz für ihre Flagge. Sonst war niemand zu sehen. Siebeneisen sondierte seine Lage, als ein Pinguin aus einer Gruppe ausscherte und auf ihn zuwatschelte. Er blieb vor ihm stehen, starrte auf sein linkes Bein – und hackte zu. Für einen grässlich langen Moment zog und zerrte der Pinguin am aufgenähten Logo des Expeditionshosen-Herstellers und schlug dazu wie außer sich mit seinen Stummelflügeln. Dann ließ er los, gab ein erbärmliches Krächzen von sich, drehte sich weg und bückte sich. Aus seinen hinteren Federn schoss ein langer weißer Strahl auf die Expeditionshose, die aus dem sündhaft teuren Sortiment eines Ladens in Ushuaia stammte und gerade mal fünf Tage alt war. Siebeneisen beschloss, sich augenblicklich zurück zum Schiff bringen zu lassen.

Die Antarktis also! Das Land des ewigen Eises! Siebeneisen dachte an jenen Moment, als er am Tresen des Happy Shamrock Wipperfürths Fax gelesen hatte. Das Reiseziel Australien war ihm schon unmöglich erschienen, der Himalaja noch unwahrscheinlicher – dass er aber je in seinem Leben Richtung Südpol unterwegs sein würde: Nie hätte er sich das vorstellen können. Aber dann hatten Wipperfürth und Schatten James O'Shady ausgerechnet in einer antarktischen Forschungsstation ausfindig gemacht, und nun war Siebeneisen auf dem Weg zu ihm. Auf einem Kreuzfahrtschiff. Inklusive Vollpension. Er musste jedes Mal grinsen, wenn er daran dachte. Wenn es auch nur die entfernteste Möglichkeit gegeben hätte, ihn im Mannschaftsraum eines ukrainischen Heringsschleppers Richtung Südpol zu transportieren oder als Abwaschhilfe auf einem chinesischen Seelenverkäufer, die beiden in Oer-Erkenschwick hätten das sofort angeleiert. Es war ein gütiger Fingerzeig der Götter, dass die Reise ausschließlich in dieser Luxusvariante möglich war. Siebeneisen wohnte zwar in einer winzigen Kabine, aber selbst diese Unterkunft kostete Schatten sicherlich etliche tausend Euro von jenem Kredit, den er zur Finanzierung seiner Suchaktion aufgenommen hatte. Siebeneisen verspürte trotzdem nicht den Hauch eines schlechten Gewissens. Noch immer klang ihm Schattens tönendes »Spesen spielen keine Rolle« in den Ohren, das Versprechen würde dann jetzt eben auch einmal eingelöst. Außerdem war er in den vergangenen Wochen in einem Boxzelt vermöbelt und von einem Lämmergeier als Abendessen betrachtet worden, hatte zwischen Ungeziefer schlafen und Essen von der Qualitätsstufe sibirischer Kriegsgefangenenmahlzeiten hinunterbringen müssen, ganz zu schweigen von diesem Panoptikum wahnsinniger Charaktere, das an jedem Ort seiner Reise auf ihn wartete. Das stand nun wirklich fest: So viele Kreuzfahrten konnten die ihm überhaupt nicht bezahlen.

Die Fahrt über die Drake-Passage hatte Siebeneisen dennoch nur mit Hilfe der kleinen Erbsen überstanden, die ihm in der Ayurveda-Apotheke gleich neben seinem Hotel in Kathmandu empfohlen worden waren. Der Besitzer kannte sich leider nicht mit den Wetterverhältnissen südlich von Feuerland aus, aber als Siebeneisen ihm zum Vergleich von seiner Busfahrt nach Kathmandu berichtete, rollte der Apotheker ihm aus einer dubiosen braunen Masse besagte kleine Kugeln. Offensichtlich war dieses Geheimmittel andernorts nicht erhältlich; bei den Mahlzeiten saß Siebeneisen jedenfalls immer allein am Tisch. Seine Mitreisenden standen unterdessen mit grünlichen Gesichtern an der frischen Luft. Beziehungsweise waren seit Tagen in ihren Kabinen verschwunden.

Siebeneisen gefiel das. Nach dem, was er in den vergangenen Wochen erlebt hatte, gefiel ihm alles, was mit Stille, geregelten Mahlzeiten und sauberen Betten zu tun hatte. Dass sich die Welt dabei ein paar Tage lang in ununterbrochenem Schleudergang befand, nahm er mit einer stoischen Gelassenheit hin. Möglicherweise war er nach seiner Rückkehr ja sogar so weit, Wipperfürth auf dem steinigen Weg des Zen-Buddhismus zu begleiten.

Und dann waren sie in der Antarktis. Das Meer war so ruhig wie die Klarsichtfolie, die bei der Augsburger Puppenkiste immer den Ozean gibt, und alle Passagiere waren permanent auf den Beinen, um ja nichts zu verpassen. Ständig gab es neue Landzungen und Eisberge, und wenn rechts oder links ein Wal oder ein Delfin aus dem Wasser auftauchte, wechselten alle im Sprint die Deckseite. Dieses ständige Hin und Her bereitete Siebeneisen anfangs Probleme. Weil alle Passagiere identische, schlumpfblaue Expeditionsjacken trugen und mit Mützen, Schals und völlig übertriebenen Gletscherbrillen vermummt waren, wusste er nie, wer gerade vor ihm stand. Er brauchte zwei oder drei Tage, bis er zumindest einen Teil seiner Mitreisenden auseinanderhalten konnte. Und wusste, dass der barfüßige Inder, der immer auf einem Sofa in der Schiffslobby schlief, keineswegs zum Küchenpersonal gehörte. Offensichtlich verbrachte dieser Passagier sein Leben in einer Art Vor-Nirwana, in dem er nicht gestört werden durfte. Wenn er nicht schlief, saß er mit dem Rücken zum Fenster und las mathematische Fachbücher, um ja nichts mitzubekommen von der Antarktis. Als Siebeneisen ihn einmal auf eine besonders beeindruckende Szenerie aufmerksam machte, bekam er nur ein kryptisches »Die habe ich schon in meinen Träumen gesehen« zur Antwort. Darüber sinnierte Siebeneisen dann den ganzen Abend.

Überhaupt erinnerten ihn seine Mitpassagiere an das sorgfältig ausgesuchte Ensemble einer Schlingensief-Inszenierung, etwas anderes hatte er bei seinem bisherigen Glück mit Reisebekanntschaften ja auch nicht erwarten dürfen. Da gab es zum Beispiel die australischen Frauen, die »Women's Liberation!«-Buttons an ihren Pullovern trugen. Sie waren etwa zwischen Mitte 80 und 104 und sangen sich beim Essen gerne Radiowerbespots aus ihrer Kindheit vor, *jelly jelly, how jelly is my jelly*, wobei sie sich an den Händen hielten und selig strahlten. Anfangs wollte Siebeneisen ihnen von seinen Erlebnissen im Outback berichten und sie fragen, ob sie Spencers Boxzirkus vielleicht kannten, nach zwei Tagen an Bord aber versuchte er, mindestens vier Tische, Schlauchboote oder Robben zwischen sich und sie zu bringen. Gleiches galt für den ausgemergelten Neuseeländer, bei dem das aber nicht weiter schwierig war, weil der ausgemergelte Neuseeländer niemals an Land ging, sondern jeden Tag vier mal neunzig Minuten auf einem Laufband im schiffseigenen Fitnessstudio verbrachte. Dann war da noch die dickliche Frau Naubeck aus Düsseldorf, die allen immerzu erklärte, dass sie schon fünfmal in der Antarktis gewesen sei und sich auch schon für die kommende Expedition angemeldet habe, um schnell zu ihren kleinen Pinguinfreunden zurückzukehren (»manchmal glaube ich, die erkennen mich wieder!«). Zwei Inuit waren auch an Bord, sie hissten bei Landgängen heimlich eine grönländische Flagge, offenbar bereiteten sie sich auf die Souveränität vor. Und natürlich die Kreischerin, eine Deutsche in den Fünfzigern, die jedes Mal vor Begeisterung aufschrie, wenn sie eine Robbe sah – was die Robbe in der Regel zur sofortigen Flucht ins Wasser veranlasste. Blieb sie ausnahmsweise liegen und döste weiter, hielt die Kreischerin sie für tot und schrie deswegen: »Sie ist tot, oh nein, warum ist sie bloß tot?« An den ersten Reisetagen hatte Siebeneisen die Frau zu beruhigen versucht. Später flüchtete er, sobald die Kreischerin sich ihm näherte. Er nahm sich vor, sie mit dem Inder bekanntzumachen. Das würde bestimmt beruhigend auf sie wirken.

Obwohl er keine Ahnung hatte, was ihn in den kommenden Wochen erwartete (und er, auch das lehrten ihn seine bisherigen Reiseerfahrungen, mit dem Schlimmsten rechnen musste), hätte Siebeneisen selbst gelassener nicht sein können. Die Antarktis übte eine nachgerade sedierende Wirkung auf ihn aus. Sobald die Sonne das Eis frühmorgens glitzern ließ, saß er dick verpackt in seiner neuen, mit Schattens Kreditkarte finanzierten Daunenjacke aus Ushuaia an Deck und versank in den vorbeiziehenden Panoramen. Das war vielleicht ein Land! Diese

Weite! Diese Menschenleere! Und die Eisberge erst! Die Robben waren Siebeneisen egal, die heimtückischen Pinguine erst recht – die Eisberge aber liebte er. Manchmal tauchten sie aus dem Nebel auf wie Gebilde, die aus einem surrealistischen Gemälde von Dalí gepurzelt waren, langsam und lautlos und majestätisch. Siebeneisen wurde immer ein bisschen schwermütig, wenn er die weißen Riesen vorbeitreiben sah. Dann legte sich gefühltes Herbstlaub auf sein Gemüt, er sinnierte über das Verschwinden großer Dinge und fühlte sich ganz novembrig. Zum Trost las er meist ein paar Seiten in *Die Reise um die Welt* von einem gewissen Georg Forster, der damals James Cook begleitet hatte. Forster stammte aus Mainz und hatte keinen blassen Schimmer von dem, was ihn da draußen erwartete. Wenn Cook beispielsweise befohlen hatte, dass jetzt noch schnell nach Melanesien gesegelt werde statt wie vorgesehen nach Hause, dann war Forster eben flugs nach Melanesien gesegelt. Siebeneisen war froh, dass er das Buch in der kleinen Schiffsbibliothek entdeckt hatte. Er empfand eine gewisse Seelennähe zu dem Mann.

Ein- oder zweimal am Tag ging es an Land. Zuerst düste eine Art Späher-Schlauchboot voraus, um das Gelände zu sondieren, anschließend folgten alle anderen (bis auf den Neuseeländer und den Inder) nach einem ausgeklügelten Shuttle-Fahrplan. Mit Argwohn beobachtete Siebeneisen dabei jedes Mal jene übergewichtigen Passagiere, die von drei Besatzungsmitgliedern aus den Booten gehievt wurden und anschließend in die Antarktis hinaustorkelten. Wieso machten diese Menschen nicht in Bad Reichenhall Urlaub? Was würde passieren, wenn jemand auf Pinguinkacke ausrutschen und sich den Oberschenkelhals brechen würde? Und warum mussten solche Leute auch noch einen halben Elektronik-Supermarkt dabeihaben? Siebeneisen schätzte, dass bei jedem Landgang High-End-Gerätschaften im Wert von mehreren hunderttausend Euro an Land geschleppt und in den nächsten 60 Minuten etwa siebzehn Terabyte-Speicherkarten mit schiefen Horizonten, fußlosen Pinguinen und unscharfen Seevögeln gefüllt wurden. Er bedauerte schon jetzt jene armen Zeitgenossen, die sich die Resultate dieser wirren Zooms und Schwenks später in einem Wohnzimmer irgendwo auf der Welt anschauen mussten. Da wären einige bestimmt froh über die kleinen braunen Kügelchen aus der Apotheke in Kathmandu.

Die Vögel waren übrigens ziemliche Brummer. Die Skua zum Beispiel, groß wie verfettete Adler und ausgestattet mit imponierenden Hackeschnäbeln. Natürlich durfte man auch ihnen nicht zu nahe kommen, auch das erklärte die Besatzung des Kreuzfahrtschiffes immer wieder. Kommt ein Skua geflogen, sollte man sofort die Hände über den Kopf halten, weil die Vögel immer den höchsten Punkt attackieren (Gehhilfen tun es natürlich auch). Auch manche Robbenarten konnten erstaunlich schnell sein. Siebeneisen wurde Zeuge, wie eine dieser prallen Würste giftig fauchend auf die Kreischerin zurobbte. Offensichtlich hatte sie das Tier für verstorben gehalten und wollte ein wenig über dem Leichnam weinen. Jetzt sah man sie kreischend zurück zu Frau Naubeck laufen. Siebeneisen beschloss, den Inder vor der Frau zu warnen.

Waren keine Skuas, Pinguine und Robben in der Nähe, lag die Antarktis schweigend und leer unter einem drückenden Himmel. In der Halfmoon-Bay war Siebeneisen durch die Ruinen einer Walverarbeitungsanlage gestromert. Die rostigen Tanks und Kessel sahen aus wie die Überreste einer außerirdischen Zivilisation, die einst hier Fuß fassen wollte und es sich dann doch anders überlegt hatte. Auch die neuseeländische Station war verlassen. In den Regalen stapelten sich alte Konserven, auf dem Tisch standen Gläser und Teller, es schien, als seien die

Forscher nur mal kurz um den Block – nach einem Aktfoto von Raquel Welch auf der Herrentoilette zu urteilen, musste das allerdings um 1976 gewesen sein. Leider wurde Siebeneisen beim Betrachten des Posters von den Australierinnen erwischt. Die Situation eskalierte nur deshalb nicht, weil sie im Regal unter Raquel ein prähistorisches Päckchen Waschmittel entdeckten. Als ihnen dazu augenblicklich die entsprechende Radiowerbung einfiel (*Who makes our blouses shiny clean? The Washing Queen! The Washing Queen!*), konnte sich Siebeneisen nach draußen schleichen, wo die Grönländer sich gerade mit ihrer Flagge fotografieren ließen. Er hätte schwören können, dass die Robben ihn mitleidsvoll anschauten.

An seinem letzten Abend saß er mit einem Glas Scotch an Deck der MS Fram und beobachtete einen Wal, der immer wieder neben dem Schiff auftauchte und die Passagiere an Deck anzuschauen schien. Die Antarktis ist der einzige Kontinent ohne menschliche Kultur, sinnierte Siebeneisen, und vielleicht kam sie ihm genau deshalb auch besser vor als der Rest der Welt. Konkreter. Klarer. Ehrlicher. Er ertappte sich zum wiederholten Male dabei, wie er über sein Leben nachdachte und wohin ihn die Winkelzüge des Schicksals verschlagen hatten. Vor ein paar Wochen noch war er jeden Morgen in der Redaktion des *Tagesboten* erschienen, hatte seinen Job erledigt und war nach Dienstschluss nach Hause gefahren, wo er dann bemerkte, dass schon wieder ein Tag vorbei war, ohne den geringsten Eindruck zu hinterlassen. Donnerstags traf er sich mit Wipperfürth und Schatten im Fetten Hecht, die anderen Abende verbrachte er meist allein in seiner Wohnung, wo er Filme schaute, las oder Musik hörte. Seit Jahren schon. Im Grunde seit jener Nacht, in der die Tür hinter JL ins Schloss gefallen war. Vielleicht sollte er mehr reisen, statt die Welt ausschließlich in seinen *National-Geographic*-Heften zu erkunden – wider Erwarten gefiel ihm das Unterwegssein ziemlich gut. Es waren auch noch keine jener Krankheiten aufgetreten, mit denen er gerechnet hatte. Und auch noch keine Schlangenbisse, Maden im Essen und handtellergroße Spinnen im Bett. Siebeneisen lächelte. An der Reling zog die übliche Leinwand aus Bergen, Wasser und Gletschern vorbei, die eine ähnlich hypnotische Wirkung entfalteten wie loderndes Kaminfeuer. Als er sich aufrappelte, sah er hoch über seinem Rücken im Sportstudio den ausgemergelten Neuseeländer, der gerade bei einer Zusatzeinheit auf dem Laufband war.

Am nächsten Morgen kamen sie bei den Amerikanern an. Die Forschungsstation sah aus wie eine Scheune aus den *Waltons*, die irgendein merkwürdiger Zufall ins Packeis ans andere Ende der Welt versetzt hatte – die Immobilienkrise schien sich mittlerweile bis in die entlegensten Winkel des Imperium americanum ausgebreitet zu haben. Eigentlich hatte Siebeneisen geplant, heimlich von Bord zu schleichen und sich mit einem der Schlauchboote hinüberbringen zu lassen, während seine Mitpassagiere noch frühstückten, aber da hatte er die Rechnung ohne seine Mitpassagiere gemacht: Alle warteten bereits an Deck, als er dort mit seiner Reisetasche erschien, selbst der joggende Neuseeländer stand schnaufend dabei. Der Inder verneigte sich tief vor Siebeneisen. Frau Naubeck und die Kreischerin überreichten ihm Zettel mit den Daten ihrer kommenden Antarktisreisen, falls es zeitlich passe, wäre doch schön. Die Grönländer hatten sich in ihre Flagge gewickelt. Siebeneisen wurde es ein bisschen schwer ums Herz. Hinter ihm hörte er ein leises Summen. Als er sich umdrehte, standen die Australierinnen da und sangen ein Abschiedslied, irgendwas mit »Kälte des Meeres« und »Gottes schützender Hand«, vielleicht ein alter Werbespot der Seefahrtsmission. Dann schenkten sie ihm einen großen Plüschpinguin aus dem Bordverkauf. Siebeneisen nahm ihn gerührt entgegen. Versehentlich drückte er dabei einen Knopf im Stoff, worauf der Plüschpinguin nach Siebeneisens Finger schnappte und wie außer sich mit den Stummelflügeln schlug. Dann ließ er los, öffnete den Schnabel und gab ein erbärmliches Krächzen von sich. Siebeneisen kam das alles seltsam bekannt vor. Bevor es zu spät war, steckte er den Pinguin schnell zurück in die Plastiktüte.

15

Er war überrascht, wie komfortabel die Station eingerichtet war. Hinter der auseinanderfallenden Holzfassade wartete ein Wohnzimmer, auf das die Besitzer eines Südstaaten-Bed & Breakfast in Charleston oder Savannah bestimmt stolz gewesen wären. Der Raum war mit einem lindgrünen Flauschteppich ausgelegt, dessen Farbton sich in den Bezügen diverser Sofas und Sessel fortsetzte. Überall lagen Bücher, Peter Hoeg, Christoph Ransmayr, Sten Nadolny. An den in einem munteren Altrosa gestrichenen Wänden hingen Antarktislandkarten wie Familienfotos. Und an der Decke ein Kronleuchter. Natürlich gab es auch eine Küche, in der Siebeneisen eine Popcorn-Maschine entdeckte und interessanterweise auch einen großen Kühlschrank mit integrierter Eiswürfelmaschine. Offenbar war die Einrichtung unter dem Gesichtspunkt angeschafft worden, sie später einmal in einem anderen Teil der Welt verscherbeln zu können.

Zum US-Team gehörten Aaron und Mike, die ihr Forscherleben einer bestimmten Planktonart widmeten und einen stark autistischen Eindruck auf Siebeneisen machten – ihren ersten Besucher in acht oder neun Monaten begrüßten sie lediglich mit einem kaum wahrnehmbaren Kopfnicken. Walt war der Mann für Probebohrungen im Eis, ein hagerer Texaner, dem Siebeneisen in Gedanken sogleich Verbindungen zu den Familien Bush oder Cheney oder den anderen üblichen Öl-Verdächtigen unterstellte. Meadow kümmerte sich um die Technik der

Station, um Solarpanels, Satellitenverbindungen und die Heizanlage. Sie würde ihn am kommenden Morgen schnell über das Eis hinaus zum Außenposten der Briten bringen, in der James O'Shady seine Pinguinforschungen betrieb.

»Und wie kommen wir da hin?«, fragte Siebeneisen. Nach einer sehr ähnlich beginnenden Reise vor ein paar Wochen war er bei Angaben wie »schnell« mittlerweile vorsichtig geworden.

»Mit Samson.« Meadow gähnte. Schon als sie ihm die Tür geöffnet hatte, war sie Siebeneisen seltsam träge vorgekommen. Jetzt kämpfte sie offenbar mit dem Einschlafen.

»Samson?«

»Unser Schneemobil. Ich vorne, Sie hinten. Knapp drei Stunden bis zu den Engländern.«

Siebeneisen verzichtete darauf, ihr zu erklären, dass sie ihn nicht zu den Engländern, sondern zu einem einzelnen Iren fahren sollte, das war unwichtig und zu kompliziert. Vor allem für einen Gesprächspartner, der am Wegdösen war.

»Entschuldigung!« Meadow richtete sich ruckartig auf. »Ich habe kaum geschlafen, seit ich hier angekommen bin. Es wird nie dunkel hier draußen.« Sie wischte sich eine Strähne aus der Stirn.

»Dabei schlafe ich sonst immer. Im Zug, als Beifahrer im Auto, im Flugzeug, setzt mich hinein, und ich schlafe ein. Nur hier funktioniert's nicht. Ist einfach zu hell.«

Siebeneisen sah hinüber zu den Vorhängen: blassrosa und komplett durchsichtig. Wenn dieses Modell auch vor den Fenstern in den Schlafzimmern hing, fühlte sich Meadow wahrscheinlich längst wie Al Pacino in diesem Film, in dem er Ende Juni nördlich von Seattle einen Mörder jagt und nicht schlafen kann, weil es nie richtig dunkel wird.

»Ist so ein bisschen wie in *Insomnia* sagte Meadow. Sie gähnte erneut.

Siebeneisen beschloss, die Technikerin in Ruhe zu lassen und stattdessen ein wenig über den kontinentübergreifenden Einfluss Hollywoods auf die Gedankengänge von Menschen in bestimmten Situationen nachzugrübeln. Er legte sich auf eine Couch am anderen Ende des Wohnzimmers und setzte eine dieser Schlafbrillen auf, die er in den vergangenen Wochen in diversen Flugzeugen bekommen hatte (außerdem besaß er nun: vier zusammensteckbare Minizahnbürsten, eine beachtliche Sammlung unterschiedlicher Tubensocken sowie acht Paar Ohrstöpsel). Für einen Moment glaubte er noch, einen Chor schriller australischer Frauenstimmen zu hören. Dann war er eingeschlafen.

Der nächste Morgen begann mit einem wolkenfrei geschrubbten Himmel in Azur und einer wild um sich blendenden Helligkeit, die bereits morgens um halb fünf jeden noch so versteckten Winkel aufstöberte und sich irgendwie auch unter Siebeneisens Schlafbrille schummelte. Er kletterte in einen der Survival-Daunenoveralls, die an der Garderobe hingen, zog Handschuhe und Schneestiefel an und schaffte es gefühlte acht Sekunden vor Eintreffen des Hitzschlags nach draußen.

Meadow kniete hinter der Station im Schnee. Sie hatte Samson aus der Garage geholt und war dabei, den Gaszug einzustellen. Bei jedem Ziehen heulte das Schneemobil auf wie ein kleiner Drachen. Meadow gähnte zufrieden.

»Gebt mir Schnee, gebt mir Samson – den Rest könnt ihr behalten!«, rief Siebeneisen ihr zu – ein altes Rasmussen-Zitat, das er zur Feier des Tages ein wenig abgewandelt hatte.

Meadow warf ihm einen somnambulen Blick zu. Sie war blasser als Tilda Swinton mit Tuberkulose.

»Ich hätte außerdem gerne drei Stunden Schlaf«, sagte sie. »Setzen Sie sich hinter mich. Und halten Sie sich gut fest!«

Zu Hause in Oer-Erkenschwick fuhr Siebeneisen einen alten Motorroller. Die graue Vespa stammte noch aus den Siebzigern und schaffte mit ihren 50cc knapp zwanzig Stundenkilometer Spitze – wenn Siebeneisen sich duckte und ihm kein Gegenwind ins Gesicht blies. Seine Kollegen beim *Tagesboten* schüttelten den Kopf, wenn er mit dem alten Zweirad auf den Redaktionsparkplatz knatterte, er aber mochte seinen Roller, und er mochte das gemächliche Dahintuckern mit ihm, und irgendwie hatte sich mit den Jahren die feste Gewissheit in ihm geformt, dass dieses Tempo, dass diese, nun ja: 18 Stundenkilometer – dass dies die übliche Geschwindigkeit war, mit der man mit solchen Fahrzeugen fuhr. Von alldem konnte Samson natürlich nichts wissen. Samson war mit einem 190 PS-Motor ausgerüstet, ab Werk, und begabte Techniker aus mehreren US-Antarktisteams hatten viele Stunden daran gearbeitet, die Leistung des Schneemobils weit über die vom Hersteller vorgesehene Marke von 130 Stundenkilometern Höchstgeschwindigkeit zu bugsieren. Als Meadow nun Gas gab und die Kupplung kommen ließ, glaubte Siebeneisen, auf einer startenden Cruise-Missile zu sitzen. Und wenn er seine Arme nicht einen Moment zuvor ganz schnell um Meadows Taille gelegt hätte (beziehungsweise um das, was nach dem Anziehen eines Survival-Overalls mit mehreren Zentimetern dicker Isolationsfüllung aus ihrer Taille geworden war): Wahrscheinlich wäre er siebzehn Meter hinter Samson im Schnee gelandet. Als er endlich halbwegs sicher im Sattel saß, waren sie bereits weit draußen auf dem Eis, und die Forschungsstation war hinter dem Horizont verschwunden.

In Filmen und Romanen wird einem ja gerne suggeriert, die komplette Antarktis sei eine große, spiegelglatte Fläche und läge wie ein grenzenloser Eissee unter der kalten Sonne. Das war natürlich Blödsinn, wusste Siebeneisen, der in den vergangenen Jahren etliche Südpol-Artikel in seinen *National-Geographic-*

Heften verschlungen hatte. Selbstverständlich gibt es in einem Land, das 37-mal so groß wie Deutschland ist, hier und da auch weite, flache Ebenen. Im Großen und Ganzen aber sieht die Antarktis aus wie jeder andere Kontinent auch, bloß dass hier eben alles weiß ist: die Berge und Täler, die Schluchten, die Grate und Gipfel und die geschwungenen Hügellandschaften mit ihrem sanften Auf und Ab. Anders gesagt: Mit etwas Fantasie kann man sich die Antarktis als einen unberührten, von der Menschheit verschonten Garten Eden vorstellen. Man muss sich bloß schnell mal das Eis und den Schnee wegdenken.

Durch eine solche Landschaft flogen Meadow und Siebeneisen nun schon weit mehr als zweieinhalb Stunden: sie am Lenker, er im Windschatten ihres Rückens. Das Wetter war umgeschlagen, ziemlich plötzlich, der blaue Himmel hinter einer tief hängenden Wolkendecke verschwunden. Siebeneisen merkte, dass seine Augen unter der dunklen Schneesonnenbrille entspannten und er sie nicht länger pausenlos zusammenkneifen musste. Allerdings hatte er den Eindruck, dass die Sicht immer schlechter wurde. Es war kein Nebel, der sich gebildet hatte, es schien vielmehr so, als schwebe das Licht selbst um sie herum und verhindere durch sein diffuses Leuchten den Blick auf den Rest der Welt. Siebeneisen linste über Meadows Schulter nach vorne zum Horizont, aber auch der war verschwunden. Als rasten sie auf eine weiße Wand zu, so sah das aus. Die Berge rechts waren auch weg. Und natürlich musste das Gelände genau jetzt uneben und holprig werden, war ja klar, dachte Siebeneisen, auf seinen Vespafahrten ging ihm auch immer dann das Benzin aus, wenn sich hinter ihm ein Gewitter zusammenzog.

Meadow bretterte weiter unbeirrt geradeaus und ließ Samson über die kleinen Unebenheiten im Eis fliegen, die allerdings leider sehr schnell zu größeren Unebenheiten wurden.

»Wollen wir nicht ein bisschen langsamer machen?«, schrie er nach vorne.

Meadow antwortete nicht – bei der Geräuschmelange aus Motorenfauchen und Fahrtwind wunderte Siebeneisen das nicht. Die nächste Unebenheit im Eis war dann schon eher eine Bodenwelle: Siebeneisen machte einen kleinen Hopser und krachte anschließend zurück auf Samsons Sattel. So ging das nicht weiter. Er reckte sich hinter Meadows schützendem Rücken auf, bis er mit dem Mund an jener Stelle der Overall-Kapuze war, hinter der ihr rechtes Ohr stecken musste.

»Hey!! Bitte! Etwas! Langsamer!« Seine Arme klammerten sich um Meadows Hüfte, seine Oberschenkel pressten gegen Samsons Sitz, aber dann kam leider schon die nächste Bodenwelle, und als Siebeneisen nach seinem kurzen Hüpfer eigentlich wieder auf dem Sitz aufschlagen sollte, war da kein Sitz mehr, sondern nur noch das Nichts, das große Nichts, das große, weiße Nichts.

Polarreisende, die einen Whiteout überleben, berichten anschließend oft von einer Grenzerfahrung mit surrealen Zügen – in Siebeneisens *National-Geographic*-Heften wurden solche Zeugen gerne zitiert. Populärwissenschaftlich muss man sich ein solches Wetterphänomen als eine Art Photonen-Pingpong vorstellen, bei dem die Lichtstrahlen unentwegt zwischen den Eiskristallen der tief hängenden Wolken und den Eiskristallen im Schnee am Boden auf und ab dotzen. Von diesem Hin und Her ist das Auge restlos überfordert – es sieht nur noch Weiß. Weil im unwirklichen Licht eines Whiteouts auch Horizont und Schatten gänzlich verschwinden, fehlt der menschlichen Wahrnehmung jeglicher Anhaltspunkt, was zu Schwindelgefühlen und Orientierungslosigkeit führen kann. Es soll Polarreisende gegeben haben, die in einem Whiteout mit Karacho gegen einen einfamilienhausgroßen Eisblock gerannt sind. Und ihn auch dann noch nicht gesehen haben, als sie anschließend benommen wieder auf den Beinen standen.

Das zumindest konnte Siebeneisen nicht passieren. Nachdem er mehrere Minuten lang verzweifelt versucht hatte, ein Oben von einem Unten zu unterscheiden, blieb er einfach im Schnee sitzen. Ihm war speiübel. Das kam nicht vom Sturz, da war er sich sicher, er war zwar auf sein Steißbein gekracht, der Kopf aber war in Ordnung, dieses Weiß da machte das mit ihm. Von Meadow war nichts zu sehen. Natürlich nicht, dachte er, wie denn auch, er konnte ja kaum seine Füße erkennen. Eine tiefe Stille umschloss ihn in diesem weißen Nichts, eine unendliche, ewige, alles umfassende Stille. Er fand es etwas seltsam, dass Samsons fauchendes Motorengeräusch nicht zu hören war, noch nicht einmal irgendwo in der Ferne. Wahrscheinlich hatte Meadow den Motor gestoppt, nachdem sie ihn verloren hatte. Bestimmt wartete sie auf bessere Sichtverhältnisse. Siebeneisen beschloss, erst einmal zu bleiben, wo er war.

Eine halbe Stunde später war die Welt wieder da. Ein strenger Wind hatte die dicke Decke am Himmel auf- und auseinandergerissen; nun war er dabei, große Wolken von den anderen zu isolieren und sie anschließend einzeln fertigzumachen. Innerhalb weniger Minuten konnte Siebeneisen wieder alles erkennen: seine Füße, den Himmel, die Berge rechts, alles war zurück. Bloß Meadow war nirgends zu entdecken – Samsons Kufenspur führte kerzengeradeaus Richtung Horizont und verschwand in der Ferne. Siebeneisen war erschüttert. Wie konnte man nicht merken, dass man seinen Beifahrer verloren hatte? Und einfach weiter stur geradeaus düsen? Zum Glück war die Schneemobilspur ein eindeutiger Wegweiser. Sie hatten knapp drei Stunden Vollgas gegeben, da konnte es nicht mehr wirklich weit bis zum Ziel sein. Also machte er sich auf den Weg.

Nach drei Wochen Auf- und Ab-Gekraxel in hochalpinem Gelände kam ihm der Fußmarsch in der Antarktis anfangs wie ein Sonntagsspaziergang vor. Das Gelände war flach wie ein Brett, der Schnee auf dem Eis nur ein paar Zentimeter hoch, und Siebeneisen fühlte sich beinahe beschwingt, als er so Richtung Horizont ging, immer der Spur der Kufen folgend. Nach einiger Zeit machte sich allerdings bemerkbar, dass er morgens blöderweise quasi übergangslos vom Sofa auf das Schneemobil geklettert war: Er bekam Hunger. Sein Magen begann zu knurren, und er fühlte sich mit jedem Schritt matter. Durst hatte er auch, aber zumindest der ließ sich stillen, Wasser lag ja nun wirklich genug herum in dieser Gegend. Nach zwei Handschuhvoll Schnee ging es ihm etwas besser. Er ertappte sich dabei, wie er Zappas alten Gassenhauer vor sich hinsummte, den mit den Huskies, und dass man in deren Nähe besser keinen gelblich verfärbten Schnee essen sollte, der hatte die irdische Popwelt auch zu früh verlassen, der Zappa. Siebeneisen aß noch einen Handschuhvoll. Als er sich aufrichtete, fiel sein Blick auf einen schwarzen Punkt dreißig oder vierzig Meter weiter rechts. Er stapfte hinüber und hob ein verschrumpeltes Stück Leder auf: ein Ball. Ein handgenähter und schon ein wenig älterer Lederfußball, halb aufgepumpt, wie auch immer der hier hingekommen war. Sein Besitzer hatte sogar den Namen seines Lieblingsvereins ins Leder prägen lassen, Endurance 14. Er hielt den Ball lange in der Hand. Am Ende beschloss er, ihn in seinen Overall zu packen und mitzunehmen. Umweltoffizier Rashid hätte dieses Müllaufsammeln bestimmt gefallen.

Dass mit seiner Marschrichtung etwas nicht stimmte, fiel ihm erst auf, als die Berge von der rechten Seite plötzlich genau vor ihm lagen. Siebeneisen schaute hinunter zu seinen Füßen: Da waren die Kufenrinnen. Seine eigenen Abdrücke hinter ihm waren vom unermüdlich säuselnden Wind bereits verweht, Samsons zweitausend Kilo aber hatten Spuren hinterlassen, die deutlich zu sehen waren. Und diese Spuren führten zu den Bergen da vorne. Siebeneisen war sich sicher, dass dies die falsche Richtung war: O'Shadys Camp lag viel weiter westlich. Wie konnte das sein? Wo war Meadow hingefahren? Das alles machte keinen Sinn, dachte er. Er sah auf seine Uhr und stellte fest, dass er nach der langen Fahrt jetzt schon beinahe drei Stunden zu Fuß unterwegs war – es konnte wirklich nicht mehr weit sein. Allerdings nur, wenn er nicht weiter munter auf diese blöden Berge zumarschierte. Er drehte sich einmal um die eigene Achse. Und sah einen Mann in einer feuerroten Jacke. Der Mann hockte in einiger Entfernung am Boden. Um ihn herum standen ziemlich große Pinguine.

16

Seinen ersten »Orient«-Band hatte er zum zwölften Geburtstag bekommen. Von Tante Maria. Bis dahin hatte er nur die Bücher aus dem Wilden Westen gelesen, eines nach dem anderen, drei *Winnetous*, drei *Old Shurehands*, den *Schatz im Silbersee*. *Unter Geiern* gleich zweimal, der Band war der beste, ganz klar. Dass dieser Karl May aber auch Abenteuergeschichten geschrieben hatte, die in den Wüsten Arabiens spielten – das war eine ziemliche Überraschung gewesen. Old Shatterhand hieß hier Kara ben Nemsi! Gut, es gab keinen Winnetou, und dieser Hadschi Halef Omar mit seinen neun weiteren Nachnamen war eine Lachnummer, sonst aber ging es auch in den Dünen und Oasen der arabischen Halbinsel richtig karlmaymäßig ab. Außerdem gab es in dieser Gegend ein paar Dinge, von denen man bei den Apachen und Goldgräbern drüben im Llano Estacado null Ahnung hatte: Sandstürme zum Beispiel. Oasen. Haremsfrauen. Am besten, am allerbesten aber waren die Lichtspiegelungen. Saustark waren die! Immer, wenn in den Büchern eine Fata Morgana vorkam, die Kara und Hadschi natürlich nicht gleich als Fata Morgana erkannten, hätte er beim Lesen am liebsten laut in die Buchseiten hineingerufen und die beiden gewarnt. Wenn sich aber die bösen Verfolger von einer optischen Täuschung noch tiefer in die Wüste hineinködern ließen, hatte er wissend gelächelt und sich ausgemalt, wie die Schurken keine zehn Seiten später ihr kümmerliches Ende finden würden. Und wenn sich der kleine Siebeneisen nach der Lektüre aller 87 Karl-May-Bände später als großer Siebeneisen auch nur noch ein einziges Mal ernsthaft mit dem Thema beschäftigt hätte: Er hätte vier Jahrzehnte später gewusst, dass eine Fata Morgana zwar sehr nach arabischer Wüste klingt, selbstverständlich aber auch in anderen Weltenecken auftauchen kann. In der Antarktis zum Beispiel.

Der Mann in der roten Jacke reagierte nicht. Überhaupt nicht. Siebeneisen rief, Siebeneisen pfiff, er schrie und fuchtelte mit beiden Armen und hüpfte auf und ab, der Mann aber schien ihn weder zu sehen noch zu hören. Die Pinguine ebenfalls nicht. Also lief Siebeneisen auf sie zu, hundert Meter, zweihundert, dreihundert, aber sie kamen überhaupt nicht näher. Im Gegenteil: Das idyllische Bild des Menschen inmitten seiner Pinguine schien eher unschärfer zu werden und flimmerte jetzt ganz eigenartig, als ob die Gruppe ein paar Zentimeter über dem Eis schwebte. Dann plötzlich fiel Siebeneisen sein zwölfter Geburtstag ein und das Geschenk von Tante Maria. Eine Lichtspiegelung, dachte er, eine Fata Morgana. Wie in dem Buch. Wie an der Stelle, als Kara ben Nemsi nach zwei Tagen Fußmarsch die Oase sieht und glaubt, er könne in einer halben Stunde im Palmenschatten chillen, Datteln lutschen und in den sanft kreiselnden Nabel einer Bauchtänzerin blicken. Genau so.

Siebeneisen war erstaunt, aber auch leicht irritiert. Was hatte das zu bedeuten? Was sah er da? Zum bestimmt neunzehnten Mal an diesem Tag setzte er sich in den Schnee und versuchte, seine Gedanken zu sortieren. Ihm war ziemlich blümerant. Das kommt, weil ich noch nichts gegessen habe, dachte er. Nix gegessen, zu wenig getrunken und seit Stunden zu Fuß in dieser verdammten Eislandschaft unterwegs. Er versuchte, sich zu konzentrieren. Wie war das noch? Eine Fata Morgana zeigt einem etwas, das zwar existiert, aber weiter weg ist, als einem die Luftspiegelung vorgaukelt – so war das doch, oder? Ja. Doch. Das stimmte. Und was hieß das jetzt? Siebeneisen überlegte.

Das Denken fiel ihm immer schwerer. Also, überlegte er und bemerkte, dass in seinem Hirn allmählich alles in Superzeitlupe ablief, also ganz langsam, das bedeutete: Irgendwo hinter dem Horizont hockte dieser Mann bei seinen blöden Pingus. Konnte nicht anders sein. War nur so zu erklären. Irgendein Instinkt sagte Siebeneisen, dass er sich jetzt ganz schnell zusammenreißen und motivieren musste. Auch wenn er eigentlich lieber sitzen geblieben wäre. Oder, noch besser, sich in den weichen Schnee gelegt hätte. Er rappelte sich auf. Holte den Ball des Endurance-14-Fans aus dem Overall. Warf ihn vor sich in den Schnee. Nahm ein paar Schritte Anlauf. Trat den Ball mit dem Spann in Richtung Pinguinmann. Er musste einfach weitergehen, wie Kara, beschloss er. Irgendwann würde er ankommen.

320 Abstöße später war seine Schusstechnik erstaunlich ausgereift – Endurance 14 flog bei jedem Mal in perfektem Bogen bis tief in die gegnerische Hälfte. Der Mann mit der roten Jacke hockte noch immer irgendwo da hinten zwischen seinen Pinguinen, weiß der Teufel, was der dort machte. Siebeneisen konnte sich nicht vorstellen, wie man es derart lange in der Nähe dieser stinkenden Viecher aushalten konnte. Egal. Er trat gegen den Ball, der Ball flog, der Ball landete weit vor ihm auf dem Eis, der Ball rollte noch ein paar Meter, der Ball blieb liegen. Und weiter geht's, dachte Siebeneisen und stapfte schwerfällig voran, das waren mindestens hundert Meter, dieser Abstoß. Er nahm zum 322. Mal die Fata Morgana ins Visier, und der Ball flog, und dann landete der Ball am Hinterkopf eines großen Pinguins, und der Pinguin gab ein erschrockenes Trötgeräusch von sich, und um die Gruppe herum materialisierten sich plötzlich etwa 7000 weitere Pinguine aus dem Dunst und stimmten in das Tröten ein, und der Mann in der roten Jacke sprang auf und starrte Siebeneisen fassungslos an. Siehste, dachte der, Kara ben Nemsi hatte Recht: Weitergehen, man musste immer nur weitergehen.

17

Der heiße Tee tat gut. Vor Hunger und Erschöpfung hatte Siebeneisen überhaupt nicht bemerkt, wie durchgefroren er war. Als er James O'Shady dann in die kleine Satellitenstation gefolgt war und den hinterherwatschelnden Pinguinen die Tür vor der Nase zugeknallt hatte, war ihm die Wärme flutartig durch den Körper geströmt, eine rauschende Welle, die innerhalb von Sekunden jeden Teil seines Körpers erreichte und die Haut kribbeln ließ. O'Shady hatte Tee gekocht und in den Tee einen großen Schuss aus einer Flasche Rum gegeben. Jetzt lehnte Siebeneisen tiefenentspannt auf einem Stuhl im Büro des Forschers und lauschte fasziniert den feinen Rhythmen, die in jedem seiner Finger und Zehen pochten. Er erzählte O'Shady, wie er vom Motorschlitten gefallen und ein paar Stunden lang durch Eis und Schnee gestapft war, berichtete von Whiteout, Fata Morgana und von Endurance 14, mit dessen Hilfe er sich motiviert hatte.

»Sie haben das Teil da draußen gefunden?« Der alte Lederball schien den Iren mehr zu interessieren als die Schilderung vom heroischen Marsch durch die Kälte. Siebeneisen gab Endurance 14 einen Tritt und ließ ihn zum Stuhl seines Gesprächspartners hinüberrollen, der ihn mit dem Fuß stoppte.

»Und was wollen Sie denn eigentlich hier bei mir?«

Damals, donnerstags im Fetten Hecht, als Schatten ihnen die Geschichte von der möglichen Erbschaft erzählt und es Siebeneisen gedämmert hatte, dass er den Glücksboten spielen sollte – da hatte er sich kurz vorgestellt, wie seine Begegnungen mit den

Erben ablaufen würden: Er und ein oder eine O'Shady, in einer schicken Hotelsuite oder in einem gediegenen Restaurant, das Gespräch mit der frohen Kunde von den 50 Millionen Euro beginnend, ja, doch, natürlich ist das wahr, ihre Großgroßtante Claire, hat sie wohl ganz besonders gerngehabt, so was alles. Er konnte sich nicht daran erinnern, dass ihm damals ein Krankenhaus im Outback in den Sinn gekommen wäre. Auch kein Irish Pub wie aus einem hippiesken LSD-Traum, und erst recht keine Forschungsstation, in der ein beißender Gestank in der Luft hing. Siebeneisen sah aus dem Fenster: Die Kaiserpinguine waren groß genug, um sie zu beobachten, ihre Köpfe reihten sich knapp oberhalb der Fensterbank auf der gesamten Länge der Fensterfront. Wenn sie mit den Schnäbeln ans Glas stießen, klickte es leise.

»Ich muss Ihnen eine schlechte Nachricht überbringen«, sagte er ruhig zu O'Shady, »es hat einen Todesfall in Ihrer Familie gegeben.«

Vor seinem Aufbruch nach Australien hatte Siebeneisen eine ganze Reihe Termine absolviert. Er war bei diversen Tropenmedizinern und seinem Zahnarzt gewesen, außerdem bei einem Allergologen und in den Zweigstellen seiner Kranken- und Lebensversicherungen. Einen Tag vor Abflug hatte es dann noch ein Treffen mit zwei Außendienstmitarbeitern eines Glücksspielunternehmens gegeben – also mit Leuten, bei denen das Überbringen guter Nachrichten zum Berufsbild gehörte. Seitdem wusste Siebeneisen, dass Lotteriegesellschaften ihre Glücksboten intensiv im Umgang mit Reaktionen schulen, mit denen sie bei der Überbringung ihrer Nachricht konfrontiert werden können. Diese Kurse werden von den Teilnehmern als ungemein anstrengend empfunden, weil sie in Testszenen innerhalb weniger Sekunden die psychische Stabilität ihres Gegenübers einschätzen müssen (was ziemlich genau der Zeitspanne entspricht, die den Glücksboten in ihrer Berufsrealität zur Verfügung steht). Viele Menschen kommen nicht unbedingt gut mit der Nachricht von einem größeren Geldgewinn klar, hatten ihm die beiden Glücksboten erklärt. Manche veranstalten lediglich einen Veitstanz durchs heimische Wohnzimmer und versuchen, den Endorphin-Tsunami in ihrem Hirn durch laute Schreie in den Griff zu bekommen. Andere beginnen hemmungslos zu weinen. Manchmal allerdings kommt es zu plötzlichen Schüben sexuellen Verlangens, die sich im Zweifelsfalle auch auf den Überbringer der frohen Botschaft richten können, eine Reaktion, die als »endorphinöse Stimulanz« bezeichnet wird. Dann wiederum gibt es Personen, die wie vom Schlag getroffen in Ohnmacht fallen, gerne auch in Richtung eines Glastischs. Am gefährlichsten sind jene Gewinner, die von den Kursleitern als »misstrauisch-aggressiv« bezeichnet werden. Weil sie den Lotto-Angestellten erstens für einen Trickbetrüger halten und zweitens über ein erhöhtes Aggressionspotenzial verfügen. Ein Teil der Schulungen bei den Lotteriegesellschaften, hatte Siebeneisen erfahren, ist deswegen in der Regel den Grundgriffen fernöstlicher Verteidigungstechniken gewidmet.

Und James O'Shady? Der sagte: nichts. Überhaupt nichts. Saß einfach nur da auf seinem Stuhl, ließ den Ball zwischen seinen Füßen hin und her rollen und schwieg, während Siebeneisen alles noch einmal wiederholte, schön langsam, zum geistigen Mitschreiben: steinreiche Großgroßtante. Verstorben. Acht Erbberechtigte. 50 Millionen für jeden. Euro. Aber nur, wenn ausnahmslos alle gefunden werden konnten. Zustimmten. Zur Auszahlung in Dublin erschienen.

»Habe ich alles verstanden«, flüsterte O'Shady.

Gottseidank, dachte Siebeneisen. Er hatte schon befürchtet, bei O'Shady hätten möglicherweise komplexe neurologische Vorgänge eingesetzt, auf die dann ganz bald unkontrollierbare körperliche Reaktionen folgen würden. Er dachte an Liams Urschrei im Happy Shamrock. O'Shady aber schwieg wieder. Eine milde Stille erfüllte die kleine Forschungsstation. Das einzige Geräusch, das im entlegensten aller Außenposten der britischen Royal Geographic Society zu hören war, war das leise Klicken der Schnäbel an den Fensterscheiben.

Und dann begannen die Reagenzgläser in den Regalen zu vibrieren, und dann das Geschirr in der Spüle und die Fensterscheiben und alles andere, und aus einem leichten Brummen am Rande der Wahrnehmung wurde ein dumpfes Fauchen und dann ein ohrenbetäubendes Röhren. Durch das Fenster konnte man sehen, wie die Pinguine ihre Beobachtungsposten verließen und in heller Aufregung Richtung rettendes Wasser davonwatschelten. Jetzt war das Röhren ein Kreischen. Jetzt wurde eine gewaltige Ladung Schnee gegen die Fenster geschleudert. Jetzt war es schlagartig still. Und jetzt flog die Tür auf.

Interessanterweise zeigte Meadow beim Anblick ihres verlorenen Sozius' sämtliche Symptome einer endorphinösen Stimulanz. Siebeneisen fürchtete minutenlang, er würde erstickt beziehungsweise erdrückt werden oder bei einem gemeinsamen Sturz teures wissenschaftliches Gerät zerstören. Die Amerikanerin freute sich so überschwänglich, dass sie überhaupt nicht bemerkte, dass auch er sich gesorgt hatte – um sie.

»Ich bin am Lenker eingeschlafen. Muss schon passiert sein, als Sie noch hinten draufsaßen. Dadurch, dass Sie sich an mir festgeklammert haben, konnte ich nicht runterfallen.«

»Und wann sind Sie wach geworden?«

»Als ich Sie verloren hatte, bin ich wohl ganz allmählich nach rechts weggerutscht. Dadurch hab ich Samson in eine langgezogene Kurve gelegt. Und bin auf dem Kurs irgendwann mitten in eine Schneewehe gefahren. In der bin ich dann aufgewacht.«

Das erklärte, warum die Kufenspuren plötzlich vom Kurs abgekommen waren, dachte Siebeneisen. Zum Glück war er denen nicht blindlings hinterhergelaufen. Und zum Glück hatte sich seiner Chauffeurin nur eine Schneewehe in den Weg gestellt. Hätte ja auch gut eine Felswand sein können. Oder ein gestrandeter Eisberg.

»Ich bin dann in weitem Bogen zurück zu der alten Route gefahren, habe Sie aber nirgends gefunden. Auch keine Fußspuren. Also bin ich zurück zur Station, zum Auftanken, und sofort wieder los, auf der gleichen Strecke. Ich hätte nicht gedacht, dass Sie es bis zu den Engländern schaffen würden...« Erst jetzt schien sie den Pinguinexperten zu bemerken. O'Shady saß noch immer schweigend auf seinem Drehstuhl. Er hielt Endurance 14 in den Händen und betrachtete den Ball, als sei ihm längst eine Erklärung für die merkwürdige Aufschrift in den Sinn gekommen, die sich aus irgendwelchen Gründen aber nicht in Worte fassen ließ.

»Das ist James O'Shady«. Siebeneisen nickte zu dem Iren hinüber, »James – das ist Meadow, die amerikanische Kollegin, von der ich erzählt habe.«

O'Shady nickte Meadow zu. Mehr als ein leises »Hi!« schaffte er nicht. Der Mann schien durch die Nachricht von seinem Erbe ähnlich traumatisiert zu sein wie damals Schatten, dachte Siebeneisen.

»Das hier ist für Sie gefaxt worden«. Meadow zog ein verknittertes Blatt Papier aus ihrem Overall. Wipperfürth, dachte Siebeneisen, seine nächste Zielperson, sein nächster Einsatzort, seine nächste Odyssee.

Auf dem Fax war das Schwarz-Weiß-Foto eines Mannes zu sehen. »Dieses Mal haben wir sogar ein Foto für Dich!!!«, hatte Wipperfürth neben die Aufnahme geschrieben. Als ob die drei Ausrufezeichen alles besser machen würden, dachte Siebeneisen, während er weiterlas, »außerdem haben wir herausgefunden, dass er in Louisiana wohnt, wahrscheinlich in New Orleans oder irgendwo in der Nähe.« Für einen kurzen Moment war er versucht, die Formulierung »oder irgendwo in der Nähe« nach ihrer Explosionskraft abzutasten, ließ es dann aber bleiben, weil er ahnte, welche Schreckensszenarien er damit hinaufbeschwören würde. Stattdessen sah er sich Finn O'Shady an, sein hageres Gesicht, seinen Kotelettenbart, die lichte, hohe Stirn.

Der Rest der Nachricht las sich dann wieder wie ein echter Wipperfürth: Wie es ihm gelungen war, ein günstiges Flugticket von Ushuaia nach Louisiana zu buchen. Dass er jetzt auch eine Facebookseite für »unseren großen Reisenden« angelegt habe. Dass Siebeneisen unbesorgt sein solle. Und Schatten äußerst zufrieden sei mit der detektivischen Leistung seines Freundes, »ganz, wie er es von einem Mann von Welt erwartet habe«.

»Darf ich mal sehen?« Meadows Stimme legte sich balsamisch auf Siebeneisens allmählich hochkochende Wut. Er gab ihr das Fax.

»Ich kenne den«, meinte die Amerikanerin, nachdem sie sich das Foto ein paar Sekunden lang angesehen hatte. »Meine Schwester in New Orleans hat ein Foto von ihm im Flur hängen.«

18

(LOUISIANA, ZWEI WOCHEN SPÄTER.)

Im blassen Licht der Morgendämmerung lag der Highway vor ihm wie eine Schlange, die ein Lastwagen erwischt hatte, lang und platt und ausgestreckt. Siebeneisen schaute die Schlange entlang, wie sie sich in das konturlose Land hineinreckte. Er war müde. Hundemüde. Die tote Schlange hypnotisierte ihn. Er spürte, wie ihm die Augen zufielen, wie die Lider mit aller Macht nach unten klappten, als habe jemand heimlich kleine Metallgewichte oben auf sie draufgeklebt. Er schüttelte kurz den Kopf, um die Müdigkeit zu vertreiben. Während er die Schlange im Blick behielt, tastete er mit der rechten Hand nach dem Styroporbecher, den er in einen Halter an der Automatikschaltung geklemmt hatte. Der Kaffee schmeckte fürchterlich. Es war ihm schleierhaft, wie ein kompletter Kontinent eine solche Brühe trinken konnte. Und dann auch noch aus Halbliterbechern! Natürlich war auch deutscher Tankstellenkaffee nicht immer ein Quell der Freude, aber immerhin schmeckte er nach Kaffee. Nicht nach etwas, mit dem man eigentlich im Frühjahr den Gartenzaun strich. Er beschloss, keine weiteren Experimente mehr einzugehen. Er würde in diesem Land nur noch Tee trinken.

Siebeneisen sah auf den Tacho: viel zu schnell. Er nahm den Fuß vom Gas und schaute aus dem Seitenfenster. Zufälligerweise kannte er die Straße aus dem Fernsehen – kurz vor seiner Abreise nach Australien war zu Hause in Oer-Erkenschwick eine Dokumentation über die I-10 zu sehen gewesen. Der Film war in Texas gedreht worden, wo diese Interstate eine asphaltierte Legende war, die Grenzlinie zwischen den USA und Mexiko, zwischen Erster und Dritter Welt, zwischen »texanischem Stetson und mexikanischem Sombrero«, wie der Sprecher pathetisch fabulierte. Was natürlich Blödsinn war: Kein illegaler Einwanderer trug beim Überqueren des Rio Grande einen Sombrero, dachte Siebeneisen. Wie wahrscheinlich überhaupt niemand mehr in ganz Mexiko. Und hier? War die berühmte I-10 so langweilig wie die A7 zwischen Hildesheim und Göttingen, nur nicht ganz so voll.

Er fummelte am Radio: Amy Grant, Arrested Development, das unerträgliche Gewimmer der Doobie Brothers, zwischendrin »Warum soll Satan all die gute Musik haben?«-Jingles. Es war unmöglich, etwas anderes als diese Heilsbringersender zu finden, deren Laienprediger ihn seit dem Flughafen verfolgten. Betet! Das Böse ist nah! Die Erlösung fern! Doch wir sind bei Euch! Halleluja! Gerade eben hatte ein Anrufer gebeichtet, in seiner Jugend die Hamster seines Nachbarn hingerichtet zu haben. Der Mann war während des Gesprächs in Tränen ausgebrochen. Er heulte und schluchzte, während ihm der überhebliche Moderator immer neue Geständnisse entlockte, um ihm am Ende die Hamsterhinrichtungen zu vergeben. Im Namen des Herrn natürlich. Und dieses Land hat Menschen wie Miles Davis und Thomas Jefferson hervorgebracht, dachte Siebeneisen. Mit Schrecken bemerkte er, dass er wegen der Christian-Rock-Beschallung aus schierer Wut schon wieder viel zu schnell fuhr. Wenn er nicht aufpasste, würde er in einem Bezirksgefängnis statt in seinem Hotelzimmer übernachten.

Es war ihm ein Rätsel, wieso er überhaupt nach Baton Rouge geflogen war: Um zu seiner Verabredung zu kommen, musste er nun fast bis New Orleans fahren. Als ob es dort keinen Flughafen geben würde! Siebeneisen bemerkte, wie Müdigkeit, Musik, der miese Kaffee und nun der Gedanke an diese unnötige Fahrt seine Laune mit jeder Sekunde verschlechterten. Natürlich war diese Route überhaupt kein Rätsel, dachte er, sondern mit Sicherheit lediglich Folge eines geringfügig günstigeren Ticketpreises, auf den Wipperfürth bei seinen mäandernden Online-Wanderungen gestoßen war. Auf irgendeiner Billigflüge-Webseite eines Reiseanbieters aus Bangkok wahrscheinlich, oder Gott weiß wo sonst. 80 Dollar gespart, seinen Kumpel dann aber schnell ein paar Hundert Meilen über die Interstate getrieben – das sah Wipperfürth ähnlich. Und Schatten. Dem vor allem! Siebeneisen schnaubte innerlich. Der Mann war auf dem besten Weg, 50 Millionen zu kassieren, und knickerte herum, wenn es darum ging, ob ein Flug von Feuerland in die USA am Ende 1230 oder 1310 Dollar kostete. Von wegen: Spesen spielen keine Rolle! Und natürlich war die kleinste, die allerkleinste Mietwagenklasse reserviert gewesen, beim schäbigsten Verleiher im ganzen amerikanischen Süden, einem Unternehmen, das sogar noch mit dem verheerenden Zustand seines Betriebskapitals warb und sich »Miet-Dir-ein-Wrack!« nannte. Logisch, dachte Siebeneisen. Nachdem er auf der Rückfahrt aus der Antarktis vierzehn Tage in einer fensterlosen Kammer eines russischen Polarkreuzers verbracht hatte (das letzte, allerletzte Schiff, das die Antarktis vor dem Winter verließ), wunderte er sich nicht über die Schüssel, die auf ihn wartete. Nach mehreren Versuchen war es ihm gelungen, den Kofferraum zu schließen. Und drei der vier Fenster. Immerhin.

Und wieso musste sich diese Lawn an einem Sonntagmorgen unbedingt in einer Kneipe mitten in den Sümpfen mit ihm treffen? Warum nicht in aller Ruhe in der Hotellobby, von wo aus er nach dem Ende des Gesprächs in zwei Minuten sein Zimmer erreichen und 14 Stunden schlafen konnte? Sie hatte ihm in Sekundenschnelle auf seine E-Mail geantwortet, diese Lawn. Und zwar derart enthusiastisch, dass Siebeneisen den Verdacht hegte, ihre Schwester habe seine Anfrage möglicherweise hinter seinem Rücken angekündigt. Egal. Lawn wohnte mitten im French Quarter und schien halb New Orleans zu kennen; bestimmt war sie ein guter Kontakt für seine Suche nach Finn O'Shady. Zu dem ihm Wipperfürth außer Namen und Foto keine weiteren Informationen hatte liefern können. Natürlich nicht, grummelte Siebeneisen. Wäre ja auch noch schöner, wenn es zur Abwechslung mal eine Adresse geben würde. Oder sogar eine Telefonnummer. Stattdessen hatte er immerhin das Fax mit diesem Foto. Schatten hatte es mit einer speziellen Software bearbeitet. Die eigentliche Aufnahme war über 50 Jahre alt und zeigte Finn als kleinen Jungen, den die Software künstlich hatte altern lassen. Siebeneisen fragte sich, wie zuverlässig so ein Programm arbeitete, das Schatten wahrscheinlich als Testversion in einer PC-Zeitschrift für 2,95 Euro gefunden hatte. Immerhin: Dieser O'Shady lebte in einer Großstadt. Nicht in der Wüste, nicht im Eis, nicht im Hochgebirge – wahrscheinlich könnte man ihn sogar anrufen, wenn man denn eine Nummer hätte. Es hätte schlimmer kommen können, dachte Siebeneisen, es hätte wirklich schlimmer kommen können.

Er versuchte, die Augen offen zu halten, aber jetzt war ihm auch noch heiß. Die Klimaanlage des Mietwagens rackerte zwar brav gegen Schwüle und beschlagene Scheiben an, schien aber vor dem defekten Fenster hinter dem Fahrersitz kapituliert zu haben. Siebeneisen wischte sich einen Schweißtropfen von der Stirn. Die Landschaft hatte sich während der letzten halben Stunde allmählich verändert. In den Außenbezirken von Baton Rouge sah die I-10 aus wie jede andere Interstate in jedem anderen Industriegebiet jeder anderen amerikanischen Großstadt – mittlerweile aber war die Szenerie grüner geworden, grüner, leerer und sumpfiger. Er kam an einem Schild vorbei, das ihn in Cajun Country willkommen hieß. Auch das kannte er aus der Dokumentation. In der waren Ausschnitte aus Filmen zu sehen gewesen, die in dieser Gegend der Südstaaten spielten, *Down By Law* oder *Die letzten Amerikaner*. Offenbar handelten diese Filme von Großstadtbewohnern, die sich aus diversen undurchsichtigen und schwer nachvollziehbaren Gründen (wie einem Reservistenmanöver oder dem Ausbruch aus einem Hochsicherheitstrakt) plötzlich in den Sümpfen Louisianas wiederfanden. Und dort alsbald von so ziemlich jedem Missgeschick am Schlafittchen gepackt wurden, das sich ein Geschichtenerzähler von der Heimtücke Hollywoods ausdenken konnte: umgekippte Boote, Schwärme aggressiver Moskitos, Giftschlangen, verlorene Kompasse und Brackwasser bis zum Hals. Siebeneisen schüttelte es. Ein Straßenschild warnte ihn vor quer laufenden Alligatoren auf der Interstate. An der nächsten Ausfahrt bog er ab.

Fred's Lounge war gut zu finden: Sie hockte neben einer Handvoll verrosteter Autowracks und ausrangierter Traktoren an der Hauptstraße von Mamou, Louisiana. Etwas komplizierter war es mit dem Eingang. Siebeneisen musste mehrere Mal um das Gebäude herumlaufen, bis er ihn hinter zwei übereinandergestapelten Pick-ups entdeckte, deren Türen mit Löchern perforiert waren. Drinnen war es stockduster und ungefähr 30 Grad kälter als draußen. Siebeneisen benötigte mehrere Sekunden, um seine Augen an die Düsternis zu gewöhnen. Und um festzustellen, dass Fred's Lounge um neun Uhr an einem Sonntagmorgen besser besucht war als die Kirchen in Oer-Erkenschwick. An den Tischen saßen zumeist ältere Paare und schauten erwartungsfroh hinüber zu der Band, fünf Senioren, die lautstark über das Programm ihres anstehenden Auftritts stritten. Auf den Hockern an der Theke hatten sich die jüngeren Gäste versammelt. Und hinter dem Tresen zog die Wirtin die Augenbrauen zusammen wie eine Schleiereule unmittelbar vor der Attacke auf die Feldmaus. Die Frau war etwa Mitte siebzig und spindeldürr. Nachdem sie ihren neuen Gast dehnend lange Sekunden in ihren Augen-Klauen gehalten hatte, bellte sie einen Befehl, der sich wie »Battorbörbenn!« anhörte.

Siebeneisen zuckte zusammen. »Kann ich bitte einen Tee bekommen?«, fragte er höflich. Dass er hier besser keine weiteren Kaffee-Experimente eingehen sollte, war ihm gerade noch rechtzeitig eingefallen.

»Tea? There ain't no tea 'round here, love! Battorbörbenn!«

Siebeneisen verstand nicht wirklich, was die Frau von ihm wollte. Er ahnte aber, dass es sich bei diesem Battorbörbenn um das komplette Repertoire der Frühstücksmöglichkeiten handelte – eine Dose Budweiser oder ein Glas Bourbon. Innerlich seufzend entschied er sich für das Bier, das war mit Sicherheit so dünn wie der Kaffee und würde keinerlei Auswirkungen auf seine Fahrtüchtigkeit haben. Er setzte sich an die Bar, vor eine Lampe, in deren durchsichtigem Kunstharzfuß eine Wells-Fargo-Kutschen-Miniatur steckte. Der Hersteller hatte sich mit der kleinen Plastik ziemliche Mühe gegeben, man konnte sogar die panisch aufgerissenen Augen des Kutschers erkennen, der wahrscheinlich einen Moment zuvor entdeckt hatte, dass ihm 120 berittene Apachen auf den Fersen waren. Siebeneisen versank kurz in diesen in Kunstharz gegossenen Westernmoment, aber dann knallte die Bedienung seine Bierdose auf den Tresen, dass die kleinen Tröpfchen außen auf dem Aluminium wegspritzten wie in einer Werbung für Erfrischungsgetränke in der Karibik. Und dann, als ob die Welt um ihn herum bis jetzt eingefroren gewesen sei wie die Kutsche in ihrem Kunstharz und sich nun schlagartig verflüssigte, passierte alles auf einmal: *»This Yankee he ain't know nuttin'!«*, krächzte die hagere

Eule, was alle anderen offenbar besonders lustig fanden, jedenfalls dröhnte die Kneipe nun vor Gelächter, und kräftige Hände klatschten dem Yankee auf die Schulter, und prompt kamen zwei weitere Bierdosen hinzu. Und dann startete die hauseigene Band mit einer gewaltigen Rückkopplung ihr Morgenprogramm. Die Lampe mit der kleinen Wells-Fargo-Postkutsche begann wild zu vibrieren.

Cajun ist eine sehr spezielle Musik. Ihre Ursprünge liegen in Frankreich, in den Melodien und Rhythmen, die Auswanderer Mitte des 17. Jahrhundert mit an die Ostküste Kanadas gebracht hatten – Siebeneisen wusste das aus einem alten *National-Geographic*-Heft. Von dort war sie mit französischen Vertriebenen später in das damals spanische Hinterland von New Orleans gelangt, und als sie dort angekommen war, hatte die Cajunmusik hundertfünfzig Jahre Armut, Flucht und Leid auf dem Buckel sowie die niemals zu stillende Sehnsucht nach der Heimat hinter dem Atlantik. Deswegen hört sich selbst ein flott gespieltes Cajunlied immer noch an wie etwas, das einem Suizidgefährdeten durch den Kopf geht, wenn er schlecht gelaunt an einer Mississippibrücke vorbeifährt. Eine Ballade dagegen klingt wie die Klage der Großmütter eines bretonischen Fischerdorfes, die man soeben über den Untergang von 17 Öltankern zwei Seemeilen vor der Küste informiert hat.

Siebeneisen war sich sicher: Schon angesichts des Auftaktwalzers wäre der deutsche Tanzlehrer-Verband in Ehrfurcht erstarrt. Die Geige wimmerte herzzerreißend, das Akkordeon quengelte, und 26 ältere Herren, die Haare akkurat mit Wachs gescheitelt, die Stiefel poliert, die Karohemden gebügelt, ein Regiment wie herausgezoomt aus den Waltons also, diese 26 älteren Herren blickten 26 ebenso betagten Gattinnen vielsagend in die Augen, und einen Takt später tanzten sie, mit kleinen

Schritten und ohne die Füße wirklich vom Boden zu heben, was sie aussehen ließ, als schwebten sie wie ein menschlicher Fischschwarm durch Fred's Lounge. Siebeneisen war fasziniert. Auch von der Band. Die Musiker waren durch ein Geviert aus Sparringsseilen von den Zuschauern getrennt. Sie wurden von einem verbissenen Triangelspieler angeführt, der offensichtlich versuchte, lauter als alle anderen zu sein (und wohl bloß deshalb engagiert worden war, weil er sonst regelmäßig den Schuppen demolieren würde). Nach dem Schlussakkord wurde geklatscht und gejubelt und gegrölt, und dann ging es mit dem nächsten Stück weiter.

Gegen elf Uhr vormittags hatte der Lärmpegel bedrohliche Dimensionen angenommen. Alles um Siebeneisen herum schrie und sang durcheinander, selbst der Werbesprecher, der in den Pausen zwischen den Stücken Slogans von Landwirtschaftsmaschinen-Herstellern und Futtersilo-Besitzern ins Mikrofon rief, war heiser; sein Kopf hatte die Farbe eines Mannes, dessen ganz persönlicher Schlaganfall um die Ecke auf ihn wartete. Denn natürlich wurde der musikalische Frühschoppen in Fred's Lounge im Radio übertragen, und zwar live, und zwar seit 1945, schrie ihm jemand ins Ohr, Siebeneisen hatte nichts anderes erwartet. Dass der Moderator sich jetzt aber nach einem gewissen Mr Siebeneisen erkundigte, der »von einer liebreizenden Frau am Hinterausgang erwartet werde, ohohoh« – das kam dann doch etwas überraschend.

Lawn Ribaud trug ein schlichtes, hellgraues Sommerkleid und ein farblich passendes Halstuch. Sie hatte ihr dunkles Haar mit einem Reif zurückgesteckt, stand leicht wippend neben der Eingangstür und sang leise den Refrain des Liedes mit, das die Band hinter den Sparringsseilen gerade spielte. Als er auf sie zuging, überlegte Siebeneisen, wann er zum letzten Mal eine Frau in einem Kleid gesehen hatte, aber dann stand er auch schon vor ihr, und Lawn strahlte ihn an. Ein Hauch von Patschuli hing in der Luft.

»Hi! Ich bin Lawn. Meadows Schwester.«

Und eure dritte Schwester heißt wahrscheinlich Field, wollte Siebeneisen antworten, oder vielleicht auch Acker, aber dafür fiel ihm das englische Wort nicht ein, stattdessen sagte er: »Ich bin Siebeneisen. Schön, dass Sie Zeit haben.«

»Ich bin so sehr erfreut, Sie endlich kennenzulernen! Hatten Sie eine angenehme Reise?«

»Ja, danke. Und Sie eine gute Fahrt hierhin?

»Eine absolut großartige! Es ist so ein zauberhafter Tag da draußen, finden Sie nicht! Konnten Sie ein wenig schlafen im Flugzeug? Das ist ja immer so ermüdend! Oh, mein Gott, ich fliege so ungern!«

Das würde jetzt erst einmal ein paar Minuten so weitergehen, ahnte Siebeneisen. Unterhaltungen mit Amerikanern begannen immer mit einem unermüdlichen Hin und Her an Floskeln, Gefälligkeitsbekundungen, Gottesbezeugungen und dem gegenseitigen Abfragen von Gesundheits- und Gemütszuständen, bevor dann ganz schnell noch der Jahresverdienst des Gegenübers gecheckt wurde. Niemand erwartete, dass man auch nur eine dieser Fragen halbwegs wahrheitsgemäß beantwortete. Deswegen verschwieg Siebeneisen selbstverständlich alles, was ihm auf der Seele lag und eigentlich nur angetippt werden musste, um in einem längeren Lamento aus ihm hervorzubrechen: Wipperfürth, Schatten, die Ungerechtigkeit der Welt sowie die nur allzu präsente Erinnerung an das Kind, das auf dem Flug von Buenos Aires nach Atlanta hinter ihm gesessen hatte und von Atlanta nach Baton Rouge ebenfalls, ein unentwegt quengelnder, brüllender und speiender Affront gegen jede, wirklich jede Wahrscheinlichkeitsrechnung. Nach diesem traumatischen Erlebnis, der öden und heißen Fahrt nach Mamou und vier Dosen Leichtbier mit Cajun-Dauerbeschallung waren eine Adresse und eine Telefonnummer alles, was er wollte. Und dann ein Bett.

»Wollen wir uns heute Abend vielleicht zum Essen treffen?« Lawn hatte ihre Floskelouvertüre in diesem Moment offensichtlich für beendet erklärt. »In einem netten Restaurant im French Quarter? Dann können Sie mir in aller Ruhe erzählen, weshalb Sie mich sprechen möchten. Im Moment habe ich dummerweise überhaupt keine Zeit, mir ist etwas dazwischengekommen. Ich muss ganz schnell weiter.«

Für einen Augenblick sah Siebeneisen einen Tag gähnender Leere vor sich, einen Tag bei 43 Grad Celsius in einer Luft, die sich anfühlen und wahrscheinlich auch riechen würde wie die in der Umkleidekabine einer Fußballmannschaft. Andererseits würde er bis zum Abend den längsten Mittagsschlaf seines Lebens halten können.

»Sehr gerne!«, antwortete er.

Lawn begann, in ihrer Handtasche zu kramen. »Fahren Sie ruhig schon nach N'oorlins… Moment…«

Siebeneisen fand ihren Südstaatenakzent ganz entzückend – jede zweite oder dritte Silbe wurde gedehnt, als sei sie ein Stück Kaugummi in der heißen Sonne. Er sah Lawn zu, wie sie den Inhalt ihrer Handtasche durchforstete: eine zierliche, gebräunte Frau in Kleid und Sandalen, die ihre Füße leicht eingedreht hatte, um die Handtasche besser auf den Knien abstützen zu können. Je länger sie suchte, umso mehr schwarze Strähnen lösten sich aus dem Haarreif und fielen vor ihre Augen. Erstaunt bemerkte Siebeneisen ein leichtes Flattern im Bauch. Dann hatte Lawn gefunden, was sie suchte: einen Notizblock und einen Bleistift.

»Ich habe Ihnen ein Hotelzimmer reserviert. In der Villa La Reina. Wenn ich nicht arbeiten müsste, könnten wir uns gleich hier unterhalten, die servieren wahnsinnig gute Alligatorenspießchen. Tut mir schrecklich leid, dass ich Sie hier so sitzenlassen muss. Ich muss für einen Job raus in die Thornbush Plantation.«

»An einem Sonntag?«

Lawn lächelte. »Die Leute, mit denen ich mich treffen soll, haben eine etwas andere … naja, Zeiteinteilung. Ich rufe Sie im Hotel an!«

Draußen brauchte Siebeneisen zehn Minuten, bis er zwischen all den Autowracks jenes gefunden hatte, für das jemand 19,95 $ pro Miettag bezahlen musste. Zu seiner Überraschung sprang der Wagen sofort an.

19

Nachdem er über eine Stunde im Kreis gefahren war, stellte Siebeneisen sein Mietwrack auf einem Parkplatz am Mississippi ab. Ein farbiger Mann in einem Campingstuhl bewachte das Gelände und spielte auf einer lädierten Gitarre, offensichtlich übte er noch schnell ein paar Bluesakkorde für seinen Auftritt am Abend. Siebeneisens Laune besserte sich schlagartig. Er war in New Orleans! Der Wiege der amerikanischen Musik! Vor ein paar Jahren hatte er Walburga einen Stapel Jazz- und Blues-CDs aus seiner Sammlung mitgebracht, Aufnahmen aus den Vierziger- und Fünfzigerjahren, die selbst der altdeutschen Inneneinrichtung im Fetten Hecht eine gewisse Verruchtheit verliehen (Walburgas Lieblingsband war Pur – eine Gruppe, von deren Liedern Siebeneisen vermutete, sie würden in Guantanamo und ähnlichen Institutionen eingesetzt). Von den alten Aufnahmen liebte er vor allem die Bigband-Einspielungen. Und die Titel von Louis Armstrong, als der noch mit den Hot Five unterwegs war. Wenn diese Musik in seiner Stammkneipe lief, musste er nur kurz die Augen schließen, um sich in die goldenen Jahre am Mississippi zu versetzen. Nach wenigen Minuten war dann selbst Wipperfürths Geschwafel so leise, dass es allmählich mit der Snaredrum des Schlagzeugers verschmolz.

Und jetzt war er tatsächlich hier. Siebeneisen fühlte sich wunderbar beschwingt. Er beschloss, mit dem Parkplatzwächter zu plaudern, vielleicht hatte der ja einen Tipp für eine gute Musikkneipe. Der Mann war allerdings derart in seine Akkordfolgen versunken, dass er Siebeneisen überhaupt nicht beachtete. Erst als der ihn sehr laut ansprach, blickte er auf. Siebeneisen zuckte zusammen: Der Musiker sah älter aus als jede Person, die er bislang gesehen hat. Sein Gesicht war wie aus Ebenholz geschnitzt, eine Maske, in die ein ganzes Jahrhundert Furchen und Gräben gefräst zu haben schien. Im Schwarz der Pupillen klafften Abgründe.

»Kostet 60 am Tag, Bruder. Keine Verhandlungen, keine Diskussion.«

Siebeneisen war erleichtert, dass der Mann nicht in einem altägyptischen Dialekt aus der Zeit Echnatons mit ihm sprach. Die Höhe der Parkgebühren schockierte ihn allerdings.

»60 Dollar? Für 24 Stunden?«

»60 am Tag, Bruder. Wenn du ihn über Nacht stehen lassen willst, kommen noch mal 30 dazu.«

»Aber so viel ist mein Auto nicht mal mehr wert! Die Karre ist älter als Ihre Gitarre!«

Der Parkplatzwächter brach den Blueslauf ab, eine Folge von Tönen, die klangen, als beklagten sie alles Unheil, das dieser Welt je widerfahren war.

»Stimmt nicht, Bruder, stimmt nicht. Ist sehr alt, meine Kleine, sehr, sehr alt.«

Er senkte den Kopf und spielte weiter. Siebeneisen starrte gebannt auf die langen, dürren Finger des Alten, die die Saiten streichelten und zerrten und zogen und sie dabei gleichzeitig kaum zu berühren schienen. Die Musik war anders als alles, was er bisher gehört hatte, sie kam von den Baumwollfeldern am Mississippi, sie beschwor Blut, Schweiß und Tränen, und gleichzeitig klang sie nach all den Jahrzehnten und Generationen danach, nach Selma und My Lai, nach Buchenwald und Srebrenica, ein Heulen, ein Flehen, eine alles umfassende Litanei. Siebeneisen stand gebannt vor dem Alten im

Campingstuhl, er hörte das Leid und die Mühsal eines ganzen Jahrhunderts, und wie es Trost fand in den Tönen der Saiten. Dann noch ein letzter Lauf, dann Stille. Der Alte hob den Kopf. Es sah aus, als lausche er seinem letzten Akkord hinterher, wie er davonschwebte über den Mississippi.

»Das war wunderbar. Sie spielen wahrscheinlich schon sehr lange, oder?« Siebeneisen erinnerte sich daran, wie schwer es ihm als Jugendlicher gefallen war, auch nur ein einziges Bluessolo hinzubekommen. Er hatte derart lange nach dem nächsten Ton gesucht, dass der Rest der Schülerband inzwischen einen Refrain weiter war.

»Lange?« Der Parkplatzwächter sprach das Wort aus, als wolle er es von allen Seiten begutachten. »Hm, ja, ich glaube, das kann man so sagen … Lange. Ziemlich lange.«

»Und wie viele Jahre haben Sie gebraucht, bis Sie das so perfekt konnten?«

Der Alte schwieg. Er sah jetzt noch einmal älter aus.

»Ging schnell, Bruder, ging schnell. Ich hab's an einer Kreuzung gelernt, eines Abends. Oben in Mississippi. Ist lange her.«

»An einem einzigen Abend?« Siebeneisen konnte nicht glauben, was er eben gehört hatte.

»Yeah. Hatte einen guten Lehrer, wenn man so will. Hatte 'ne Menge Erfahrung, der Mann.«

Der Parkplatzwächter blickte Siebeneisen an. Dann lösten sich seine dürren Finger vom Hals der Gitarre, ganz langsam lösten sie sich, als sei ihnen in diesem Moment der Lauf der Welt und das Eilen der Zeit bewusst geworden. Die Hand des Alten bewegte sich vom Hals der Gitarre auf Siebeneisen zu, bis sie unmittelbar vor seiner Brust stoppte. Die Hand öffnete sich.

»60 Dollar. Im Voraus. 30 mehr, wenn Sie über Nacht parken wollen.«

Siebeneisen fand einen Hundert-Dollar-Schein in seiner Brieftasche.

»Behalten Sie den Rest. Und hören Sie nicht mit dem Spielen auf.«

Der alte Mann sah ihn an. »Werd ich nicht, Bruder, werd ich nicht.«

Siebeneisen legte sich seine Reisetasche über die Schulter, lief über den Parkplatz und überquerte die Straße. Als er sich umdrehte, um den Alten noch einmal zu grüßen, war er nicht mehr zu sehen. Auch der Campingstuhl war verschwunden.

Überflutete Straßen, winkende Menschen auf Dächern, umgeworfene Autos und Gebäude, von denen bloß noch ein paar kümmerliche Reste standen: Auf den Fernsehbildern, die es in letzter Zeit in Deutschland von New Orleans zu sehen gegeben hatte, sah die Stadt permanent aus wie eine zerstörte Siedlung irgendwo in einem Drittweltland. Vor etlichen Jahren war ein gewaltiger Hurrikan über Louisiana hinweggezogen, und offensichtlich hatten die TV-Sender in den Tagen nach der Katastrophe genügend Material gesammelt, um der Welt New Orleans bis ans Ende aller Tage als eine Art Südstaaten-Atlantis vorzuführen. Auch Siebeneisen hatte diese apokalyptischen Bilder im Kopf und war deswegen ziemlich erstaunt, als er nun durch eine Altstadt lief, die aussah, als sei sie aus einem Bilderbuch für Südstaatenarchitektur gefallen. Die alten Häuser strahlten in frischen Farben, auf den Balkonen drängelten sich Blumen, irgendwo lag die leise Melodie eines fernen Saxofons in der Luft. New Orleans' French Quarter war, wie der Name schon sagte, das historische, von den französischen Stadtvätern gegründete Zentrum der Stadt. In der *National-Geographic*-Reportage über Cajun County hatte auch einiges über Frankreichs Expansionsgelüste in der damals Neuen Welt gestanden, deshalb wunderte sich Siebeneisen viel weniger über die französischen Straßennamen als die amerikanische Familie, die ihn nach den Franzosen fragte, nach denen das French Quarter benannt sei. Er verwies die Familie auf die Ecke hinter sich, »da stehen ganz viele«, und ging zügig weiter. Seit seinem Treffen auf dem Parkplatz war seine Laune vorzüglich. Er spürte, dass diese Stadt etwas ganz Besonderes für ihn bereithielt. Australien, der Himalaja, die Antarktis – das alles waren Überlebenskämpfe gewesen. New Orleans war anders. Er wusste es einfach.

Die Villa La Reina in der Ursuline Street wirkte nicht wie ein Hotel, sondern eher wie das Stadtdomizil einer reichen Plantagenbesitzerfamilie. Da würde er sich bei Lawn bedanken müssen, dachte Siebeneisen, die Frau hatte Geschmack. Er schätzte, dass kein Einrichtungsgegenstand weniger als 200 Jahre alt war, der Hauspapagei eingeschlossen. Das Tier hing kopfüber in einem gewaltigen Käfig im Innenhof und pfiff den Refrain von Juliane Werdings »Am Tag, als Conny Kramer starb«, als Siebeneisen sich an der Rezeption den Zimmerschlüssel geben ließ. Für einen kurzen Moment war er irritiert, aber dann fiel ihm ein, dass im Original des Liedes kein Kleinstadtjunkie zu Grabe getragen wurde, sondern Old Dixie, der Süden der USA, und das Lied vom Ende aller Südstaatenherrlichkeit nach dem amerikanischen Bürgerkrieg handelte. Offensichtlich fühlte sich der Vogel durch den Gast ermuntert, jedenfalls pfiff er noch lauter, als Siebeneisen an ihm vorbei zu seinem Zimmer ging. Er blieb kurz stehen, um sich zu vergewissern, dass in dem Käfig tatsächlich eine kleine Südstaatenflagge neben dem Futternapf hing. Vorsorglich sah er den Papagei sehr finster an. Der hörte zu pfeifen auf, hangelte sich mit dem Schnabel an den Gitterstäben in die Vertikale und krächzte Siebeneisen ein gellendes »Gefreiter Virgil Caine, Sir! Zu Befehl, Sir!« entgegen. Siebeneisen widerstand der Versuchung, vor dem Vogel zu salutieren. Als er die Tür zu seinem Zimmer aufschloss, rief der Papagei ihm ein »Hier riecht's verdammt nach Yankees!« hinterher.

Leider schienen auch die Matratzen zweihundert Jahre alt zu sein, oder Siebeneisen war einfach zu aufgedreht nach diesem Tag, der in seiner Erinnerung irgendwann am anderen Ende der Welt begonnen und sich seither alle Mühe gegeben hatte, bloß nicht zu Ende zu gehen. Er lag auf dem Rücken und schaute dem Ventilator zu, wie er versuchte, die Schwüle im Zimmer in atembare Stückchen zu zerlegen. Draußen hatte es zu regnen begonnen. Die Tropfen trommelten kleine Synkopen auf das Blech seines kleinen Balkons, die alle anderen Geräusche auslöschten. Siebeneisen betrachtete sein Zimmer. Zweifellos war es das schönste der bisherigen Reise, was zweifellos seinen Grund hatte: Es war das bislang einzige, das nicht von Wipperfürth reserviert worden war. Die Möbel sahen allesamt aus wie Museumsstücke, die Stühle, der Tisch, der Schrank; als Siebeneisen vorhin eingetreten war, hatten die gewachsten Bodendielen geknarzt, als wollten sie ihm schnell ein paar Anekdoten aus der Geschichte des Hauses erzählen. An der Wand gegenüber hing ein Ölgemälde, drei farbige Frauen, nackt, bunte Tücher wie Turbane um die Köpfe gewickelt. Siebeneisen stand auf und ging hinüber zu dem Bild.

Dem Maler war es gelungen, seine Modelle vollkommen natürlich darzustellen, als habe er sie heimlich beobachtet, als sei ihnen seine Anwesenheit verborgen geblieben. Oder völlig gleichgültig. Die drei Frauen waren im Gespräch vertieft. Und wunderschön. Die Szene schien im Innenhof seines Hotels gemalt worden zu sein, im Hintergrund ragte ein Teil des gewaltigen Vogelkäfigs ins Bild. Siebeneisen beugte sich vor, um die Beschriftung lesen zu können. »Josephine, Isabelle und Miriam, House of the Rising Sun, 1842.« Siebeneisen stellte sich das New Orleans dieser Zeit vor. Die Stadt war durch den Handel mit Zucker und Baumwolle damals ziemlich reich gewesen, wusste er aus dem Artikel. Wohlhabende Bürger hatten sich prächtige Häuser errichten lassen, die Nachkommen weißer Großgrundbesitzer und ihrer schwarzen Sklavinnen hatten eine eigene Schicht der Gesellschaft gebildet, und im French Quarter hatten Kirchen, Spielhöllen, Opernhäuser und Bordelle nebeneinander existiert. Man musste sich nicht wundern, dass in dieser Stadt der Jazz geboren wurde, dachte Siebeneisen. Und auch nicht, dass New Orleans dem konservativen Amerika immer noch vorkommen musste wie Sodom und Gomorrha. Er legte sich aufs Bett und schaltete den Fernseher ein. Auf dem Bildschirm erschien eine Kneipe, die wie Fred's Lounge aussah und in der die Leute exakt so sprachen wie bei seinem kleinen Frühschoppen vor ein paar Stunden. Allerdings bestellten sie kein Battorbörbenn, sondern ein Getränk namens Real Red, bei dem es sich offenbar um künstliches Blut handelte. Er brauchte eine Weile, bis ihm klar war, dass die Mehrzahl der Kneipengäste Vampire waren, aber die schienen in dieser Serie eine assimilierte Bevölkerungsgruppe zu sein. Er stand erneut auf und ging zum Fenster. Schräg gegenüber war ein Internetcafé.

Er brauchte fast eine halbe Stunde und die Hilfe des fünfjährigen Sohnes der Cafébesitzerin, bis Siebeneisen auf der Facebookseite war, die Wipperfürth in Oer-Erkenschwick für ihn eingerichtet hatte. Viel zu sehen gab es dort nicht: ein kleines Foto von ihm, das offensichtlich im Fetten Hecht aufgenommen war, Siebeneisen am Tipp-Kick-Tisch, seine Fußballfigur in der Hand. Oben zwei Zeilen mit Informationen, »Arbeitet als: Unser Mann vor Ort«, »Aus: Oer-Erkenschwick«. Eine Spalte, die mit »Freunde« überschrieben war und in der tatsächlich zwei Gesichter grinsten, Wipperfürth und Schatten. Und eine kleine »1« im »Nachrichten«-Feld. Siebeneisen klickte die Zahl an. Die Nachricht war von Wipperfürth.

Willkommen bei Facebook! Habe diese Page eingerichtet, damit wir dich up to date halten können. Werde ab jetzt alle News hier posten. Du checkst sie ganz easy von überall. Leute, mit denen du unterwegs zu tun hast, kannst du einfach adden, transatlantisch talken ist out, das schont unser Budget. Hab auch gleich eine Page für den Fetten Hecht gelauncht. Werden bestimmt viele liken. LOL. Klick bitte auch den »Gefällt mir!«-Button. Supporte Walburga!
CU, Wip.

Siebeneisen schaltete den Computer aus. Auf dem Weg zum Hotel hatte er in einem Souvenirladen kleine Voodoopuppen gesehen. So eine würde er jetzt kaufen. Oh ja.

20

»Lieben Sie auch diese langen, regnerischen Nachmittage, wenn eine Stunde keine Stunde ist, sondern ein Stückchen Ewigkeit – und man nicht weiß, was anfangen damit?« Lawn wischte sich eine Strähne aus der Stirn und sah Siebeneisen an. Und Siebeneisen fühlte ein merkwürdiges Kleben im Hals und ein Kribbeln von den Zehen die Beine hinauf, aber das lag wahrscheinlich daran, dass er seit Ewigkeiten nichts mehr gegessen hatte. Sie hatten sich in Lafitte's Blacksmith Shop verabredet, einem Restaurant, dass laut Schild am Eingang *the oldest bar in the U.S.* war und seit Vorkriegszeiten existierte. Siebeneisen hatte gleich gefragt, welcher Krieg denn damit gemeint sei, worauf der Kellner indigniert geschaut und sich schweigend entfernt hatte.

»Na?«

Lawn zog die Augenbrauen nach oben und sah ihn erwartungsvoll an. Siebeneisen sah zurück. Lawn musste lachen.

»Ist nicht von mir. Tennessee Williams. Nass geworden?«

Der Regen hatte seit dem Nachmittag nicht nachgelassen. Es prasselte unentwegt auf die Stadt ein, die Straßen waren voller Pfützen, die Wolken hingen so tief, dass der Turm der Kathedrale sie aufzupieksen schien. Dennoch war es noch immer unerträglich schwül. Die Luft fühlte sich an wie in einem Terrarium und roch nach Abgasen, süßlichem Parfüm und den Alkoholresten aus weggeworfenen Bierflaschen. Auf dem Weg von seinem Hotel zu ihrem Treffpunkt ein paar Straßen entfernt war Siebeneisen bis auf die Haut nass geworden, obwohl er versucht hatte, so oft und so lange wie möglich unter den schmiedeeisernen Balkonen zu laufen, die an so gut wie jedem French-Quarter-Haus hingen. Er hatte versucht, um die größten Pfützen einen Bogen zu machen, war aber doch das eine oder andere Mal in einen dieser kleinen Seen hineingestapft. New Orleans lag unterhalb des Meeresspiegels, das wusste er, deswegen wunderte es ihn nicht, dass die Stadt bereits von einem Nachmittagsregen vollzulaufen schien wie eine Schüssel. Jetzt saß er klatschnass am Tisch. Aus seinen Haaren fielen kleine Tropfen auf die Tischdecke.

Der Kellner brachte enzyklopädisch dicke, in Leder gebundene Speisekarten, in denen Siebeneisen nichts lesen konnte, weil es dazu viel zu duster war – es gab nur eine einzige Glühbirne hinter der Bar. Und ein paar Kerzen, die nach einem erratischen System im Raum verteilt waren, um leere, modrige Ecken und Winkel zu erhellen. Während Lawn die Karte studierte, sah sich Siebeneisen um. Lafitte's Blacksmith Shop war nach Jean Lafitte benannt, einem Piraten, der das Gebäude zu Beginn des 19. Jahrhunderts als Lager für seine Kaperbeute verwendet hatte, das hatte ihm der Rezeptionist der Villa La Reina erzählt. Seither war hier offenbar weder renoviert noch aufgeräumt worden. Im kompletten Haus schien es keine gerade verlaufende Linie zu geben, die Wände waren schief, die Flaschen an der Bar neigten sich nach links, der Fußboden fiel zur Eingangstür hin deutlich ab. Siebeneisen schaute nach oben: Was auch immer sich über dem Restaurant befinden mochte – es war so schwer, dass es eine große Beule in die Decke drückte. Außerdem kamen merkwürdig knarrende Geräusche von dort oben. Und dieses Hexenhäuschen hatte die schwersten Hurrikane überstanden, dachte Siebeneisen. Einen Drink zu viel, und man würde erwarten, dass Monsieur Lafitte höchstselbst durch die Tür träte. Oder die Bauaufsicht oder zumindest die Leute vom

Heimwerkerverband. Stattdessen kam der indignierte Kellner und brachte eine Kerze. Er ignorierte Siebeneisen komplett und verschwand wortlos im Duster.

»Darf ich die Bestellung übernehmen?« Lawn hatte das Studium der Enzyklopädie beendet. »In New Orleans wird ganz wunderbar gekocht. Bei uns hat sich die spanische Küche mit der französischen gemischt, und die Sklaven haben einen guten Schuss Afrika beigefügt. Kann manchmal ein wenig scharf sein, aber das ist ja ganz gut bei diesem Klima, oder?«

Siebeneisen betrachtete Lawn. Im Kerzenlicht hatte ihr Gesicht etwas Klassisches. Er versuchte, ihr Alter zu schätzen, Mitte 30, dachte er, aber vielleicht auch zehn Jahre älter, eine Aura von Zeitlosigkeit schien sein Gegenüber zu umspielen. Was auch daran lag, dass Lawn ihr Haar mit der Hilfe unsichtbarer Nadeln zu einem kleinen Turm aufgesteckt hatte, der leicht hin und her schwankte, wenn sie den Kopf bewegte. Sie hätte auch 1930 schon hier sitzen können, sinnierte Siebeneisen. Oder 1792. Ihm fiel auf, dass Lawns Oberlippe ganz leicht über die Unterlippe ragte, einen Millimeter vielleicht. Die Kerze warf flackernde Schatten auf ihr Gesicht. Er verspürte wieder dieses merkwürdige Kribbeln im Magen, das er aber sofort verdrängte.

»O.k.?«, fragte Lawn.

Siebeneisen hangelte sich zurück in die Gegenwart, in diesen Raum, an diesen Tisch.

»Wie bitte?«

Ohne ihm zu antworten oder sonst etwas zu sagen, winkte Lawn den Kellner herbei. Der Mann trat mit ernstem Blick an ihren Tisch. Er sah aus wie jemand, der in einem *film noir* aus den Vierzigerjahren einen Flüchtling spielen könnte, oder einen enteigneten Grafen oder sonst einen Pechvogel, dachte Siebeneisen.

Lawn bestellte Gumbo (»Louisianas Antwort auf die Bouillabaisse!«) für zwei. Und Wein. Und als Aperitif Mint Juleps, von denen sie behauptete, sie seien in New Orleans erfunden worden, »an einem Tag wie diesem, bloß war es damals richtig heiß«. Überhaupt schien sie eine Art wandelndes Wikipedia ihrer Heimatstadt zu sein. Während sich Siebeneisen in der Hitze des Raums zügeln musste, den hochprozentigen Cocktail nicht wie ein Glas Wasser in sich hineinzukippen, fiel Lawn unter anderem ein, dass sie nach dem Essen vielleicht noch im Napoleon House vorbeischauen könnten (»Haben seine Fans damals für ihn gebaut, aber als es fertig wurde, war er schon auf Elba!«) und eventuell auch noch bei Donna, wo spät am Abend immer die Brass Bands aus der Nachbarschaft spielten, das müsse er unbedingt gesehen haben, wenn er schon einmal hier sei.

An dieser Stelle ihrer Programmpräsentation für den Abend zu zweit kam ihr dann offensichtlich etwas in den Sinn. Lawn zog an ihrem Mint-Julep-Strohhalm.

»Ich hab Sie noch überhaupt nicht gefragt, warum Sie eigentlich in der Stadt sind. Meadow hat mir geschrieben, dass Sie hier jemanden suchen?«

Siebeneisen nickte. Endlich. Er holte den Umschlag mit der Aufnahme von Finn aus seiner Jackentasche.

»Ihre Schwester hat mir erzählt, dass sie diesen Mann auf einem Foto in Ihrer Wohnung gesehen hat. Er heißt O'Shady. Steht leider nicht im Telefonbuch …«

Lawn drückte dem Kellner die Speisekarten in die Hand und nahm das Fax von Wipperfürth. Sie versuchte, es so zu halten, dass genügend Licht auf das Papier fiel. Der Kellner kam zurück und brachte eine weitere Kerze. Diese Stadt ist ein Anachronismus, dachte Siebeneisen, etwas, das eigentlich nicht mehr existieren dürfte. Die Straßenzüge, die Gebäude, die Manieren der Kellner, all das wirkte auf ihn, als sei es aus einer anderen Epoche herausgefallen und zufällig genau heute gelandet. Sein Hotel. Und Lawn. Lawn ebenfalls.

Siebeneisen betrachtete sie, während sie das Bild betrachtete und dabei von ihrem Mint Julep trank, eine Haltung, die ihre Grübchen betonte und sie wie einen Teenager aussehen ließ. Das Kribbeln in seinem Bauch war verschwunden, stattdessen war es nun, als fließe warmer Honig durch seinen Körper. Das letzte Mal hatte er sich als Jugendlicher so gefühlt. Auf dem Schulhof in Oer-Erkenschwick. Beim Anblick jenes Mädchens, das Jahre später die Tür zu seiner Wohnung hinter sich geschlossen hatte. Von außen.

Lawn legte die Aufnahme zur Seite und nahm einen Schluck von dem Wein, den der Kellner mit dem Vierzigerjahre-Gesicht mittlerweile gebracht hatte.

»Ich sehe ihn öfter«.

Ihre Stimme war seltsam flach geworden, aber darüber ging Siebeneisen jetzt einfach hinweg, weil zu dem Honig soeben etwa 750 Milligramm Endorphine in seine Blutbahn geschossen kamen: So hatte er sich das vorgestellt! Ein Kontakt, ein Abendessen, und schon hatte er seinen Mann.

»Wunderbar! Ich muss ihn unbedingt sehen! Wegen ihm bin ich hier!«

Lawn schaute noch immer auf das Fax, aber ihr Blick war nicht mehr fokussiert, sondern seltsam leer und teilnahmslos. Sie blickte zu Siebeneisen.

»Dieser Mann ist seit etwa 150 Jahren tot.«

21

Psychologen kennen Sprachlosigkeit als ein Phänomen, das die unterschiedlichsten Ursachen haben kann. Soziale Verunsicherung etwa ist oftmals der Auslöser oder das sukzessive Verlernen von Kommunikation, wenn man zu lange allein ist. Am häufigsten tritt Sprachlosigkeit auf, wenn der Betroffene mit einer völlig überraschenden Situation konfrontiert wird. Mit dem Anblick eines Elefanten zwischen den Erdbeeren im Garten beispielsweise. Einem fliegenden Hai neben der Tragfläche des Flugzeugs. Oder einer Frau, die einem soeben erklärt, dass man auf der Suche nach einem Mann ist, der seit 150 Jahren nicht mehr unter den Lebenden weilt. Dass man ihn aber dennoch treffen könnte, weil man, nun ja: auch Geister treffen kann. Auch die Dauer einer Sprachlosigkeit ist in der Wissenschaft höchst unterschiedlich dokumentiert. In über 95 Prozent der Fälle kehrt das Sprachvermögen innerhalb weniger Sekunden zurück. Allerdings sind auch Beispiele dokumentiert, bei denen es den Betroffenen für mehrere Jahre die Sprache verschlagen hat.

All das wusste Siebeneisen natürlich nicht. Er wusste auch nicht, dass sein etwa fünfzehnsekündiges Schweigen in wissenschaftlichen Untersuchungen noch als »statistisch normale Reaktion« eingestuft worden wäre – wobei sein offener Mund und der wirre, abwesende Blick durchaus übliche Manifestationen von Sprachlosigkeit waren. Lawn wiederum nahm Siebeneisens Schweigen zum Anlass, über ihren Beruf zu erzählen. Und davon, wie alles angefangen hatte. Wie sie schon als Kind Dinge wahrgenommen hatte, die andere nicht sahen: Schemen, Schatten, Erscheinungen. Dass ihr das ganz normal vorgekommen sei. Wie sie irgendwann gemerkt hatte, dass diese Erscheinungen zu ihr sprachen. Dass sie diese Gabe dann später zu ihrem Beruf gemacht hatte. Und ganz gut davon leben konnte.

»Sie suchen also Geister?« Etliche Minuten später war sich Siebeneisen immer noch nicht sicher, ob er das richtig verstand, was Lawn ihm da alles erzählt hatte.

»Sie sind darauf spezialisiert, Ungereimtheiten in alten Häusern auf den Grund zu gehen?«

Lawn nickte.

»Dingen wie zuschlagende Türen, aufspringende Kleiderschränke, Gewimmer in leeren Kellerräumen, all so was?«

Lawn nickte.

»Sie suchen dann nach Gründen für die Anwesenheit dieser Geister, um den Hausbewohnern anschließend Ratschläge geben zu können?«

Lawn nickte.

»Und jetzt das Wichtigste: In Ihrem Haus spukt der Geist dieses Mannes hier« – Siebeneisen klopfte mit dem Zeigefinger auf Wipperfürths Fax –, »den ich finden soll? Den Mann, meine ich, nicht seinen Geist. Der spukt bei Ihnen?«

Lawn nickte.

Siebeneisen trank sein komplettes Glas Mint Julep in einem Zug leer.

»Vielleicht handelt es sich bei dem Gesuchten ja um einen Nachfahren?«, schlug Lawn vor, als Siebeneisen von der Toilette zurückkam, »das könnte doch die frappierende Ähnlichkeit erklären, oder nicht?«

»Hm. Könnte natürlich sein.«

Siebeneisen war übel. Das Gerede über Gespenster beunruhigte ihn nicht – eher die Erkenntnis, dass die Rechercheergebnisse aus Oer-Erkenschwick nicht stimmten. Was wiederum bedeutete, dass neue Komplikationen ins Haus standen. Und natürlich konnte die Übelkeit, die in kurzen Wellen über ihn hereinbrach, auch am Essen liegen. Ganz bestimmt konnte sie das.

Nach der höllenscharfen Gumbo hatte ihnen der Kellner rote Bohnen mit Reis serviert, angeblich seit Anbeginn aller Zeiten das traditionelle Montagsgericht der Stadt (Louis Armstrong, wusste Lawn, habe seine Korrespondenz mit *red beans and ricely yours* unterschrieben). Die Bohnen waren zusammen mit geräuchertem Schweinefleisch, Zwiebeln und Knoblauch zubereitet und anschließend wohl mit einer Teetasse Tabasco gewürzt worden, anders ließen sich die pyrotechnischen Kapriolen nicht erklären, die sich in Siebeneisens Mund und Rachen abspielten. Und jetzt gab es zum Abschluss noch ein Dessert, Beignets, spritzgebackene Krapfen, mit einem Zentimeter Puderzucker. Soweit er das durch seine verstaubte Brille erkennen konnte, sah Lawn aus, als sei sie mit dem Gesicht in eine zwanzig Zentimeter breite und zwei Fingerbreit hohe Linie Kokain geraten. Siebeneisen ahnte, dass das Zeugs ihm später zusammen mit Suppe, Bohnen und Zwiebeln sowie den Mint Juleps wie ein Klops im Magen liegen würde. Er würde schlecht träumen. Wahrscheinlich von Hui Buh, dem Schlossgespenst.

»Sie suchen wirklich Geister?« Siebeneisen war noch immer nicht überzeugt von dem, was ihm erzählt worden war. »So wie die in dem Film mit Dan Akroyd, wo am Ende das Michelin-Männchen durch Manhattan stapft?«

»*Ghostbusters*. In der Originalfassung war das der Marshmellow-Mann.«

»Und als was würden Sie sich bezeichnen? Als… Geisterjägerin?«

»Das Wort hören wir nicht gern. Wir jagen ja nicht, wir spüren auf. Wir bezeichnen uns als ›Personen mit gewissen Wahrnehmungsfähigkeiten‹. Wir sprechen auch nicht von Geistern, das klingt zu sehr nach Hokuspokus. Entitäten ist das passendere Wort. Ist auch respektvoller.«

Siebeneisen bezweifelte, dass ein Geist es gerne hörte, wenn man ihn Entität nannte, aber das behielt er für sich. Er wollte das alles sowieso immer noch nicht glauben. Geister! Aber dann wiederum war das hier New Orleans, dachte er und blickte an die Decke, von wo schon wieder diese merkwürdigen Geräusche zu hören waren. In dieser Stadt glaubten die Leute an so was. In dieser Stadt lagen ja auch jeden Morgen frische Blumen auf den Gräbern von Voodoo-Priesterinnen aus dem 19. Jahrhundert.

»Und wo genau werden Sie fündig? Wo ›leben‹ diese … Entitäten?«

»In der Regel arbeite ich im French Quarter. Manchmal auch außerhalb. Letzte Woche zum Beispiel war ich in Kalifornien.«

»Kalifornien? Es gibt Geis- … sorry, Entitäten in Kalifornien?«

»In Kalifornien und in New Orleans – es gibt sie überall. Bloß sind die Menschen nicht überall sensibel genug, um sie wahrzunehmen. Haben Sie schon einmal vom Winchester House gehört?«

Siebeneisen hatte nicht. Den Familiennamen kannte er aber natürlich. Eine Winchester war auch unter der Bezeichnung Henrystutzen bekannt, Old Shatterhand schoss mit so einem, wenn er sein anderes Gewehr nicht zur Hand hatte, den Bärentöter.

»Ist das nach dem Erfinder der gleichnamigen Waffe benannt?«

Lawn nickte. »Genau. William Winchester hat dieses Gewehr entwickelt, mit dem der Westen gewonnen wurde, wie man bei uns sagt. Und weil seine Frau eine schreckliche Angst vor den Seelen all jener Menschen hatte, die durch die Gewehre ihres Mannes ums Leben gekommen waren, hat sie sich nach seinem Tod ein Haus mit 160 Zimmern bauen lassen. Die Arbeiten haben 38 Jahre gedauert, rund um die Uhr, ohne jeden Bauplan. Sie hoffte, sich im Labyrinth ihrer Räume und Flure vor der Rache der Toten verbergen zu können.«

»Und? Hat das funktioniert?«

»Offensichtlich. Sie ist mit 83 im Schlaf gestorben. Das Haus ist jetzt eine Publikumsattraktion. Ich war aus reiner Neugier dort. Entitäten habe ich keine getroffen.«

Logisch, dachte Siebeneisen, und nicht bloß dort nicht. Er war beruhigt. Diese Frau war offensichtlich doch nicht so merkwürdig, wie er noch vor ein paar Minuten gedacht hatte. Sie war nur geschäftstüchtig. Die Geistersucherei schien eine Marktlücke zu sein. Möglicherweise war das ja auch eine Geschäftsidee für Oer-Erkenschwick. Alte Häuser gab es auch dort genug, und Menschen mit Schlafproblemen kannte er einige, oder besser: Er kannte kaum jemanden, der keine hatte. Schatten zum Beispiel, der schlief immer sehr schlecht. Für einen kurzen Moment stellte sich Siebeneisen ein Büro vor, in dem er an einem großen Schreibtisch saß, und gerade ging Lawn an ihm vorbei, mit einer Art Geistergeigerzähler in der Hand, oder was auch immer man für die Fahndung verwendete.

»Hallo? Noch da?«

Siebeneisen kam aus seinem Gedankengebäude, bevor er sich in seinem ganz privaten Labyrinth aus Überlegungen, Plänen und »Was wäre, wenn«-Konstruktionen verirren konnte.

»Natürlich gibt es dort keine«, sagte er. »Entitäten. Bei Winchesters.«

»Weil Entitäten nie in fremde Häuser eindringen. Sie sind immer nur dort, wo ihnen ihr Schicksal widerfahren ist. Im Winchester House ist niemand gewaltsam ums Leben gekommen, also existieren dort auch keine Entitäten. Auch noch einen Julep?«

Siebeneisen schaute zu den anderen Tischen. Zu Beginn des Abends hatten da ganz normale Leute gesessen. Jetzt sahen die Gäste aus wie Statisten aus einem David-Lynch-Film, die unter den träge kreisenden Ventilatoren zusahen, wie die Zeit vorbeiging.

»Lieber nicht. Ich bin etwas angeschlagen und seit ungefähr 117 Stunden auf den Beinen. Gefrühstückt habe ich am Südzipfel von Südamerika.«

Lawn schmunzelte. Ihre Oberlippe legte sich ein kleines Stück über die untere. Wenn er nicht aufpasste, würde es tatsächlich passieren, dachte Siebeneisen. Vielleicht war es das auch schon.

Lawn winkte den Kellner aus dem Dunkeln heran. »Dann lass uns losgehen. Wir schauen mal, ob wir den Mann von deinem Fax treffen.«

22

Nach einem romantischen Kerzenlicht-Dinner und einem Gespräch über Geister (beziehungsweise Entitäten) konnte einen ein kurzer Spaziergang über die Bourbon Street auch aus entlegener spiritueller Höhe ziemlich rasch auf den Boden der Tatsachen zurückholen. Lawn hatte sich bei Siebeneisen eingehakt und ihn auf die berühmteste Ausgehmeile der Stadt gezogen. Es regnete nicht mehr, die Luft war schwül und klebrig, seit Sonnenuntergang war es höchstens zwei oder drei Grad kühler geworden. Siebeneisen hatte eigentlich damit gerechnet, dass sich auf der Bourbon Street eine Jazzkneipe an die nächste reihte, stattdessen donnerte schlimmer Rap aus Stripclubs, durch deren geöffnete Türen man die Umrisse der Tänzerinnen hinter Leinwänden sehen konnte. Es gab Läden mit S/M-Zubehör, »Frozen Daiquiri«-Stände und Türsteher, die Passanten in Karaoke- und *All-you-can-eat*-Läden hineinzuzerren versuchten, es gab Shops für Vampirverkleidungen und welche für T-Shirts mit *I-pee-in-the-shower*-Aufdrucken, bloß Jazz gab es keinen. Mitten auf der Straße stand ein regungsloser Bärtiger mit einem Holzkreuz, auf dem eine ins Gebälk eingelassene, wild flackernde Leuchtdiodentafel den Passanten alttestamentarische Mahnungen entgegenschleuderte. Um ihn herum streckten schweigende Laienprediger den Touristen Handzettel entgegen. Um sich im Gedränge nicht zu verlieren, trugen die amerikanischen Besucher Plastikschilder mit »Jim« oder »Nancy«, bunt schillernde »Adventure Tour«-Aufkleber oder Halsreifen aus blau fluoreszierendem Plastik und schauten mit einer Mischung aus Lust und Entsetzen nach oben. Denn auf den Balkonen der Bourbon Street feierten die Jungen, und wenn die Damen aus Kentucky oder Iowa genügend Rum-Cocktails intus hatten, lüfteten sie zum Jubel der Menge unter sich für zwei Sekunden ihre T-Shirts und ließen sich weitere Rum-Cocktails spendieren. Siebeneisen vermutete, dass diese zwei Sekunden für viele dieser Menschen den Höhepunkt ihrer Jugend darstellten. Am nächsten Morgen flogen sie dann wieder nach Hause. Nach Kentucky. Oder Iowa.

Zwei Ecken weiter war von all dem Rummel faszinierenderweise nichts mehr zu spüren. Überhaupt nichts mehr. Sie waren in die St.-Ann-Street eingebogen und gleich darauf in die Burgundy, und mit einem Mal hatte New Orleans sich verwandelt – als ob es sich plötzlich nicht mehr in der Gegenwart hatte festhalten können und in der Zeit zurückgerutscht war. Es war still, ein warmer Wind hatte den Weg ins French Quarter gefunden, von irgendwoher trug er den tiefen Ton eines Cellos heran. Siebeneisen beschlich wieder dieses Gefühl einer längst vergangenen Ära, die immer noch spürbar war, als schere sich die Zeit einen Teufel um lineare Vorschriften, als habe sie kleine Paralleluniversen eröffnet, aus denen die Epochen hinaus- und ineinandersickerten. Sie kamen an einer Kirche vorbei, ein dunkler Rasen vor dem Portal, eine Christusstatue mit weit ausgebreiteten Armen, deren Silhouette ein Scheinwerfer riesengroß auf die Fassade des Gotteshauses warf. Trotz der Hitze fröstelte es Siebeneisen.

»Warte mal kurz…«

Lawn war abrupt stehen geblieben. Sie sah angestrengt in einen kleinen Hof gegenüber der Kirche, der sich hinter einem Eisenzaun im Dunkeln verlor. Das Tor war geschlossen. Lawn ging ein paar Schritte darauf zu, zögerte, stoppte, drückte die

Klinke nach unten. Das Tor schwang auf. Es gab dabei ein ziemlich lautes Quietschen von sich. Lawn betrat den Hof und verschwand in der Dunkelheit.

»Was machst du da? Das ist bestimmt Privatgelände!«

Siebeneisen hatte genügend Zeitungsberichte gelesen, in denen arme Touristen von amerikanischen Hausbesitzern über den Haufen geschossen worden waren, bloß weil sie deren Vorgarten betreten hatten, und das hier war ein Hof mit einem Eisenzaun davor und einem Tor, und es war zwei Uhr nachts, das würde einem schießwütigen Besitzer bestimmt genügen und einer erzkonservativen Jury später dann auch.

»Lawn! Komm da raus!«, zischte Siebeneisen. Er sah sich nach rechts und links um. Zum Glück schien sie niemand bemerkt zu haben. Er betrat den Hof. Lawn kniete in einer hinteren Ecke auf dem Boden.

»Hilf mir mal!«

»Was soll das? Wir wollten doch nach O'Shady sehen!«

»Komm her! Ich zeig dir was!«

Lawn rutschte auf den Knien über das Kopfsteinpflaster. Mit der rechten Hand tastete sie in der Luft über dem Boden herum. Zum Glück trägt sie heute Abend Jeans und nicht mehr dieses Kleid, dachte Siebeneisen und ging neben ihr in die Hocke. Es roch ganz schwach nach Patschuli.

»Fühl mal hier …« Lawn zeigte auf eine Stelle über den Pflastersteinen. Sie sah exakt so aus wie die Stellen davor, dahinter und daneben. Siebeneisen streckte seine Hand aus. Er fühlte nichts. Irgendwo in der Nachbarschaft legte jemand den Rückwärtsgang in einem Lieferwagen ein; das Warnsystem quengelte ein piepsendes »Rudolph the red-nosed reindeer.«

»Merkst du was? Die Stelle hier ist deutlich kühler als die anderen um sie herum. Das ist ein thermischer Abdruck. An dieser Stelle ist irgendwann etwas Schlimmes passiert.«

Siebeneisen schmerzten die Knie. Warum machte er das?

Warum kroch er in stockfinsterer Nacht auf einem fremden Grundstück herum und suchte thermische Abdrücke? Er tastete noch einmal mit der Hand über den Boden, fühlte noch immer nichts, stöhnte kurz auf wegen seiner Knie, tastete erneut, bis Lawn seine Hand nahm und sie über einen ganz bestimmten Fleck hielt.

»Fühlst du es jetzt?«

Und dann wurde es zwar nicht kalt, aber nass, weil nämlich der wahrscheinlich gewaltigste Platzregen begann, der über dem French Quarter niedergegangen war, seit Jean Lafitte die letzte spanische Galeere versenkt hatte. Innerhalb von Sekunden waren sie nass bis auf die Haut. Sie standen auf, schauten zum Himmel und lachten verlegen. Lawn zitterte, Regentropfen kullerten über ihre Oberlippe, die ein winziges Stück über die Unterlippe ragte. Und irgendwo in der Ferne spielte ein Cello, und der Regen fiel, und der Lieferwagenrückwärtsgang quengelte »Rudolph the red-nosed reindeer«, und Siebeneisen wusste, dass es jetzt dann wohl passiert war.

23

(DREI TAGE SPÄTER, NEW ORLEANS)

Der Sohn der Internetcafébesitzerin erkannte ihn sofort wieder. Er unterbrach das Gefecht gegen die Schergen eines Medicifürsten an seiner Spielekonsole, rückte seine Baseballmütze gerade und schlurfte mit dem provozierenden Gang eines Rappers zu Siebeneisen hinüber, dem er bis zur Gürtellinie reichte.

»Check your Facebook?«

Siebeneisen nickte. Der Kleine schaltete einen der Computer ein. Seine Mutter war nirgends zu sehen, offenbar leitete er den Laden, wenn er am Nachmittag aus dem Kindergarten kam. Jetzt schlurfte er zurück zu seinem Kreuzritter und seiner Mission bei den Medici.

Siebeneisen meldete sich bei seinem neuen Facebookaccount an. Sein Profil erschien. Er erschrak: Mittlerweile »gefiel« die von Wipperfürth aktivierte Seite 19 Personen, was immer das bedeutete. Seine Pinnwand war voller neuer Nachrichten.

Schatten:
Du kannst dir nicht vorstellen, wie heiß es hier in Oer-Erkenschwick ist. Die wenigen Meter von der Wohnung in den Hecht sind eine Qual. Du hast es gut! Beneide dich!

Lucky Jim:
Sehe gerade, dass du eine Facebookseite hast, mate! Good on you! *Hab leider gar keine Zeit, muss rüber zu Crabby George, du weißt*

schon, hab ich dir von erzählt, der Cousin von Talkin' Bob, der drüben bei Perth mal diese legendäre Begegnung mit dem Hai hatte, da hat anschließend ein Riesenstück vom Surfboat gefehlt, ganz schöner Mist, das hatte er nämlich ja aus Adelaide, verstehste, ist damals extra deswegen mit dem Pick-up hingefahren, das war die Tour, auf der er unten in Victoria diesen Ärger mit dem Winzer hatte, muss ich dir bei Gelegenheit von erzählen, krasse Story, jetzt muss ich aber erst rüber zu Crabby. See 'ya!
PS: Was macht die Nase? Wilbur bestellt Grüße!

Schatten:
Es ist immer noch so heiß. Heute bestimmt 25 Grad, mindestens. Natürlich ist das Global Warming!

Mathilda Pankovic:
Lieber Herr Siebeneisen, es war so schön, Sie kennengelernt zu haben! Ihre Bekanntschaft hat dazu beigetragen, unsere Reise zu einem unvergesslichen Erlebnis zu machen. Dafür danken wir alle Ihnen ganz herzlich …

Siebeneisen stutzte. Wer war Mathilda Pankovic? Er konnte sich nicht erinnern, je eine Person dieses Namens getroffen zu haben. Mathilda Pankovic?

… als kleines Souvenir haben wir etwas aufgenommen, damit Sie sich jederzeit an die wunderbaren Momente erinnern. Bis hoffentlich ganz bald!

Siebeneisen klickte auf den Link, den Mathilda Pankovic angehängt hatte. Ein neues Fenster in einem Videoportal öffnete sich. Zuerst war kein Bild zu sehen, aber einen Ton gab es schon, noch leise, jetzt aber stark anschwellend, und einen kurzen Moment, bevor das Bild auftauchte, wusste Siebeneisen, wer Mathilda Pankovic war, aber da waren sie auch schon zu sehen, die australischen Frauen von seiner antarktischen Kreuzfahrt, und sie schmetterten eines ihrer schrecklichen Lieder, »Oh, Herrgott, breit' den Mantel aus« oder so ähnlich und so laut, dass der Lautsprecher des Computers überfordert war und jämmerlich zerrte. Siebeneisen schloss panisch das Fenster. Er sah, dass sowohl Schatten als auch Wipperfürth den Eintrag der singenden Australierinnen mit einem »Gefällt mir!« kommentiert hatten. Wie hatten all diese Menschen von dieser verdammten Seite erfahren? Und hatten die beiden in Oer-Erkenschwick nichts anderes zu tun? Er scrollte weiter nach unten.

Liam O'Shady:
Wie sieht's aus? Finden Sie meine Miterben? Drücke die Daumen!
Ungeduldig, Liam.
(übrigens immer noch in Kathmandu)

Sheila O'Shady:
Schließe mich Liam an! Wie sieht es denn aus? Bin mit dem Boxzirkus gerade in Wamboorie. Make my Day ist verhaftet worden, weil er den Pub demoliert hat. Und Black Mamba hat die Pocken. Sonst alles gut hier unten!

Rashid Shamesta:
Verehrter Herr,
mein Name ist Rashid Shamesta. Bitte verzeihen Sie die Störung, aber ich muss dringend Kontakt mit Ihnen aufnehmen: Nur Sie können Licht in das Dunkel bringen, das über mein Leben hereingebrochen ist. Ich arbeite im nepalesischen Innenministerium in Kathmandu. Unsere Abteilung stellt Umweltoffiziere, die ausländische Touristen in politisch sensible Grenzgebiete eskortieren. Mein Vorgesetzter behauptet, ich hätte Sie vor einiger Zeit auf einer

mehrwöchigen Expedition nach Lo Monthang begleitet – ein abgelegener Ort, der Ihnen natürlich nicht bekannt sein wird. Er ist auf unseren militärischen Landkarten verzeichnet, aber ich kann mit absoluter Sicherheit sagen, dass ich niemals dort war. Zuerst ging ich davon aus, dass eine Verwechslung vorliegt und mein Vorgesetzter sich irrt. Merkwürdigerweise behauptet aber auch meine Frau, ich hätte sie mehrere Wochen lang mit den Kindern allein gelassen, »um mit so einem verrückten Europäer durch die Steinwüste zu laufen« (zumindest hat sie das anfangs behauptet – weil ich eine Teilnahme an so einem Unternehmen vehement bestreite, unterstellt sie mir mittlerweile Bordellbesuche in Delhi; Krishna stehe mir bei).
Verehrter Herr, ich bin zusätzlich irritiert, weil ich keinerlei Erinnerung an besagten Zeitraum habe. Mein Vorgesetzter besteht auf einem Bericht über meine angebliche Reise. Ich bitte Sie um eine schnelle Wortmeldung.
Hochachtungsvoll,
Rashid Shamesta,
Ministerialbeamter II. Grad, Innenministerium Nepal, Kathmandu.

Selbst schuld, dachte Siebeneisen. Er nahm sich vor, Rashid eine kryptische Antwort zu schicken, in der er ein mögliches Verhältnis zwischen dessen Frau und seinem Vorgesetzten andeuten würde.

Prof. Timothy Leroy:
Wir hatten Kontakt mit unserem Satelliten. James lässt ausrichten, dass seine Vermutung korrekt war. Er will sich später melden, um die Einzelheiten zu klären. In erster Linie geht es wohl darum, was auf der Vitrine und im Ausstellungskatalog des Dubliner Nationalmuseums stehen soll. Man braucht da wohl einige biografische Daten von Ihnen.

Siebeneisen hatte keine Ahnung, wer dieser Professor Leroy war. Und was er von ihm wollte. Egal. Darum würde er sich später kümmern.

»The Man« Wipperfürth:
Tach, Alter, hier dein Super-Supporter! Die wichtigste Nachricht zuerst: Diese Woche hat das neue Semester an der VHS begonnen! Ich hab einen Masterkurs belegt, »Die Kunst der Rede: Von Demosthenes bis Oettinger«. Der Kursleiter hat versprochen, dass wir zum Abschluss des Kurses ganz lässig vor großem Publikum sprechen werden können, flüssig und ohne jede Scheu. Dass der Kurs auch für die Konversation in kleiner Runde super ist, ist ja klar, oder?
Habe diese Woche übrigens Kontakt zum Nachlassverwalter der verstorbenen Claire O'Shady aufgenommen. Nathan Ó Cinnéide ist ein ganz Netter! Habe ihm alles Wichtige über unsere Fortschritte bei der Suche geschrieben, vor allem alles über deine Erlebnisse bei den Boxern, Geiern und Pinguinen, da gab es ja viel zu erzählen. Das wird er bestimmt mit großem Interesse lesen.
Jetzt aber zu dir. Gut, dass du privat untergekommen bist! Schatten hat eine Runde ausgegeben, als ich ihm davon erzählt habe. Ist bestimmt eine richtige Southern Belle, deine Ghostbusterin! Und ab jetzt wohnst du budgetschonend!
Zur Sache: War natürlich ein heftiges Gegoogle. Tougher Job, den du da für mich hattest. Hab einiges gut bei dir! 223 North Rampart Street – das ist die Adresse, die du haben willst. Scheint eine Art Kostümverleih zu sein.

Na also, dachte Siebeneisen, es geht doch. Er konnte sich nicht vorstellen, dass Wipperfürth wirklich lange gebraucht hatte, bis er die Adresse herausgefunden hatte. Der Mann tat ja die ganze Zeit schon so, als sei es die wirklich schwierige Aufgabe, zu Hause am Computer zu sitzen, während er sich hier in New Orleans mit Geistern herumschlagen musste.

Nein: mit Entitäten. Und mit weiß Gott sonst noch für Dingen.

Er legte seinem fünfjährigen Kumpel zwei Dollarscheine neben die Tastatur, der das mit einem sehr lässigen Kopfnicken quittierte. Jetzt musste er nur noch rasch zur Villa La Reina auf der anderen Straßenseite, die Rechnung bezahlen und das Gepäck abholen. Als er an dem Käfig im Patio vorbeikam, hüpfte der Papagei auf die höchste Stange und reckte seinen Hals. »Flammen am Horizont! Atlanta brennt! Sherman hat Atlanta angezündet! Rettet Euch! Rettet Euch!« Siebeneisen musste schmunzeln. Und an die Nacht denken, in der er nach dem Regen mit Lawn nach Hause gegangen war.

24

(DREI TAGE ZUVOR, DIE NACHT NACH DEM DINNER. IMMER NOCH NEW ORLEANS. NATÜRLICH.)

Das bernsteinfarbene Licht der alten Lampe ließ die Schatten besonders dunkel aussehen. Sie zappelten über die Wand, sie schwankten nach rechts, ruckten nach links, hielten still.

»Du kannst ja deine kleinen Zehen separat bewegen!« staunte Siebeneisen.

»Hmhm.«

»Mach das bitte noch einmal. Nur die kleinen.«

»Hmhm«

Kleine Scherenschnitt-Stäbchen ganz links und ganz rechts entfernten sich von den anderen.

»Wunderbar.«

Sie lagen nebeneinander in Lawns Bett. Schon etwas länger. Draußen würde es gleich dämmern. Der Geist war nicht erschienen. Vielleicht hatten ihn die Geräusche abgeschreckt.

»Meinst du, er kommt noch?«

»Hmmm?«

»Der Geist? Die Entität? Kommt er – äh –, kommt sie noch? Was meinst du?«

Lawn murmelte etwas, aus dem die Worte »nicht schnarchen«, »jetzt schlafen« und »harter Tag morgen« herauszuhören waren. Sie kuschelte sich an Siebeneisens Schulter. Ihr Atem ging so gleichmäßig wie der eines buddhistischen Mönches.

Nun gut, dachte er, dann würde er eben auch. Müde genug war er ja.

Und dann war es auch schon hell, Siebeneisen konnte das Licht des neuen Tages mit geschlossenen Augen spüren. Er zog sich die Decke über den Kopf. Keinesfalls wollte er jetzt aufwachen, oh nein, das würde er nicht zulassen, nicht jetzt schon. Er fühlte sich, als habe er gerade mal ein paar Minuten geschlafen. Eher weniger. Irgendwo in den abgelegenen Regionen seines Kopfes war eine emsige Truppe Wichtel mit Aufräumarbeiten beschäftigt. Das muss sich ändern, dachte er, wenn er zu Hause wäre, würde er ausschlafen. Nur ausschlafen. Er spürte Lawns Hand in seiner. Er spürte, wie Lawns Hand seine Hand sanft drückte. Und dann nicht mehr so sanft. Siebeneisen öffnete die Augen und sah Lawn an. Lawn sah jemand anderen an.

Vor dem Bett stand O'Shady. Beziehungsweise: das, was von ihm 150 Jahre nach seinem Ableben noch übrig war. Er stand auch nicht wirklich vor dem Bett. Er hing eher im Raum. Die Erscheinung war merkwürdig transparent und grobkörnig; sie sah ein bisschen aus wie ein Foto, das mit einer billigen Digitalkamera aufgenommen und dann viel zu stark vergrößert worden war. Ein trübes Leuchten, das Siebeneisen für das Licht der Sonne gehalten hatte, umgab O'Shadys vibrierende Umrisse wie ein Ring. Wenn es denn überhaupt O'Shady war. Siebeneisen schloss die Augen und öffnete sie wieder, aber absolut sicher war er sich nicht. Für Sekunden war die flackernde Gestalt kaum noch zu erkennen, dann war sie wieder etwas deutlicher zu sehen. O'Shady schien die Uniform eines Infanteristen zu tragen. Und einen Schnurrbart, wie man ihn normalerweise ausschließlich in den Kneipen der Kölner Altstadt sieht.

»Hallo, Mr O'Shady!« Lawn klang so beiläufig, als würde sie einen Nachbarn auf der anderen Seite des Gartenzaunes begrüßen.

Der Geist antwortete nicht. Er zuckte ein wenig in der Luft. Wahrscheinlich der Ventilator, dachte Siebeneisen. Er glaubte, einen überraschten Ausdruck in seinen Augen zu erkennen.

»Kann er uns hören?« Siebeneisen flüsterte.

»Ich bin mir nicht sicher. Manchmal reagieren sie, als ob sie es könnten. Ist aber wissenschaftlich nicht erwiesen.«

Ach was, dachte Siebeneisen. Wissenschaftlich nicht erwiesen. Vor ihm flimmerte ein 200 Jahre alter Südstaatler, aber es war nicht bewiesen, ob er sie auch hören konnte. Na prima.

»Mr O'Shady?« Lawn hatte sich langsam aufgerichtet und sich das Kopfkissen hinter den Rücken geschoben, um bequem sitzen zu können.

»Mr O'Shady, das hier ist Mr Siebeneisen. Aus Deutschland. Ich glaube, Mr Siebeneisen ist auf der Suche nach einem Ihrer Nachfahren. Finn, so heißt er. Er sieht genau aus wie Sie. Bis auf den Bart. Finn hat großes Glück: Er wird ein stattliches Vermögen erben.«

Für einen Moment schien der Geist genug von seiner Fluoreszierereі zu haben: Das Flackern hörte auf. Dann wurde die Gestalt durchsichtiger. Für zwei, drei Sekunden konnte man sie noch erahnen. Dann war O'Shady verschwunden.

»Danke!« Lawn strahlte. »Leben Sie wohl!«

Siebeneisen schaute zu der Stelle, an der er bis vor fünf Sekunden die erste Entität seines Lebens gesehen hatte. Gesehen zu haben meinte. Er drehte sich zu Lawn um. »Danke wofür?«

Lawn lächelte. Sie sah schöner aus denn je. Siebeneisen verspürte den spitzen Stachel der Eifersucht.

»Dafür, dass er mit uns gesprochen hat!«

»Er hat was?«

Lawn sah ihn verwundert an. »Du hast doch gehört, was er geflüstert hat! Das mit der dritten Bohle hinter der Türschwelle zum Hof?«

»Wie bitte? Ich habe nichts gehört. Welche Türschwelle? Der hat doch nur in der Luft gezittert!« Siebeneisen starrte an die Stelle, an der die Entität vibriert hatte. Vielleicht vibriert hatte. Das Zwielicht des Morgens sickerte in den Raum. Er fühlte sich, als sei jede Bohne in seinem Abendessen ein Valium gewesen. Ich muss schlafen, dachte er, ich muss unbedingt schlafen. Dass Lawn neben ihm aus dem Bett stieg, bekam er schon nicht mehr mit.

Und dann waren da diese Geräusche. Sie kamen von weit her und weckten die Wichtel in seinem Kopf, und die Wichtel begannen augenblicklich wie wild zu fegen, als ob sie einen unglaublichen Dreck zwischen den grauen Zellen bewältigen müssten und Nachtzuschläge noch steuerfrei wären. Siebeneisen erwachte mit schlimmsten Kopfschmerzen. Und der Gewissheit, auch bei diesem Anlauf nicht länger als zwei oder drei Stunden geschlafen zu haben, ganz bestimmt war das so, ansonsten würden sich die Wichtel in seinem Kopf nicht so verausgaben. Was war das für ein Lärm? Siebeneisen hörte wuchtige Hammerschläge, splitterndes Holz und zwischendurch ein schreckliches Stöhnen. Was machte diese Frau in aller Herrgottsfrühe da unten? Einen Sarg für ein Gespenst zimmern? Siebeneisen seufzte. Er stand auf, zog Jeans und T-Shirt an und ging die Treppe ins Erdgeschoss hinunter.

Als er in der Nacht zuvor hier angekommen war, hatte er verständlicherweise kein wirkliches Interesse für das ehemalige Wohnhaus der jetzigen Entität O'Shady gezeigt, aber dass sich das historische Gebäude in einem fabelhaften Zustand befand, das war ihm dann doch aufgefallen. Das Haus in der Dauphine Street sah aus, als sei es für die Dreharbeiten für ein Südstaatenepos präpariert worden und warte nun auf die Filmcrew. Besser gesagt: Es hatte so ausgesehen. Jetzt erinnerte zumindest die Küche eher an jene Horrorfilmmomente, in denen etwas Großes, Böses aus dem Keller durch den Fußboden in das bislang beschauliche Leben einer Kleinstadtfamilie hineingebrochen war: Lawn hatte einen Großteil der Bodendielen mit Hammer und Stemmeisen herausgebrochen, und weil man im Jahre 1838 Neubauten in den USA noch nicht aus Pressspan-Fertigbauteilen zusammentackerte, sondern tatsächlich erbaute, war dazu der Einsatz kräftiger Werkzeuge nötig gewesen.

»Unter der dritten war nichts«. Lawn sah Siebeneisen kurz an und setzte das Stemmeisen unter die nächste Diele.

»Was um alles in der Welt machst du da?«

»Ich suche nach dem Brief!«

»Welcher Brief denn?«

Lawn ließ ihr Stemmeisen fallen und wischte sich die Hände an ihrer Jeans ab. Sie trug ein Tanktop und ein Kopftuch über ihrer Mähne. Siebeneisen hätte sie auf der Stelle küssen können.

»Du hast das tatsächlich nicht gehört! O'Shady hat gesagt, dass ich unter der dritten Bohle hinter der Türschwelle nachsehen soll. Er war ganz anders als sonst. Völlig perplex, dass ich ihn mit seinem Namen angesprochen habe. Den wusste ich ja nicht, bevor du ihn mir gesagt hast. Offensichtlich hat ihn das dazu gebracht, uns das mit dem Brief zu erzählen…«

Erst jetzt fiel Siebeneisen die Erscheinung in der Nacht wieder ein. Ein Flackern im Raum – mehr war da nicht gewesen. Er war sich nicht sicher, dass er so etwas wie einen Geist gesehen hatte. Er war sich eigentlich sicher, dass er keinen gesehen hatte. Eine Botschaft hatte er erst recht nicht gehört. Das war alles Einbildung; der Jetlag, der Alkohol, diese Frau, der endlos lange Tag, all das war…

»Da ist was!« Lawns Stimme vom Fußboden. Eine kleine Holzschatulle, unter den Bohlen. Und in der Schatulle: ein altes Gebetbuch. Verblichene Schwarz-Weiß-Fotos, ein paar

Papiere, eine Taschenuhr, ein Schlüssel, was man so in eine Kiste steckt, wenn man alles zurücklassen muss und gleichzeitig hofft, bald wiederzukehren. Ein gefalteter Brief. Siebeneisen sah handgeschriebene Zeilen. Er hielt es für besser, nichts zu sagen. Und war vor allem froh, dass er gerade eben nichts gesagt hatte.

Shenandoah Valley, am Nachmittag des 18. Oktobers 1864

Liebe Margareth,
es geht mir gut: Das soll die erste Kunde sein, die Du in diesem Schreiben erfährst. Wir liegen im Shenandoah Valley, einem Flecken, wie ihn der Herrgott nicht schöner hätte erschaffen können. Wenn Du doch die Pappeln sehen könntest, wie sie golden in der Herbstsonne leuchten! Wenn es später dunkel wird, wollen wir aufbrechen, um uns Sheridans Armee zu nähern, die nördlich des Cedar Creeks lagert. Morgen früh wird es zur Schlacht kommen, heißt es.
Bitte glaube nicht, was die Marktleute und Honoratioren erzählen, und auch nicht das, was Reverend Santiago predigt, wenn er denkt, nur Südstaatler seien in der Kirche. Dieser Krieg ist schon lange verloren. Die Übermacht der Yankees ist viel zu groß, als dass der Süden als Sieger aus diesem Ringen hervorgehen könnte. Auch Gott steht möglicherweise nicht auf unserer Seite, auch wenn er immer als unser Verbündeter beschworen wird. Wir mögen für unsere Heimat kämpfen, für unseren Grund und Boden und für unsere Zukunft – für die Gerechtigkeit aber kämpfen wir nicht. Du weißt, wie meine Haltung zur Sklaverei war und ist. Und jetzt kämpfe ich auf der Seite derjenigen, die sie verteidigen.
Margareth, bitte flüchte, die Stadt ist nicht sicher. Sherman marschiert wie ein Berserker durch Georgia, und er wird Louisiana nicht ungeschoren davonkommen lassen – auch wenn New Orleans längst in der Hand des Feindes ist. Es wird erzählt, dass der Himmel über Atlanta wegen des Rauchs der brennenden Plantagen seit Wochen

schon nicht mehr hell geworden ist. Nimm nur das Notwendigste mit. Vernichte alles Persönliche. Unser Gold ist in Sicherheit, wie Du weißt – niemand wird es finden. Es scheint mir auch ratsam, dass Du Deinen Künstlernamen annimmst, wenigstens für eine Weile. Die Yankees werden irgendwann dahinterkommen, dass Gregory O'Shady ein gut situierter Geschäftsmann in New Orleans war und sein Vermögen schwerlich zur Armee mitgenommen hat. Dein Künstlername wird Dich tarnen. Ich habe ihn sowieso gerne gemocht, Mary Whitesail, das klingt nach Wind und Freiheit. Und er passt so gut zu Deinen Bildern vom Meer.
Wenn das hier alles vorbei ist, werden wir uns wiedersehen. Ich schließe Dich in meine Gebete ein. Gott schütze Dich.
Gregory.

Whitesail, dachte Siebeneisen. Wir suchen keinen O'Shady. Unser Mann ist tatsächlich der Nachfahre des Briefeschreibers und nennt sich Whitesail. Finn Whitesail. So musste es sein. Deswegen stand kein O'Shady im Telefonbuch von New Orleans, deswegen hatten sie außer einem computermanipulierten Foto keine Spur von ihm. Er musste das gleich Wipperfürth mitteilen. Mit dem richtigen Namen würde der ihren Mann schnell finden.

Lawn hielt noch immer den Brief in der Hand. Wahrscheinlich dachte sie darüber nach, auf welche Art Gregory O'Shady ums Leben gekommen war und warum sein Geist keine Ruhe fand. Für eine Ghostbusterin warf so ein plötzlich gefundener Brief wahrscheinlich mehr Fragen als Antworten auf.

»Kann ich schnell eine E-Mail von deinem PC schicken?«

»Steht im Büro.« Lawn war wieder in der Gegenwart. Sie legte den Brief vorsichtig zurück zu den anderen Dingen in der Schatulle. »Brauchst du lange? Ich muss nochmal raus ins Cajun Country. Nach Thornbush, ich bin da gestern nicht fertig geworden. Kommst du mit?«

Lawns Auto stand mehrere Querstraßen weit entfernt, und auf dem Weg erzählte sie ihm von der Rolle der Iren im amerikanischen Bürgerkrieg. Die meisten Einwanderer hatten auf Seiten der Nordstaaten gekämpft, New York, Boston und Washington besaßen die größten irischen Enklaven. Bis an den Golf von Mexiko hatte es nur wenige verschlagen, New Orleans blieb auch in der zweiten Hälfte des 19. Jahrhunderts eine Stadt, die viel stärker vom französischen, spanischen oder afrikanischen Einfluss geprägt war. O'Shady aber schien sich hier am Mississippi wohlgefühlt zu haben. Wahrscheinlich war er irgendwann in den letzten Kriegsmonaten ums Leben gekommen, möglicherweise ja bereits in der Schlacht von Cedar Creek, an deren Vorabend er den Brief an seine Frau geschrieben hatte. Nach New Orleans jedenfalls schien er nicht mehr zurückgekehrt zu sein. Beziehungsweise nur als Geist.

»Das mit dem Künstlernamen kenne ich.« Sie waren seit einer knappen Stunde unterwegs. Die Landstraße war zu einer Allee geworden, an der sich die Bäume rechts und links über Meilen hinweg entschlossen hatten, Kontakt mit ihren Gegenübern aufzunehmen. Ihr Auto fuhr unter einem Baldachin aus Grün.

»In meiner entfernten Verwandtschaft gibt es einen Comiczeichner, der sich nach seinem Ururgroßvater nennt«, sagte Siebeneisen, »Künstler machen so was.«

»Hm.«

»An was denkst du?«

»An Gregory. Er hatte offensichtlich eine Ahnung, dass er den Krieg nicht überleben würde. Ich frage mich nur, weshalb er noch immer in seinem alten Haus erscheint. Das ist äußerst ungewöhnlich. Normalerweise tauchen die Entitäten verstorbener Soldaten eher auf den Schlachtfeldern auf.«

»Vielleicht ist es ihm da zu voll.« Wenn Lawn Recht hätte,

würden sie sich auf solchen Geländen gegenseitig auf die Füße treten, die Entitäten.

»Was machen wir denn eigentlich in dieser Plantage?«

»Die Besitzer haben vor ein paar Tagen merkwürdige Geräusche gehört. Soll ein ziemlicher Radau gewesen sein. Die Thornbush-Entitäten verhalten sich immer etwas rüpelhaft, aber dieses Mal war es wohl noch schlimmer. Ich war schon mal dort, an dem Tag, an dem wir uns in Fred's Lounge getroffen haben, da konnte ich aber nichts entdecken. Bin allerdings auch noch nicht in allen Flügeln des Hauses gewesen. Thornbush ist ziemlich groß.«

Das Herrenhaus der Plantage stand in einem Hain aus verkrüppelten Eichen, von deren Ästen hässliches Spinnwebenmoos faserte. Im Garten hockten Steinputten mit tragischen Gesichtsausdrücken; Steine, Mauern und die verfallenen Reste mehrerer Springbrunnen waren mit einem Pelz aus Moos und Flechten überzogen. Wie konnte man nur so wohnen? Siebeneisen musste an die Edgar-Allen-Poe-Verfilmungen mit Vincent Price denken, die das deutsche Fernsehen über viele Jahre für Höhepunkte des Horrorfilmgenres gehalten und ständig wiederholt hatte. Er ließ Lawn vorangehen und bemühte sich, keine dieser furchtbaren herunterhängenden Mooszöpfe zu berühren. In der Tür am Ende einer reparaturbedürftigen Treppe stand eine alte, farbige Frau in einem geblümten Kleid, die Lawn ihm als Abigail vorstellte. Sie bat die beiden ins Haus.

»Abby kann dir ja ein bisschen was über Thornbush erzählen. Ich schau mal, ob ich was finden kann.«

»Da kannst du wetten, dass ich was erzählen kann, Kleine! Bin schließlich seit 50 Jahren hier angestellt!« Die Frau legte einen Arm um Siebeneisens Schulter.

»Na, Süßer, komm, setzen wir uns in die Küche.«

Er wollte ihr ein Kompliment machen, etwas mit »Sie sehen

viel jünger aus!« oder was man in solchen Situationen so sagt, aber dazu kam Siebeneisen nicht. Abigail hatte offensichtlich nur auf einen Besucher gewartet, dem sie detailliert erzählen konnte, was sich in einem halben Jahrhundert in diesem Haus so alles an Informationen angesammelt hatte.

»Wurde 1796 gebaut, die Plantage. Leider auf einer Begräbnisstätte der Tunica-Indianer. Macht man natürlich nicht, so was, kann nicht gut gehen. Ist es dann auch nicht, aber dazu später. Als ob es damals nicht genügend Platz gegeben hätte! Aber nein, da geht dieser General Malcolm McAllister hin, räumt ein paar Skelette zur Seite, setzt sich auf einen modernden Baumstumpf und stellt fest: *Oh, man, I like it here!*«

Siebeneisen sah sich in der Küche um. Viele Flaschen. Er bekam Durst. Abigail war inzwischen bei der Zeit nach dem Richtfest angelangt. Beziehungsweise bereits bei der Generation der Erben.

»Der Spuk ging los, als McAllisters Sohn Thomas durchdrehte. Hatte eine Affäre mit einer Sklavin, Tara, war ja normal damals. Das arme Ding hat dann zufällig irgendein wichtiges Geschäftsgespräch mitgehört, und Thomas ist ihr hinterher und hat ihr mit seinem Bowiemesser ein Ohr abgeschnitten, der verfluchte Hundesohn. Und Tara hat ihm ewige Rache geschworen, das tapfere Kind.«

Siebeneisen hoffte, dass die Geschichte jetzt bald zu Ende sein würde. War sie aber nicht. War sie längst nicht.

»Tara hat dann zuerst Thomas Frau aufgeschlitzt und anschließend seine Kinder vergiftet. Gott sei ihren Seelen gnädig! Dafür wurde sie gelyncht. Seitdem ist Thornbush verflucht.« Abigail bekreuzigte sich. Sie schaute sich um, als ob ihr sonst noch jemand zuhören könnte in dieser Küche. Sie beugte sich über den Tisch und flüsterte:

»Zehn unerklärliche Todesfälle. Zehn. Seit Tara gehängt wurde. Und alle sind sie noch hier! Zehn ruhelose Seelen!«

»Erscheinen diese Entitäten?« Siebeneisen wusste mittlerweile, was er in solchen Situationen zu sagen hatte, immerhin war er mit einer Ghostbusterin verbandelt, sozusagen.

»Entitäten?« Abigail verzog das Gesicht. »Entitäten?? Geister sind das, schreckliche Geister! Jede Nacht stürmen sie durch die Räume. Türen schlagen zu, Bilder fallen von den Wänden, und in unbewohnten Räumen sind morgens die Betten zerwühlt! Wenn wir tagsüber Führungen haben, verschwinden immer wieder einzelne Ohrringe, nie zwei, immer nur einer, die arme Tara braucht ja keine zwei mehr mit ihrem fehlenden Ohr. Ach, es ist schrecklich!«

Abigail sah mittlerweile aus, als würde sie jeden Moment in Tränen ausbrechen. Dabei erzählt sie das seit einem halben Jahrhundert bestimmt jedem, der an diesem Tisch sitzt, dachte Siebeneisen. Er war sich sicher, dass die Frau nicht schauspielerte. Sie war bloß derart von ihrer eigenen Geschichte ergriffen, dass ihre Emotionen mit ihr durchgingen.

Er beschloss, dass er nun genug wusste. Er würde draußen warten, bei den Putten, unter den Spinnwebbäumen. Und zwar mit einem großen Drink. Er legte Abigail tröstend einen Arm um die Schulter, worauf die alte Frau natürlich zu weinen begann, sich aber auch schnell wieder beruhigte. Siebeneisen ließ sich einen Gin and Tonic geben, dann ging er nach draußen in den Garten der Plantage. Es wurde dunkel, die gischtige Feuchtigkeit, die den ganzen Tag über den marschigen Feldern gelegen hatte, war gerade dabei, sich zu einzelnen Nebelschwaden zu verdicken. Louisiana schien sich bei Einbruch der Dämmerung in seine eigene, kleine Welt zurückzuziehen, dachte er. Er genoss die Stille, in der man nur die Zikaden hörte und das feine Sirren der Moskitos, die seine Arme als Landebahn ausgemacht hatten. Er sah Lawn aus dem Haus kommen, sie schwebte die Treppe herunter, sie sah aus, als sei sie einem Gemälde entstiegen, sie war schöner als jede Frau, die je eine Treppe in einer Baumwollplantage in diesem Land heruntergekommen war, da war sich Siebeneisen sicher.

»Wir können. War ein falscher Alarm. Der Lärm stammte nicht von einer Entität.«

»Sondern?«

»Offensichtlich sind zwei Besucherinnen nachts auf Geisterjagd gegangen. Sind über eine Luke in ihrem Zimmer auf den Dachboden gelangt, auf der anderen Seite des Hauses dann durch den dünnen Boden gebrochen und ein Stockwerk tiefer gelandet. Irgendwie haben sie es zurück in ihr Zimmer geschafft und den Vorfall verschwiegen.«

»Sie sind durch den Dachboden gebrochen?« Siebeneisen stellte sich die Art von Besucherin vor, der das passieren konnte. Lawn lächelte. Sie ließ ihr Becken kurz kreisen.

»Schlanke Mädchen kommen auf den Laufsteg, dicke Mädchen kommen überall hin. Wollen wir? Ich lass dich an deinem Hotel raus. Was aber nicht heißt, dass du da lange bleiben solltest. Ich warte zu Hause auf dich.«

25

(VIER TAGE SPÄTER. NEW ORLEANS.)

Sie ließen das Telefon lange klingeln, aber Finn Whitesail nahm nicht ab. Sie versuchten es noch einmal, zwanzig Minuten später, und eine Stunde später ein weiteres Mal – und beschlossen dann, einfach vorbeizuschauen in der North Rampart Street. Die Straße markierte die Grenze zwischen dem French Quarter und dem Stadtviertel Tremé und laut Polizeistatistik damit auch die zwischen »nachts halbwegs sicher« und »nach Einbruch der Dunkelheit besser nicht«. Auf halbem Weg lag der Congo Square, ein kleiner Platz, auf dem sich früher die Sklaven an ihren freien Sonntagnachmittagen getroffen und die Rhythmen ihrer afrikanischen Heimat getrommelt hatten. Auch klassisch ausgebildete Salonmusiker waren damals hier aufgetreten, und Bordellpianisten, und jeder hatte beim anderen zugehört und sich das eine oder andere abgeschaut. Auf diesen wenigen Quadratmetern, wusste Siebeneisen, war daraus jene Musik entstanden, die später Jazz genannt wurde. Er blieb stehen und versuchte, die Vergangenheit zu spüren, aber da war nichts, nichts außer Polizeisirenen irgendwo weit weg, dem unermüdlichen Zirpen der Zikaden in den Büschen und dem geflüsterten *Need something?* eines Drogendealers, der offensichtlich in diesen Büschen saß.

»Hab schon alles!«, antwortete Siebeneisen ins Dunkel hinein und legte seinen Arm um Lawn.

223 North Rampart Street war zu hören, lange bevor man das Haus sehen konnte. Aus den geöffneten Fenstern strömten Dixieland-Klassiker hinaus in den warmen Abend, Trompete, Klarinette, Kornett, Banjo und Schlagzeug, die Tuba brummte so laut, dass das komplette Gebäude im Takt zu vibrieren schien. Das Haus stand etwas zurückgesetzt zwischen mächtigen Magnolien in einem Garten und sah aus, wie sich deutsche Architektur- und Einrichtungsmagazine einen Landsitz im tiefen Süden der USA gerne vorstellen, inklusive Schaukelstuhl-Veranda, schlanker, hoher Fenster und einem Balkon, der von dorischen Säulen gestützt wurde. Ein Mädchen mit Mireille-Matthieu-Haarschnitt öffnete ihnen. Sie trug ein T-Shirt mit *Save-a-Tree – eat-a-Beaver!*-Aufdruck und nickte ihnen kurz zu, bevor sie wieder im Gewühl verschwand. Weil seine Gläser beschlugen, blieb Siebeneisen erst einmal am Eingang stehen, nahm die Brille ab und überprüfte, ob das textmarkergelbe Klebeband den Bügel noch zusammenhielt. Nach einer halben Minute war er mehrmals aus dem Weg geschoben und dreimal geküsst worden, von drei verschiedenen Personen, von denen eine Bartstoppeln gehabt hatte. Er setzte die Brille wieder auf. Als die Welt um ihn herum endlich aufklarte, war Lawn verschwunden. Wahrscheinlich kennt sie hier 167 Leute, dachte Siebeneisen. Er setzte sich auf die unterste Stufe der Holztreppe, die in die oberen Etagen führte. Er kam aus Oer-Erkenschwick. Er ging nicht oft auf Partys. Er musste das hier erst einmal auf sich wirken lassen.

Die Band spielte in der Diele, sechs alte, hagere Männer in Totengräberanzügen, jeder mit einem Gesicht wie aus einem Film von Ingmar Bergman. Um sie herum standen, tanzten und klatschten die Gäste, Frauen in Audrey-Hepburn-Cocktailkleidern, schwitzende Männer mit Bowler-Hüten, tätowierte Biker, drei Mädchen, die mit Korsetts und Strapsen bekleidet waren und möglicherweise auch noch mit einem dritten Kleidungsstück, das konnte Siebeneisen von seiner Treppe aus nicht erkennen. Etliche Gäste trugen eine Garderobe, die während der Prohibition modern gewesen sein mochte und Jahrzehnte voller Südstaatenschwüle, Mottenplagen und Hurrikane wundersamerweise absolut schadlos überstanden hatte. Andere wirkten, als seien sie auf dem Weg zu einem Maskenball in Venedig gewesen und nur versehentlich in diesem Haus gelandet. Unter der Decke hing ein Banner, »Wir retten unsere Stadt!«, offenbar das Motto des Abends. Siebeneisen entdeckte den Rezeptionisten der Villa La Reina, der seinen Vogel mitgebracht hatte. Der Papagei wippte mit ausgebreiteten Flügeln auf der linken Schulter des Mannes und unterstützte den Schlagzeuger der Band mit aufgeregten Zisch- und Klacklauten. Als er Siebeneisen in der Pause zwischen »St. James Infirmary« und »Waitin' for Robert E. Lee« bemerkte, plusterte er sich auf, imitierte das Hornsignal einer Kavallerie und krächzte ein »Gefreiter Virgil Caine meldet Feindsichtung!« in den Raum, worauf sich etliche Leute nicht etwa nach dem Vogel, sondern nach Siebeneisen umdrehten. »Ignorieren Sie ihn einfach!« Der Rezeptionist winkte ihm zu. »Archibald hat 'nen Vogel. Er glaubt, er lebe im 19. Jahrhundert, und der Krieg tobe vor den Toren der Stadt.« Archibald sah seinen Besitzer an, als habe der nicht alle Tassen im Schrank. Er legte den Kopf nach hinten und schmetterte erneut das Hornsignal. Dieses Mal so laut, dass der Kornettspieler sich in seinem Solo verhedderte und irritiert zu seinem Trompeter hinübersah.

Siebeneisen fand Lawn im Badezimmer, wo sie gerade zwei Flaschen aus einer Badewanne fischte, die bis zum Rand mit Eiswürfeln und Bier gefüllt war. Sie öffnete beide und gab ihm eine. Siebeneisen stellte erfreut fest, dass es keine dieser schrecklichen Light-Marken war.

»Kein Wunder, dass niemand ans Telefon gegangen ist.« Lawn prostete ihm zu, legte einen Arm um seinen Hals und küsste ihn.

»Möglicherweise hätten wir auch überhaupt nichts verstanden, wenn jemand abgenommen hätte«, sagte Siebeneisen und sah einem bleichen Paar hinterher, das lautlos in weiten, schwarzen Capes an der Badezimmertür vorbeiglitt.

»Komm, wir suchen den Gastgeber.«

Die Treppe führte zu einem langen Gang im ersten Stock, von dem mehrere Türen abgingen. Hier waren deutlich weniger Gäste unterwegs, und die Musik war nicht mehr so laut, dass man sich nur schreiend unterhalten konnte.

Im Zimmer an der Treppe legte ein Mann in einem gebatikten T-Shirt Tarotkarten, fünf oder sechs Gäste mit befederten Augenmasken standen schweigend um den Tisch. Am anderen Ende des Ganges sah Siebeneisen eine farbige Frau in einem Ohrensessel, vor der sich die anderen Gäste verneigten, wenn sie an ihr vorbeigingen.

»Kennst du die?« Er hatte die Stimme gesenkt und den Kopf unauffällig in Richtung der Frau bewegt.

»Da hinten? Das ist Prinzessin Taraifa. Die berühmteste Voodoo-Priesterin der Stadt. Angeblich königliches Blut, ihre Vorfahren herrschten irgendwo in Afrika, bevor arabische Sklavenhändler sie an die Franzosen verkauften, die sie auf die Plantagen brachten.«

»Und sie macht Voodoo? Kann ich ihr ein Püppchen bringen, und sie piekst dann spitze Nadeln hinein?« Siebeneisen dachte an Wipperfürth. Und Schatten. Und daran, dass er sich jede ihrer Untaten hätte aufschreiben sollen.

»Nein, nicht so was.« Lawn schüttelte den Kopf, ihre Haare flogen ein Stück von links nach rechts und wieder zurück. »Die Leute kommen eher zu ihr, wenn Hausärzte und Psychologen nicht weiterwissen. Bei chronischen Kopfschmerzen zum Beispiel oder bei ständigen Albträumen. Sie versetzt sie dann in Trance. Scheint in vielen Fällen zu helfen.«

Siebeneisen sah den Flur hinunter. Die Voodoo-Prinzessin saß reglos in ihrem Sessel und sprach zu zwei Männern, die in demütiger Haltung vor ihr standen. Für eine Heilpraktikerin schien die Frau einen ziemlichen Einfluss zu haben. Er beobachtete, wie die Männer sich bekreuzigten und der Frau die ausgestreckten Hände küssten. Dann kam jemand hinter ihm die Treppe hinunter.

»Danke für euren Beitrag! New Orleans freut sich über jeden Dollar Spende!« Finn Whitesail hielt ihnen einen Schuhkarton entgegen, auf dem jemand mit schwarzem Filzstift einen kleinen Comic-Hurrikan gemalt und *Katrina sucks!* danebengeschrieben hatte. Er hatte tatsächlich eine verblüffende Ähnlichkeit mit dem Foto, das Wipperfürth geschickt hatte, zumindest, was sein Gesicht betraf. Alles andere war eher – nun ja: gewöhnungsbedürftig, die Schnallenschuhe, die Strumpfhose, das weiße Spitzenhemd und der Uniformrock aus dunkelrotem Samt. In seinem Gürtel steckten zwei altertümliche Pistolen. Auf dem Kopf thronte ein Dreispitz. Er sah aus wie Käpt'n Hook. Oder Jack Sparrow.

»Gutes Outfit, oder? Meine Firma stattet gerade eine Hollywoodproduktion aus, *Freibeuter der Sümpfe*, ein Film über den Piraten Jean Lafitte.«

»Der mit dem schummrigen Restaurant im French Quarter?« Siebeneisen stellte Lawn vor und dann sich.

»Ja, genau. Willkommen in meinem bescheidenen Heim! Aus Deutschland? Ihr hattet doch diesen Störtebeker! Könnte man auch mal wieder neu verfilmen... Euren Curd Jürgens finden die jungen Leute heute nicht mehr wirklich sexy, oder?«

Er verwechselt Störtebeker mit Schinderhannes, dachte Siebeneisen, hatte aber keine Lust, in den nächsten Minuten eine tiefschürfende Diskussion über »Deutsche Gesetzlosen-Spielfilme von 1919 bis 1956« zu führen. Vor allem, weil Lawn sich soeben mit einem »Ich geh mir mal einen Mint Julep holen« verflüchtigt hatte.

»Mr Whitesail, ich würde Sie gerne kurz sprechen. Können wir irgendwo in Ruhe reden?«

»Klar.« Whitesail, der eigentlich O'Shady hieß und sich an diesem Abend Lafitte nannte, führte Siebeneisen in den zweiten Stock. Hier oben war die Musik mehr zu spüren als zu hören, das antreibende Pumpen der Bassgitarre vibrierte im Gebälk des alten Hauses und ließ die Fensterscheiben leise klirren. Lafitte öffnete eine Tür, blieb aber abrupt auf der Schwelle stehen, im Licht der Straßenlaterne vor dem Haus sah Siebeneisen den nackten, schweißnassen Rücken einer Frau auf einem Bett, der sich im Rhythmus der Musik auf und ab bewegte. Lafitte drehte sich um, holte einen Schlüsselbund aus seiner Freibeuterjacke und schloss kommentarlos die Tür des Nebenzimmers auf. Offensichtlich war er an solche Dinge in seinem Haus gewöhnt.

»Sie heißen eigentlich O'Shady, oder?«

Lafitte schaute ihn erstaunt an. »Richtig. Whitesail war der Künstlername meiner Ururgroßmutter. Sie ist Mitte des 19. Jahrhundert nach Amerika gekommen, zusammen mit meinem Ururgroßvater. Haben hier in New Orleans gelebt, die beiden. Als er im Krieg starb, ist sie völlig verarmt zurück nach Irland.«

Dann wusste sie wohl doch nicht, wo ihr Mann sein Vermögen versteckt hatte, dachte Siebeneisen. Und war ohne das Gold zurück in ihre alte Heimat gegangen. Für einen Moment überlegte er, ob er von seiner Begegnung mit dem Geist erzählen sollte. Stattdessen fragte er Whitesail alias Lafitte alias O'Shady, ob er auch male, so wie seine Ururgroßmutter.

»Hab's eine Zeitlang versucht, damals hab ich auch ihren Künstlernamen angenommen. Bin aber offensichtlich nicht wirklich talentiert genug, um…« Lafitte brach mitten im Satz ab und blickte zur Wand. Im Zimmer nebenan ächzte und stöhnte ein beanspruchtes Bett. Schreie waren auch zu hören. Der Pirat runzelte die Stirn.

»… um damit wirklich über die Runden zu kommen. Stattdessen bin ich nach L. A. Und hab begonnen, historische Filme auszustatten.«

»Und das hat funktioniert? Ist doch bestimmt ein begehrter Job, oder?« Siebeneisen dachte an all die grässlichen *Robin-Hood-*, *Dracula-* und *Drei-Musketier*-Verfilmungen aus den Neunzigern, deren Titelmelodien von Menschen wie Brian Adams, Sting oder Rod Stewart gesungen worden waren, oder, noch schlimmer: von allen zusammen.

»Das hat wunderbar funktioniert.« Lafitte lächelte. Er stellte den Spendenschuhkarton auf eine Anrichte.

»Anders als meine Konkurrenten habe ich mein halbes Leben in Europa verbracht. Wir Iren beschäftigen uns gerne mit der europäischen Geschichte. Wahrscheinlich, weil wir tief in uns drinnen herausfinden möchten, warum wir eine so dumme Rolle in ihr spielen. Ich kann jedenfalls eine in China gefälschte Ritterrüstung an der Position ihrer Scharniere von einer echten aus Essex unterscheiden. Ich kann Ihnen auch sagen, welche Strumpfhosenfarbe die Damen am Hofe von Heinrich VIII. getragen haben und dass es damals fast unmöglich war, in England an dunkelgrauen Samtstoff zu kommen. Anders gesagt: Ich bin besser als die anderen, weil ich wahrheitsgetreuer bin. Hollywood erkennt so etwas schnell. Und dann zahlt Hollywood verdammt viel Geld. Ich hätte schon mit 30 nicht mehr arbeiten müssen.«

Blitzschnell, von einem Moment auf den anderen, bildete sich eine kleine Faust in Siebeneisens Magen. Er war kurz davor, einem Menschen zu erklären, dass er 50 Millionen Euro erben würde. Und nun war das blöderweise einer, der schon mehr als genug besaß. So hatte er sich das nicht vorgestellt, dachte er, sie konnte beschissen ungerecht sein, diese Welt, aber nun gut, Job war Job, und Erbe war Erbe.

»Ich bin in der Stadt, um Ihnen eine Mitteilung zu machen«, sagte Siebeneisen in seinem schönsten Mitteilungston, »Sie sind einer von insgesamt acht Erben der verstorbenen Claire O'Shady. Jeder der Erbberechtigten hat Anspruch auf eine Summe von 50 Millionen Euro.«

Von manchen Momenten heißt es ja, dass man die Stille habe greifen können, und um solch einen Moment hätte es sich in diesem Moment bestimmt gehandelt, wenn nicht – in eben diesem Moment – das Bett im Nachbarzimmer endgültig genug gehabt hätte. Es kollabierte. Und fiel auseinander, offensichtlich, jedenfalls waren nicht nur erschrockene Schreie zu hören, sondern auch das helle Splittern von Porzellan und ein Geräusch, das entsteht, wenn ein großes Stück Holz – ein Baumstamm, ein Pfahl, ein Bettpfosten – mit einer großen Fläche Glas kollidiert, zum Beispiel mit einem hohen, schlanken Fenster eines großen Herrenhauses. Als das Klirren verhallt war, folgte eine kurze Stille, bevor der Lärm erneut einsetzte, dieses Mal klang es, als falle ein antiker, nicht genagelter, lediglich zusammengesteckter Kleiderschrank auseinander.

Whitesail alias O'Shady alias Lafitte stürmte aus dem Zimmer hinaus auf den Flur und riss die Tür des Nebenzimmers auf.

»Wie oft habe ich euch gesagt, dass ihr hier alles machen könnt, alles, solange ihr mir meine Möbel nicht kaputtmacht?« Er schien jetzt im Zimmer zu sein, um den Schaden zu betrachten, Siebeneisen sah die Frau von eben an seiner Tür vorbeihasten, gehüllt in ein Bettlaken, und hinter ihr einen Mann, und hinter diesem das Paar in den schwarzen Capes, die wiederum hinter ihnen herzuflattern schienen.

»Nein! Nein!!« Lafitte war offenbar noch bei der Schadensaufnahme.

»Das war eine Kommode von Louis XV.! Und ein Roentgen-Sekretär! Bleibt stehen!«

Siebeneisen beschloss zu bleiben, wo er war, das schien ihm das Beste zu sein. Lafitte stürzte an der geöffneten Tür vorbei, in jene Richtung, in die die anderen kurz zuvor geflohen waren. Er hatte einen Säbel in der Hand.

»Ein zorniger junger Mann, unser Freund.«

Siebeneisen fuhr zusammen. In der hinteren Ecke des Zimmers, weit weg von der Tür, saß in einem Sessel Prinzessin Taraifa, reglos, wie eine Statue. Das Licht der Laterne vor dem Haus schien auf ihr Gesicht. Sie lächelte milde. Siebeneisen kroch ein kalter Schauer über den Rücken. Wie um alles in der Welt war die Frau in dieses Zimmer gekommen?

»Ich habe gehört, Sie hatten ungewöhnliche Begegnungen in dieser Stadt? Ich hoffe, es gefällt Ihnen bei uns in New Orleans.«

Ungewöhnliche Begegnungen? Siebeneisen fand das etwas untertrieben. Diese Stadt war ein Panoptikum, bevölkert von Wahnsinnigen und Durchgeknallten, seine Gesprächspartnerin eingeschlossen.

»Sie müssen nicht antworten. Sie kennen mich ja auch überhaupt nicht. Ich habe nur gehört, dass Sie eine Person mit, nun ja, gewissen Wahrnehmungsfähigkeiten sind. Es freut mich, dass Lawn so jemanden gefunden hat, es freut mich sehr.«

Siebeneisen fühlte eine kalte Wut in sich aufsteigen. Was bildete sich diese Voodoo-Hexe ein? Woher wusste sie, wer er war? Wen er gesehen hatte? Wieso saß sie da hinten in einem Zimmer, das Whitesail vor drei Minuten erst aufgeschlossen hatte?

»Aha. Sie freuen sich also. Ich will Ihnen mal etwas sagen: Nach einem etwa 56 Stunden langen Tag, einer Zeitverschiebung von neun Stunden und einem Temperaturunterschied von 46 Grad, nach einer Flasche Tabasco im Essen, einer nicht unerheblichen Anzahl alkoholischer Getränke, nach etlichen Testosteronschüben und anschließender körperlicher Betätigung, nach alldem habe ich im Halbschlaf doch tatsächlich für zwei Sekunden ein Schemen im Raum flirren sehen. Und die Birne in der Nachttischlampe hatte unglaubliche 15 Watt, damit ich das nicht vergesse! So viel zu mir und meinen gewissen Wahrnehmungsfähigkeiten.«

Siebeneisen holte Luft. Endlich hatte er mal ausgesprochen, was er die ganze Zeit über schon gedacht hatte, endlich. Da war er in New Orleans, der Heimatstadt seines geliebten Jazz, und jeder, mit dem er zu tun hatte, wirklich jeder, schien sich nur mit Hokuspokus zu beschäftigen. Die ganze Zeit über wollte er sich das schon von der Seele reden, und jetzt war es gesagt, und jetzt ging es ihm besser. Er merkte, wie seine Wut schon wieder abflaute. Die Frau im Sessel lächelte noch immer.

»Ich kann Sie gut verstehen. Ihr Verhalten ist völlig normal. Die meisten Personen mit gewissen Wahrnehmungsfähigkeiten akzeptieren diese Gabe nur allmählich. Lassen Sie sich Zeit, Sie sind noch jung. Sie werden noch an die ungewöhnlichen Begegnungen zurückdenken, die Sie bei uns hatten.«

Ganz bestimmt, dachte Siebeneisen, ganz bestimmt, aber glaube nicht, dass du da auch nur eine Nebenrolle spielen wirst. Er würde jetzt Lawn suchen, und dann würden sie diese Party verlassen und nach Hause gehen. Whitesail wusste ja, was er wissen musste. Er würde ihn garantiert anrufen, wenn er den Verlust seiner kostbaren Antiquitäten verkraftet und die Nachricht von seinem Erbe realisiert hatte.

»Nehmen Sie das hier mit.« Die Voodoo-Prinzessin reichte ihm ein kleines, schmales Päckchen. Es war so groß wie ein Finger, mit buntem Stoff eingewickelt und relativ schwer. »Aber nur im Notfall öffnen.« Siebeneisen kamen Form und Gewicht irgendwie bekannt vor, er bewegte das Geschenk in seiner Hand, und irgendwo tief in ihm drin regte sich etwas wie –

Heimweh? Er stutzte. Schnell drängte er das Gefühl zurück, von wo auch immer es gekommen war. Als er sich bedanken wollte, war der Sessel am Fenster leer. Natürlich war er leer.

Lawn war in der Küche, wo einige andere Gäste gerade dabei waren, die Flucht der Bettlaken und Vampircapes vor der Rache des säbelschwingenden Piraten szenisch nachzustellen. Die Haustür stand offen, offenbar ging die Jagd jetzt irgendwo da draußen weiter. Man musste sich nicht wundern, dass die Stadt einen etwas merkwürdigen Ruf hatte, dachte Siebeneisen.

Bevor sie sich verabschiedeten, ging er noch schnell zu dem Papagei, der zwischen Kristallgläsern und Flaschen auf einer Anrichte saß und gerade versuchte, eine gut verschlossene Karaffe mit Bourbon zu öffnen. Als er Siebeneisen entdeckte, hielt er mitten in der Bewegung inne und tat so, als wetze er lediglich seinen Schnabel. Siebeneisen beugte sich zu ihm hinunter. Der Vogel schaute ihn ängstlich an.

»Soldat, soll ich dir ein Geheimnis verraten?«

»Krräkk?«

»Sherman? DER Sherman? Er hat Atlanta verlassen und ist auf dem Weg nach New Orleans.«

»Krräkk??«

»Seine Kundschafter sind schon in der Stadt. Die Villa La Reina soll sein Hauptquartier werden.«

»Krräkk???«

»Und weißt du was? General Sherman hat eine schlimme Vogelallergie.«

»Krrräkk!!!!«

Der Papagei flog wild kreischend in die Luft und kreiste panisch um den Lüster an der Decke. Ab der vierten Umrundung pfiff er den »Rebel Yell«, den Schlachtruf der Südstaaten. In einer Frequenz, auf die Oskar Matzerath stolz gewesen wäre.

26

(EIN PAAR TAGE NACH DER PARTY. NEW ORLEANS.)

»Noch Tee?«

Siebeneisen war völlig in die Zeitung versunken, er hatte nicht gemerkt, dass die Bedienung an seinen Tisch gekommen war. Die *Times-Picayune* war ein Blatt, dessen Mitarbeiter die Stadt täglich auf der Suche nach kleinen und großen Geschichten zu durchkämmen schienen; es war erstaunlich, wie viel New Orleans man jeden Tag auf 30 oder 40 Seiten unterbringen konnte. Siebeneisen hatte bereits die Meldungen aus dem Büro des Bürgermeisters gelesen, zwei Restaurantkritiken und ein Interview mit einem Schauspieler – der Mann hatte ein »Schwimmendes Haus« entworfen, in dem man eine erneute Überflutung nach einem Wirbelsturm trocken überstehen konnte. Jetzt studierte er die Todesanzeigen, das machte er zu Hause im *Tagesboten* auch immer. Allerdings lasen die sich dort nicht wie ein Polizeibericht, und es starben dort auch deutlich weniger Menschen an Messerstichen, Schusswunden oder »Verletzungen am Hinterkopf, vermutlich verursacht durch einen Baseballschläger oder einen ähnlichen Gegenstand«. Er blätterte um auf die nächste Seite, auf der ein großes Foto den St. Louis Friedhof bei Nacht zeigte. Es war eine sehr schöne, atmosphärische Aufnahme, deren besinnliche Komposition allerdings durch mehrere helle und dunkle Gestalten gestört wurde, die dem Fotografen offensichtlich durch die Langzeitbelichtung gelaufen waren. Wenn man genau hinsah, konnte man am rechten Bildrand außerdem eine lange Klinge erkennen, die hinter einem der vielen Mausoleen hervorlugte. »Diese Aufnahme gelang unserem Fotografen William Murray-Whilton in dieser Woche«, stand unter dem Foto. »Möglicherweise handelt es sich bei den Schemen um Entitäten. Womit klar wäre: Nicht nur Touristen lieben unser schönes New Orleans und kehren immer wieder gerne hierhin zurück!«

Siebeneisen faltete die Zeitung zusammen. Gegenüber, auf dem Jackson Square vor der Kathedrale, bauten die Wahrsager und Porträtzeichner ihre Tischchen auf. Auch die ersten Musiker waren schon wach; drei farbige Kids mit Posaune, Trompete und einem kleinen Schlagzeug flachsten miteinander und warteten darauf, dass sich der Platz mit Touristen füllte. Frühmorgens war dieses Café du Monde der beste Ort der Stadt, dachte Siebeneisen. Lawn frühstückte lieber in einer Kaschemme namens The Burping Atom, wo früh um sieben mexikanische Tortillas serviert wurden und die gepiercten und tätowierten Bedienungen miteinander knutschten. Siebeneisen hatte bei seinen Besuchen mit Lawn immer den Verdacht, man könne dort möglicherweise Opfer einer Geiselname werden. Das Café du Monde aber mochte er auf Anhieb, schon wegen seines herrlichen Geschäftsmottos: »Geschlossen nur an Weihnachten und bei Hurrikanen«. Und es war ein wunderbarer Platz, um zuzusehen, wie die Stadt allmählich erwachte. Die Musiker auf dem Platz hatten zu spielen begonnen, »Do you know what it means to miss New Orleans?«. Die Ballade lag in der schwülen Luft wie ein Versprechen.

»Hi! Entschuldige die Verspätung! Gott, ist das wieder eine Hitze heute!«

Lawn ließ sich auf einen freien Stuhl und auf den Tisch eine große Tasche fallen, aus der Notizblöcke, Kabel, Kaugummis und eine Sonde herausrutschten. Diese Frau kann wie ein Hurrikan sein, dachte Siebeneisen: Plötzlich ist sie da, und alles wird durcheinandergewirbelt.

»Ein Freund von dir hat angerufen. Hab den Namen nicht verstanden. Klang wie Peitsche. Whip irgendwas. Hat irre schnell geredet, als ob er Telefonkosten sparen wollte. Ich hab dir was aufgeschrieben, Moment…« Lawn öffnete einen Reißverschluss an der Tasche und griff hinein, dann zog sie die Hand wieder heraus und öffnete ein anderes Fach. Als sie dort auch nicht fand, was sie suchte, riss sie die Tasche vom Tisch auf ihren Schoß, kramte ein paar Sekunden in ihrem Inneren und begann dann, jeden einzelnen Gegenstand herauszunehmen, die Sonde, mehrere Lippenstifte, eine Art Geigerzähler, eine Bürste, einen Fotoapparat, zwei Bücher und etwas, das wie ein Stethoskop aussah. Den Zettel fand sie dann schließlich in der linken Tasche ihrer Jeans.

»Kenneth O'Shady
Matazulu Camp,
Tamallango Nationalpark
Südafrika«

Siebeneisen legte den Zettel auf den Tisch. Warum ich, dachte er, warum nur ich? Und dann dachte er an tellergroße Spinnen, Schlangen, Skorpione und wurstdicke Tausendfüßer. An Maden, die aus entzündeten Mückenstichen krochen, an Mahlzeiten, deren Ausgangsmaterial nicht eindeutig zu bestimmen war. Und daran, warum er damals nicht einfach nein gesagt hatte. Oder weggerannt war.

»Alles o.k. mit dir?«

Siebeneisen schaute Lawn an. Heute früh sah sie aus wie eine jener Frauen auf alten Fotografien, die ihre Männer auf einem Bahnhof verabschiedeten. Howard Hawks hätte sie geliebt.

Wenn er damals weggerannt wäre, hätte er niemals diese Frau kennengelernt, dachte er. Er nahm seine Tasse und trank den letzten Schluck Kaffee.

»Warst du schon mal in Afrika?«

Der Taxifahrer am nächsten Tag hatte es eilig, er schaffte die Strecke hinaus zum Flughafen in weniger als einer Viertelstunde. Weil nach dem Check-in noch viel Zeit bis zum Abflug war, beschloss Siebeneisen, einige New-Orleans-CDs für den Fetten Hecht zu kaufen. Der Shop gleich hinter der Sicherheitskontrolle bot eine ziemlich gute Auswahl und sogar eine Ecke mit Sonderangeboten.

»In was reinhören?«, fragte der Mann an der Kasse.

Siebeneisen entschied sich für ein Blues-Album, *early recordings*, das würde gut passen zur kargen Einrichtung von Walburgas Kneipe. Schon die ersten Takte kamen ihm bekannt vor, als habe er sie schon einmal gehört, irgendwann vor langer Zeit. Siebeneisen fingerte das Booklet aus der CD-Hülle, hier, Track 1: Robert Johnson, »Hellhound on my Trail«. Er las das Kleingedruckte: »Johnson (1911–1938) gilt als einer der wichtigsten Musiker des Blues, obwohl er lange kein guter Gitarrist war. Der Legende nach verkaufte er 1930 an einer Kreuzung in Clarksdale, Mississippi, seine Seele dem Teufel. Anschließend konnte er spielen wie kein anderer Musiker seiner Zeit. (Foto S. 19)«

Siebeneisen wurde es merkwürdig heiß. Robert Johnson sang in den Kopfhörern, irgendetwas von Höllenhunden, die ihm auf den Fersen waren. Seine Gitarre klagte, und obwohl die Aufnahme von 1932 stammte und kratzte und knackte, schien Johnson direkt neben ihm zu stehen, es war, als singe er unmittelbar in sein Ohr hinein. Siebeneisen versuchte, Seite 19 zu finden, er schwitzte, und natürlich pappten die Seiten zusammen, und dann rutschte ihm das Booklet auch noch aus der Hand, und er musste in die Hocke gehen, um es aufzuheben. Als er sich hastig wieder aufrichtete, begann die Welt merkwürdig zu dröhnen. Und noch lange bevor er die richtige Seite gefunden hatte, wusste er, was auf ihr zu sehen sein würde:

Der Mann auf dem Foto auf Seite 19 war der Parkplatzwächter.

27

(Donnerstags im Fetten Hecht.)

Jetzt kam gleich der Refrain, da lief ihr immer ein Schauer über den Rücken. Vor allem an jener Stelle, wo der Sänger von seinem Entsetzen berichtete und dabei so klang, als wolle er alle mit ähnlichen Erfahrungen trösten. Unnachahmlich schön war das! Reine Magie! Zu keiner anderen Musik ließ sich besser arbeiten als zu *Hits Pur* von Pur, dachte Walburga. Vorsichtig füllte sie die Erdnüsse aus dem Gastroeimer in die kleinen Glasschälchen und stellte Bierflaschen in den Kühlschrank. Heute war Donnerstag, da würden die Herren Schatten und Wipperfürth zum Tipp-Kick kommen. Beziehungsweise zum Debattieren – seit Siebeneisen unterwegs war, wurde an den Donnerstagabenden ja mehr diskutiert als Tischfußball gespielt. Neuerdings brachte Wipperfürth sogar seinen Laptop mit, vor dem saßen sie dann stundenlang an der Wand unter den Geweihen und ausgestopften Rebhühnern und recherchierten, wo sich Schattens Miterben aufhielten. Wenn sie auf dem aktuellen Stand war, hatte der gute Siebeneisen schon vier dieser O'Shadys ausfindig gemacht. Drei fehlten noch.

Wie konnte jemand so ein Testament machen? Eines, bei dem jeder Erbberechtigte sein Geld nur dann erhielt, wenn auch alle anderen gefunden wurden? Was, wenn am Ende einer von einem Löwen gefressen wurde? Walburga wusste, dass Siebeneisen gerade auf dem Weg nach Afrika war, das hatten Schatten und Wipperfürth erzählt. Wenn sie die beiden richtig verstanden hatte, begann damit der bislang gefährlichste Teil der Reise: Siebeneisen sollte in einen Nationalpark reisen, dessen Infrastruktur noch nicht ausgebaut war. Dort gab es angeblich weder Hotels noch Gaststätten, wohl aber sehr viele sehr große Tiere. Und geschlafen wurde in Zelten oder Hängematten. Der Arme! Das hatte er nicht verdient, ihr Siebeneisen. Sowieso war das alles nicht fair, fand sie. Einer machte alle Arbeit, und die beiden anderen saßen faul bei ihr im Wirtshaus herum und schwadronierten. Das ging jetzt auch schon ewig so. Und wer weiß, wie lange diese Sucherei noch dauern würde!

Mit ihrem Handstaubsauger bewaffnet ging Walburga hinüber zum Tipp-Kick-Tisch. Während sie das Spielfeld von den allgegenwärtigen Erdnusskrümeln befreite, dachte sie an jenen Abend zurück, an dem sich die drei im Fetten Hecht kennengelernt hatten. Ewig war das her! Anfang der Achtziger? Ja, um den Dreh musste das gewesen sein. Sie hatte den Hecht kurz zuvor von ihrem Vater übernommen und ein paar neue Dinge ausprobieren wollen, Rollenspieltage, Kleinkunst, Fotoausstellungen, solche Sachen. Und Quizwochenenden. Beim ersten »Trivial Pursuit«-Samstag waren Schatten, Wipperfürth und Siebeneisen unter den Gästen gewesen. Die drei hatten über jede Frage besserwisserisch diskutiert und jede Antwort in Frage gestellt, die auf den Spielkarten stand. Nach und nach waren alle übrigen Gäste nach Hause gegangen. Am Ende waren nur noch Schatten, Wipperfürth und Siebeneisen übrig geblieben.

Für die drei war dies der Beginn einer wunderbaren Freundschaft gewesen. Seit jenem Tag vor dreißig Jahren jedenfalls kamen sie einmal die Woche in den Fetten Hecht, anfangs mittwochs, später donnerstags. Manchmal dachte Walburga, dass ihre Kneipe für das Trio eine Art Ersatzwohnzimmer war. Keiner der drei war ja verheiratet, keiner hatte Familie, außer Schatten, der jede Menge entfernte Verwandtschaft drüben in Irland besaß. Wipperfürth war zweimal geschieden, soweit sie wusste. Und Siebeneisen hatte eine unglückliche Beziehung hinter sich. Seine große Liebe, das hatte er ihr einmal verraten, als seine beiden Freunde schon gegangen waren. Seitdem lebte er allein in seiner Mietwohnung in einem schrecklichen Hochhaus. Zusammen mit 120 Jahrgängen von diesen gelben Geografieheften, in denen er immerzu las, da würde nicht mehr viel Platz für irgendetwas sonst sein. Die waren schon ein wenig verschroben, die drei, dachte Walburga, während sie die Schalen mit den Erdnüssen auf den Tischen und dem Tresen verteilte. Pur waren wieder beim Refrain, und dieses Mal sang sie laut mit, wie schrecklich, wie ganz fürchterlich schrecklich es sich doch anfühlt, wenn man – morgens im Spiegel ein graues Haar entdeckt.

»Kannst du vielleicht mal was Vernünftiges auflegen? Etwas, das man auch hören kann, wenn man älter als zwölf ist?« Schatten stand in der Tür. Er schnaufte. Hinter seiner Schulter war Wipperfürths Kopf zu sehen. Die beiden setzten sich an einen Tisch unter die verspinnwebten Geweihe und bestellten zwei Flaschen Bier.

Schatten hatte tatsächlich seinen Laptop mitgebracht. Er klappte den Computer auf.

»Wie ich gerade eben schon gesagt habe: Wir können froh sein, dass dieser eine Großgroßcousin vorzeitig das Zeitliche gesegnet hat. Matthew O'Shady: Ein Guru in einem Ashram! Das wäre 'ne Nummer geworden.« Schatten schüttelte den Kopf. Zwei kleine Schweißtropfen hatten einen Weg aus dem Haar gefunden und beeilten sich, die Stirn zu überqueren.

»Die Leute nannten ihn ›Der Weise O‹ ..., das muss man sich mal vorstellen. War offensichtlich eine Art Heiliger da drüben in Indien. So einer wie der Baghwan wahrscheinlich.«

»Im Ernst?« Wipperfürth, dessen Begeisterung für Zen deutlich abgeflaut war, seit er an der VHS die hohe Kunst von freier Rede und geschmeidiger Konversation studierte, trank an seinem Bier. »So richtig mit Jüngern und all dem Kram?«

»Scheint so. Wenn stimmt, was man über ihn liest, dann empfing er seine Gäste nur nach gemeinsamen Yogasitzungen…« Schatten kicherte. »Kannst du dir unseren lieben Siebeneisen in so einem weißen Yoga-Anzug vorstellen? Und wie er geflucht hätte, wenn er seinen Gesprächspartner nur im Handstand hätte ansprechen dürfen?« Schatten grinste, als er sich die Szene ausmalte.

»Wäre ihm vielleicht lieber gewesen als die Suche nach einem Ranger im afrikanischen Busch. Und bestimmt lieber als die Vorstellung, demnächst quer durch die Mongolei fahren zu müssen.«

»Mongolei? Hast du dort auch einen meiner Miterben aufgetrieben?« Schatten sah aus wie jemand, der sich soeben fragt, warum es seine komplette Verwandtschaft an exotische Orte verschlagen hatte und er in Oer-Erkenschwick hängengeblieben war.

»Krasse Sache. Der Mann ist Ziegenexperte oder so. Reitet durch die Steppe und zupft den Ziegen Wolle aus.« Wipperfürth blätterte in seinen Notizen. »Menschenleere Gegend, diese Mongolei, so gut wie kein ausgebautes Straßennetz. Ich denke mal, dass der O'Shady dort nicht wirklich leicht aufzutreiben sein wird. Da wird unser Freund eine ganze Weile unterwegs sein.«

»Schreiben wir ihm das auch?«

»Besser erst später. Lass ihn erst mal den Job in Afrika erledigen.«

»Zumindest muss er jetzt nicht mehr allein reisen. Wie heißt seine neue Freundin noch gleich?«

»Lawn Ribaud.« Wipperfürth hatte den Namen in seinem Notizblock rot umkringelt.

»Französin?«

»Nee. Ihre Vorfahren wahrscheinlich. Ach so, was ich dich die ganze Zeit schon fragen wollte...« Wipperfürth tippte auf den roten Kringel. »Du hast ja noch nicht mal mit der Wimper gezuckt, als du auf einmal zwei Tickets von New Orleans nach Südafrika bezahlen musstest...«

»Wie dir bekannt ist, bin ich Menschenfreund und ein großer Romantiker. Jemand, der einer junge Liebe beim Keimen helfen möchte.« Schatten legte theatralisch beide Hände über jene Fettwulst seines massigen Oberkörpers, unter der sein Herz saß.

»Mal abgesehen davon hat mich das zweite Ticket keinen Euro zusätzlich gekostet. Das bezahlt unser Freund Siebeneisen quasi mit seinen Bonusmeilen, die er auf seiner kleinen Weltreise bislang gesammelt hat.«

»Clever! Hast du dir übrigens mal die Internetseite dieser Lawn angesehen? Die scheint so eine Art Geisterjägerin zu sein.«

»So wie die in dem Film mit Dan Akroyd, wo am Ende das Michelin-Männchen durch Manhattan stapft?«

»*Ghostbusters*. In der Originalfassung war das der Marshmellow-Mann. Und sie sieht umwerfend aus.«

»Unser Siebeneisen hat es verdammt gut da draußen, das muss man schon sagen.« Schatten lächelte. Und Walburga hinter ihrem Tresen schüttelte den Kopf.

28

(IN 10 000 METER HÖHE, IRGENDWO ÜBER DEM ATLANTIK.)

Eine Reise in einem Flugzeug, vor allem eine Reise über eine große Entfernung, ist für empfindsame Menschen eine seltsame Erfahrung. Sie steigen irgendwo ein und später dann irgendwo wieder aus, aber anders als bei einer Zug- oder Autofahrt verlieren sie in der Zeit zwischendrin die Bodenhaftung – und damit den Kontakt zur Realität. Solange diese empfindsamen Menschen nicht darüber nachdenken, dass sie sich in einem gut verpackten Vakuum aufhalten, das in zehn Kilometer Höhe mit 900 Stundenkilometern Geschwindigkeit durch die Atmosphäre zischt, solange ist alles gut. Es gibt Dosenbier, es gibt Erdnüsse, es gibt Filme und ja auch immer wieder die Frage, welche der Stewardessen wohl Mitglied im Mile-High-Club sind. Beginnen empfindsame Menschen allerdings, über sich und dieses Vakuum namens Flugzeug zu sinnieren, über Beschleunigung und Erdanziehung, über Längen- und Breitengrade, über Zeitzonen und Datumsgrenzen und all den anderen hochtheoretischen Kram, der mit so einem Economy-Flug von New Orleans nach Johannesburg zu tun hat: Dann können empfindsamen Menschen schon gewisse Zweifel kommen. Ob es zum Beispiel korrekt ist, die Naturgesetze derart an der Nase herumzuführen. Ob der Mensch nicht mit jedem Flug gegen so etwas wie den moralischen Kodex des Universums verstößt. Und ob es sich das möglicherweise irgendwo notiert, das Universum. Um es eines schönen Tages durchzulesen. Irgendwann einmal, bevor es dann die Rechnung präsentiert.

Siebeneisen beispielsweise hatte bereits seit einigen Tagen das Gefühl, dass er selbst zwar munter von Kontinent zu Kontinent unterwegs war, ein nicht unwesentlicher Teil von ihm aber schon länger nicht mehr hinterherkam bei diesem Mördertempo. Dieser Teil befand sich zurzeit noch weit hinter ihm, etwa zwischen Nepal und der Antarktis. Wenn er es irgendwann einmal bis New Orleans geschafft haben sollte, würde der restliche Siebeneisen möglicherweise schon wieder zu Hause in Oer-Erkenschwick sitzen. Und darauf warten, dass der Rest seiner selbst irgendwann eintrudelte. Er seufzte leise und sah aus dem Fenster: Wasser. Sie mussten irgendwo zwischen den Erdteilen sein. Im Sitz neben ihm lächelte Lawn im Schlaf.

Die Entscheidung, mit ihm nach Afrika zu fliegen, hatte sie innerhalb weniger Sekunden getroffen. Erstens habe sie seit mindestens zehn Jahren keinen Urlaub mehr gemacht, zweitens interessiere sie sich brennend für die Riten südafrikanischer Medizinmänner, und drittens, ja, doch, drittens werde sie ihn, Siebeneisen, nicht schon wieder aus ihrem Leben verschwinden lassen, wo er dort doch gerade erst aufgetaucht sei: Frauen haben die erstaunliche Gabe, diese komplizierte Welt manchmal absolut simpel erscheinen zu lassen. Noch von ihrem Tisch im Café du Monde aus hatte Lawn telefonisch sämtliche Termine für die kommenden Wochen abgesagt, die liefen ihr nicht weg, beteuerte sie, Entitäten seien äußerst standortstabil. Zu Hause benötigte sie dann keine zehn Minuten, um eine Reisetasche zu packen und die Nachbarn zu bitten, sich um die Post zu kümmern. Dann war sie fertig. Siebeneisen, dessen eigene Reisevorbereitung schon wegen zahlreicher Arztbesuche mehrere Wochen in Anspruch genommen hatte, war beeindruckt.

Überhaupt wunderte er sich über sich und den Lauf der Dinge. Er reiste mit einer Frau. Er war verliebt. Er fühlte sich wie ein Teenager, inklusive Magenflattern und Wackelpuddingknie. Wenn er vor einem Monat, ach was: wenn er vor zehn Tagen gefragt worden wäre, ob er sich das vorstellen könnte, Freundin, Händchenhalten, Tief-in-die-Augen-Blicke, Schmetterlinge im Bauch, all so was eben – er hätte sarkastisch abgewunken. Er? Er, der nach JL das Thema Frauen ein für alle Mal abgehakt hatte? Der Jahre gebraucht hatte, bis er zum ersten Mal über seinen Verlust sprechen konnte? Und noch ein paar Jahre länger, bis er dachte, glaubte, hoffte, halbwegs darüber hinweg zu sein? Und jetzt hatte diese Frau die Mauern seiner solide gefugten Festung nicht nur erstürmt, sondern sie an einem einzigen Abend zu Fall gebracht. Eine Frau, die aussah wie von einem Gemälde aus einem anderen Jahrhundert. Die nichts dabei fand, von heute auf morgen mit ihm nach Afrika zu fliegen, um für eine andere Person einen Miterben aufzustöbern. Die mit der Geisterwelt in Kontakt stand, seit sie vier oder fünf war und auf dem Schulhof mit Kindern gespielt hatte, die für den Rest der Klasse unsichtbar waren. Siebeneisen betrachtete Lawn, die noch immer im Schlaf lächelte. Vielleicht hat sie eine Art Zauber gewirkt, dachte er. Manche Menschen können das ja.

Nach zwölf Stunden Flug in einer ausgebuchten Maschine wirkte das Gewusel am Flughafen von Johannesburg nicht unbedingt entspannend auf die Ankommenden. Die Wartehallen und Lounges sahen aus wie eine Mischung aus Flüchtlingslager und Cafeteria der Vereinten Nationen, alles lärmte und lief durcheinander, Frauen in bunten Gewändern und gewaltigen Turbanen auf dem Kopf, Männer in Anzügen, Touristen mit Sonnenbrand und Rucksäcken, fromme Pilger auf dem Weg nach Mekka, UN-Soldaten mit hellblauen Baretts. Wo Platz war, lagerten Großfamilien auf Decken, die sie zwischen den Wartesitzen auf dem Boden ausgebreitet hatten. Siebeneisen und Lawn warteten geduldig am Schalter für den Weiterflug zum Nationalpark. Die einzige anwesende Angestellte von »Safari Airways« hielt einen Telefonhörer zwischen Ohr und Schulter geklemmt und unterhielt sich mit einer Freundin über die aktuellen Preise gefälschter Viagratabletten, während sie sich die Fingernägel in einer Art Zebrastreifenmuster lackierte. Sie hörten und sahen ihr etwa fünf Minuten zu, bevor Lawn den lustigen Plausch beendete, indem sie mit ihren – unlackierten – Fingernägeln einen kleinen Trommelwirbel auf dem Schalter hinlegte. Zwei Minuten später hatten sie ihre Bordkarten. Siebeneisen fand, dass er viel zu wenig über die kleinen Signale von Frauen wusste.

Sie schlenderten in Richtung ihres Gates. Der einzige geöffnete Laden in diesem Teil des Flughafens verkaufte eine beeindruckende Auswahl geschnitzter Salatbestecke, Elefanten-Buchstützen und Giraffen mit dünnen Hälsen, von denen die größten höher als er selbst waren. Er fragte sich, wie jemand so etwas unbeschadet nach Hause bekommen sollte. Neben dem Souvenirgeschäft war ein Internetcafé.

Siebeneisens Facebookseite gefiel mittlerweile bereits 22 Personen. Sie waren links zu sehen, winzige Passfotos, auf denen er die Leute nur erkennen konnte, wenn er sich ganz nah an den Bildschirm heranbeugte. Auf dem Flug hatte er in einer Computerzeitschrift einen Artikel über »soziale Netzwerke« gelesen, er wusste nun, dass Wipperfürth eine sogenannte Fanseite für ihn eingerichtet hatte. Eine solche Seite konnte jeder Internetbenutzer irgendwo auf der Welt aufrufen und sich anschauen, und jeder Internetnutzer irgendwo auf der Welt konnte auf einer solchen Seite herumschreiben.

Abigail Richardson:
Bitte richten Sie der lieben Lawn aus, dass es NICHT die beiden Texanerinnen waren, die nachts die Geräusche verursachen. Wir hören sie immer noch jeden Abend. Außerdem ist vorgestern einer Besucherin während einer Führung ein Brillantohrring gestohlen worden. Ihr Mann ist ein bekannter Rechtsanwalt in Los Angeles und will uns nun verklagen. Auf den Gegenwert des Ringes und ein hohes Schmerzensgeld für seine Frau. Der Ring saß sehr fest am Ohr, die Ärmste hat schrecklich geblutet. Vielleicht kann Lawn einmal mit Tara reden? So kann es jedenfalls nicht weitergehen, da stehe uns der Herrgott bei!

Siebeneisen nahm einen der kleinen Notizzettel, die neben dem Bildschirm lagen und schrieb: »Lawn: mit Tara reden!«.

Mathilda Pankovic:
G'day, *lieber Herr Siebeneisen! Wie wir Sie vermissen! Gestern hatten wir wieder einen Erinnerungsabend an die gemeinsame Antarktisreise. Sie sind auf so vielen unserer Fotos zu sehen! Wir haben ein wenig Rum getrunken, und weil wir am Ende alle so guter Laune waren, haben wir Ihnen ein kleines Video aufgenommen. Sie werden staunen! Klicken Sie einfach hier:*

Einen Teufel werde ich tun, dachte Siebeneisen. Konnte man solche Beiträge eigentlich löschen? Er musste das unbedingt herausfinden. Je mehr von diesem Kram hier stand, desto mehr Leute fühlten sich zu ähnlichem Gefasel angeregt. Das war wie mit dieser Theorie der zerbrochenen Fensterscheiben – wenn man davon eine in der Straße hatte, standen die Chancen gut, dass demnächst noch weitere eingeschmissen werden würden.

Er las weiter:

Schatten:
Siebeneisen, alter Knabe! Hervorragende Arbeit! Wippi wird sich demnächst bei dir melden. Wenn das Erbe ausgezahlt wird, bekommst du ein erkleckliches Sümmchen von meinem Anteil, das kannst du glauben! Dein Motorroller hat ja nun auch schon einige Kilometer auf dem Tacho ...
Wippi sendet dir bald noch einige Tipps für deine Reise ins Tierparadies. So ein Ausflug ist nur wenigen vergönnt! Wir beneiden dich! Noch immer! Immer mehr!

Macht das nur, dachte Siebeneisen, macht das nur, beneidet mich. Ich kenne da eine alte Dame in New Orleans, die mir mit Sicherheit das ein oder andere Mittelchen gegen Freunde wie euch zur Verfügung stellen wird, und anschließend reden wir dann nochmal über so Sätze wie dem mit dem Motorroller. Da war dieser Mensch dabei, 50 Millionen Euro zu erben und wagte es, ihm einen Motorroller als Belohnung in Aussicht zu stellen. Einen Motorroller! Was kostete so ein Teil? 2000 Tacken? Wenn er Pech hatte, ließ Schatten den von Wipperfürth bei eBay ersteigern, irgendwo hinter der tschechischen Grenze, nur für Selbstabholer. Er hätte einen Vertrag aufsetzen sollen, dachte Siebeneisen, einen Vertrag mit einer festgeschriebenen Belohnung im Erfolgsfall, einer hohen Belohnung, oh ja. Und dann hätte er Schatten dazu zwingen sollen, diesen Vertrag zu unterschreiben. Zur Not mit Hilfe eines Anwaltes.

Villa La Reina:
Was haben Sie mit unserem Papagei gemacht? Archibald ist völlig verstört. Er glaubt, dass General Sherman mit einer Armee in der Stadt einmarschieren wird und kreischt jedes Mal panisch, wenn sich die Tür zur Lobby öffnet. Sobald er einen Gast mit Gepäck Richtung Ausgang gehen sieht, ruft er ihm verzweifelt nach, dass er ihn doch bitte mitnehmen solle. Gestern hat er einem Ehepaar aus

Russland sogar Geld angeboten! Möglicherweise können Sie sich vorstellen, wie humorlos diese Menschen sind. Sie sollten froh sein, dass wir keine rechtlichen Schritte gegen Sie einleiten. Für Ihren nächsten Aufenthalt in unserer schönen Stadt empfehlen wir Ihnen, sich in einem anderen Hotel einzubuchen.

Lady Marian:
Na? Nase wieder o.k.? Was macht die Suche nach meinen Miterben? Gruß aus Down Under!

Jigme:
Werter Siebeneisen! Wir möchten uns an dieser Stelle noch einmal dafür bedanken, dass Sie sich bei Ihrer Trekkingtour nach Lo Monthang für unser Unternehmen entschieden haben! Und auch dafür, dass Sie uns auf das Problem mit den 38 Trägern aufmerksam machten. Tatsächlich scheint es so zu sein, dass wir auf unseren Expeditionen nur deshalb so viele Träger mitnehmen müssen, damit Nahrungsmittel für so viele Träger getragen werden können. Unser Büro in Bodnath hat dieses Problem nun erkannt und wird sich schnellstmöglich damit befassen. Ich kann Ihnen versichern, dass die Kollegen dort sehr gewissenhaft arbeiten und sicherlich sehr bald erste Lösungsansätze präsentieren können.

Siebeneisen seufzte. Er beschloss, diesen Eintrag noch einmal zu lesen, obwohl er sicher war, dass er ihn verstanden hatte. Er wollte bloß noch nicht zum letzten neuen Kommentar auf der Seite kommen.

»The Man« Wipperfürth:
Yo, Alter, dein Super-Supporter mal wieder! Habe heute eine E-Mail von Nathan Ó Cinnéide bekommen, dem Nachlassverwalter in Dublin. Das ist ein höflicher Mensch! Er hat gemeint, ich solle ihm nicht so oft und so ausführlich von deinen Fortschritten schreiben.

Bestimmt kann er sich denken, wie sehr wir uns hier ins Zeug legen müssen und dass für solche Berichte eigentlich keine Zeit ist. Aber natürlich werde ich ihn weiterhin detailliert auf dem Laufenden halten. Vor allem die historischen Hintergründe eurer Geisterjagd werden ihn bestimmt brennend interessieren!
Deswegen heute nur kleine, coole Shoppingtipps vor eurem Take-off *in den Nationalpark: Moskitonetze, Insektenspray und eine Pinzette für eventuelle Dornensplitter. Schatten sagt, die Kreditkarte sei weiterhin gedeckt. Hast du Stiefel? Wären ganz praktisch. Ist gerade Regenzeit, da könnte einiges unterwegs sein. Wusstest du, dass es 117 giftige Schlangenarten in Afrika gibt?*

Draußen vor dem Internetcafé stand Lawn vor dem einzigen Laden und hielt die größte der geschnitzten Giraffen in die Höhe.

»Was meinst du? Würde sich doch gut machen im Wohnzimmer, oder?«

»Stell die bitte wieder hin! Und sage mir ganz schnell, dass du außer deinen Stiefeln noch ein paar Herrenstiefel Größe 44 dabeihast.«

29

(IM TAMALLANGO NATIONALPARK, SÜDAFRIKA,
AM ABEND DES NÄCHSTEN TAGES.)

Merkwürdig verknorpelt, mit laublosen Ästen und einem Stamm so breit, dass selbst ein Elefant daneben irgendwie schmächtig wirkt: Wer jemals auch nur eine einzige Folge von *Daktari* gesehen hat, kennt diese Bäume. Sie werden immer dann gezeigt, wenn das Außergewöhnliche präsentiert werden soll, die wunderbare Vielfalt dieser Welt, die Einzigartigkeit der Schöpfung. Beziehungsweise, wenn vor einer flammend roten Untergangssonne links neben den beiden Giraffen noch eine andere Silhouette benötigt wird. Wegen der Bildkomposition. Oder auch nur zum Größenvergleich.

Von allen Bäumen Afrikas ist der Affenbrotbaum oder Baobab der merkwürdigste: Er sieht aus, als habe man ihn kopfüber in die Landschaft gepflanzt, mit den Ästen in den Boden und den Wurzeln in den Himmel ragend. In Bodennähe ist sein Stamm ungewöhnlich breit, so breit wie ein Garagentor ungefähr, anschließend geht es ein paar Meter steil nach oben, bis der Stamm sich dann flaschenartig verjüngt. Alles in allem wirkt der Baobab, als sei der Versuch der Evolution, einen halbwegs normalen Baum hinzubekommen, komplett in die Hose gegangen. Und natürlich ranken sich etliche Legenden um den Affenbrotbaum. Angeblich soll er sich nach der Schöpfung für sein Aussehen geschämt und deswegen den Kopf in die Erde gesteckt haben. Angeblich sieht er so aus, weil die wütende Hyäne ihn aus dem Boden gerissen hat, nachdem sie ihr hässliches Spiegelbild in einer Pfütze entdeckt hatte – um sich zu rächen, schleuderte sie den Baobab Richtung Himmelsschöpfer (der Baum sauste logischerweise zur Erde zurück und blieb mit der Krone voran im Boden stecken). Anderen Legenden zufolge wohnen die Götter in seiner merkwürdigen Krone. Oder Geister. Oder Dämonen. Oder alle zusammen. Unterm Strich ist der Baobab jedenfalls völlig zu Recht der berühmteste Baum Afrikas. Selbst *Der kleine Prinz* hat über ihn philosophiert: »Die Affenbrotbäume beginnen damit, klein zu sein, bevor sie groß werden.«

Unter einem solchen Baum saß Siebeneisen auf einem Klappstuhl und schaute nach oben, wo etwas direkt über ihm baumelte. Er hatte das Tier für eine überdimensionierte Fledermaus gehalten, aber Sam erklärte ihm, dass es sich um einen Epaulettenflughund handele. Der gehöre nicht zur Familie der Fledermäuse, sondern zu den Pteropodidae.

»Zu den was?«

»Lateinisch für Flughunde. 40 Gattungen, etwa 200 bekannte Arten, ein großer Nachteil.«

»Und der wäre?«

»Fressen ausschließlich Früchte. Und haben deswegen unentwegt Durchfall.«

Siebeneisen sprang auf und rückte mit seinem Klappstuhl vier Meter zur Seite. Sam kicherte. Der Epaulettenflughund war nun aufgewacht. Er fiepte leise. Siebeneisen imitierte das Geräusch, worauf der Flughund den Kopf auf die Seite legte und Siebeneisen betrachtete. Er hing kopfüber im Baum und hatte seine Lederflügelchen um den Leib geschlungen, als sei er soeben aus einem viel zu kalten See gestiegen und wickle sich nun in sein Badetuch. Du hast es gut, dachte Siebeneisen, kannst den ganzen Tag da oben abhängen. Er zwinkerte ihm zu und fiepte noch einmal hinauf. Der Flughund neigte den Kopf auf die andere Seite. Dann kackte er. Hinter dem Baobab ging die Sonne unter.

Die afrikanische Dämmerung ist eine äußerst kurzweilige Angelegenheit, man kann sie komplett verpassen, wenn man schnell zur Toilette geht oder neue Eiswürfel holt oder auch nur für einen Moment die Augen schließt. Weil der Äquator nah ist, wird es ratzfatz dunkel, sobald sich die Sonne hinter den Horizont abgeseilt hat. Die Nacht hier fällt wie eine Guillotine auf das Land hinab. Und dann sind die Sterne da. Zigtausende Sterne, Millionen Sterne, mehr Sterne, als man sich vorstellen kann, wenn man sein Leben in New Orleans verbracht hat oder in einer kleinen Stadt im nördlichen Ruhrgebiet. Der Himmel über Afrika kann aussehen, als habe jemand ein Sieb über die Erde gestülpt. Eines mit ganz kleinen, winzigen Löchern, durch die ein Licht glitzert, das von weit her zu kommen scheint. Aus einem anderen Universum, aus einer Welt hinter unserer Welt.

»Immerhin haben wir noch Kerzen!« Sam verteilte die drei Lampen mit den Teelichtern auf dem Tisch, zwischen den Schüsseln mit den Müsliriegeln, den Ginflaschen und den Mückensprays. Er rollte einen Zahnstocher zwischen den Lippen und betrachtete zufrieden sein Arrangement. Lawn saß bereits am Tisch, sie hielt ihr Buch über *Sagoma – Afrikas Mittler zwischen den Dimensionen* nah an eine der Lampen und versuchte, im schwindenden Licht zum Ende des Kapitels zu gelangen. Kenneth und Marcus waren im Auto und bastelten an den zerschmetterten Resten des Funkgerätes. Sie fluchten leise.

Es war ihr zweiter Abend unter dem Affenbrotbaum. Als Sam auf der Fahrt hinaus in den Park bemerkt hatte, dass sein Funkgerät noch im Büro lag, hatte sie das überhaupt nicht beunruhigt – vorne im Auto gab es ja auch noch eines. Leider waren solche am Armaturenbrett befestigten Funkgeräte nicht dafür gemacht, einen Zusammenstoß mit einem umfallenden Baum zu überstehen, und das war's dann mit der vielgerühmten Verbindung zur Außenwelt. Dass sie unmittelbar darauf auch noch gezwungen waren, mitten durch ein riesiges Wulumba-Gebüsch zu fahren, addierte sich zusammen mit dem Baumtreffer zu einer jener Ereignisfolgen, für die die Wahrscheinlichkeitsrechnung die Null vor dem Komma erfunden hat. Um Wulumba-Büsche sollte man tunlichst einen großen Bogen machen, das wissen selbst Elefanten. Kein anderes Gewächs auf dem Kontinent hat dickere und spitzere Dornen, und wenn man ihm keinen Einhalt gebietet, wuchert Wulumba wie Unkraut und erobert Flächen so groß wie Fußballplätze. Und sie waren hineingefahren, mit Vollgas, und weil sie das ungeschriebene Gesetz der Savanne ignoriert hatten und kein Geländewagen in diesem (und auch in jedem anderen) Teil der Welt mehr als nur einen Ersatzreifen mit sich führte, saßen sie nun fest. Seit gestern Abend. Mit vier platten Reifen. In denen noch immer die daumendicken Dornen des Wulumba-Busches steckten. Die Luft war längst draußen.

Sie unterhielten sich schon seit einer Weile nicht mehr. Das hatten sie den ganzen Tag über getan, aber jetzt schwiegen alle am Tisch, wahrscheinlich, weil sie so die Geräusche um sie herum besser hören konnten. Im afrikanischen Busch gibt es bei Sonnenuntergang einen bestimmten Moment, an dem aus der friedlichen Stille im Garten Eden eine unglaubliche Kakofonie wird. Offensichtlich haben sämtliche Frösche und Zikaden einen eingebauten Lautstärkeregler, der in diesem bestimmten Moment automatisch bis zum Anschlag aufgedreht wird. Einen Moment später wollen dann auch alle anderen Bewohner mitmachen, dann keckern die Affen, schnauben die Gnus und heulen die Eulen, und hin und wieder zerreißt eine Art Kreissäge die eh schon beträchtliche Geräuschkulisse. Das, wusste Siebeneisen seit gestern, war dann ein Löwe. Ein männlicher Löwe. Ein Löwe, der bei seinen Löwendamen nachfragt, ob sie schon was für sein Abendessen erwischt haben und er auf einen Happs vorbeikommen kann.

Er sah einem Käfer zu, der in Zickzacklinien über den Tisch flitzte. Siebeneisen war nicht unglücklich darüber, dass ihnen nur noch diese blöden Riegel übrig geblieben waren. Solche Snacks waren nachgerade ideal für ein Dinner im schlecht beleuchteten Busch, man konnte sie nämlich unmittelbar vor dem Verspeisen auspacken und essen, bevor Afrikas Insektenwelt sie entdeckte und für sich beanspruchte. Gestern Abend, als sie noch gut ausgestattet gewesen waren mit allen Köstlichkeiten, die ein Safari-Picknick bot, hatte man die getrockneten Antipasti-Tomaten nur sehr schwer von den großen Brummern unterscheiden können, die aus dem Nichts heraus angeflogen gekommen waren und sich auf den Teller mit den Tomaten gestürzt hatten. Ab einem gewissen Dämmerungsgrad war es auch nur noch mit sehr guten Augen möglich, Raupen und anderes Getier in einem Glas dunkelroten Weines auszumachen. Mit einem glasklaren, ordentlichen Gin konnte einem das nicht passieren, dachte Siebeneisen und schenkte sich zwei Fingerbreit ein. Sie hatten genügend Trinkwasser, und sie hatten genügend Gin, resümierte er, es hätte durchaus schlimmer kommen können. Er sah dem Käfer zu, der sein Tempo erhöht hatte und immer zornigere Zickzacklinien über den Tisch zog. Wahrscheinlich erboste ihn das Fehlen jeglicher Beute.

Siebeneisen konnte sich ein süffisantes Lächeln nicht verkneifen. Um Kenneth O'Shady aufzutreiben, hatte es tatsächlich nur eine einzige Jeepfahrt gebraucht, das war fast eine Art Premiere, dachte er. Viel komplizierter war es, aus einem Stück Afrika herauszukommen, das sich mit Einbruch der Dunkelheit in das Nachttierhaus eines Zoos verwandelte – mit ihnen als viel bestaunte Attraktion mittendrin. Auch heute würden sie während des Essens sehr aufmerksam sein müssen, man wusste nie, welches Geschöpf sich von Kerzenschein und Stimmengewirr angelockt fühlte. Und auch heute mussten sie nach dem Abendessen zurück in den Geländewagen steigen, weil der Landrover das Einzige war, was ihnen zumindest ein wenig Schutz bot. Er und Lawn würden sich aneinanderklammern, wie in der vergangenen Nacht, und während sie tief und fest schlief, würde er kein Auge zumachen. Und hoffen, dass sie allmählich jemand abholen käme.

Nach ihrer Ankunft mit »Safari Air« waren Siebeneisen und Lawn sogleich zum Nationalpark aufgebrochen. Wipperfürth hatte bei der Buchung des Mietwagens offenbar ein *very special offer* aufgespürt: Sie bekamen einen Autotyp ausgehändigt, der in Deutschland in den frühen Achtzigern gerne tiefergelegt und mit Rallyestreifen verziert wurde, bloß der Fuchsschwanz an der Antenne fehlte. Als die Ranger am Parkeingang sie in dem Auto sahen, beschworen sie die beiden, besser mit einem Landrover der Parkverwaltung hinaus zu Kenneth O'Shady zu fahren. Und auch bitte mit einem Ranger am Steuer, Sam stand auf dem Dienstplan, der sollte das machen. Sie erfuhren, dass Kenneth O'Shady zusammen mit einem IT-Spezialisten zu Fuß in der nördlichen Sektion des Parks unterwegs war, um Nashörner zu markieren. Da die beiden sowieso vor Einbruch der Dunkelheit abgeholt werden mussten, konnte Sam das genauso gut mit Lawn und Siebeneisen zusammen erledigen.

Und so saßen sie eine Viertelstunde nach ihrer Ankunft in einem uralten Landrover. Wie allen uralten Landrovern in Südafrika hatte man auch diesem das Dach abgesägt. Es gab auch keine Türen und deswegen keine Fenster, Südafrikaner präferieren einen möglichst barrierefreien Kontakt mit der reichhaltigen Tier- und Pflanzenwelt ihrer Heimat. Auf der weichen Sandpiste blieb der Wagen beinahe von selbst in der Spur; Sam steuerte ihn mit zwei Fingern einer Hand, kaute auf einem Zahnstocher herum und wies sie immer wieder auf Tiere hin, die er lange vor ihnen zwischen den Büschen und Bäumen der Savanne entdeckte. Als ob die halbe Arche Noah auf dem Weg zur Anlegestelle wäre, dachte Siebeneisen, als sie eine Herde Zebras vor und hinter sich passieren ließen. Zu Hause konnte man ja stundenlang durch die Wälder wandern, bevor man ein mickriges Karnickel in 80 Meter Entfernung die Flucht ergreifen sah, hier aber liefen einem Zebras, Elefanten, Gazellen und all die anderen Hauptdarsteller aus *Grzimeks Tierstunde* permanent vors Auto. Und jetzt kamen von links Giraffen, eine komplette Großfamilie. Sam bremste scharf. Auf dem Rücksitz schaute Lawn mit großen Augen zu, wie die Tiere mit ihren endlos langen Beinen an ihnen vorbeistaksten. Sie hatte eine kleine Kamera mitgebracht und fotografierte wild entschlossen jedes Tier, das irgendwie in Reichweite kam. Selbst wenn sie nur einen kleinen Affen entdeckte, rüttelte sie Sam von hinten an der Schulter und bat ihn anzuhalten. Kein Wunder, dass in diesen Nationalparks so viele Auffahrunfälle passierten, dachte Siebeneisen, wenn jeder ständig zum Fotografieren bremste.

»Sie sind hier lang.« Sam steuerte den Wagen von der schmalen Piste nach rechts ins Gebüsch. Siebeneisen fragte sich, wie ihr Fahrer wissen konnte, dass sie an genau dieser Stelle abbiegen mussten – das Gebüsch entlang der Sandpiste sah hier genauso unverdächtig aus wie auf den 72 Kilometern zuvor. Sam lächelte. »Zwei kleine Zweige waren abgeknickt.«

»Zwei kleine Zweige waren abgeknickt? Und Sie haben das im Vorbeifahren gesehen?«

»Ich bin hier groß geworden. Nicht im Park selbst, aber ganz in der Nähe. Als ich vier war, musste ich unsere Familienziegen hüten. Da lernt man ganz schnell, auf solche Zeichen zu achten.«

»Sind die Nashorn-Ranger eigentlich immer zu Fuß unterwegs? Ist das nicht ziemlich gefährlich?«

»Kommt drauf an. Kenneth macht das öfter. Der kennt sich hier aber auch besser aus als ich, und das will was heißen.«

Sam ging für einen Moment vom Gas und beugte sich aus der Tür, die nicht da war.

»Sie müssen ganz in der Nähe sein.«

Auf einer kleinen Lichtung knieten ein weißer und ein farbiger Mann in Rangeruniformen neben einem großen Felsbrocken. Als sie näher herangefahren waren, sahen sie, dass der Felsbrocken ein Nashorn war. Aus seiner Flanke ragte eine Art Spritze mit einem roten Federbusch am Ende.

»Na, das passt ja«, sagte Sam und stellte den Motor aus, »sie sind gerade beim Markieren.«

Siebeneisen konnte sehen, wie die beiden Männer einen Bohrer am vorderen Horn des betäubten Nashorns ansetzten und ein Loch zu drillen begannen. Als sie den Landrover bemerkten, hob der Weiße kurz die Hand, der Farbige rief ein rasches »Moment, wir sind gleich fertig!« in ihre Richtung. Sam drehte sich zu Lawn und Siebeneisen um.

»Sie können ruhig aussteigen und sich das anschauen – das Tier ist noch eine Weile außer Gefecht gesetzt. So nah kommen Sie nicht mehr an ein Nashorn heran.«

Sie kletterten aus dem Auto, nickten den Rangern kurz zu

und näherten sich dem bewusstlosen Tier. Siebeneisen hatte noch nie ein ähnlich großes Lebewesen gesehen, und er kannte immerhin Schatten. Das Nashorn lag auf dem Bauch und hatte offenbar noch genügend Zeit gefunden, seinen massigen Kopf mit den beiden Hörnern sorgfältig in den Sand zu platzieren, bevor der Tranquilizer es schachmatt setzte – jetzt sah es aus, als habe es sich für seine Bewunderer präsentieren wollen. Er schätzte, dass das Tier mindestens vier Tonnen wiegen musste.

»Sie können es ruhig mal anfassen!« Der weiße Ranger winkte Lawn näher heran. Siebeneisen sah zu, wie sein Partner versuchte, einen Mikrochip in das Bohrloch im Horn des Tieres zu drücken, offenbar war das Loch nicht groß genug. O'Shady – der weiße Ranger musste O'Shady sein – griff erneut nach dem Bohrer.

»Ganz schöner Koloss, oder?« Siebeneisen flüsterte vorsorglich, als er sah, dass die Ohren des Nashorns zuckten.

»Oh ja. Das hier ist mit weitem Abstand der größte Bulle, den ich je gesehen habe. Ich glaube nicht, dass es noch viel größere irgendwo in Afrika gibt.«

»Was machen Sie denn mit seinem Horn?«

»Erkläre ich Ihnen nachher. Wir müssen uns ein wenig beeilen, bei einem Tier dieser Größe wirkt das Betäubungsmittel wahrscheinlich nicht sehr lange. Gut, dass ihr mit dem Auto da seid.«

Siebeneisen ging unmittelbar neben dem Kopf des Nashorns in die Hocke. Die Augen des bewusstlosen Tieres waren geöffnet, er blickte in faustgroße Löcher, schwarz wie Obsidian. Eine Ameisenkarawane wanderte völlig unbeeindruckt nah an der Schnauze des Rhinozeros vorbei. Jedes Mal, wenn das Nashorn ausatmete, wurden zehn oder zwölf Insekten aus ihrer Marschformation gerissen und davongewirbelt, worauf die folgenden Ameisen ein wenig schneller krabbelten, um die Lücke in ihren Reihen wieder zu schließen. Fasziniert sah Siebeneisen, wie die fortgepusteten Ameisen sich aufrappelten und sammelten, mittlerweile waren es bestimmt schon mehrere Hundert. Eine Chefameise schien nun zu dem Schluss gekommen zu sein, dass sie genug waren, um die Störung zu rächen, jedenfalls krabbelten nun alle hintereinander auf das Nashorn zu. Es dauerte lediglich zwei oder drei Minuten, bis der Kopf des massigen Tieres von Insekten nur so wimmelte. Besonders viele folgten dem Lauf der getrockneten Tränenflüssigkeit unterhalb der obsidianfarbenen Augen.

»Geht da weg!« Siebeneisen wischte die Ameisen vom linken Auge des schlafen…

Ein Zittern lief durch den Berg aus Fleischmasse, Lederrunzeln und Panzerplatten, ein Zittern wie ein Erdbeben. Siebeneisen zog sofort die Hand zurück und sprang auf, und er sah das bleiche Gesicht von O'Shady und wie Sam weiter hinten vor Schreck die Augen aufriss, und der farbige Ranger zog Lawn von dem Tier weg in Richtung Auto, und unmittelbar vor seinem Kopf durchschnitt etwas die Luft und schnellte nach oben, und es grunzte und stampfte und staubte ganz doll, und dann war es wach, das Nashorn, und wie es wach war.

»Ins Auto!« Sam saß schon am Steuer, der Motor heulte auf, die anderen sprangen durch die fehlenden Türen auf die Sitze, aber zwischen Siebeneisen und dem Auto standen vier Tonnen archaische Wut. Das Nashorn war böse. Das Nashorn war sehr böse. Es schnaubte und schüttelte den Kopf, als wollte es den letzten Rest Betäubungsmüdigkeit loswerden. Dann senkte es seinen Panzerschädel und riss ihn anschließend blitzschnell und ansatzlos nach oben, und wenn es das alles nicht zweieinhalb Meter links von Siebeneisen gemacht hätte, wäre er aufs Horn genommen worden wie der dümmste Torero beim kürzesten Duell in der Geschichte des Stierkampfs. Zum Glück aber war das Nashorn so kurzsichtig wie alle Nashörner. Es hackte nun zwar immer neue Löcher in die Luft, hatte aber offensichtlich nur eine vage Ahnung davon, wo sein Opfer stand. Siebeneisen sprang panisch hin und her und versuchte, um das Rhinozeros herum zum Auto zu kommen, was ihm wegen der Büsche und Bäume aber nicht gelang. Später, wenn er von seiner Begegnung mit dieser gepanzerten Kampfmaschine erzählen sollte, würde ihm auffallen, wie viele absolut unwichtige Details sich irgendein aufmerksamer Teil seines Bewusstseins aus diesen Minuten eingeprägt hatte: die Wolke, die genau in diesen Sekunden vor die Sonne zog. Der kleine Vogel, der auf seinem Gegenüber gelandet war und damit begonnen hatte, die Ameisen zu picken. Wie sich Lawns Finger in die Lehne des Autositzes krallten. Wie der Motor in Intervallen aufheulte. Wie sich plötzlich eine schmale Gasse zwischen dem rasenden Nashorn und den Bäumen auftat.

Siebeneisen sprintete zum Auto, in dem die anderen winkten und schrien und die Hände nach ihm ausstreckten. Sam spielte hektisch mit dem Standgas und beobachtete im Rückspiegel, wie die anderen Siebeneisen ins Auto zogen und das Nashorn wutentbrannt gegen einen Baum krachte, der etwa sieben Meter neben seinem Zielobjekt stand. Der Baum knirschte, ächzte – und kippte zur Seite. Sam schrie auf und ließ die Kupplung los, und der Landrover machte einen Satz nach vorne, und dann fiel ein dunkler Schatten auf sie herab, und es krachte fürchterlich, und überall waren Äste und Blätter, und vorne am Armaturenbrett flogen Plastikteile wie Projektile durch die Luft.

»Alle o.k.??« Sam sah nach hinten, wo das Nashorn am Stumpf des Baumes schnupperte und wohl soeben feststellte, dass es einen Unschuldigen aus den Angeln gehoben hatte. Auf dem Beifahrersitz wuchtete Kenneth O'Shady den Stamm in die Höhe und aus dem Auto, und zwei Sitzreihen hinter ihm kam Siebeneisen warum auch immer der Gedanke, was wohl mit seinem Auftrag passiert wäre, wenn sich der Ire eine Nanosekunde vor dem Aufprall nicht instinktiv Richtung Fahrersitz geworfen hätte.

»Festhalten!« Sam ließ die Kupplung fliegen. Der Landrover bockte kurz und schoss erneut nach vorne, und dieses Mal fiel kein Baum auf sie. Sie rumpelten durch das Gras, aber als sie sich umdrehten, sahen sie, dass das Nashorn beängstigend flott hinter ihnen hertrampelte.

»Kopf einziehen!«, schrie Sam. Und trat aufs Gas.

Safarifahrten in einem offenen Geländewagen ohne Dach, Fenster und Türen haben schon bei normalem Bummeltempo ihren ganz eigenen Charme. Man muss sich vor Ästen ducken, bekommt Brummkäfer gegen die Brillengläser geschmettert, und sobald es dämmert, wird es selbst schon bei 12 km/h ganz jämmerlich kalt. Der Reiz solcher Touren durch den afrikanischen Busch offenbart sich aber erst richtig, wenn der Fahrer in Todesangst quer durchs Gelände brettert, weil ein aufs Blut gereiztes Nashorn hinter ihm her ist. Ob es nun am Motorengeräusch lag oder dem Kreischen einiger Passagiere oder vielleicht auch nur am aufgewirbelten Sand, den sie wie eine Schleppe hinter sich her zogen – das Nashorn jedenfalls hatte jetzt keine Probleme mehr, sie einwandfrei zu orten: Es donnerte äußerst zielstrebig hinter ihnen her. Weil Sam immer wieder bremsen und Hindernissen ausweichen musste, gelang es ihnen nicht, das Tier abzuhängen; kaum hatten sie hundert Meter zwischen sich und ihren Verfolger gebracht, standen sie prompt vor einem Graben im Boden, und schon schnaubte das Tier wieder gefährlich nahe heran.

»Halt dich rechts, weg von den Felsen!«, brüllte O'Shady jetzt, »da kommen wir nicht mehr raus!«

»Rechts steht Wulumba!«

»Verdammt! Dann rechts vom Wulumba!«

»Da sind auch Felsen! Kilometerweit!«

»Verflucht!« O'Shady drehte sich um: Das Nashorn hatte aufgeholt und näherte sich dem Heck des Wagens.

»Fahr! Durch die Büsche! Fahr! Es hat uns gleich!«

Sam schloss die Augen. Wahrscheinlich dachte er daran, wie seine Mutter ihm als kleinen Jungen gepredigt hatte, nie, niemals durch Wulumba zu laufen, niemals, unter keinen Umständen. Dann gab er Gas und jagte den Landrover mitten hinein in das undurchdringliche Dornendickicht. Keine zwei Minuten später waren alle vier Reifen platt.

30

Und so waren sie unter den Affenbrotbaum gekommen, unter den Affenbrotbaum auf der anderen Seite des Wulumba-Gebüsches. Vor ihnen lag eine Landschaft wie aus einem romantischen Afrikafilm. Das Land war mit Baumgruppen gesprenkelt, die flache Sonne ließ das Savannengras golden leuchten. An zwei einzelnen Bäumen links knabberte eine Giraffenfamilie, in der Mitte grasten Zebras, weiter rechts musste ein Wasserloch sein: In der flimmernden Luft sah Siebeneisen Gazellen, Antilopen und Gnus, die sich alle an einer Stelle drängten. Ohne zu wissen, wie er unmittelbar nach der Hetzjagd durch die Dornen auf einen solch philosophischen Gedanken kommen konnte, ertappte er sich bei der Frage, ob es der Welt ohne die Spezies homo sapiens nicht besser ginge. Und ob früher, bevor der Mensch auftauchte, wohl ganz Afrika so ausgesehen hatte wie die Ebene da vor ihnen. Neben ihm seufzte Lawn leise auf ihrem Sitz. Es war nicht ganz klar, ob es ein Seufzen der Erleichterung war. Oder eines, das die biblische Szenerie vor ihnen ausgelöst hatte. Sie nahm seine Hand und legte ihren Kopf an seine Schulter.

Das Nashorn war nicht mehr zu sehen. Das Tier schien Respekt vor den Dornen zu haben oder hatte sich statt des Landrovers den einen oder anderen Baum vorgenommen, jedenfalls war es ihnen nicht durch das Gebüsch gefolgt. Links und rechts der gewaltigen Dornenhecke erstreckte sich eine natürliche Barriere aus aufeinandergetürmten Felsbrocken wie eine zerbröselte Gebirgskette, die auf beiden Seiten bis zum Horizont reichte: Wenn das Rhinozeros keinen mehrere Kilometer langen Umweg in Kauf nehmen würde, waren sie in Sicherheit. Wahrscheinlich rennt es gerade irgendwo hinter uns aus Wut mit dem Kopf gegen die Felsen, dachte Siebeneisen. Lawn und er saßen noch im Auto, während die anderen schon ausgestiegen waren und die Schäden am Fahrzeug inspizierten. Seine Knie zitterten. Ihm war auch leicht übel. Er fühlte sich ein wenig wie nach seiner Fahrt im »Wilden Hamster«, zu der ihn Wipperfürth vor einigen Jahren auf der Herbstkirmes in Oer-Erkenschwick überredet hatte. Damals musste er auch eine Weile auf einer Bank am Kassenhäuschen sitzen und darauf warten, dass die Welt sich wieder in ihre handelsüblichen Dimensionen rückte, während Wipperfürth ihre restlichen acht Chips verfuhr.

»Alles o.k. mit dir?« Lawn legte ihm eine Hand auf den Unterarm. Sie sah ihn besorgt an.

»Ja, geht schon wieder. Warum fahren wir nicht weiter?«

»Weil wir vier platte Reifen haben.«

»Vier?«

»Vier.«

»Na, dann sollten wir schleunigst den Pannendienst rufen.«

»Sollten wir. Können wir aber nicht. Sams Funkgerät ist ja im Büro, und von dem hier ist nicht mehr viel übrig«. Lawn zeigte auf jene Stelle, an der sich bei Geländefahrzeugen normalerweise das Armaturenbrett mit allerlei nützlichen Instrumenten befindet, in ihrem Fall aber nur noch eine Art amorpher Plastikschrott zu sehen war.

»Und die beiden Ranger? Haben die kein Funkgerät?«

»Haben wir bei der Nashorn-OP liegen lassen. Mussten ja leider ein wenig überhastet aufbrechen.« Kenneth O'Shady war von seinem kleinen Erkundungsgang zurück. Er lehnte sein Gewehr an den Kühler des Autos.

»Was wollten Sie eigentlich da draußen? Sam nimmt zu solchen Fahrten doch normalerweise keine Besucher mit.«

»Ich soll Ihnen eine Nachricht überbringen. Aus Irland.«

»Mir?« O'Shady lachte. »Aus Irland? Sicher? Ich bin Holländer!«

Siebeneisen war irritiert. Allerdings nicht stärker irritiert, als er auch in Nepal, Australien oder New Orleans irritiert gewesen war. Wenn er eine Rangliste der Zustandsbeschreibungen für das Hin und Her der vergangenen Wochen aufstellen sollte, dann wäre »irritiert« ziemlich weit oben gelandet. Hinter »ratlos«. Knapp vor »schockiert«. Gleichauf mit »hundemüde«. Es würde sich alles klären, gleich, ganz bald, jeden Moment.

»Holländer?«

»Wenn Sie 'nen Iren suchen, sollten Sie mal O'Shady fragen...« Er nickte mit dem Kinn in Richtung seines farbigen Kollegen, der gerade dabei war, dem dornigen Gebüsch hinter ihnen mit einer Machete zu Leibe zu rücken. »Nicht ganz waschecht, aber irischer als alle anderen Ranger in Afrika.«

»Sie sind gar nicht Kenneth O'Shady? Ihr Kollege ist Kenneth O'Shady?«

»So ist es. Seine Mutter stammte aus Zaire, glaube ich. Hat 'nen Missionar aus Dublin geheiratet, deswegen sieht er eher unirisch aus. Ich bin Marcus. Marcus van den Stam.« Er schüttelte Siebeneisen die Hand.

»Oh, Entschuldigung. Ich hatte gedacht...«

»Kein Problem. Hey, Ken!« Marcus rief O'Shady, der gerade einen ziemlichen Stapel abgeschlagener Heckenstücke neben sich aufschichtete, »hast du ein Problem damit, dass man dich nicht als Iren erkennt?«

»Ich gehe mal zu ihm.« Siebeneisen half Lawn aus dem Auto und lief zu O'Shady hinüber, der mit Begeisterung auf die Hecke einhackte.

Der Epaulettenflughund, der unter dem Baobab hing und bis eben von einem besonders guten Feigenjahrgang geträumt hatte, war von dem Trubel unter ihm wach geworden. Er schaute interessiert zu, was die Menschen da so trieben. Jetzt waren auch die letzten beiden aus dem Auto geklettert. Einer war hinüber zu demjenigen gelaufen, der mit dem großen Messer an der Hecke herumhackte. Der Mann aus dem Auto schien dem Mann mit dem Messer etwas Wichtiges zu erzählen.

Der Mann mit dem großen Messer hackte langsamer.

Der Mann mit dem großen Messer hörte mit dem Hacken auf.

Der Mann mit dem großen Messer ließ das Messer fallen.

Der Mann, der bis gerade noch das große Messer gehalten hatte, schwankte ein wenig, als ob ihm schwindelig sei.

Der Mann, der eben noch sehr energisch mit dem großen Messer gehackt hatte, musste sich nun setzen.

Der Mann, der sich gerade gesetzt hatte, sprang schreiend wieder auf.

Wulumba, dachte der Epaulettenflughund und gähnte. Wie konnte man sich nur in eine Wulumbahecke setzen? Er verspürte ein leichtes Ziehen und Rumoren im Darm. Er hätte vielleicht nicht ganz so viele Feigen essen sollen.

»Und was machen wir jetzt?« Siebeneisen war zurück am Auto. O'Shady hatte einige Minuten gebraucht, um zu verstehen, dass er 50 Millionen erben sollte. Wahrscheinlich würde er zu einem späteren Zeitpunkt hundertacht Fragen haben, vorerst aber schien er die Nachricht von seinem Millionenerbe am besten zu verarbeiten, indem er weiterhin Dornenhecken kleinhackte.

»Zuerst einmal verbarrikadieren wir uns mit den Heckenstücken, die Ken da drüben kleinschlägt.« Marcus hatte Tisch und Stühle aus dem Kofferraum des Landrovers geholt. »Die bauen wir schön sorgfältig ums Auto herum auf. Dann essen wir zu Abend.«

»Wir übernachten hier?«

»Es wird uns nichts anderes übrig bleiben. Die Kollegen im Camp glauben, dass Sie uns abholen. Und bestimmt auch, dass wir mit Ihnen anschließend noch eine kleine Safari unternehmen. Bevor jemand merkt, dass wir nicht zurück sind, ist es später Abend. Dann werden sie versuchen, uns über Funk zu erreichen. Weil das auch nicht funktionieren wird, werden sie einigermaßen schlecht schlafen und sich dann morgen früh bei Tagesanbruch auf den Weg machen. Mit etwas Glück haben sie uns bis zum Mittagessen gefunden.«

Eine Nacht unter freiem Himmel in Afrika ist ein eindrucksvolles Erlebnis. Die Dunkelheit ist allumfassend, die Sterne scheinen zum Greifen nah, der Mensch fühlt sich winzig klein und dennoch seltsam aufgehoben – zumindest dann, wenn er einen Zaun um sich herum weiß oder noch besser eine Mauer. Die Luxus-Hotellerie hat auf das Bedürfnis nach Naturnähe reagiert und bietet mittlerweile sogenannte »Tent Camps« an, in denen Gäste für viele hundert Dollar pro Nacht in pompös ausgestatteten Zelten übernachten können und dort meistens keine Minute ruhig schlafen. Eine Nacht in einem Landrover ohne Dach, Fenster und Türen, der mit vier platten Reifen mitten im größten und tierreichsten Nationalpark des Kontinents steht, ist dann aber noch einmal eine andere Hausnummer. Man könnte es auch so formulieren: Man muss schon eine gründliche Kenntnis vom Verhalten nachtaktiver Fleischfresser haben, um vor Angst nicht durchzudrehen.

Siebeneisen konnte nicht schlafen. Natürlich konnte er das nicht. Weil er unter seiner Decke fror. Weil die Bank des Landrovers kaum gepolstert war. Und viel zu schmal für ihn und

Lawn, auch, wenn sie eng umschlungen nebeneinanderlagen wie jetzt. Vor allem aber konnte er nicht schlafen, weil er schreckliche Angst hatte. Überall in den Gräsern um sie herum knackte, zischte und grumpelte es, und in der Luft war ein ständiges Summen und Sirren. Und jetzt klackerte auch noch irgendetwas in einem Busch gleich hinter ihnen.

»Was war das?« Siebeneisen fühlte, wie er vor Angst starr wurde.

»Hm?«

»Das Klackern. Gerade eben.«

»Mhmhabschongeschlafenmh ...« Lawn seufzte und legte ihren rechten Arm etwas höher auf Siebeneisens Brust. Ihr Atmen wurde sofort wieder langsamer. Und der Arm schwerer.

»Ganz nah! Direkt hinter uns!«

»Mhm ...«

Sie schläft einfach, dachte Siebeneisen, sie schläft, wie kann sie nur schlafen? Wir können jeden Moment aufgefressen werden, und diese Frau schläft, es war nicht zu fassen. Er lauschte. Es klackerte. Aus dem Busch. Unmittelbar hinter ihnen. Er nahm Lawns Arm von seiner Brust und richtete sich auf, ganz vorsichtig und langsam. Ein paar Schritte entfernt hielt Marcus Wache auf einem großen Stein, seine Zigarette brannte ein kleines, rotes Loch in die Nacht. Es klackerte. Klapperte. Eine Klapperschlange, dachte Siebeneisen, der sehr genau wusste, dass es in Afrika keine Klapperschlangen gab, was ihn allerdings nicht beruhigte, weil das Geräusch schon wieder da war. Marcus hatte es jetzt auch gehört. Er drehte sich um und ging mit der Zigarette im Mund zu dem Busch mit dem Klackernklappern, und dann machte er »Ksch!Ksch!«, und aus dem Busch tauchte ein großes, dickes Stachelschwein auf, dessen Stacheln vor Aufregung in die Höhe standen. Behäbig watschelte es über die Lichtung davon. Seine langen Stacheln schlugen bei jedem Schritt aneinander.

Marcus winkte Siebeneisen zu. Lawn neben ihm atmete noch immer tief und gleichmäßig. Siebeneisen lehnte sich wieder zurück. Er hatte Angst. Noch immer. Er wartete auf das nächste, etwas anders klingende Klackern. Oder auf sonst ein Geräusch. Er wartete und lauschte. Und irgendwann senkte sich die Müdigkeit über ihn wie die Dunkelheit zuvor über Afrika. Er hörte noch, wie die Frösche an den Rändern der Nacht sägten, und die Luft war trunken von dem süßen Duft der Savannengräser. Dann war er eingeschlafen. Über ihm, in den Zweigen des Baobab, die wie Wurzeln aussahen, streckte sich der Epaulettenflughund. Er schüttelte seine kleinen Lederflügelchen aus. Dann flog er hinaus in die Dunkelheit.

31

»Was haben Sie denn gestern eigentlich mit dem Nashorn gemacht, als wir Sie getroffen haben?« Siebeneisen hatte sich einen Teller mit Antipasti zusammengestellt und zu Marcus gesetzt. Die Nacht war ohne weitere Zwischenfälle vorübergegangen. Jetzt gab es ein Frühstück, das zwar merkwürdig zusammengewürfelt schien, aber selbst höchsten Ansprüchen genügte: Sam sollte am kommenden Tag Gäste einer Luxuslodge durch den Park chauffieren und hatte den Landrover bereits dementsprechend gepackt. Marcus löffelte Kaviar. Kenneth hockte mit dem Fernglas auf der Kühlerhaube des Autos, knabberte Cracker mit französischem Käse und plante möglicherweise sein zukünftiges Leben als Millionär. Lawn trank Champagner.

»Wir haben es markiert. Einen Mikrochip ins Horn gesetzt. Einen kleinen Sender.«

»Einen Sender? Ins Nashornhorn?«

»Genau. Wir bohren es auf, setzen den Chip ein und schmieren Silikon obendrüber. Ist kaum zu sehen. Und erst recht nicht zu spüren.«

»Und das machen Sie, damit Sie immer genau wissen, wo das kleine Nashorn gerade seinen nächsten cholerischen Anfall hat und einen Mietwagen mit Touristen hetzt?«

»Das machen wir, damit wir immer genau wissen, wo das Horn ist. Das Nashorn zum Horn hängt da nicht unbedingt zwangsläufig mit dran.«

»Was?«

»Wir haben hier ein ziemliches Problem mit Wilderern. Das Tier ist denen völlig egal. Die erschießen es, brechen das Horn aus dem Schädel und sind verschwunden, bevor wir überhaupt wissen, dass sie da waren.«

Siebeneisen erinnerte sich an eine *National-Geographic*-Reportage, in der es darum ging, dass asiatische Geschäftsleute viel Geld für gemahlenes Rhinozeroshorn zahlten. Sehr viel Geld. So viel Geld, wie man zu zahlen bereit ist, wenn man viel Geld hat. Plus keinerlei Skrupel. Plus ein Potenzproblem.

»Hundert Gramm gemahlenes Nashorn kosten auf dem Schwarzmarkt 5000 Euro«, sagte Marcus.

»Na ja, das ist für einen impotenten chinesischen Parteibonzen doch ein guter Deal.« Lawn hatte ihnen zugehört. Offenbar kannte sie sich mit dem Thema aus.

»Denkt man. Wenn das Zeug wirken würde. Tut es aber nicht. Nashornhorn ist reines Keratin. Der Stoff, aus dem Fingernägel sind. Absolut wirkungslos. Und eigentlich vollkommen wertlos.«

»Kann man diese Wilderer denn nicht aufhalten? Finden, bevor sie die Tiere abschlachten können?«

»Wir sind völlig unterbesetzt. Und das sind mittlerweile schwer bewaffnete Banden. Söldner aus Uganda oder Ruanda. Gegen die haben wir nur eine Chance, wenn wir sie auf frischer Tat ertappen. Und genügend Ranger dabei sind. Anfangs dachten wir, die GPS-Sender würden sie abschrecken.«

»Und? Hat das nicht funktioniert?« Siebeneisen fiel eine von fünf belgischen Pralinen aus der Hand, die er gerade aus ihrer schmalen Schachtel herausgefischt hatte.

»Ich glaube nicht, dass die davon überhaupt schon etwas mitbekommen haben. Diese Leute sind nachts unterwegs. Sie fahren im Schutz der Dunkelheit in den Park, jagen im Dunkeln, sägen im Dunkeln die Hörner ab. Das alles muss schnell gehen, da wird die Ware nicht untersucht, so einen integrierten kleinen

Sender übersieht man dabei. Ehe es hell ist, haben sie die Hörner außerhalb des Parks schon an Mittelleute übergeben.«

Siebeneisen bückte sich, um die Praline aufzuheben. Mindestens zwanzig Ameisen saßen auf ihr. Er trat sie in den Boden und wandte sich wieder Marcus zu.

»Solange sich der Sender innerhalb der Nationalparkgrenzen bewegt, können wir nur an der Geschwindigkeit seiner Bewegung erkennen, dass etwas nicht stimmt. Wenn das Signal aber von der Straße hinaus nach Mosambik kommt, befindet es sich bereits außerhalb unserer Zugriffsmöglichkeiten. Dann müssen wir die südafrikanische Polizei alarmieren, und die dann die Kollegen in Mosambik, und bevor das ganze bei der Hafenbehörde von Maputo gelandet ist, schippert unser Horn längst auf dem Indischen Ozean Richtung Hongkong.«

»Wie viele Nashörner im Park haben denn so einen Chip im Horn?«

»Ziemlich genau vierhundert.«

»Macht ziemlich genau vierhundert Punkte auf dem Überwachungsmonitor.«

»Genau. Wenn wir den einschalten, schaut das aus, als habe jemand Konfetti über den Park geworfen.«

Und so verging der Tag unter dem Baobab: Kenneth und Marcus erzählten von ihrer Arbeit, Sam hielt die Umgebung im Auge, Lawn las in ihrem Buch, und alle zusammen warteten sie auf jemanden, der nicht mehr länger hatte warten wollen und aufgebrochen war, um sie zu suchen – leider offensichtlich in der falschen Ecke eines Parks, der etwa so groß wie Belgien war. Ansonsten passierte an diesem Tag unter dem Baobab nicht viel. Bis um drei Uhr nachmittags. Da kamen die Löwen.

Sam hatte die Tiere als Erster entdeckt. Er zeigte auf einen Punkt irgendwo weit weg von ihnen, an dem Siebeneisen nichts anderes entdecken konnte als … einen Punkt eben.

»Kommen direkt auf uns zu.«

Drei oder vier Minuten später hatte sich der Punkt in der Ferne in mehrere kleine Punkte aufgeteilt, die sich tatsächlich auf sie zubewegten.

»Sie haben uns gesehen«, sagte Sam. »Ist ein ziemlich großes Rudel. Wir steigen mal besser alle ins Auto. Die nehmen das Fahrzeug mit uns drinnen nur als großes Etwas wahr, das nach Diesel und Öl stinkt. Im Auto kann uns nichts passieren.«

Es waren sieben Weibchen und ein männlicher Löwe mit einer imposanten Mähne. Alle fanden mit traumwandlerischer Sicherheit die einzige schmale Lücke im Wulumbaschutzwall, der das Auto umgab (Kenneth nannte sie die »Toilettentür«). Die Weibchen ließen sich zwei oder drei Meter neben dem Fahrzeug ins Gras fallen, als seien sie nach einem Viertagesmarsch endlich ans Ziel gelangt. Der männliche Löwe stoppte kurz, dann schlenderte er auf den Landrover zu. Zu der Seite, auf der Siebeneisen saß. Der soeben feststellte, dass er vergessen hatte, neben sich selbst auch seinen linken Arm sowie den linken Fuß mit in das Innere des Landrovers zu holen. Der Fuß stand auf der Trittleiste und ragte eine Fußlänge ins Freie. Der Arm baumelte sehr lässig obendrüber.

Adrenalin ist ein chemisch eher simpel gestricktes Hormon. Ein nervaler Reiz fördert die Umwandlung von Tyrosin zu Dopamin zu Adrenalin, und schon legen sich Puls und Herzfrequenz ins Zeug. Vor allem in der Frühzeit der menschlichen Evolution besaß diese in Sekundenschnelle ablaufende Kettenreaktion eine immense Bedeutung: Nur, weil genügend Adrenalin produziert wurde, konnten unsere Vorfahren sich vor dem Mammut in Sicherheit bringen. Dem Säbelzahntiger. Oder, ja, doch: dem Löwen. Das funktionierte auch deshalb über die Jahrzehntausende ganz passabel, weil die Leute früher nicht einfach hocken blieben und darauf warteten, dass sie gefressen würden. Niemand ließ früher einen Löwen freiwillig so nahe an sich herankommen, dass man das Schwefelgelb in seinen Augen sehen konnte. Früher rannte man üblicherweise weg, kletterte auf einen Baum oder sprang von der Klippe ins Meer. Auf keinen Fall blieb man sitzen. Auf gar keinen Fall.

»Nicht bewegen!« Kenneths Stimme war nicht mehr als ein Zischen vom Fahrersitz. Er hätte aber gar nichts zu sagen brauchen: Siebeneisen saß sowieso bereits schockstarr auf seinem Sitz, und der Epaulettenflughund mit seinen sensiblen Ohren im Baobab hoch über dem Auto registrierte in diesem Moment sicherlich ein wild pumpendes Herz, Blutdruck schätzungsweise 230/118. Der König der Löwen aber schlenderte zielstrebig auf die Stelle zu, an der Siebeneisens Gliedmaßen aus dem Auto hingen – alles andere schien ihn überhaupt nicht zu interessieren. Siebeneisen suchte O'Shadys Blick; als er ihn fand, war darin nichts Beruhigendes. Eher etwas, das man bei Menschen sieht, die gerade mit Schrecken an hochkomplizierte Briefwechsel mit Hinterlassenen und Versicherungsgesellschaften denken. Der Löwe war jetzt an Siebeneisens Fuß angekommen und begann, an der Sohle herumzuschnüffeln. Und dann an ihr zu lecken. Siebeneisens Fuß wackelte hin und her, und der Löwe schleckte weiter, und Siebeneisen überlegte, in was er da wohl hineingetreten war, aber bevor er zu einer Lösung kam, gab der Löwe ein gewaltiges Knurren von sich. Er sah Siebeneisen in die Augen. Als wolle er fragen, ob vielleicht noch ein bisschen mehr von dieser leckeren, zertretenen belgischen Praline da sei und ob er das wohl auch noch bekommen könne. Als nichts passierte, schüttelte er seine Rastamähne und gab ein markerschütterndes Brüllen von sich. Er drehte sich um und ging vom Auto weg. Wie auf Befehl standen die Weibchen auf und liefen hinter ihm her. Wenige Sekunden später hatte das Steppengras sie verschluckt.

So war das gewesen in den beiden vergangenen Tagen, und jetzt waren die Müsliriegel aufgegessen und der Gin ausgetrunken und die Teelichter abgebrannt, und O'Shady griff nach dem Gewehr und nickte in Richtung des großen Steines. »Ich nehme mal wieder mein Plätzchen ein. Gehen Sie ruhig schlafen. Marcus, kannst du mich dann gegen Mitternacht ablösen?«

»*Aye, aye, Sir!*«

»Sam übernimmt dann die letzte Wache ab drei. O.k.? Sam?«

Der Ranger war ein paar Schritte von ihnen weggegangen. Er sah ins Dunkel. Beziehungsweise: hörte hinein.

»Stimmt was nicht?«

Sam legte den Zeigefinger über die Lippen. Er schien etwas zu hören.

»Da kommt jemand.«

»Was?« O'Shady schaute zweifelnd. »Um diese Uhrzeit?«

Sam nickte. Er hob den Zeigefinger. Und dann hörten sie es auch. Sie hörten Italienisch. Mehrere Personen, laut diskutierend. Und dann tauchte vor ihnen ein Bus auf.

»Eine Nachtsafari! Das gibt's doch nicht!« Marcus schaute zu dem Bus, als komme der Rosenmontagsumzugswagen der Mainzer Ranzengarde auf sie zu. Sam runzelte die Stirn. O'Shady sah auf die Uhr.

»Die 20-Uhr-Fahrt aus dem Tavango Camp. Wenn die das sind, dann ist das da draußen die Straße zwischen Tingara und Tuhimba. Dann sind es bis zum Tavango Camp vielleicht zwölf Kilometer. Und wir Idioten haben einen geschlagenen Tag hier gesessen, dreihundert Meter von der Straße entfernt. In drei Stunden wären wir im Camp gewesen!«

Der Bus war jetzt komplett zu sehen. Und das Italienisch so deutlich zu verstehen, dass Siebeneisen mehrmals die Worte

»Mama« und »Pasta« heraushören konnte. Lawn fiel ihm um den Hals, löste sich wieder und begann, winkend auf und ab zu hüpfen und laut zu rufen. Zuerst Lawn, dann auch er, und dann Sam und Marcus und O'Shady, fünf lärmende Menschen in der ewigen Stille der afrikanischen Nacht, dreihundert Meter entfernt von der Nachtsafari des Tavango Camps, im ausrangierten Schulbus ohne Fenster, 20 Euro pro Person inkl. alkoholfreie Getränke, aber ohne Tiersichtungsgarantie. Der Bus fuhr weiter. An ihnen vorbei. Er hielt nicht an. Er wurde noch nicht einmal langsamer. Die italienischen Touristen hörten noch nicht einmal zu diskutieren auf.

Lawn zog Siebeneisen an der Hand Richtung Straße.

»Bleiben Sie stehen!«, Sam hielt die beiden zurück. »Zwischen uns und denen sind dreihundert Meter pechschwarze Savanne! Und die Löwen liegen da irgendwo!«

»Die im Bus sehen uns aber nicht!« Siebeneisen musste plötzlich an bestimmte Momente aus Seefahrerfilmen denken, an Schiffsbrüchige, die nach endlosem Warten eines schönen Tages Segel am Horizont sahen und schrien und winkten und sogar schon vor Freude tanzten, bevor sie feststellten, dass sie zwar das Schiff, das Schiff aber keinesfalls sie bemerkt hatte. Und einfach weitersegelte.

Der Bus schwankte jetzt leicht. Seine Insassen schienen ihn hin und her zu wippen. Das Palaver hatte aufgehört, man konnte eine hohe, lang gezogene Stimme hören, und dazu einen Chor, der etwas wie »Awimmbawee, awimmbawee!« sang. »The Lion sleeps tonight«, dachte Siebeneisen, während er weiterhin auf und ab hüpfte und sich die Seele aus dem Leib brüllte, wir rufen um unser Leben, und sie singen »The Lion sleeps tonight.«

»Ich gebe einen Signalschuss ab!« O'Shady drehte sich um und griff nach dem Gewehr, das er an die Kühlerhaube des Landrovers gelehnt hatte.

»Wo zum Teufel…«

Das Gewehr war weg. Stattdessen war da eine dunkle Stimme. Eine Stimme, die aus der Wulumba-Hecke kam.

»You be quiet. You do not move. You come with us. Now!«

Hoch über ihnen, in den knorrigen Ästen des alten Baobabs, riss der Epaulettenflughund vor Schreck die Augen auf. Und kackte.

32

(HEADQUARTER DER NATIONALPARK-RANGER,
ZUR GLEICHEN ZEIT.)

Simon Winter hatte Kaffee gekocht. Er balancierte das Tablett mit den beiden Tassen aus der winzigen Küche neben ihrem Büro hinüber zu den Schreibtischen. Monica sah nur kurz auf und malte dann weiter an ihren Fingernägeln. Zebrastreifen, dachte Simon, warum um alles in der Welt pinselt sich in letzter Zeit jede Frau Zebrastreifen auf die Fingernägel? Seine Freundin in Johannesburg tat das auch. Sie arbeitete für »Safari Air«. Möglicherweise waren solche Muster da verkaufsfördernd.

»Du könntest wenigstens Danke sagen!«

»Danke, lieber Simon! Ich freue mich über deine ungeteilte Aufmerksamkeit. Was allerdings nicht bedeutet, dass ich heute nach Feierabend mit dir in die Bar gehen werde, wo du dann versuchen wirst, mich betrunken zu machen.«

Simon seufzte. Es hatte sich nicht gebessert, immer noch nicht. Wieso glaubte diese Frau, dass er sie ins Bett bekommen wollte? Dass sein ganzes Tun ausschließlich darauf ausgelegt war, Sex mit ihr zu haben? Wie kam sie auf solche Gedanken? Nicht nur bei ihm, Monica dachte das auch bei allen seinen Kollegen. Und Kolleginnen. Egal, was gesagt wurde, egal, was geschah, alles war angeblich darauf ausgerichtet, ein sexuelles Intermezzo mit ihr in die Wege zu leiten. Und wenn es nicht um sie ging, spekulierte sie über Liebesaffären, Seitensprünge und nächtliche Eskapaden ihrer Kollegen. Und Kolleginnen. Die aber alle nur begonnen worden waren, weil sie selbst, Monica die Unwiderstehliche, kein Interesse signalisiert hatte.

Simon war sich sicher, dass eine Krankheit dahintersteckte. Es konnte nicht normal sein, dass jemand glaubte, die komplette Welt sei scharf auf einen. Vor allem nicht, wenn man mindestens drei Zentner wog und schon Probleme hatte, von einem Bürostuhl aufzustehen.

»Wollen wir uns mal die Neumarkierten ansehen?«

Simon versuchte, auf neutrales Terrain zu gelangen. Eigentlich hatten sie Dienstschluss, aber vielleicht besserte es die Stimmung, wenn sie jetzt noch ein paar Minuten zusammenarbeiteten. Er öffnete das GPS-Überwachungsprogramm. Monica stand mühsam auf und stampfte auf seine Seite des Schreibtisches.

»Das hier haben Marcus und Ken gestern markiert. Der Sender hat erst ein paar Daten übermittelt.«

»Dann schau doch mal nach, was es seitdem gemacht hat.«

Simon wechselte auf eine andere grafische Ebene. Man konnte nun das Bewegungsprofil des Nashorns sehen, von jenem Moment an, in dem es aus seiner Betäubung aufgewacht war. Eine zusätzliche Zeitrafferanimation zeigte das Tempo, in dem das Tier die Strecke zurückgelegt hatte.

»Uiii … Sieh dir das an!« Die beiden Ranger schauten auf ihren Bildschirm.

»Drück mal auf Wiederholung. Das ist ja irre … das Teil ist mindestens zehn Kilometer im Galopp gerannt … Von hier drüben bis … hierhin.«

»Und da ist es abrupt stehen geblieben. Leg doch mal die Topografie-Ebene drauf.«

»Da ging's wohl nicht weiter. Warte … ah, klar: die Xhosamba-Felsenkette. Wieso ist es denn mit Volldampf auf diese Steinbrocken zugerannt?«

»Und warum ist es dann im rechten Winkel abgeknickt und nach Norden gelaufen?« Simon hatte die Aufzeichnung des Bewegungsprofils erneut gestartet. Der Punkt, der das Nashorn war, bewegte sich in erstaunlichem Tempo Richtung oberer Bildschirmrand.

»Keine Ahnung. Vielleicht will es mal nachschauen, wie weit der Felswall nach Norden reicht.«

»Na, dann hat es ja was zu tun. Das sind doch bestimmt 70, 80 Kilometer, bevor die Felsenkette endet. Klick mal auf Real Time… Mal sehen, ob es immer noch läuft.«

Simon gab einen Zahlencode in den Computer. Der Maßstab verkleinerte sich, jetzt war die ganze nördliche Parkhälfte zu sehen. Und ein kleiner grüner Punkt, der sich unbeirrt nach Norden bewegte.

»Läuft immer noch in die gleiche Richtung. Seltsam.«

»Wir checken das morgen wieder. Vielleicht sind Kenneth und Marcus bis dann auch wiederaufgetaucht.«

»Unsere frisch Verliebten?« Monica rollte theatralisch die Augen. »Ich kann dir sagen, was die gemacht haben – die haben sich mit Sicherheit irgendwo ein Liebesnest unter den Sternen gebaut. Und wenn sie zurückkommen, werden sie behaupten, sie hätten eine Reifepanne gehabt oder sowas.« Sie schleppte sich zurück zu ihrem Schreibtisch und ließ sich dramatisch in den Stuhl fallen.

Simon seufzte leise. Er schloss das Nashorn-Überwachungsprogramm und ging online. Wenn die Satellitenverbindung stabil war, gab es gleich das Champions-League-Spiel. Monica blieb noch ein paar Augenblicke still an ihrem Schreibtisch sitzen, als warte sie auf etwas, von dem sie wünschte, es würde endlich passieren. Dann stand sie schnaufend auf und ging mit einem »Gute Nacht! Bis morgen!« aus der Tür.

33

Sie liefen nun schon seit bestimmt einer Stunde durch die Savanne: Einer der Wilderer vorneweg, einer auf jeder Seite, zwei hintendran, alle in zügigem Marschtempo. Ihre Entführer trugen Tarnkleidung und Maschinenpistolen. Seit sie aus der Hecke hinter dem Baobab aufgetaucht waren, hatte niemand mehr gesprochen. Mimik und Gestik der Männer waren eindeutig. Ihre Blicke ebenfalls. Als Sam in der Dunkelheit stolperte, blieb einer der Entführer bei ihm stehen und redete in einer afrikanischen Sprache auf ihn ein. Für einen Augenblick befürchtete Siebeneisen, ihre Entführer würden Sam zurücklassen. Dann sah er, wie sie ihn auf die Beine zogen und mit ihm weiterliefen, schemenhafte Schatten im Mondlicht.

Überhaupt kam ihm das Ganze wie ein böser Traum vor. Ein böser Traum, den er erlebte, während er bereits von einem anderen Traum geplagt wurde, ein Albtraum innerhalb eines Albtraums sozusagen. Im ersten, also gewissermaßen dem Originaltraum, in dem war er von Schatten und Wipperfürth losgeschickt worden, um an den unmöglichsten Ecken des Planeten Leute aufzusuchen und ihnen die Nachricht von einem großen Erbe zu übermitteln. Irgendein Schicksalsgott schien etwas dagegen zu haben, dass auch nur ein Bruchteil dieser Suchaktionen glatt und reibungslos verlief, anders ließen sich die vergangenen Wochen nicht erklären. Auch nicht, dass er gerade in stockfinsterer Nacht durch Südafrika rannte und von einem Mann mit einer Maschinenpistole bewacht wurde.

»You stop!«

Orientierungspause. Der Mann neben Siebeneisen hielt ihn an der Schulter fest. Es war noch nicht allzu lange her, etwas mehr als einen Tag, da hatte Siebeneisen um sein Leben gebangt – aber da war auch ein cholerisches Nashorn auf ihn losgegangen. Jetzt verspürte er erstaunlicherweise überhaupt keine Angst. Er spürte Zorn. Zorn, der tief in ihm erwachte und sich in erstaunlicher Geschwindigkeit wellenartig auszubreiten schien. Gerechter Zorn. Heiliger Zorn.

»YOU stop!« Er packte die Hand des Mannes und schob sie langsam, aber sehr bestimmt von seiner Schulter.

Leider kam die Hand augenblicklich zurück: Der Mann rammte sie ihm in die Magengrube, ebenfalls sehr bestimmt. Siebeneisen glaubte, in der Mitte zusammenzuklappen. Einen Moment später lag er auf dem Boden. Wahrscheinlich waren augenblicklich die Ameisen im Anmarsch auf ihn.

»You idiot!« Der Wilderer riss ihn hoch, packte ihn im oberen Bereich seines Hemdes und zog sein Gesicht sehr nah an seines heran. Siebeneisen stieg ein beißender Geruch in die Nase, der von mehreren weißen Flecken auf den Schulterstücken des Mannes und seinem Barett zu kommen schien. Der Wilderer konnte seine Wut nur mühsam beherrschen. In seinem Gesicht zuckten Muskeln unter der schwarzen Haut, die Augen waren weit aufgerissen. Fünf, sechs Sekunden lang starrte er Siebeneisen ins Gesicht, dann stieß er ihn weg.

»You go!«

Und also liefen sie weiter.

Die drei sandfarbenen Jeeps sahen sie erst, als sie unmittelbar vor ihnen standen. Ihre Entführer stießen sie in die Fahrzeuge und fuhren mit ihnen auf einer breiten, sandigen Piste über eine Stunde lang nach Norden. Im Licht des fahlen Mondes bemerkte Siebeneisen, dass der natürliche Wall aus Steinen und

Felsen, hinter dem sie gelagert hatten, immer auf der rechten Seite der Fahrzeuge zu sehen war. Er schätzte, dass sie mindestens 50 oder 60 Kilometer von ihrem Landrover entfernt waren, als sie auf einer freien Fläche hielten, auf der zwei alte Armeezelte standen. Mehrere kleine Scheinwerfer erhellten die Lichtung. Hinter einem der Zelte arbeitete ein Dieselgenerator.

»*You sit!*«

Ihre Bewacher stießen sie ins Gras und bildeten einen Kreis um sie. Siebeneisen versuchte, eine halbwegs bequeme Haltung zu finden. Er schnippte sieben Ameisen von seiner linken Hand.

»Alles in Ordnung?« Zum ersten Mal seit ihrer Entführung konnte er mit Lawn sprechen. Sie sah unverletzt aus. Ihr Haar hing in Strähnen vor dem Gesicht, an der Stirn hatte ein Ast einen Kratzer gerissen, ihre Augen aber waren hellwach.

»Bei mir ist alles klar. Bei dir?«

»Geht schon wieder. Ich hätte besser die Klappe halten sollen.«

»Hättest du. Was wollen die denn von uns?«

»Ich fürchte, die waren hinter Ken und Marcus her. Hat bestimmt etwas mit den Nashörnern zu tun. Wir waren halt dummerweise gerade in der Nähe.« So wie ich dummerweise immer in den vergangenen Wochen, fügte er in Gedanken hinzu. Er sah sich vorsichtig um. Ihre Entführer schienen sich entspannt zu haben, sie standen um sie herum und unterhielten sich in einer fremden Sprache. Nur einer von ihnen beobachtete weiterhin jede ihrer Bewegungen: Es war derjenige mit den stinkenden weißen Flecken.

»Guten Abend!«

Aus dem größeren der beiden Zelte trat ein Asiate auf die Lichtung. Er war hager und von einem undefinierbaren Alter, trug sein schwarzes Haar akkurat gescheitelt und eines jener Kassengestelle mit Tropfengläsern, mit denen Deutschlands

Optiker um 1980 herum den kompletten kurzsichtigen Teil der Bevölkerung entstellt hatten. Sein gestreiftes Polohemd steckte in einer schlecht sitzenden Stoffhose, die von einem Gürtel mit Plastikschnalle gehalten wurde. An einem Riemen in der rechten Hand baumelte eine Herrentasche aus Lederimitat.

»Ich möchte mich bei Ihnen allen für die Unannehmlichkeiten entschuldigen, die wir Ihnen bereitet haben.«

Sein Englisch war absolut akzentfrei. Die Stimme klang leiernd, eigenartig emotionslos und gleichzeitig drohend. Wie ein nicht mehr ganz so scharfes Messer, mit dem man versuchte, durch eine Brotrinde zu kommen. Der Asiate lächelte. Es sah nicht wirklich freundlich aus.

»Lassen Sie mich eines vorwegschicken: Es wäre schön, wenn Sie nur dann sprechen, wenn Sie dazu aufgefordert werden. Wir möchten nur einige Informationen von Ihnen. Sobald wir sie bekommen und auf ihre Richtigkeit überprüft haben, geleiten wir Sie zu Ihrem Fahrzeug zurück.«

»Sie verschwenden Ihre Zeit!« O'Shady zischte die Worte wütend heraus. Der Entführer, der Siebeneisen niedergeschlagen hatte, entsicherte seine Waffe und richtete sie auf den Iren. O'Shady verstummte.

»Ich hatte doch gerade erwähnt, wie wir unsere kleine Unterhaltung gestalten wollen…« Der Asiate sprach im gleichen leiernden Tonfall weiter.

»Lassen Sie mich also kurz den Stand der Dinge erläutern. Vor etwa zwei Wochen ist es uns gelungen, ein bestimmtes Programm in das Computersystem Ihres schönen Nationalparks einzuschleusen. Mit diesem kleinen Trojaner sind wir in der Lage, auf die Überwachungssoftware für die Nashornsender zuzugreifen.« Der Asiate lächelte.

»Klugerweise haben Sie Ihre Software gut geschützt. Wir können uns nur dann einklinken, wenn jemand in Ihrem Büro das Überwachungsprogramm auf seinem Computer geöffnet hat. Und auch nur dann, wenn wir das richtige Passwort eingeben.« Der Asiate lächelte weiter.

»Das würden wir heute Abend gerne machen. Anschließend möchten wir dann den Rest der Nacht nutzen, um unseren Geschäften nachzugehen. Wie Sie sich vorstellen können, ist es nicht besonders effektiv, im Dunkeln durch die Savanne zu fahren und darauf zu hoffen, zufällig auf Nashörner zu treffen. Es wäre deutlich bequemer, wenn wir unterwegs nachschauen können, wo die Tiere zu finden sind.« Der Asiate lächelte jetzt nicht mehr. Er grinste.

»Ihre Nachtschicht müsste mittlerweile am Platz sein und nach den Nashörnern schauen. Es wäre schön, wenn wir uns an der Beobachtung beteiligen könnten. Ich kann natürlich verstehen, dass Sie uns das Passwort nicht gerne verraten werden. Lassen Sie mich Ihnen deshalb bitte mitteilen, dass meine Mitarbeiter nicht die geduldigsten unter Afrikas Sonne sind. Bevor sie mir von einem guten Freund empfohlen wurden, waren sie im Kongo im Einsatz. Im Bürgerkrieg.« Der Asiate lächelte nun nicht mehr.

»Wir lassen Sie jetzt zehn Minuten allein. Zum Nachdenken. Anschließend komme ich dann zu Ihnen und frage Sie. Denken Sie daran: Es geht nur um ein einziges, kleines Wort.« Der Asiate nickte ihnen zu. Dann ging er zurück in das Zelt.

»Heute ist Mittwoch, oder?« O'Shady sprach als Erster. Siebeneisen rechnete nach: Samstag vorletzter Woche die Party in New Orleans, den Sonntag verschlafen. Die komplette Woche über mit Lawn in Orleans. Montags drauf dann die Nachricht von Wipperfürth, am Dienstag der Flug nach Afrika, ihr Rendezvous mit dem Nashorn, die Reifenpannen und die Nacht im Landrover – es war tatsächlich Mittwoch. Er nickte.

»Gut. Dann könnte es funktionieren. Wir verraten ihnen das Passwort.«

»Bist du verrückt?« Marcus fuhr O'Shady an. »Wenn wir das machen, geben wir ein Dutzend Nashörner zum Abschuss frei. Mindestens! Wenn sie die Koordinaten haben, können sie den Rest der Nacht von Tier zu Tier fahren und alle abknallen. Das dürfen wir nicht tun!«

»Dass sie das Passwort haben, bedeutet noch lange nicht, dass sie auch die Koordinaten kriegen. Die bekommen sie nur, wenn gleichzeitig das Programm in unserem Büro geschaltet ist. Und das ist an einem Mittwochabend ziemlich unwahrscheinlich.«

»Wieso denn das?« Siebeneisen verstand die Logik hinter O'Shadys Argumentation nicht. Wenn es nach ihm ging, wollte er so schnell wie möglich hier weg. Man könnte das Passwort ja am nächsten Tag ändern. Der Asiate und seine Söldner würden ja kaum jeden Tag andere Leute entführen, um an die jeweils aktuellen Zugangsdaten zu kommen.

»Mittwochs ist Champions League.« O'Shady unterbrach Siebeneisens Gedankengang. »Ich bin mir ziemlich sicher, dass Simon da keine Minute an die Nashornüberwachung denken wird. Der schaut sich doch jedes Fußballspiel im Internet an. Und er hat keine gute Leitung im Büro. Wenn er parallel dazu noch andere Programme laufen hat, ruckelt das Bild viel zu sehr.«

»Und das bedeutet?« Siebeneisen war hellhörig geworden.

»Das bedeutet, dass unsere Freunde hier gerne mitschauen dürfen, wenn wir ihnen das Passwort verraten – etwas anderes als Fußball werden sie nicht zu sehen bekommen.«

Siebeneisen schüttelte beide Arme aus. Er konnte bei den Lichtverhältnissen zwar nichts erkennen, war sich aber sicher, dass irgendetwas auf ihnen herumkrabbelte. »Und wie lange wird das funktionieren? Irgendwann ist das Spiel ja vorbei …«

O'Shady grinste. Seine weißen Zähne blitzten in der Dunkelheit.

»Da müssen wir uns keine Sorgen machen. Simon wird bis tief in Nacht vor dem PC hängen, der schaut sich alles an. Das Spiel mit sämtlichen Interviews und Expertengesprächen. Die Zusammenfassungen der anderen Begegnungen. Die Spieltaganaylse, und was auch immer diese Internetsender da noch alles übertragen. Bis das alles durch ist, ist es früher Morgen …«

»… und nicht mehr lange hin bis zur Morgendämmerung …«

»… bei der die Wilderer spätestens aus dem Park sein müssen …«

»… allerspätestens. Wie spät ist es jetzt?«

Siebeneisen sah auf seine Uhr: Kurz nach neun. Das Spiel lief seit über einer Viertelstunde.

»Also: Was dagegen, wenn ich ihnen das Passwort verrate?« O'Shady grinste immer noch. Dann öffnete sich die Front des größeren Armeezeltes.

»Ich denke, Sie hatten genügend Zeit, um sich zu beraten, oder?« Der Asiate schaute in seine Herrentasche und holte eine große Spritze heraus. Die Nadel schimmerte kalt im Licht des Mondes. Der Asiate hielt sie vor seine Augen und sah sie an, als frage er sich, wie dieses Ding in seine Hand gekommen war. Er lächelte. Es sah noch immer nicht sehr vertrauenerweckend aus.

Zwei der Wilderer hatten einen Stuhl und einen Campingtisch aus dem Zelt geholt, auf den sie nun ein Notebook stellten. Der Asiate setzte sich.

»Meine Herren? Wer möchte denn? Na?«

»Ich weiß das Passwort.« O'Shady hob die Hand, als sei er in der Schule und von seinem Lehrer gefragt worden.

»Wenn Sie dann so freundlich wären, es uns zu verraten?« Der Asiate ließ die Finger über die Tastatur schweben.

»NashornwildererhabenkleineSchwaenze.«

Der Asiate sah ihn an, als habe er nicht verstanden.

»Wie bitte?«

»NashornwildererhabenkleineSchwaenze. Alles zusammen, ein Wort. Und Schwänze groß schreiben vorne.«

Der Asiate hob langsam den Kopf. Sein Gesicht war absolut ausdruckslos. Auf dem des Söldners neben ihm dagegen führten die Muskeln eine Art rhythmische Sportgymnastik auf.

Der Asiate tippte das Passwort und drückte die Eingabetaste.

Sofort änderte sich die Darstellung auf dem Bildschirm. In rasender Geschwindigkeit liefen grüne Codezeilen über den Monitor, und aus dem Lautsprecher kamen Geräusche wie aus einem alten Radio, an dem man den Sendersuchlauf noch per Drehen an einem Knopf mit der Hand betätigen musste. Dann war eine Stimme zu hören, Satzfetzen, immer wieder unterbrochen von statischem Rauschen, Knistern und Knastern, »...ein wunderschöner...«, »...große Kunst...«, »...sehr anstrengen müssen...«. Sie schauten gebannt auf den Monitor des Computers.

Auf dem Monitor des Computers erschien ein Fußballspiel. Eine Zeitlupe wiederholte das soeben gefallene 1:0 für den FC Barcelona. Die Stimme aus den kleinen Lautsprechern schwärmte: »Schöner als Lionel Messi kann man das nicht machen!«

Etliche Tagesmärsche entfernt, in einem Büro der Parkverwaltung, nutzte Simon Winter die siebte Wiederholung des Führungstreffers, um sich ein Bier aus dem Kühlschrank zu holen. Wenn er anschließend die Überwachungssoftware gestartet hätte, anstatt sich erneut der Champions-League-Übertragung zu widmen, dann hätte er einen anderen runden Punkt sehen können, ähnlich wie ein Fußball, der ebenfalls die ganze Größe des Bildschirms nutzen wollte. Dieser kleine Punkt hatte soeben das Ende einer langen, geraden Linie erreicht, der er seit über einem Tag nach Norden gefolgt war. Jetzt bewegte er sich ein klein wenig nach links und drehte anschließend nach Süden ab. Der kleine grüne Punkt bewegte sich jetzt wieder schneller.

34

»Wir könnten uns ja das Spiel anschauen? Wenn wir es schon mal auf dem Schirm haben?« Siebeneisen fand seine Frage gar nicht so abwegig. Sein Freund schon. Dem Wilderer mit den weißen Epaulettenflughund-Flecken auf Hemd und Barett stand der Schweiß auf der Stirn.

»You shut up! Now! Sit!«

Der Söldner dirigierte sie um den Tisch mit dem Notebook herum und befahl ihnen, sich ins Gras zu setzen. Noch immer schien er sich nur mit größter Mühe kontrollieren zu können. An seinen Schläfen traten die Adern hervor, die Augen zuckten hin und her, der Atem ging stoßweise. Außerdem konnte er offenbar keine Sekunde lang still stehen, unentwegt verlagerte er das Gewicht von einem Bein auf das andere und machte winzige Schritte, als würde er in einem restlos überfüllten Club samstagsnachts um kurz nach zwölf zu tanzen versuchen. Bestimmt etwas aus dem neurologischen Problemkreis, dachte Siebeneisen. Oder Drogen. Er beschloss, das zu recherchieren, wenn er wieder zu Hause sein würde.

»Dafür werden Sie bezahlen!« Der Asiate sah über den Rand des aufgeklappten Laptops zu ihnen hinüber. Seine Stimme klang nicht mehr länger wie ein stumpfes Brotmesser, sondern war schneidend wie frisch geschliffener Stahl. Die tropfenförmigen Gläser in seinem Kassengestell reflektierten das Bild auf dem Notebookbildschirm. Sie schimmerten grünlich vom Rasen eines Stadions eine halbe Welt entfernt.

»Das ist nicht unsere Schuld!« O'Shady versuchte, den Lauf der Dinge zu beeinflussen.

»Sie haben doch selbst gesagt, dass Sie mit Ihrer Spionagesoftware exakt jenes Bild sehen, das unsere Nachtschicht im Büro auf dem Schirm hat, oder? Und unsere Nachtschicht schaut sich heute wohl lieber Fußball als GPS-Signale von Nashörnern an …«

Der Asiate schloss den Deckel des Computers. Er sah zu dem Söldner mit den weißen Flecken auf und verzog das Gesicht, als sei ihm ein äußerst unangenehmer Geruch in die Nase gekommen. Dann nickte er kurz. Der Söldner ging zu der am Boden sitzenden Gruppe, packte Lawn am Arm und zog sie nach oben.

»He!« Siebeneisen sprang auf, war aber einen Moment schon wieder am Boden. Und konnte auch nicht noch einmal aufstehen, das geht schlecht, wenn man auf dem Rücken liegt und einem der Lauf einer Maschinenpistole auf die Stirn gedrückt wird. Der Rest der Söldner zwang die anderen Gefangenen, sich ebenfalls ins Gras zu legen.

Der Mensch ist ein sehendes Wesen – den Großteil seiner Eindrücke sammelt er über optische Informationen. Anders als bei anderen Vertretern der Gattung Säugetier hat die Evolution beim Menschen die übrigen Sinne eher vernachlässigt. Sein Geruchssinn beispielsweise lässt sich nicht anders als verkümmert bezeichnen, der Tastsinn ist ebenfalls kaum noch vorhanden, und vom erbärmlichen Zustand, in dem sich sein Gehör seit ein paar tausend Jahren befindet, lebt in den westlichen Ländern eine komplette Geräteindustrie. Trotzdem verlässt sich der Mensch vor allem auf seine Ohren, sobald er keine optischen Informationen mehr sammeln kann.

»Hmmmmpffffllll!« (Lawn, mit Hand vor dem Mund.)

»You not bite!« (Siebeneisens Lieblingssöldner.)

»Hmmmmpffllll!«, schrchschrchhhhhschrch… (Wieder Lawn. Und etwas, das über den Boden geschleift wurde. Möglicherweise Lawn, die über den Boden geschleift wurde.)

Rschrschllrsch (Raschelnde Büsche.)

Hhhhhhehhhhhhehhhh (Siebeneisens eigener Atem. Und der Atem von Sam, Marcus und O'Shady, ebenfalls mit einer Maschinenpistole vor dem Gesicht. Zu hören, weil sonst nichts zu hören war.)

»No! No!! No!!!« (Nein, nicht Lawn. Der Lieblingssöldner. Offensichtlich ziemlich entsetzt.)

»Hey! Was ist da los? Hey!« (Der Asiate, nervös.)

»No! Nooo!!« (Noch einmal der Lieblingssöldner. Im Tonfall abgrundtiefen Entsetzens.)

Rschrschllrsch!!!! (Erneut Buschwerk, dieses Mal heftig raschelnd. Buschwerk raschelt heftiger, wenn eine große Person in Panik durch es flüchtet.)

»Ich will jetzt wissen, was da los ist!« (Der Asiate, mittlerweile völlig entnervt.)

Hhhhhhehhhhhhehhhh (Siebeneisens eigener Atem. Und der Atem der anderen. Zu hören, weil sonst wieder nichts zu hören war.)

Später, viel später, als alles vorbei war: Da würde die Episode aus dem Gebüsch zu Lawns Lieblingsanekdoten gehören. Wie der Wilderer sie in das Dickicht am Rande der Lichtung gezerrt hatte. Und wie sie ihm sagte, einen kleinen Moment bitte, er heiße doch Mhalabe, oder? Und seine Frau sei doch die Bhekisisa, oder? Sei die nicht erst kürzlich mit seinem gerade verwitweten Nachbarn durchgebrannt? Und warum habe Bhekisisia ihn, den großen Mhalabe, noch gleich verlassen? Wegen… naja, das wolle sie jetzt nicht sagen, aber… ob das Nashornhorn vielleicht… na ja… ob das vielleicht für ihn gedacht sei? An dieser Stelle ihrer Reiseerlebnisse wurde Lawn regelmäßig aufgeregt unterbrochen und gefragt, wie sie das denn alles habe wissen können. Dann erzählte Lawn, dass sie bereits während ihres Laufs zum Lager des Asiaten Kontakt mit einer Entität hatte, der verstorbenen Frau des Nachbarn offenbar: »Sie ging ziemlich lange links neben uns. Hat mir das alles erzählt. War ziemlich wütend auf ihren Mann und dass der sich sofort nach ihrem Ableben diese Bhekisisa geschnappt hatte.« Und dann? Was war dann geschehen? Dann habe sie noch ein paar Details nachgeschoben, die sie von der Entität erfahren hatte. Mhalabe habe zu zittern begonnen, »Nein! Nein!!«, habe er gerufen, immerzu. Und dann sei der Wilderer ziemlich schnell weggerannt. Und sie? Naja, sagte Lawn an dieser Stelle immer, sie sei halt auf den nächstbesten Baum geklettert. Und habe von dort beobachtet, was im Lager geschehen sei.

»Sie ist was?« O'Shady schaute Siebeneisen fassungslos von der Seite aus an. Die Maschinenpistolen befanden sich noch immer über ihren Gesichtern, zitterten aber seit einer Weile merklich.

»Eine Person mit besonderen Wahrnehmungsfähigkeiten.« Siebeneisen hatte soeben seine Vermutung geäußert, dass die Geräusche aus dem Gebüsch etwas mit Lawns Talent zu tun haben könnten.

»So wie die in dem Film mit Dan Akroyd, wo am Ende das Michelin-Männchen durch Manhattan stapft?«

»*Ghostbusters*. In der Originalfassung war das der Marshmellow-Mann.«

»Na toll. Und jetzt?«

»Jetzt werden wir leider auf Plan B zurückgreifen müssen.« Der Asiate hatte sich offensichtlich wieder im Griff. Seine Stimme besaß nun den Klang eines Sushimessers mit 18-fach gefalteter Edelstahlklinge, geschmiedet in der Präfektur Kagoshima. Er stand über ihnen, Siebeneisen konnte die Stoffhose mit der Bügelfalte sehen und das Herrentäschchen, das an der linken Hand des Asiaten hin und her pendelte. Hinter den grauen Stoffhosenbeinen reihten sich zehn schwarze Lederstiefel nebeneinander auf. In der Stille der Nacht war das Geräusch zu hören, das entsteht, wenn schwitzende Hände ihre Position an den Griffen von Maschinenpistolen korrigieren.

Und etliche Tagesmärsche entfernt, in einem mittlerweile bekannten Büro der Parkverwaltung, nutzte Simon Winter die endlosen Interviews nach dem 3:1-Sieg des FC Barcelona, um zur Toilette zu gehen. Wenn er anschließend die Überwachungssoftware gestartet hätte, anstatt sich auch noch die Zusammenfassungen der übrigen Partien anzuschauen – dann wäre ihm der kleine, grüne Punkt aufgefallen, der in den letzten anderthalb Stunden mit Höchstgeschwindigkeit nach Süden gesaust war. Und vielleicht auch, dass dieser Punkt nicht mehr weit von mehreren stabilen Hindernissen entfernt war, mit denen er sehr bald kollidieren würde.

35

Das Nashorn war jetzt zweieinhalb Tage unterwegs, aber wenn man es jetzt, in diesem Moment, fragen würde: Es hätte nicht mit Sicherheit sagen können, ob es nun seit vier Stunden durch die Savanne stampfte oder seit zwei Wochen. Das Nashorn kochte vor Wut. Immer noch. Es war familiär vorbelastet. Mütterlicherseits gab es eine Neigung zu unkontrollierbaren Wutausbrüchen, väterlicherseits einen Hang zur Aggression. Beim Nachwuchs hatten sich beide Erbanlagen zu einer Mischung verbunden, die man durchaus als hochexplosiv bezeichnen konnte. Nach 120 Kilometern Trab hätte sein Zorn eigentlich ein wenig verraucht sein sollen, so eine Distanz steckt auch ein Nashorn nicht ohne weiteres weg. Seine Wut allerdings hatte sich eher gesteigert. Was vor allem damit zusammenhing, dass es sich noch immer nicht plausibel erklären konnte, was da vor zwei Tagen eigentlich mit ihm passiert war.

Zwei schemenhafte, grüne Gestalten: daran erinnerte es sich. Sie hatten es ausgetrickst, indem sie sich gegen den Wind heranschlichen. Zu Fuß. Zuerst hatte es versucht, die beiden abzuschütteln. Als ihm das nicht gelang, war es in ihre Richtung gelaufen. Und dann? Dann war da dieser spitze, helle Schmerz. Und dieses Gefühl, als hätte es Schlamm in den Beinen, Schlamm, wie es ihn während der Regenzeit an den Wasserlöchern gab. Von dem, was anschließend mit ihm geschehen war, wusste das Nashorn nichts mehr. Was hatten die beiden mit ihm gemacht? Und was wollte dieser andere Typ? Der, der neben ihm kniete, als es aufwachte? An seinen Augenlidern hatte er gezupft! Das Rhinozeros kannte Gerüchte über Menschen, die seinesgleichen das Horn absägten – dass sie ihnen die Wimpern klauten, war anscheinend neu. Es schnaubte wütend aus und versetzte einem zufällig im Weg stehenden Baum einen Hieb mit seinem Horn. Ohne Grund. Einfach so. Der Baum fiel um.

Das Nashorn mochte aussehen wie ein Geschöpf, das damals im Tertiär lediglich aufgrund eines evolutionären Systemfehlers nicht zusammen mit den Dinosauriern von der Erdoberfläche verschwunden war – die anderen Bewohner der afrikanischen Savanne aber hatten im Laufe der Zeit gemerkt, dass man das Tier mit dem doppelten Horn und dem serienmäßigen Seitenaufprallschutz besser nicht unterschätzen sollte. Und dass es nur deshalb treudoof wie Stan Laurel in die Landschaft schaute, weil es entsetzlich kurzsichtig war, minus 13 Dioptrien etwa, auf beiden Augen. Dumm war es nämlich nicht, das Nashorn, im Gegenteil: Es war ziemlich clever. Und besaß obendrein ein exzellentes Erinnerungsvermögen. Das Nashorn amüsierte sich über Sprüche wie »ein Gedächtnis wie ein Elefant haben«, weil es der Meinung war, ein viel besseres Gedächtnis zu besitzen (gleichzeitig freute es sich über »wie ein Elefant im Porzellanladen«, obwohl es insgeheim wusste, dass es selbst einen wesentlich höheren Versicherungsschaden anrichten würde). Es konnte sich an ziemlich viele Details aus seinem Nashornleben erinnern. Zum Beispiel an die Warnung seiner Mutter, niemals, wirklich niemals in ein Wulumba-Gebüsch zu laufen. Und in irgendeinem entlegenen Teil seines Gehirns war die Information abgespeichert, dass dieser Wall aus Steinen, hinter den die Menschen geflohen waren, sich weit in den Norden erstreckte. Wenn es aber lange genug an ihm entlang geradeaus lief, würde es irgendwann an das Ende der Felsen gelangen und dort auf die andere Seite. Auf die, auf der die Menschen waren.

Den Ersten entdeckte das Nashorn eher zufällig – und verpasste ihn: Der Mann rannte ziemlich schnell und laut schreiend im Mondlicht an ihm vorbei. Das Nashorn war sich sicher, dass der Typ bereits *Noooo! Nooo!!* gebrüllt hatte, noch bevor er es gesehen haben konnte, aber vielleicht täuschte es sich da auch. Der Mann war jedenfalls in der Dunkelheit verschwunden, bevor es auch nur abbremsen konnte. Ein scharfer, beißender Geruch schien in der Luft zu hängen. Das Nashorn war jetzt noch wütender. Das Nashorn schnaufte. Das Nashorn schnüffelte. Die anderen mussten ganz in der Nähe sein.

36

Das feine Tickeln kannte er mittlerweile, und er wusste auch, dass er jetzt ganz schnell aktiv werden sollte, sonst würde auf das feine Tickeln sehr schnell das fiese Brennen folgen. Vorsichtig hob Siebeneisen die rechte Hand aus dem Gras und wischte sich die Ameisen aus dem Gesicht. Er ließ die Hand, wo sie war und wartete auf eine Reaktion außerhalb seines Gesichtsfeldes. Nichts passierte. Es war hell geworden. Das Stampfen und das Grunzen waren verschwunden, die Schrottpressengeräusche verhallt. Auch der Boden zitterte nicht länger. Stattdessen ließ wieder das normale Afrika von sich hören, das Summen und Brummen, das Rauschen des Grases im Wind und das leise Schnauben, weit weg in der Ferne. Irgendwo über ihnen sang ein Vogel, als wolle er Charlie Parkers schönste Saxofonsoli imitieren.

»Ist es weg?« Siebeneisen flüsterte.

»Bin mir nicht sicher« – O'Shady, leise, vom Rand ihrer Gruppe.

»Kann gut sein, dass es irgendwo steht und die Ohren spitzt« – Sam, noch leiser, im Gras neben ihm.

»Beobachten kann es uns ja schlecht« – Marcus, kaum zu hören, quer vor seinen Füßen.

»Sehr witzig! Aufstehen, Jungs! Die Show ist vorbei!« – Lawn, ziemlich laut, direkt über ihnen.

Die vier sprangen auf die Füße. Lawn fiel Siebeneisen um den Hals. Sie küssten und umarmten sich. Das Lager war ein

Schlachtfeld. Die beiden Jeeps sahen aus, als hätten sie mehrere Durchgänge im Crash-Labor des ADAC hinter sich und warteten nun auf ihre Testergebnisse. Ein Fahrzeug lag auf dem Dach, bei dem anderen waren beide Seiten über fast ihre gesamte Länge wie mit einem riesigen Dosenöffner aufgeschlitzt. Der Klapptisch hatte sich über das Gelände verteilt, auch Teile der Laptoptastatur und die Maschinenpistolen. In den Büschen hingen zerstampfte Zeltplanen. Von den Wilderern war nichts zu entdecken. Wenn man einmal von einer Herrentasche aus Lederimitat absah, die von einem Ast am Rande der Lichtung baumelte.

»War das … unser Nashorn?« Siebeneisen hielt Lawn noch immer in seinen Armen.

»Sah ganz so aus. Jedenfalls war es genauso wütend wie das, das uns gejagt hat.«

»Hast du gesehen, was passiert ist?«

»Ich hatte da oben in meinem Baum quasi einen Logenplatz.«

»Und wo sind die Wilderer?«

»Die sind in alle Richtungen gerannt, als das Nashorn sich die beiden Jeeps vorgenommen hat. Damit war es ja eine Zeitlang beschäftigt, wie man sehen kann.«

»Und? Sind sie entkommen?«

»Ich fürchte, die hatten Glück. Das Ding hat sich ja fast eine Stunde lang nur um die Autos gekümmert.«

»Sobald wir im Büro sind, lösen wir eine Fahndung aus.« O'Shady hatte die letzten Worte aufgeschnappt. »Wahrscheinlich warten die in irgendeinem Gebüsch darauf, dass sie abgeholt werden. Das kann länger dauern, wie wir wissen. Vielleicht haben unsere Kollegen sie vorher aufgestöbert. Bis dahin können die sich gerne ein bisschen beschnüffeln lassen.«

Die beiden Landrover der Parkverwaltung kamen eine Stunde später. Simon Winter begrüßte sie wie Leute, die zehn Minuten zuvor losgefahren waren und dann wegen eines gerissenen Keilriemens angerufen hatten. Monica blieb am Steuer des zweiten Fahrzeuges sitzen (später würde sie sagen, dass sie dem fremden Mann aus Deutschland keine Gelegenheit habe geben wollen, sich in sie zu verlieben, aber davon hatte der fremde Mann aus Deutschland zum Glück nichts gemerkt).

»Wie habt ihr uns denn so schnell gefunden?« Kenneth O'Shady verstaute die Maschinenpistolen der Wilderer in einer Kiste.

»Ich habe den Angriff auf dem Computer beobachtet – natürlich ohne zu wissen, dass es ein Angriff war.« Simon half O'Shady beim Verladen der Kiste. »Das markierte Tier hat sich aber derart merkwürdig verhalten, dass ich es im Auge behalten habe. So lange das möglich war.«

»So lange es möglich war? Hat der Sender nicht funktioniert? Gab es Probleme?«

»Ein bisschen. Wir haben ja nicht den besten Datendurchsatz. Sobald ein anderes Programm aktiv ist, funktioniert die Überwachungssoftware nur noch bedingt.«

»Gab's denn heute Morgen schon wieder Fußball?«

»Bitte? Wie kommst du denn darauf?« Simon war überrascht. »Nein. Aber unsere Skype-Software war aktiv. Und irgend so ein Typ aus Deutschland hat uns ständig zugechattet. Der wollte unbedingt eine Videokonferenz starten.« Simon sah Siebeneisen an.

»War übrigens für Sie. Weppfurt? Weppingfoert? So ähnlich jedenfalls. Ich hab ihm gesagt, Sie seien im Park unterwegs. Er hat dann verlangt, dass ich ihn durchstelle. Als ich ihm erklärt habe, dass wir seit zwei Tagen keinerlei Kontakt zu Ihnen hätten, meinte er bloß, dass Sie schon wiederauftauchen würden. Ich soll Ihnen ausrichten, die Tickets nach Ulan Bator lägen am Flughafen.«

Und so begann in Afrika ein neuer Tag. Die flache Sonne ließ das Savannengras golden leuchten, der Wind raschelte in den Bäumen, und in der flimmernden Luft des Morgens zogen Zebras, Giraffen, Antilopen und Gnus zu den Wasserlöchern. Weit weg, in der Krone eines Baobabs am Rande eines großen Wulumba-Gebüsches, langweilte sich ein Epaulettenflughund. Weil er nichts anderes zu tun hatte, beschloss er, ein bisschen zielen zu üben. Die Datteln der Nacht lagen ihm schwer im Magen, und das Auto mit den vier platten Reifen unter ihm war nun wirklich groß genug.

37

(WIEDER MAL IN 10 000 METER HÖHE. EIN PAAR TAGE SPÄTER.)

Und nun lass mich dir ein Lied erzählen, doch, so heißt das bei uns: Wir erzählen Lieder. Es ist ein altes Lied, ein sehr altes, mein Vater hat es mich gelehrt und ihn wiederum sein Vater. Es handelt vom Wind, der über die Steppen streift und den Sand der Dünen zu kleinen Kapriolen verführt, vom sternenzerstoßenen Himmel und jenem Moment, in dem die Sonne über die Hügel lugt nach einer Nacht kalt wie Eis. Von der Schönheit der Frauen handelt es und von der Wildheit der Pferde, von Klöstern, Schluchten, flirrenden Horizonten. Und von den Mongolen, stolzen Menschen mit Gesichtern wie Geschichtsbücher, die in den Ebenen des Landes umherziehen und sich frei fühlen wie besagter Wind. Es ist ein altes Lied, ein sehr altes. Vielleicht wurde es schon im Lager des großen Khan gesungen. Vielleicht ist es sogar älter als die Zeit.

Das war ein wunderbarer Zufall! Siebeneisen hatte im Flugzeug eine Reportage über die Mongolei entdeckt. Nicht bei den Kollegen von *National Geographic,* sondern in einem Modemagazin, das sich Lawn von der Flugbegleiterin hatte geben lassen. Siebeneisen kannte diese *Madame* nicht, war aber elektrisiert, als er den Bericht über die Mongolei im Reiseteil des Magazins entdeckte. Er ließ sich noch ein paar Erdnüsse bringen, die einzige Verpflegung, die ihnen auf diesem Flug gewährt wurde. Wipperfürth hatte wieder einmal ganze Arbeit geleistet und eine Fluglinie entdeckt, die sie auf abenteuerlichem Zickzackkurs über etliche Zwischenstopps nach Moskau bringen sollte. Angeblich handelte es sich um die staatliche Airline eines ehemaligen Teilstaates des Sowjetreiches, von dem Siebeneisen allerdings noch nie gehört hatte. Er bezweifelte, dass es dieses Land tatsächlich gab. Viel wahrscheinlicher war, dass es sich um das Kunstprodukt eines dieser Oligarchen handelte, der sich statt eines englischen Fußballclubs eine trostlose Bergregion irgendwo hinter dem Ural gekauft hatte und nun so tat, als erkenne die UN seine Ländereien als Staat an.

Das Flugzeug war vielleicht zur Hälfte gefüllt. Außer Lawn und Siebeneisen saßen ausschließlich sinistre Männer mit schwarzen Haaren und Schnauzbärten in der Economy Class. Sie trugen bordeauxfarbene oder bläulich changierende Anzüge mit goldenen Knöpfen und gewaltigem Revers. Soweit Siebeneisen das sagen konnte, hatte keiner der Männer auch nur ein einziges Wort gesprochen, seit sie in Johannesburg abgeflogen waren. Die Männer lasen auch nicht, und sie schauten sich auch keinen der kenianischen Billigfilme an, die auf den Bildschirmen gezeigt wurden. Die Männer mit den schwarzen Haaren und den Schnauzbärten schienen nur zu fliegen, sonst nichts. Die erste Klasse dagegen – beziehungsweise das, was bei dieser Airline unter erste Klasse lief – war von sechs oder sieben Afrikanern in Beschlag genommen, die angezogen waren wie die Söhne eines Altkleiderhändlers aus Mombasa. Sie schnarchten schon seit Stunden derart laut, dass man weiter hinten im Flugzeug längst glaubte, das gleichmäßige Geräusch werde von den Turbinen erzeugt.

Siebeneisen fragte eine vorbeihuschende Flugbegleiterin nach einem Drink. Sie kam mit zwei Literflaschen Wodka zurück, in denen nur noch kleine Reste waren, die sie nun in Siebeneisens

Plastikbecher schüttete. Er seufzte innerlich und bedankte sich für die ebenfalls servierten fünf Tütchen Erdnüsse. Dann las er weiter:

In einer Jurte in einem Land jenseits der Morgenröte stimmt ein Mann seine Pferdekopfgeige, aus dem Birkenholz der Taiga ist das Instrument, aus dem Schweif eines Schimmels die Bespannung des Bogens. Eine Pferdekopfgeige klingt wie ein Hybrid aus Cello und Kirchenorgel, ihre Töne sind warme, alles durchflutende Wellen, die Herz und Seele wärmen wie ein Schluck Wodka an einem frostigen Februartag. Und sie zaubert Bilder im Kopf, die Geige! Schon wenige Takte genügen, um Steppen und Wüsten und den ehernen blauen Himmel entstehen zu lassen, und die Sonnenuntergänge und die Herden und überhaupt das ganze weite Land. Wenn die Pferdekopfgeige erklingt, sagen die Mongolen, dann ist einem, als seufze der Wind. Hinter den Hügeln, in der Steppe.

Irgendetwas an dieser Beschreibung berührte Siebeneisen. Er hatte noch nie eine Pferdekopfgeige gehört, aber dennoch schien etwas in ihm genau zu wissen, wie dieses Instrument klang. Er betrachtete Lawn im Sitz neben ihm. Sie schlief, ihr Kopf lehnte an einem Kissen, das sie gegen die Wand des Flugzeuges drückte. Durch das Fenster fiel das pastellene Licht der Morgendämmerung auf ihr Gesicht. Siebeneisen lächelte sanft. Es war ihm in den vergangenen Wochen seiner Odyssee noch nicht oft so gegangen – jetzt aber verspürte er tatsächlich eine gewisse Vorfreude auf sein nächstes Ziel.

Vieles in diesem Land ist von einer scheinbar ewigen Zeitlosigkeit. Die Suche nach einem neuen Platz für die Familienjurte, das Beladen der Kamele, das Beobachten der Wolken und die beruhigenden Lieder, die man trächtigen Stuten kurz vor der Niederkunft ins Ohr singt – all das hat sich mit den Jahrhunderten wenig oder überhaupt nicht verändert. Es gibt Momente und Orte bei einer Reise durch die Steppe, da könnte man fast glauben, die Mongolei sei jenes mythische Fleckchen Erde, an dem sich die Zeit zum Stehenbleiben entschieden habe. In denen die Vergangenheit so selbstverständlich ist, dass die Gegenwart sie überhaupt nicht bemerkt. In denen man weiß, dass Dschingis Khan sich sofort zu Hause fühlen würde, kehrte er nach 800 Jahren zurück in das Land, das er einst geschaffen hat.

Siebeneisen leerte seinen Plastikbecher. Er verrenkte sich in seinem engen Sitz und fischte den kleinen Zettel aus der Hosentasche, den er im Umschlag mit den Tickets gefunden hatte, Wipperfürths karge Informationen, eine Adresse in Ulan Bator, ein Name, »O'Shadys Vorgesetzter, kennen sich aber nicht persönlich«. Außerdem der Hinweis: Kaschmir. Pat O'Shady schien im Wollhandel tätig zu sein. Siebeneisen sah sich um – alle anderen Passagiere schnarchten. Er riss vorsichtig die Seiten mit der Reportage aus der Zeitschrift, faltete sie sorgfältig zusammen und steckte sie in die Hemdtasche. Er würde sie Lawn vorlesen. In einer Jurte in einem Land jenseits der Morgenröte, ganz bald schon.

38

Was wäre der Mensch ohne Listen! Listen machen unser Leben überschaubarer, Listen bringen Ordnung in die verwirrende Welt, Listen zeigen uns, was groß und klein und dick und dünn und beliebt und unbeliebt ist, und weil sich der Mensch gerne an solchen Parametern orientiert, sind Listen logischerweise ungemein populär: Bücher, in denen nichts als Listen aufgelistet werden, haben gute Chancen, ganz weit oben in den Verkaufscharts zu landen, die natürlich auch nichts anderes als Listen sind. Kein Wunder also, dass es so viele gibt. Listen über »Die 50 beliebtesten weiblichen Vornamen auf Spitzbergen«, über »Die 20 bedrohtesten Froscharten auf Papua Neuguinea« und die Staaten mit dem höchsten Verbrauch an Papiertaschentüchern pro Einwohner pro Erkältungssaison. Überhaupt: die Wetterlisten! Ganz wichtig! Allein in Deutschland buhlen mindestens elf oder zwölf Städte mit den angeblich meisten Sonnenstunden oder Sonnentagen um Touristen, und alle ziemlich erfolgreich. International ausgerichtete Schönwetterlisten dagegen beziehen sich logischerweise meist auf Badedestinationen mit haifreien Stränden, niedrigen Alkoholpreisen und geringem Putschrisiko. Es gibt allerdings auch eine Liste, die auf sämtliche touristischen Belange keinerlei Rücksicht nimmt: Bei den Top Ten der »Länder mit den meisten niederschlagsfreien Tagen pro Jahr« rangiert mit einer beachtlichen »257« ganz oben: die Mongolei.

Von der sah Siebeneisen soeben: nichts. Oder eher: nicht viel. Wenn er richtig kalkulierte, musste es sieben Uhr morgens

Ortszeit sein und eigentlich längst hell, aber vor dem kleinen Fenster an Sitz 43A war es bedenklich düster. Lawn neben ihm wachte auf, als der Pilot sich über die Lautsprecher meldete und ihnen mitteilte, dass er die Maschine bedauerlicherweise nicht an einen Andockplatz rollen lassen könne. Wie die meisten Piloten sprach auch er ein amerikanisches Englisch mit leichtem, beruhigendem Südstaateneinschlag, bei dem man irgendwie immer an Jimmy Carter denken muss. Siebeneisen fragte sich, ob die Airlines bei der Auswahl ihrer Flugkapitäne auch auf die Stimme achteten und ob Bewerber möglicherweise Vorteile besaßen, die mit ihrem lässigen Timbre selbst beim Verkünden von Todesnachrichten noch klangen, als läsen sie aus *Der Räuber Hotzenplotz* vor. In den Lautsprechern knackte es. Leider ständen weite Teile des Flughafens unter Wasser, sagte die Stimme jetzt und klang dabei besonders sonor, deswegen könne auch kein Bus an die Gangway kommen, die Passagiere müssten vom Rollfeld zu Fuß hinüber ins Terminal. Draußen warteten aber Abholer mit Schirmen, um sie zu geleiten, also dann: Einen schönen Tag in Ulan Bator! Siebeneisen versuchte sich vorzustellen, wie viel Regen auf eine Asphaltfläche fallen musste, dass keine Busse mehr fahren konnten. Er drückte seine Stirn gegen das Fenster, an dessen Außenseite breite Rinnsale entlangliefen. An der mittlerweile herangebrachten Gangway, über die nun die ersten der knapp 300 Passagiere nach unten gingen, warteten vier Abholer mit großen Regenschirmen. Sie standen bis zu den Schienbeinen im Wasser.

»Heizung?« Der Fahrer tat so, als suche er am Armaturenbrett den passenden Knopf zu dem Begriff. Siebeneisen hatte über diese Tricks gelesen. In solchen Ländern unternahmen Taxifahrer gerne alles, um den Benzinverbrauch zu senken, ob es sinnvoll war oder nicht, sie fuhren bis tief in die Dämmerung ohne

Licht oder verzichteten im strömenden Regen auf die Scheibenwischer oder bei Eiseskälte auf die Heizung. Möglicherweise war auch das häufige Fehlen von Sicherheitsgurten in diesem Teil der Welt auf den Verdacht zurückzuführen, ihre Verwendung treibe den Benzinverbrauch in die Höhe.

»Ja, Heizung! Bitte! Und bitte hochdrehen – Sie sehen ja, wie wir ausschauen!«

Sie saßen erst ein oder zwei Minuten in diesem Taxi, aber an ihren Füßen bildeten sich bereits prächtige Pfützen. Ihre Hosen waren bis zu den Knien durchnässt; Siebeneisens Füße fühlten sich an, als steckten sie in zwei kleinen Aquarien. Der Fahrer bewegte mehrere Schieberegler am Armaturenbrett, tatsächlich wurde es kurz darauf minimal wärmer. Der Fahrer nickte und brummte etwas, als lobe er sich selbst für seine Leistung. Er schaltete das Radio ein. Zuerst gab es nur ein paar gurgelnde Geräusche, aus denen sich dann aber Stimmen herausschälten, eine Art auf Valium gesetzter Donkosakenchor. Es klang, als würden die Sänger stranguliert, während sie ein unbekanntes Stück von Rimski-Korsakow probten, zu dem der Regen auf das Dach des Taxis prasselte.

Siebeneisen wischte mit dem Unterarm seiner Jacke die Scheibe frei. Die Hauptstadt der Mongolei stand komplett unter Wasser. Seit sie den Flughafen hinter sich gelassen hatten, fuhren sie nicht durch einzelne Pfützen, sondern pflügten durch einen stadtweiten See. Auf dem Weg aus dem Terminal hatte Lawn mit der resoluten Entschlossenheit einer unausgeschlafenen Langstreckenpassagierin die Offerten sämtlicher Taxifahrer abgelehnt und Siebeneisen geradewegs zu einem Geländewagen geführt, der am Ende der Taxischlange stand. Es gab ein ziemliches Palaver, weil vor dem Allradtaxi mindestens 23 andere Fahrer warteten, aber Lawn setzte sich durch. Zum Glück, dachte Siebeneisen. Sie waren bereits an etlichen normalen Autos vorbeigefahren, die in den kreuzungsgroßen Seen von Ulan Bator abgesoffen waren. Vor ihnen stockte der Verkehr jetzt abermals, offenbar hatte ein weiteres Fahrzeug Schiffbruch erlitten, von allen Seiten liefen Fußgänger in diese Richtung. Der Fahrer brummelte vor sich hin. Zusammen mit der Gangschaltung hielt er ein zusammengeknülltes Stofftaschentuch in der rechten Hand, mit dem er sich alle zwei Minuten theatralisch den Schweiß aus dem Gesicht wischte.

Siebeneisen sah auf die Uhr: Es war gleich schon Mittag.

»Das kann dauern. Ich hoffe nur, unsere Adresse ist nicht untergegangen, bevor wir da sind.«

»Und unser Hotel hat eine Badewanne und heißes Wasser.« Lawn holte die »Was ist los in Ulan Bator?«-Broschüren aus ihrer Handtasche, die ihnen am Flughafen in die Hand gedrückt worden waren.

»Suchst du uns was für heute Abend aus? Ich hätte gerne etwas Ruhiges. Und Trockenes. Bitte nichts mit dem Donkosakenchor.« Siebeneisen schaute finster nach vorne, wo er den Blick des Fahrers im Rückspiegel erwischte. Der Mongole ignorierte ihn. Er hantierte erneut an Schaltern und Hebeln.

»Für heute Abend? Glaubst du nicht, dass wir da bei Pat O'Shady zu Hause sitzen und irischen Whiskey trinken?«

»Das kann ich mir nicht vorstellen. Es wäre das erste Mal auf dieser Reise, dass einer dieser O'Shadys da wäre, wo er hingehört. Offenbar kennt sein Chef ihn noch nicht einmal persönlich. Wahrscheinlich wird es wieder so sein, dass ich in diesem Büro, das Wipperfürth da aufgespürt hat, einen vagen Hinweis bekomme. Und anschließend müssen wir dann mit einem mehr oder weniger auseinanderfallenden Auto los, um den Mann zu suchen.«

»Du meinst, es wird so wie in Südafrika?«

»Ich meine, es wird so wie in Südafrika. Und übrigens auch

wie in der Antarktis oder im Himalaja oder in Australien, wenn wir gerade dabei sind. Diese kleinen Spritztouren hast du ja verpasst ...«

»Worüber ich nicht böse bin.«

»Worüber du zu Recht nicht böse bist.«

Allmählich wurde es wärmer. Siebeneisen stellte erfreut fest, dass es dem Fahrer – offensichtlich aus purem Überlebenswillen – gelungen war, die Heißluft aus dem Heizungsgebläse komplett in den Fußraum vor der Rückbank zu leiten. Siebeneisens Hose war beinahe wieder trocken.

»Und wenn wir Pat O'Shady haben? Dann brauchen wir doch nur noch einen einzigen anderen Erben zu finden, oder?« Lawn steckte die Veranstaltungsmagazine in ihre Tasche. Sie schien nichts gefunden zu haben.

»Genau.«

»Und was passiert eigentlich dann?«

»Dann muss Schatten es hinbekommen, dass alle sieben Erbberechtigten zu einem bestimmten Termin nach Dublin kommen. Zum Nachlassverwalter der Verstorbenen. Er selbst muss natürlich auch antanzen. Und wenn dann alle da sind, bekommt jeder sein Geld.«

»Dieses Treffen ... wird das auch von Wipperfürth organisiert werden? Ich meine – die Flüge und die Shuttles und die Übernachtungen?«

»Ich fürchte ja. Wir haben übrigens Glück: Ursprünglich war es noch ein Erbberechtigter mehr, aber der ist kurz vor der Testamentseröffnung verstorben.«

»Wirklich?«

»Der war so eine Art Guru. In Indien. So was wie der Bhagwan, glaube ich. Oder der Maharishi.«

»Aber der war doch auch ein Ire, der, der gestorben ist ... oder?«

»Ja. Hat es aber offenbar ziemlich weit gebracht bei den Indern. Schatten hat erzählt, dass er zehntausende Anhänger hatte. ›Der Weise O‹ – so haben sie ihn genannt.«

»Und wie ist er gestorben?«

»Kann ich dir nicht so genau sagen. Ich glaube, während einer Dauermeditation. Ist einfach nicht mehr aufgewacht.«

»Oh.« Lawn sah aus dem Fenster. »Das ist schon ein interessantes Völkchen, diese Iren. Findest du nicht?«

Der Taxifahrer brauchte noch eine weitere Stunde, bevor er die Adresse endlich fand. Am Ende hielt er im Hof eines hufeisenförmig angelegten Plattenbaus, der leer zu stehen schien. Die meisten Fenster fehlten, ein Flügel des Gebäudes war noch nicht verputzt. Das obere Stockwerk sah aus, als seien die Bauarbeiten an einem lauen Frühlingstag 1991 unterbrochen worden, für eine Mittagspause, die noch immer anhielt. Aus dem Flachdach ragten rostige Eisenstangen wie Fühler großer Insekten. Der Regen hatte den kompletten Hof geflutet: Genauso gut hätten sie in einem See parken können.

»Ist es o.k., wenn ich im Auto warte?« Lawn hatte kurz aus dem Fenster gesehen und dann begonnen, in ihrer Handtasche nach etwas zu suchen, von dem sie möglicherweise noch nicht genau wusste, was es sein könnte – bloß, dass es schwer genug zu finden sein musste.

Siebeneisen warf ihr einen Blick zu, den er für sich in die Rubrik »vernichtend« einordnete. Und von dem er hoffte, das er genau so gewertet werden würde. Er beugte sich nach vorne zum Fahrer.

»Sind Sie sicher, dass wir hier richtig sind? Wir wollten zum ›Zentralbüro Wolle und Molkereierzeugnisse‹ …«

Der Fahrer nickte. Er zeigte auf den Eingang des Gebäudekomplexes. Nun gut, dachte Siebeneisen. Er öffnete die Tür und stieg mit seiner beinahe trockenen Hose aus dem Auto in den See. Auf den ersten Metern reichte das Wasser bloß bis zu den Knöcheln.

Das Sekretariat des »Zentralbüros Wolle und Molkereierzeugnisse« war erfreulich leicht zu finden – es war der einzige Raum im gesamten Komplex, in dessen Türrahmen auch tatsächlich eine Tür hing. Und ein Messingschild, auf dem »ZB W.u.M., Tsakhia Ganzorig« stand. Als er auch nach dem dritten Klopfen keine Antwort hörte, öffnete Siebeneisen vorsichtig die Tür. An einem Tisch mitten im Raum saß eine matronenhafte Frau und war dabei, einen Schmetterling mit einer Nadel in einem Schaukasten zu fixieren. In ihren großen, grob aussehenden Händen wirkte das Insekt schrecklich zerbrechlich. Die Frau trug einen kamelhaarfarbenen Rollkragenpullover, unter dem sich der Körperbau einer Ringerin abzeichnete. Ihre Haare waren zu einem Knoten gebunden. Siebeneisen musste an historische Tuschezeichnungen japanischer Sumoringer denken, auch deswegen räusperte er sich sehr vorsichtig. Die Frau beachtete ihn nicht. Entweder war sie zu sehr in ihr Aufspießen vertieft, oder sie ignorierte ihn bewusst. Bis auf das Geräusch des Pfützenwassers, das in kleinen Bächen von Siebeneisens Beinen tropfte, war es vollkommen still. Er schaute sich um. Auf dem Schreibtisch türmten sich Zeitungsberge und Kladden, über die sich eine dicke Staubschicht gelegt hatte. An den Wänden hingen Dutzende Kästen mit aufgenadelten Schmetterlingen. Siebeneisen versuchte, sich die Frau vor sich vorzustellen, wie sie an den Wochenenden waldfeenhaft durch die mongolische Steppe schwebte, um den einen oder anderen seltenen Falter zu erhaschen. Es roch nach süßlichem Parfüm, Bohnerwachs und irgendetwas Ranzigem.

Und dann wurde die Tür zum Nebenzimmer geöffnet, und die Schmetterlingsfrau sah von ihrer Arbeit auf und entdeckte Siebeneisen, aber da war auch schon ihr Vorgesetzter aus seinem

Büro geeilt. Tsakhia Ganzorig breitete die Arme aus und umarmte seinen Besucher, bevor er ihn aus dem Vorzimmer in sein Büro bugsierte.

»Was für eine Freude! Welch eine Ehre! Kommen Sie! Nehmen Sie Platz!« Er führte Siebeneisen zu einem Sessel.

»Bitte … bitte … machen Sie es sich bequem! Darf ich Ihnen einen Schluck Wodka anbieten? Ach was – wieso frage ich das überhaupt? Warten Sie …«

Der Chef des »Zentralbüros Wolle und Molkereierzeugnisse« ging zurück zur Tür und donnerte etwas auf Mongolisch in Richtung seiner Sekretärin. Die Sekretärin schien ihm zu widersprechen. Ganzorig blickte zum Boden, auf dem eine breite Wasserspur bis zu Siebeneisens Sessel führte, wo sie sich soeben zu einer kleinen Pfütze ausweitete. Er wiederholte seine Forderung mit etlichen zusätzlichen Dezibel. Dann schloss er die Tür, kam strahlend auf Siebeneisen zu, bückte sich zu ihm herunter und herzte ihn erneut.

»Mr O'Shady! Das ich das erleben darf! Endlich treffen wir uns! Ich darf noch einmal wiederholen, wie geehrt ich mich durch Ihren Besuch fühle!«

Mr O'Shady? Siebeneisen versuchte, die Situation zumindest gedanklich in den Griff zu bekommen: Dieser Mann sollte ihm eigentlich sagen, wie er Pat O'Shady finden könne – stattdessen hielt er ihn, Siebeneisen, offensichtlich für O'Shady. Bevor er die Verwechslung aufklären konnte, betrat die Sekretärin das Zimmer. Sie sah ihn an, als sei er ein seltener Falter, den sie als Nächstes aufspießen würde. Wortlos knallte sie eine Flasche Wodka und drei große Wassergläser auf den Schreibtisch, goss eines bis zum Rand voll und nahm es mit in ihr Vorzimmer. Die Tür krachte hinter ihr ins Schloss.

»Gestatten Sie mir, dass wir auf Ihre Gesundheit trinken!« Ganzorig füllte die beiden anderen Gläser und reichte Siebeneisen eines davon, »auf das Wohl des berühmten Patrick O'Shady!« Er leerte das Wasserglas in einem Zug. Siebeneisen wollte nicht unhöflich sein, er nahm einen ordentlichen Schluck und musste anschließend einen Hustenanfall unterdrücken. Der Wodka schmeckte wie Terpentin. Oder wie eine Flüssigkeit, in der man tote Schmetterlinge konserviert. Irgendwie gelang es ihm, den aufkommenden Husten in eine Art staatstragendes Räuspern umzuformen, bevor das Geräusch über seine Lippen kommen konnte.

»Es tut mir leid, Ihnen das sagen zu müssen, aber ich bin nicht O'Shady. Mein Name ist Siebeneisen, und ich bin auf der Suche nach eben diesem Patrick O'Shady. Offensichtlich liegt da ein Irrtum vor.«

Erstaunlicherweise bewahrte sein Gastgeber die volle Contenance. Ganzorigs Lächeln verlor vielleicht ein ganz klein wenig an Strahlkraft, aber selbst das sah man kaum, weil er sich sogleich abwendete und die Wassergläser erneut bis zum Rand füllte. Wahrscheinlich ist ihm völlig egal, mit wem er mittags um eins ein Fläschchen von diesem Fusel trinken kann, dachte Siebeneisen, Hauptsache, es gibt einen Grund zum Trinken.

»Mr Siebeneisen! Bitte entschuldigen Sie die Verwechslung! Wie konnte mir das nur passieren? Ich kenne Mr O'Shady bisher nur aus Erzählungen, bitte verzeihen Sie! Ich werde dieses Missgeschick sofort aufklären!« Er ging zur Tür, riss sie auf und donnerte etwas in das Vorzimmer, und zwar erheblich lauter als beim ersten Mal. Die Schmetterlingsfrau keifte zurück. Ganzorig schrie jetzt und betonte jede Silbe, indem er mit der Faust gegen den Türrahmen schlug. Die Schmetterlingsfrau erhöhte ebenfalls die Lautstärke, und dann tauchte ein Tischkalender in der Luft vor Ganzorigs Gesicht auf, und dann klatschte der Tischkalender mittenrein in Ganzorigs Gesicht. Der Chef des »Zentralbüros Wolle und Molkereierzeugnisse« warf die Tür zu und hob den Kalender vom Boden. Soweit Siebeneisen es aus seinem Sessel erkennen konnte, stand auf der kompletten Seite nur ein einziger, einzeiliger Eintrag.

»Hm«, machte Ganzorig, der den Eintrag mittlerweile etwa achtmal gelesen haben musste. »Es sieht so aus, als hätte ich da etwas verwechselt.«

»Das macht doch nichts. Gar kein Problem. Wenn ich richtig informiert bin, ist Mr O'Shady ja Wollhändler. Können Sie mir denn sagen, wo ich ihn zurzeit erreiche?«

»Aber natürlich! Warten Sie …« Der Mongole ging um seinen Schreibtisch herum und nahm eine große Kladde aus einem Regal. Er zögerte einen Moment, beschloss dann aber wohl, seine Vorzimmerdame fürs erste in Ruhe zu lassen. Er blätterte ein paar Seiten um.

»Aha – hier haben wir's! In dieser Woche ist O'Shady im 20. Bezirk unterwegs.« Er klappte die Kladde zu und legte sie zurück auf den Stapel. Siebeneisen nippte an seinem Wodka und wartete, ob dieser Information eventuell noch andere folgen würden. Folgten aber nicht.

»Im 20. Bezirk? Wo ist denn das?«

»Der 20. Bezirk!« Ganzorig strahlte jetzt wieder auf altem Niveau, als sei sein Lächeln an einen Generator angeschlossen. »Es heißt, dort sei unser schönes Land am allerschönsten. Ist nicht weit von hier, weniger als 800 Kilometer südlich von Ulan Bator. Haben Sie Zeit, sich das Land anzusehen? Dann müssen Sie sowieso in den 20. Bezirk!«

Siebeneisen war mittlerweile längst so etwas wie ein Experte im Umgang mit solchen Situationen. Es gelang ihm deshalb spielend, die Entfernungsangabe aus den übrigen Informationen herauszufiltern, zu isolieren und in einer Schublade mit der Aufschrift »Nur im Notfall öffnen!« wegzuschließen, die sich in einem abgelegenen Raum seines Erinnerungsvermögens befand.

»Und was macht O'Shady dort? Im 20. Bezirk?«

Der Chef des »Zentralbüros Wolle und Molkereierzeugnisse« sah ihn erstaunt an.

»Was er dort macht? Er kauft Wolle! Mr O'Shady ist eine Legende! Der berühmteste Wollhändler der Mongolei! Der größte Experte! Mein bester Mann!« Er beugte sich über den Schreibtisch zu Siebeneisen hinüber. »Es heißt, er habe das magische Auge!«

»Das magische Auge?«

»Oh ja. Mr O'Shady gelingt es immer wieder, in einer Herde mit vielen tausend Tieren jene Jungtiere zu finden, die die feinste Wolle haben. Gleich im ersten Versuch! Andere Händler fahren ja erst in die Steppe hinaus, nachdem die Nomaden die Tiere schon geschoren haben. Nicht mein O'Shady! Er ist immer schon dort! Wie aus dem Nichts erscheint er auf seinem Kamel! Wie aus dem Nichts!«

Ganzorig war nun kurz davor aufzuspringen, so ergriffen war er von seiner eigenen Erzählung. Seine Augen glühten. Seine Hände beschrieben bei jedem Satz hektischere Muster in der Luft. Jetzt beugte er sich erneut über seinen Schreibtisch zu Siebeneisen hinüber und flüsterte:

»Man sagt, er habe Zauberkräfte!«

»Ah. Gut. Schön. Das wird meine Begleiterin freuen.«

»Ihre Begleiterin? Wieso?« Der Chef des »Zentralbüros Wolle und Molkereierzeugnisse« stutzte.

»Sie ist eine Person mit besonderen Wahrnehmungsfähigkeiten. Und freut sich bestimmt, wenn sie einen Kollegen trifft.«

Ganzorig überlegte kurz. »So wie die in dem Film mit Dan Akroyd, wo am Ende das Michelin-Männchen durch Manhattan stapft?«

»*Ghostbusters*. In der Originalfassung war das der Marshmellow-Mann. Ja, so ungefähr. Allerdings weniger spektakulär.«

»Sehr gut. Es wird Ihnen gefallen im 20. Bezirk. Am besten brechen Sie morgen früh auf, dann kommen Sie rechtzeitig zum Wochenende an. Selbstverständlich werde ich Ihnen meinen besten Fahrer zur Verfügung stellen! Und mein bestes Fahrzeug! Natürlich! Mein bestes Fahrzeug!« Ganzorig füllte die Gläser, um erneut auf die Gesundheit seines Besuchers anzustoßen und auf eine glückliche Reise. Sie tranken. Der Wodka schmeckte nun nicht mehr ganz so verheerend.

»Haben Sie heute Abend eigentlich schon etwas vor?«, fragte Ganzorig dann unvermittelt. Siebeneisen verneinte.

»Dann lade ich Sie und Ihre Begleiterin zu einem Konzert ein! Tamara – er nickte ganz leicht Richtung Tür zum Vorzimmer – und ich wollen dort sowieso hin. Seien Sie unsere Gäste! Es wird Ihnen gefallen, die Künstler kommen aus Ihrer Heimat!«

»Aus meiner Heimat?«

»Ja. Bei uns sind sie sehr berühmt. Auch, weil sie den Namen unseres Staatsgründers tragen.« Ganzorig stellte sein Wodkaglas auf den Schreibtisch, spreizte die Beine und streckte den rechten Arm mit geballter Faust nach oben, »Hu! Ha! Hey, Reiter, ho, Reiter, immer weiter!« Er strahlte jetzt noch mehr. »Bis heute Abend, mein Bester, bis heute Abend!«

Bereits auf dem Weg zur Tür begann Siebeneisen zu überlegen, wie er Lawn erklären sollte, dass sie zu einem Konzert der Gruppe Dschingis Khan eingeladen waren, Grand-Prix-Vierte 1979, mittlerweile wiedervereint, letzte Single »In der Mongolei« – Walburga legte die CD gerne auf, wenn sie Tresen und Tipp-Kick-Tisch von den Erdnusskrümeln befreite. Und dass sie zusammen mit dem Chef des »Zentralbüros Wolle und Molkereierzeugnisse« und seiner liebreizenden Assistentin den Abend verbringen würden. Als er die Tür öffnete und der Schmetterlingsfrau gerade sein gewinnendstes Lächeln schenken wollte, sah er, dass ihr Oberkörper quer über dem Schreibtisch lag. Ihr Schnarchen füllte den Raum wie das Brummen der großen, weiten Welt.

39

Das beste Fahrzeug sah am Morgen exakt so aus, wie Siebeneisen es sich mit seiner mittlerweile beträchtlichen Erfahrung an »besten Fahrzeugen« vorgestellt hatte: Auf dem Hotelparkplatz hockte ein taubenblaues Vehikel, das den Verdacht aufkommen ließ, eine Gruppe so eifriger wie ahnungsloser Schrauber einer sowjetischen Sowchose hätte einst versucht, etwas Ähnliches wie einen Jeep hinzubekommen. Siebeneisen konnte bereits von der Hoteltür aus sehen, dass die Türen nicht richtig im Rahmen saßen. Und der Auspuff merkwürdig tief hing. Im Dach klaffte ein faustgroßes Loch, das offensichtlich von einem Steinschlag stammte. Er beschloss, irgendwann in einem ruhigen Moment eine reiseinterne Hitliste der »besten Fahrzeuge« zusammenzustellen. Immerhin wirkte der »beste Fahrer« sofort sympathisch, ein drahtiger Mann undefinierbaren Alters, der einen dunkelgrünen Monteuroverall trug. Er lief ihnen entgegen und stellte sich als »Uchka der Fahrer« vor. Dann fuhren sie los. Der Auspuff röhrte. Aus dem Autoradio dröhnten die Donkosaken mit den Stricken um den Hals.

Irgendwer hat sich einmal die Mühe gemacht und das Verkehrswegenetz der Mongolei vermessen. Demnach existieren in dem zentralasiatischen Land erstaunliche 36 000 Kilometer Straße. Leider sagt diese Zahl nichts über den Zustand aus. Im Zentrum der Hauptstadt ist alles mehr oder weniger asphaltiert, auch wenn man vergessen hat, vor dem Teeren zumindest die gröbsten Höhenunterschiede auszugleichen. Bereits in den Vororten allerdings sind immer wieder einzelne Abschnitte mit Sand bedeckt, und spätestens in den Randbezirken von Ulan Bator beschleicht Besucher der schönen Mongolei dann der Verdacht, die Straßen hätten sich bereits völlig verausgabt und könnten nun partout nicht mehr weiter, obwohl noch 35 990 Kilometer vor ihnen liegen.

In dieser Region war der taubenblaue Pseudo-Jeep nun unterwegs. Sie hatten die letzten Industriegebiete vor wenigen Minuten hinter sich gelassen, als nach einer Bodenwelle die rechte hintere Tür aufsprang und Lawn beinahe in die Mongolei hinausgefallen wäre. Stattdessen kam ein beträchtlicher Teil der Steppe ins Wageninnere. Siebeneisen musste husten, lehnte sich dann über Lawn und zog die offene Tür zurück, was bei dem Gehoppel über die Bodenrillen alles andere als einfach war. Die Tür blieb zehn Sekunden im Schloss. Dann sprang sie erneut auf.

»Uchka der Fahrer muss nachschauen.«

Also hielten sie zum ersten Mal.

Siebeneisen stieg aus und ging ein paar Schritte vom Auto weg. Wie still es hier war! Sie waren kaum draußen aus der Stadt, und schon war es so, als hätte die Leere des Landes sämtliche Geräusche geschluckt. Er blickte sich um. Hinter ihnen ließen sich in der flirrenden Luft noch die vagen Umrisse von Schornsteinen erkennen, in allen anderen Richtungen aber sah man: nichts. Nichts außer: Mongolei. Die Steppe streckte sich, als reiche sie bis an die Enden der Welt. Siebeneisen schaute hinauf zu den pompösen Wolken, die sich an einem irritierend blauen Himmel stapelten. Der Wind fuhr in Schüben über das Gras, man konnte ihn kommen und weiterziehen sehen, wenn man die Halme betrachtete. Siebeneisen realisierte verwundert, dass er sich wunderbar ausgeglichen fühlte. Die Hektik der vergangenen Wochen war verschwunden, als hätte der Steppenwind sie weggeblasen. Als läge das alles ganz weit zurück, die Fliegerei, die Geisterjagd, die Wilderer. Als habe sich das alles in einem anderen Leben abgespielt.

Er ging zum Auto zurück. Lawn war ausgestiegen, saß auf einem Stein und las in *Die Mongolei für Anfänger*. Sie hatte das Buch in einem noch geöffneten Souvenirladen gefunden, nachdem sie bei ihrem Konzertbesuch am Abend zuvor aus dem Saal geflüchtet waren. Dschinghis Khan waren beim Refrain von »Hadschi Halef Omar« angelangt, als Tamara ihren Chef bewusstlos schlug. Es war ganz schnell gegangen – Ganzorig sprach gerade mit einer ausgesprochen hübschen und ausgesprochen schlanken jungen Frau vor ihnen, als Tamara ihn zu sich heranzog und zu keifen begann. Natürlich verstand Siebeneisen kein Wort, fand es aber beeindruckend, dass Tamaras Stimme die Musik von der Bühne übertönte. Und dann hatte sie Ganzorig ausgeknockt. Mit einer einzigen Geraden. Zu »Ha-ha-ha-Hadschi Halef Omar«. Selbst Make My Day in Australien hatte länger für einen K.o. benötigt.

»Hier steht, dass sich russische Militärjeeps immer und überall reparieren lassen, im Gegensatz zu japanischen Geländewagen mit ihrer hochkomplexen Elektronik.«

»Das mag stimmen. Im Unterschied zu russischen Militärjeeps verlieren japanische Geländewagen allerdings auch nicht zwanzig Minuten nach Fahrtbeginn ihre Türen.«

Siebeneisen schätzte, dass der Jeep etwa 1974 gebaut worden sein musste. Damals hatten die Sowjets ja noch nichts wissen wollen von westlichen Errungenschaften, damals hatte es dort keine Cola, kein *Russland sucht den Superstar* und natürlich auch keine Klimaanlagen und all das Zeugs gegeben. Was sie damals gegen ordentliche Autofenster einzuwenden hatten, wusste Siebeneisen allerdings nicht, möglicherweise lagen ideologische Gründe vor, jedenfalls besaß der Jeep nur zwei kleine Dreiecke zum Ausklappen und Feststellen, aber das funktionierte nicht, weil die Feststellhebel fehlten. Dort, wo sich bei anderen Autos Handschuhfach und Plastikverkleidung befanden, ragte ein Gewirr aus Kabeln und Schläuchen vogelwild in die Fahrerkabine. Alles obendrüber wurde von zwei Holzkeilen stabilisiert, die beim Fahren leider regelmäßig herausfielen, worauf zwei, drei Sekunden später dann das Armaturenbrett hinterherkam – das war beim Verlassen des Hotelparkplatzes passiert und anschließend dann noch fünf- oder sechsmal. Außerdem waren da noch ein Tacho sowie Anzeigen für Ölstand und Batterie, nicht aber für den Tank: Dort, wo die Tankuhr hingehörte, saß etwas, das wie eine leere, alte Thunfischdose aussah.

»Das da?« Uchka der Fahrer zeigte auf die Dose, als Siebeneisen ihn nach ihr fragte. »Das ist ein Aromaspender.«

»Aha. Schön. Aber wäre eine Tankuhr hier draußen nicht vielleicht praktischer? Es gibt doch bestimmt nicht so viele Tankstellen in der Steppe…«

Uchka der Fahrer sah ihn an. »Ein Mann muss wissen, wo seine Grenzen liegen«, sagte er. Offensichtlich war das eine alte mongolische Weisheit. Siebeneisen beschloss, sich das zu merken. Es würde bestimmt demnächst eine Gelegenheit geben, bei der er das verwenden könnte. Bei einem Gespräch mit Wipperfürth zum Beispiel.

In den kommenden Stunden fuhren sie ohne Pause, immer weiter, immer geradeaus, immer Richtung Horizont. Sie fuhren über Hügel voller Erdhörnchenlöcher und durch Flussbette und vorbei an Jurten, neben denen gewaltige Satellitenschüsseln und Solaranlagen standen. Und Pferde. Und Kamele. Manchmal kam ihnen ein Fahrzeug entgegen, manchmal wurden sie überholt, jedes Mal verschluckte sie anschließend eine gewaltige Staub- und Sandwolke. Sie fuhren nicht auf Straßen und auch nicht auf Pisten, sie fuhren in Reifenspuren, die andere Jeeps in die Steppe gedrückt hatten. Hin und wieder kreuzten sich vier oder fünf dieser Spuren und teilten sich hundert Meter später wieder. Dann nahm Uchka der Fahrer die dritte von links oder die zweite von rechts, ohne auch nur einen einzigen Moment zu zögern. Als Siebeneisen ihn darauf ansprach, schaute er, als habe er die Frage nicht verstanden. Ein Mann müsse immer den richtigen Weg einschlagen, sagte er, wahrscheinlich eine weitere mongolische Weisheit. Die japanischen Geländewagen hätten alle GPS, aber GPS könne man nicht selbst reparieren. Als Siebeneisen ihm erzählte, dass solche Navigationssysteme in Deutschland eingesetzt würden, um in Niederkirchenbroisch von der Gärtnergasse in die Bürgermeister-Julich-Straße zu finden, war Uchka der Fahrer irritiert. Die nächste halbe Stunde schaute er mit zusammengekniffenen Augen hinaus in die Steppe. Bis es einen Schlag gab und gleich anschließend einen ziemlichen Krach aus dem Motorraum und sie die nächste Panne hatten.

Ein in der mongolischen Steppe stehendes Fahrzeug übt verständlicherweise eine gewisse Faszination aus. In der Regel ist es dort ja auf etliche Kilometer Entfernung gut zu sehen, und weil sonst nichts weiter zu tun ist, kann man genauso gut mal vorbeischauen. Wenn man gerade zufälligerweise eine dreihundertköpfige Schafsherde dabeihat, bringt man die eben mit – Platz genug ist ja.

»Geht weg!« Siebeneisen versuchte, die Tür zu öffnen, was aber nicht funktionierte, weil überall Schafe grasten. Offenbar hatten die Tiere beschlossen, dass es nirgendwo in der Mongolei besseres Fressen gab als auf den Quadratmetern rund um den Jeep. Sie ließen sich nur zur Seite schieben, wenn man sich mit seinem gesamten Gewicht von innen gegen die Tür lehnte.

Lawn und Siebeneisen waren eingenickt, als Uchka der Fahrer ausgestiegen war, um die Motorhaube zu öffnen und nach der Ursache für den Knall zu forschen. Jetzt saß ihr Chauffeur rauchend mit einem Mann neben dem Jeep, offenbar dem Besitzer der Schafe. Aus dem Radio quengelten leiernde Gesänge wie aus *Der Kurier des Zaren*, mit dramatischen Bläsern und Paukenschlägen.

Siebeneisen stieg aus dem Auto, nickte dem Schafshirten zu und erkundigte sich, ob das Auto repariert sei.

»Natürlich. Uchka der Fahrer hat perfekt repariert.«

»Prima. Wollen wir dann weiterfahren?«

»Bald. Wenn das Lied zu Ende ist. Wir wollen zuerst noch zu Ende hören.«

Siebeneisen hörte genauer hin. Die Chöre klangen wie immer.

»Von was singen die denn da eigentlich?«

»Von Pferden«, sagte Uchka der Fahrer. In einem Tonfall, als hätte man sich nach etwaigen Verdauungsproblemen erkundigt.

»Ah. Und wie heißt das Lied?«

»Mein *Daaga* ist ein stolzes Pferd.« Er sah Siebeneisen in die Augen. »Sie wissen, was ein *Daaga* ist?«

Siebeneisen wusste es nicht. In den nächsten Minuten versuchten Uchka der Fahrer und der Schafhirte, ihm die mongolischen Bezeichnungen für Jungtiere einzutrichtern.

»Ein einjähriges Fohlen ist ein *Daaga.*«

»Daaga.«

»Zweijährige Pferde nennt man *Shudlen.*«

»Schüttlen.«

»*Shudlen!* Mit drei heißen sie *Hyazaalan.*«

»Hüazahlahn?«

»Genau. Und mit vier *Soyolon.*«

»Soillion.«

»Und alles, was fünf Jahre oder älter ist, wird *Nas* genannt.

Wenn es ein Hengst ist, kannst du aber auch zu allen Altersklassen *Azraga* sagen.«

»*Azraga?*«

»Genau.«

Siebeneisen freute sich, weil sich Uchka der Fahrer und der Schafhirte so freuten, dass er die Namen offenbar halbwegs korrekt ausgesprochen hatte. Im Auto leierte der Steppenchor in die nächste Runde, und die beiden sangen leise mit und wiegten sich im Schneidersitz hin und her. Siebeneisen wollte sein neu erworbenes Fachwissen sogleich anbringen.

»Ein Loblied auf *Hüazahlahn* und *Schüttlen,* oder?«

Uchka der Fahrer und der Schafhirte sahen ihn entgeistert an.

»Das Lied handelt vom Tee, den die Mutter früher gemacht hat, mit viel Milch und ein wenig Salz.«

Am Nachmittag veränderte sich die Landschaft. Die flachen Hügel, die sie seit Ulan Bator begleitet hatten, verschwanden allmählich, und das Land wurde flach wie ein Teller. Man sah jetzt mehr Herden, Pferde, Schafe, sogar einige Kamele, die am Pistenrand standen und teilnahmslos an irgendetwas herumkauten. Einmal, als sie an einer kleinen Gruppe Jurten vorbeifuhren, wurden sie von einem Hund gebissen. Uchka der Fahrer hatte ihnen zuvor empfohlen, unbedingt die Worte *Nokhoi Khorio!* auswendig zu lernen, das heiße »Bitte halten Sie Ihren Hund fest!« und sei aus guten Gründen die übliche Begrüßungsformel in der Steppe. Besagter Hund allerdings wartete gar nicht darauf, dass sie ausstiegen oder auch nur anhielten, um sein Herrchen zu begrüßen – er drehte schon vom bloßen Anblick ihres Autos komplett durch. Mehrere Kilometer rannte er geifernd und kläffend hinter ihnen her und biss ihnen immer wieder in den linken Hinterreifen. Uchka der Fahrer erzählte, dass mongolische Hunde eigentlich Ziegen und Schafe vor den Wölfen schützen sollten, aber offensichtlich war dieses Exemplar gerade nicht ausgelastet. Der Köter hatte allerdings auch keine Mühe, ihnen zu folgen: Weil die Schaltung ein wenig anfällig war, fuhr Uchka der Fahrer so gut wie immer im vierten Gang. Mit so einem Fahrstil waren sie natürlich nicht besonders schnell. Vor allem, weil sie immer wieder abbremsen mussten, wegen eines klaffenden Lochs auf der Piste zum Beispiel oder eines meditierenden Kamels. Wenn Uchka der Fahrer doch einmal schaltete, klang das Getriebe wie eine Klapperschlange mit Blähungen, der man versehentlich auf den Bauch getreten war.

Bei der nächsten Panne – irgendetwas mit der Wasserpumpe, das zum Glück zügig repariert werden konnte – breitete Siebeneisen die Landkarte auf der Kühlerhaube aus, die hinten in Lawns Reiseführer klebte. Er hatte keine Ahnung, wo sie sich befanden.

»Da sind wir gestartet«, sagte Uchka der Fahrer und zeigte auf Ulan Bator, »und hier sind wir jetzt!«

Siebeneisen schaute konsterniert auf die streichholzbriefchengroße Fläche der etwa vier Quadratmeter großen Karte, auf der man ihre Route sah, wenn man sehr gute Augen hat. Bevor er etwas sagen konnte, nahm Uchka der Fahrer die Landkarte aber schon wieder von der Kühlerhaube, weil er die nun aufklappen musste. Zehn Sekunden später wusste Siebeneisen, dass sie froh sein konnten, überhaupt in diesem endlosen Land unterwegs sein zu dürfen. Den Motor hatte man mit Stricken aus Rosshaar zusammengebunden. Sämtliche Flüssigkeitsbehälter waren mit alten Militärsocken verschlossen. Und in der Ecke des Motorraumes lag etwas, das wie ein verschrumpelter toter Igel aussah.

»Das ist ein toter Igel«, sagte Uchka der Fahrer, »tote Igel bringen Glück.«

40

Sie übernachteten in einer Jurte, die nicht anders aussah als die anderen 2 459 Jurten, an denen sie auf ihrer Fahrt vorbeigekommen waren, bei der es sich aber dennoch um eine Art »Bed and Breakfast«-Jurte zu handeln schien. Oder vielleicht auch nicht, dachte Siebeneisen, nachdem er neunzehn Hände geschüttelt und nacheinander drei krähende Säuglinge in den Arm gelegt bekommen hatte, vielleicht waren das einfach freundliche Mongolen, die sich darüber freuten, dass ihr Neffe oder Cousin (oder in welchem Verwandtschaftsgrad Uchka der Fahrer zu ihnen stand) Gäste aus dem Westen vorbeibrachte. Die *Bed-and-Breakfast*-Jurtenbewohner jedenfalls begrüßten Lawn und ihn wie lang vermisste Angehörige, da seid ihr ja endlich, wir haben schon gewartet, kommt und setzt euch, war die Reise auch bequem? Der Willkommenstrubel hielt vielleicht drei Minuten an – anschließend widmeten sich alle wieder ausschließlich jenen Dingen, mit denen sie vor Ankunft der Gäste beschäftigt gewesen waren und taten so, als sei außer ihnen überhaupt niemand da. Eine Frau schlief ein und schnarchte fürchterlich, die Männer begannen eine lautstarke Diskussion, zwei Alte gingen wortlos hinaus und wurden niemals wiedergesehen. Stattdessen kamen andere vom Melken und füllten Schalen mit gegorener Stutenmilch, und zwischendrin spielten die Kinder Fußball um einen Ofen, aus dem abwechselnd asthmatisches Röcheln oder seltsame knallende Geräusche drangen. Siebeneisen kam sich vor, als sitze er im Kultursaal in Oer-Erkenschwick, und auf der Bühne werde Ionesco gegeben oder sonst ein absurdes

Spektakel. Er sah zu Lawn hinüber. Seine Freundin schien sich bereits eine gehörige Portion buddhistische Gelassenheit angeeignet zu haben. Sie lag auf einem großen Kissen in der Nähe des Ofens und blätterte in den Alben mit den Fotos der emigrierten Familienmitglieder. Offenbar waren sämtliche Kinder und Enkel nach Hawaii ausgewandert, auf fast allen Aufnahmen waren Blumenkränze, Surfer oder Musiker mit Ukulelen zu sehen. Damit war dann auch das Rätsel der beiden batteriebetriebenen Plastik-Hula-Puppen gelöst, die in einem kleinen Regal zur Melodie von »Wiegende Wellen auf wogender See« die Hüften schwangen. Siebeneisen vermutete, dass sie zur Begrüßung der Gäste eingeschaltet worden waren.

Er beschloss, sich ebenfalls auf eines der großen Kissen zu legen. Von dort beobachtete er die Großmutter, die ihren Lieblingskanal im Fernsehen suchte. Das Gerät war mit Stricken am Holzgestänge unterhalb des Stoffdaches befestigt, ein Kabel führte durch ein Loch im Dach ins Freie, wo die Solaranlage der »Bed and Breakfast«-Jurte einen von jährlich 257 Sonnentagen nutzte. Die Alte trug die traditionelle Kleidung der mongolischen Nomaden, eine wärmende Gemengelage aus Gamaschen, Kleidern, Schürzen und Jacken, dazu jede Menge Ketten, Goldzähne und einen langen, grauen Zopf. Sie sah aus wie 98, war aber wahrscheinlich nicht älter als Anfang siebzig, schätzte Siebeneisen. Fasziniert sah er zu, wie die Frau durch die Kanäle zappte und manche der kurz auftauchenden Programme mit Geräuschen tiefer Verachtung kommentierte, wobei sie bei Bollywood-Produktionen besonders laut zu schnauben schien. Und einmal, als Johannes B. Kerner kurz zu sehen war.

Nie zuvor war Siebeneisen an einem Ort gewesen, an dem Vergangenheit und Gegenwart derart selbstverständlich nebeneinander existierten wie in dieser Jurte in der mongolischen Steppe.

Er war sich sicher, dass die Behausung selbst noch aussah wie die Jurten in den Tagen von Dschinghis Khan, da würde sich nicht viel verändert haben: Felle am Boden, Kissen, Stoffwände um ein Holzgestell gespannt plus ein Ofen, und wenn es einem nicht mehr gefiel oder das Vieh draußen nicht mehr genug zu fressen fand, konnte man das faltbare Mehrgenerationenhaus wahrscheinlich in einer halbe Stunde abbauen und dem Hauskamel auf den Rücken schnallen. Bloß die Satellitenschüssel vor der Tür hätte den großen Khan verwundert, und auch mit den Solarpaneels hätte er wenig anfangen können. Und natürlich nichts mit dem Flachbildschirm, auf dem die Großmutter nun offensichtlich den richtigen Sender entdeckt hatte: Sie gab einen Laut der Zufriedenheit von sich und ließ sich auf eine mit Teppichen bezogene Pritsche fallen. Dann drückte sie so lange auf den Lautstärkeknopf an der Fernbedienung, bis jeder Wolf im Umkreis von siebzehn Kilometern seine Gedankenspiele aufgab, möglicherweise genau diese Jurte nach Einbruch der Dunkelheit anzutesten.

Für das westliche Ohr ist Mongolisch eine etwas ungewöhnlich klingende Sprache. Es hört sich an, als hätten sich die Laute auf ihrem Weg zu den Lippen entschlossen, irgendwo im Rachenraum ein kleines Päuschen einzulegen, bevor ihnen plötzlich bewusst wird, dass sie ganz schnell weitermüssen – in der Eile überschlagen sie sich dann mehrmals und zischen und krächzen nach draußen. Noch merkwürdiger klingt die Sprache der Steppe allerdings, wenn sie aus dem Mund eines Vampirs kommt, der in einem Pub in Louisiana gerade eine Flasche künstliches Blut bestellt. Siebeneisen starrte auf den Bildschirm: Da lief tatsächlich die gleiche Serie, die er in der Villa La Reina gesehen hatte. Wie klein die Welt doch war! In dieser Folge schien sich eine Affäre zwischen dem blassen Gast und einer Bedienung anzubahnen. Als dem Mann plötzlich Fangzähne wuchsen, kommentierte die Großmutter das mit einem verächtlichen Laut. Siebeneisen lächelte und lehnte sich in seinem Kissen zurück. Kurze Zeit später träumte er von New Orleans, Hawaiihemden und einem Igel, der nicht in einem Motorraum gesperrt werden wollte.

Am nächsten Morgen rumpelten sie weiter, ohne Pause, stundenlang, immer weiter, immer geradeaus, immer Richtung Horizont. Uchka der Fahrer war blendend gelaunt. Er hatte in der Jurte eine selbst gebrannte CD geschenkt bekommen, deren Lieder er allesamt mitsingen konnte. Auf dem kopierten Cover war ein Mann zu sehen, der als Dschinghis Khan kostümiert war und mit verschränkten Armen über etwas stand, das wie ein Berg Leichen aussah. Die Musik klang dementsprechend martialisch, wozu auch die Rumpelpiste ihren Teil beitrug – die gebeutelte CD sprang nach acht Sekunden vier Titel weiter und nach weiteren fünf Sekunden neun Lieder zurück, aber das schien Uchka den Fahrer alles kein bisschen zu verwirren: Nach einer Nachdenksekunde schmetterte er das neue Reiterlied mit, als sei nichts passiert. Leider kam die CD deshalb auch nie zu ihrem Ende. Siebeneisen fühlte, wie eine leichte Aggression Besitz von ihm ergriff. Wieso mussten sie nun schon seit Tagen diese grässlichen Lieder anhören? Wo nur waren die sehnsüchtigen Klänge der Pferdekopfgeige, von denen in dem Artikel die Rede gewesen war? Als er überzeugt war, jeder der heroischen Weisen nun zum mindestens achten Mal gelauscht zu haben, beugte er sich nach vorne, um ein Ende des Unterhaltungsprogramms einzuleiten. Bei Uchka dem Fahrer ging das am besten, wenn man sich über Autos unterhielt.

»Was ist das eigentlich für ein Fabrikat?«

»Ein GAZ 69.« Uchka der Fahrer schrie, um das Reiterlied zu übertönen. »Wir nennen ihn Jaran Yös.«

»Und was kostet so ein Auto?«

»So ein Auto kostet 5 000 Dollar.«

Und es ist keinen Cent mehr wert, dachte Siebeneisen, der beobachtete, wie der Holzkeil unter dem Armaturenbrett mit jeder Bodenwelle ein winziges Stück weiter hinausrutschte. Es würde keine Viertelstunde mehr dauern, bis ihnen mal wieder alles entgegenkommen würde.

»Und welches Baujahr ist es?«

»Das Auto ist Baujahr 2005.«

Für einen kurzen Moment begann die Welt, die in den vergangenen Stunden lediglich auf und ab gehopst war, sich um Siebeneisen zu drehen. 2005! Was bauten die da in Russland für Autos? Die Kiste sah aus, als habe sie schon Sven Hedin als Begleitfahrzeug gedient. Er wollte Uchka den Fahrer gerade fragen, ob ihn der Vorbesitzer des Autos möglicherweise über den Tisch gezogen und ihm ein falsches Baujahr untergejubelt hatte, aber in diesem Moment waren sie oben auf der Kuppe eines Hügels angelangt. Uchka der Fahrer bremste scharf. In der Senke vor ihnen standen sehr viele Jurten und Pferde und parkende Autos und mehr Ziegen, als Siebeneisen je zuvor in seinem Leben gesehen hatte, viel mehr. Und zottelige Kamele, die an Pflöcken angebunden waren und Siebeneisen aus finsteren Augen anschauten.

»Der 20. Bezirk. Uchka der Fahrer hat uns zum Ziel gebracht.«

Ein Sippentreffen in der mongolischen Steppe ist ein ziemliches Ereignis. Wer in den leeren Weiten dieses Landes zu Hause ist, sieht ja oft tage- oder wochenlang keine anderen Menschen als die, die in der gleichen Jurte wohnen – da kann man sich vorstellen, welche kollektive Euphorie eine Zusammenkunft mit ein paar hundert Onkeln, Tanten, Großcousins und Großnichten auslöst. Der Anlass für diese Treffen spielt dabei keine große Rolle. Runder Geburtstag? Hochzeit? Geburt des Clanchef-Enkelchens? Völlig egal! Hauptsache, es gibt genügend Hammelbraten und Wodka, und die Pferderennen sind spannend und die Geschichten abends an den Lagerfeuern. Manchmal treffen sich auch gleich mehrere befreundete Familien und bauen ihre Jurten nebeneinander auf, dann sieht ein ganzes Tal aus wie das Lager der Lakota und Cheyenne damals am Little Big Horn. Oder wie eine Art Steppen-Woodstock, dachte Siebeneisen, der von der Kuppe des Hügels aus aufgehört hatte, die Jurten vor ihm zu zählen. Es mussten mindestens hundert sein.

»Uchka der Fahrer bringt Sie zu O'Shady. Kommen Sie.«

Sie stiegen aus und liefen den Hügel hinunter, wobei sie die Jurten links liegen ließen und direkt auf eine große Ziegenherde zusteuerten. Mehrere Hunde hielten die Tiere in Schach. Sie saßen reglos wie Statuen am Rand der Herde und schienen die Ziegen mit ihren Blicken zu hypnotisieren. Siebeneisen dachte an das geifernde Monster, das am Tag zuvor ihren Jeep attackiert hatte. Es schauderte ihn. Als Kind war er einmal von den beiden Dackeln seines Hausarztes gebissen worden, seitdem hatte er eine panische Angst vor Hunden. Wobei »gebissen worden« nicht die richtige Beschreibung war – die Dackel waren am Tag der Attacke erst ein paar Monate alt gewesen und hatten es nicht geschafft, ihre Kiefer um die Waden des kleinen Siebeneisens zu bekommen, stattdessen hatten sie sich knurrend an seinen Hosenbeinen festgebissen. Er wiederum war schreiend aus dem Wartezimmer gelaufen, wobei er einen Dackel am rechten Bein hinter sich hergezogen hatte und den anderen am linken. Die anderen Patienten hatten gelacht. Siebeneisen hatte geheult.

»Wo ist er denn? Können Sie ihn sehen?«

»Uchka der Fahrer sieht. Da!« Er nickte etwa in Richtung Mitte der Herde, die aus mehreren tausend Ziegen bestehen musste. Siebeneisen sah nur kleine Hörner, weit aufgerissene Augen und viele, viele schwarze und weiße Haare. Über der

Herde lag eine feine Staubwolke, die im Gegenlicht der Sonne von innen zu leuchten schien.

»Da hinten ist er.« Lawn hatte O'Shady entdeckt. Sie sah auch nicht ständig zu den Hunden hinüber, die immer noch absolut regungslos auf ihren Posten saßen wie die strengen Aufseher eines Gefangenenlagers.

»Komm!«

Lawn nahm Siebeneisen bei der Hand und zog ihn am größten der Wächterhunde vorbei in die Herde hinein. Der Hund würdigte sie keines Blickes.

Und dann sah auch Siebeneisen O'Shady. Mitten in der Herde saß er im Schneidersitz im Staub und hielt eine kleine Ziege im Schoß, die zu schlafen schien. Sie mussten nur noch einige Tiere zur Seite schubsen, um zu ihm zu gelangen.

»Früher hat man die Wolle von erwachsenen und neugeborenen Ziegen in die gleichen Säcke gestopft. Können Sie sich das vorstellen?« O'Shady fuhr dem Tier mit einem langzackigen Kamm vorsichtig über den Bauch, der sich gleichmäßig auf und ab senkte. Sie schläft tatsächlich, dachte Siebeneisen. Die anderen Ziegen in der Nähe standen reglos um O'Shady herum und betrachteten ihn mit großen Augen. Hin und wieder meckerten sie, aber nur ganz leise, als wollten sie den Wollhändler nicht bei der Arbeit stören.

»Sehen Sie: Diese äußeren Haare hier – die sind viel länger und dicker.« Pat O'Shady zog sanft an einem Büschel, das er beim Kämmen mit der linken Hand zur Seite gehalten hatte. »Die schützen das Tier vor Regen, Wind, Staub und Sonne. Und das hier ist das Unterfell. Das isoliert.« O'Shady zeigte mit dem Finger auf das dichte Vlies am Bauch der Ziege. Sie schlief noch immer, schnaufte aber nun ganz leise. Wahrscheinlich träumte sie.

»Und genau das wollen wir, oder?« Pat O'Shady schien zu

jenen Menschen zu gehören, die so taten, als hätten sie ihre Erläuterungen über die Spezifika von Kaschmirwolle vor einer Viertelstunde begonnen und seien zwischendrin nur kurz unterbrochen worden.

»Baby-Kaschmir. Kann man bei jeder Ziege nur ein einziges Mal auskämmen, wenn sie jünger als ein Jahr ist. Wenn man es sorgfältig macht, kommen vielleicht 30 Gramm zusammen. Aber was für 30 Gramm sind das!«

O'Shady hielt den kleinen Bausch in die Sonne, deren Strahlen sich in den Haarfasern brachen. Es sah ein wenig aus, als halte er einen Kristall ins Licht, nicht eine Handvoll Wolle. Er legte die kleine Ziege sachte auf den Boden, wo sie sofort von den großen Ziegen beschnüffelt und gestupst wurde, bis sie aus ihren Babyziegenträumen aufwachte. Siebeneisen dachte daran, was Ganzorig über O'Shady gesagt hatte: dass der Mann über magische Kräfte verfüge. Der Ire stand nun auf und legte Lawn den Flaum Wolle in die Hand.

»Für Sie. Ein kleines Souvenir.«

Lawn nahm die Wolle in die Hand. »Dankeschön. Wie kann denn so ein bisschen Wolle bei minus 30 Grad im Winter warm halten?«

O'Shady lächelte. »Eigentlich überhaupt nicht. Bei den Ziegen wärmen nicht die Haarfasern, sondern die Luft, die sich zwischen ihnen sammelt. Die wirkt als natürliche Barriere, die die Körperwärme des Tieres zurückhält und die Kälte von außen nicht an den Körper lässt. Je feiner die Fasern, desto mehr Lufträume gibt es, und umso stärker ist der Effekt.«

Lawn öffnete ihre Handtasche und ließ die Wolle hineinschweben. Siebeneisen sah, dass die Ziegen begonnen hatten, sich um O'Shady zu drängen. So eng, dass er und Lawn mittlerweile beinahe unbedrängt in der Herde standen.

»Ich bin Pat O'Shady«, sagte Pat O'Shady, »Sie sind Touristen? Schönes Land, oder?«

Lawn und Siebeneisen stellten sich vor. Und erklärten, dass sie keine Touristen waren.

»Sie sind wegen mir hier draußen?« O'Shady schaute perplex. »Na, dann kommen Sie mal mit. Suchen wir uns ein ruhiges Plätzchen. Eines ohne Ziegen.«

In diesem Augenblick drangen von den Jurten Stimmen zu ihnen herüber. O'Shady legte die Hand über die Augen und sah hinüber.

»Wissen Sie was? Lassen Sie uns später reden. Die Wettkämpfe beginnen gleich.«

»Die Wettkämpfe?«

»Sind gestern Abend beim Wodka beschlossen worden. Einer von den Gurragtschaas hat behauptet, sie seien die besseren Schützen und die besseren Reiter und überhaupt die besseren Männer, das konnten die Barlas natürlich nicht auf sich sitzen lassen. Deswegen wird die Behauptung gleich auf ihren Wahrheitsgehalt überprüft. Kommen Sie, das wird ein ziemliches Spektakel!«

41

Während sie sich ihren Weg durch die Ziegen bahnten, begann aus dem Lager im Tal unter ihnen der große Exodus: Die Mongolen marschierten in zwei langen Kolonnen hinaus in die Steppe und stellten sich auf freiem Feld in vielleicht zwanzig Meter Abstand voneinander auf. Beide Gruppen brachen augenblicklich in lautes Geschrei aus und beschimpften sich gegenseitig. Siebeneisen wunderte sich. Offenbar konnte man in diesem Land den Tag gemeinsam um einen wärmenden Ofen verbringen, um dann plötzlich so zu tun, als sei der andere Clan der Erzfeind. Als sie sich den beiden Gruppen näherten, sah er, dass ausschließlich die Frauen für den Krawall sorgten. Die Männer standen mit verschränkten Armen vor der Brust und starrten schweigend zu den Männern des anderen Clans hinüber, die auf der anderen Seite ebenfalls mit verschränkten Armen vor der Brust standen – die Frauen aber zeterten und keiften und zeigten mit den Fingern auf die jeweils andere Gruppe. Natürlich verstand Siebeneisen kein Wort, aber bei den Satzkaskaden, die da vor ihm wie ein unablässiger Pfeilhagel zwischen den beiden Sippen durch die Luft sausten, handelte es sich mit Sicherheit um einige der schlimmsten Flüche Innerasiens. Selbst die ältesten Schrumpelgroßmütterchen machten mit. Und die dreckverschmierten Kleinkinder saßen vor ihnen im Gras und streckten ihren Altersgenossen auf der anderen Seite die Zunge heraus. Siebeneisen musste an Asterix denken, da gab es auch solche Szenen. Er wandte sich an O'Shady.

»Wer ist denn wer da unten?«

»Links sind die Gurragtschaas. Die anderen sind die Barlas. Im Alltag passt kein Stück Papier zwischen die beiden Familien. Aber wehe, es geht in einen Wettkampf.«

»Und auf welche Seite stellen wir uns?«

»Kommt darauf an, wer uns als Erstes entdeckt und als Glücksbringer haben möchte.« O'Shady grinste. Wahrscheinlich hatte der Kaschmirhändler das schon etliche Male erlebt – möglicherweise gehörte so ein Aufruhr zum festen Programm jedes Clantreffens. Sie liefen noch immer den Hügel hinunter, an dem die Erdhörnchen eine gewaltige unterirdische Stadt angelegt haben mussten, überall waren Löcher, und wo keine Löcher waren, lagen kleine Sandhügel, die beim Bau der Löcher und Gänge entstanden waren. Als sie noch vielleicht zweihundert Meter von den tobenden Sippen entfernt waren, entdeckten die Barlas sie. Und unmittelbar darauf auch die Gurragtschaas. Aus beiden Gruppen kam ihnen ein Mann entgegen.

»Die Clanchefs?« Siebeneisen sah interessiert zu den beiden Männern, die auf sie zusteuerten und sich dabei gegenseitig finstere Blicke zuwarfen. Beide gingen immer schneller. Wahrscheinlich hinderte sie bloß ihr Stolz daran, auf die Besucher zuzusprinten.

»Nein, nicht die Clanchefs. Für so etwas sind die Schamanen zuständig.«

Die beiden hatten sie fast erreicht. Sie waren nach wie vor auf gleicher Höhe, aber dann stolperte der Schamane der Gurragtschaas über ein Erdhörnchenloch, und sein Widersacher vom Clan der Barlas war einen Moment früher bei O'Shady. Er verbeugte sich und berührte den Arm des Iren mit seiner Hand. O'Shady lächelte und nickte: Offenbar war er mit dieser Berührung als Talisman für die Wettkämpfe gebucht. Der Schamane der Gurragtschaas hatte sich unterdessen aufgerappelt und starrte seinen Widersacher wütend an. Dann stapfte er mit schmerzverzerrtem Gesicht auf Siebeneisen zu.

»Sieht ganz so aus, als würden Sie dann wohl von der Konkurrenz verpflichtet.« O'Shady grinste. Siebeneisen wollte ihn noch schnell fragen, was man denn von so einem Talisman erwarte, aber da stand der Schamane auch schon vor ihm und verbeugte sich. Das heißt: Er begann mit seiner Verbeugung. Als er den Kopf senkte, hielt er für einen kurzen Moment inne. Dann richtete er sich ruckartig auf. Er sah an Siebeneisen vorbei zu Lawn hinüber, vier, fünf Sekunden lang, und humpelte zu ihr.

»Da hat wohl jemand seine Meinung geändert«, sagte O'Shady, als der Schamane sich nun vor Lawn verbeugte und sie sanft am Arm berührte. Dann drehte er sich zu O'Shady und sagte etwas auf Mongolisch.

»Er glaubt, dass Sie eine Frau mit besonderen Wahrnehmungsfähigkeiten sind.«

Lawn lächelte dem Schamanen zu. »Da liegt er sogar richtig. Ich beschäftige mich beruflich mit paranormalen Aktivitäten. Mit Erscheinungen. Sie würden wahrscheinlich Geister dazu sagen.«

O'Shady runzelte die Stirn und übersetzte. Beide Schamanen schauten erfreut und riefen etwas. O'Shady übersetzte erneut:

»So wie die in dem Film mit Dan Akroyd, wo am Ende das Michelin-Männchen durch Manhattan stapft?«

»*Ghostbusters*. In der Originalfassung war das der Marshmellow-Mann.«

Die Schamanen begannen, erregt aufeinander einzureden. Die Stimmen wurden lauter, der Ton schärfer. O'Shady sah zu Siebeneisen.

»Sie streiten sich. Angeblich bin ich im Vergleich zu Ihrer Frau nur ein sehr schwacher Glücksbringer. Mein Schamane will als Ausgleich jetzt auch noch Sie dazu bekommen. Was der andere natürlich ablehnt.«

Herr im Himmel, dachte Siebeneisen, als ob das einen Unterschied machen würde. Und das alles wegen eines Wettkampfes! Er sah hinüber zu den beiden Sippen, die sich mittlerweile friedlich gegenüberstanden und gespannt zu ihnen hinaufsahen. Die streitenden Schamanen dagegen hatten eine Lautstärke erreicht, die nicht mehr nach Unterhaltung oder lebhafter Diskussion klang – eher wie jene Geräuschkulisse, die den Bewohnern von Samarkand, Isfahan und Krakau einst nachts das Blut in den Adern gefrieren ließ, wenn sie mongolische Reiter vor den Stadtmauern hörten. Aber dann war der Streit so schnell vorüber, wie er begonnen hatte, und die Schamanen bestätigten ihre Einigung mit energischen, einsilbigen Zustimmungsrufen. O'Shady übersetzte:

»Also, Folgendes: Zwei Glücksbringer will die andere Sippe nicht durchgehen lassen. Es bleibt also bei mir als Talisman. Die beiden haben aber vereinbart, dass zum Ausgleich Sie beim Team der Barlas mitmachen sollen. Also als Teilnehmer.«

»Was?« Siebeneisen glaubte, nicht richtig gehört zu haben. »Als Teilnehmer? Ich? Was soll ich denn da machen?«

»Ist nicht schwierig. Zuerst gibt es Bogenschießen. Aus dem Stand, auf Zielscheiben.«

»Aha. Und dann?«

»Und dann folgt ein kleines Pferderennen.«

»Ein kleines Pferderennen? Ich kann überhaupt nicht reiten!«

»Das macht nichts. Selbst wenn Sie Europameister wären, würden Sie gegen die Mongolen Letzter. Machen Sie einfach mit. Die werden Ihnen das nie vergessen.«

»Und wenn ich vom Pferd falle? Und mich verletze?«

»Das werden Sie nicht.«

»Das werde ich nicht? Und wie wollen Sie das sicherstellen?«

»Wir werden Sie festbinden. Kommen Sie, wir gehen zu den Familien.«

O'Shady begann, den Hügel hinunterzulaufen. Die Schamanen hinter ihnen riefen ihren Sippen etwas zu, und die Menschen in den zwei Gruppen brachen zuerst in Jubel aus und fuhren anschließend fort, sich gegenseitig zu beschimpfen. Lawn legte ihren Arm um Siebeneisen und zog ihn mit sich. Als er sie anschaute, glaubte er, für einen kurzen Moment ein schelmisches Lächeln zu sehen. Es huschte über ihre Lippen, von denen die obere ein ganz kleines Stück über die untere ragte.

Der Bogen sah aus, als habe er gestern noch in einem Schaukasten in Ulan Bators Nationalmuseum gelegen. Siebeneisen nahm ihn in die Hand, änderte seinen Griff mehrere Male und betrachtete die Bogensehne, eine gedrehte Schnur aus …

»Aus was ist denn die Sehne?« Er stand zusammen mit O'Shady ein wenig abseits von den anderen. Der Ire ließ ihn keinen Moment aus den Augen. Offensichtlich fühlte er sich verantwortlich und betrachtete sich als Siebeneisens *Personal Coach*.

»Schafsdarm, denke ich. Hat die größte Spannkraft. Wenn man weiß, wie man mit so einer Waffe umgehen muss, trifft man damit noch auf zweihundert Meter Distanz.«

Und wenn man es nicht weiß, knallt einem die Sehne versehentlich beim Spannen gegen das rechte Auge, und man sieht die Welt die nächsten Wochen sehr einseitig, dachte Siebeneisen. Nun gut, dachte er, es half ja nichts. Er ging zu seinen drei Pfeilen, die wenige Schritte vor ihm im Boden steckten.

Jeder, der schon einmal mit einem Bogen geschossen hat, weiß, dass es dabei vor allem auf die Konzentration ankommt. Und auf die Atmung. Gute Bogenschützen haben fast immer langjährige Meditationserfahrung; sie schaffen es, ihren Körper vor dem Schuss komplett ruhigzustellen. Erst an einem bestimmten Punkt des Atmungsvorgangs – dann, wenn die Luft in einem langen, gleichmäßigen Zug aus der Lunge entwichen ist und kurz bevor sie neuen Sauerstoff benötigt –, erst dann lassen sie den Pfeil los. Während er zu seinen Pfeilen schritt, kam Siebeneisen eine *National-Geographic*-Reportage über japanische Mönche in den Sinn, die sogar mit geschlossenen Augen schossen. Sie trafen fast immer.

Er sah zur Zielscheibe hinüber. In einem hölzernen Rahmen war das Fell eines Wolfes gespannt, der den Schafshütehunden offenbar zu nahe gekommen war. Um diese provisorische Zielscheibe herum standen die Teammitglieder des gegnerischen Clans. Sobald die Schützen ihr Ziel ins Visier nahmen, führten ihre Konkurrenten an der Zielscheibe neckische Tänze auf, um die Konzentration der Gegner zu stören. Bei den bisherigen Durchgängen hatte Siebeneisen fasziniert beobachtet, wie die Nervösmacher erst zur Seite sprangen, kurz bevor sich der Pfeil in das Wolfsfell bohrte. Dann brachen die Angehörigen des eigenen Clans in lautes Siegesgeheul aus und feierten den Schützen, während die andere Sippe ihn mit den üblichen Flüchen und Schmähungen überhäufte. Bislang hatten alle Teilnehmer getroffen, alle bis auf einen der Garrugtschaas. Der Mann war entsetzlich betrunken und hatte den Bogen kaum halten können. Trotzdem waren seine drei Pfeile nur haarscharf am Ziel vorbeigeflogen. Der gegnerischen Mannschaft fehlte nun bloß ein einziger Treffer. Siebeneisen, Ehrenmitglied der Barlas, war der letzte Schütze.

Die Menge verstummte, als er den Bogen von der rechten in die linke Hand wechselte und einen der Pfeile aus dem Boden zog. Er ließ das gefiederte Ende in der Schafsdarmsehne einrasten. O'Shady stand neben ihm, der Ire verzog keine Miene. Drüben, mitten im gegnerischen Clan, saß Lawn auf einem Schemel zwischen dem Schamanen und einem Mann, bei dem es sich wohl um den Anführer der Sippe handelte. Sie warf ihm einen angedeuteten Kuss zu. Siebeneisen sah zum Ziel, an dem die Männer aus dem gegnerischen Team wie angetrunkene Derwische herumhüpften. Dann hob er den Bogen und spannte ihn, was allerdings derart viel Kraft erforderte, dass seine Arme augenblicklich schrecklich zu zittern begannen. Naiverweise dachte er, er könne seine Haltung stabilisieren, indem er einige Male tief ein- und ausatmete, doch blöderweise verschlimmerte sich das Zittern. Siebeneisen spürte, dass er den Bogen nicht mehr lange würde halten können. Er wartete, bis die Pfeilspitze zumindest halbwegs über dem Ziel war: Dann ließ er los.

Mit einem sirrenden Geräusch schnellte der Pfeil von der Sehne. In den Reihen der Gurragtschaas brach augenblicklich lauter Jubel aus, während die Derwische rund um die Scheibe lachten und feixten und lustige Grimassen schnitten. Siebeneisens Clan schwieg.

»Und? Vorbei?« Siebeneisen sah fragend zu O'Shady hinüber. Er hatte den Pfeil nicht fliegen gesehen. Solche Geschosse mussten unglaublich schnell sein.

»Nicht wirklich. Steckt da vorne.« Der Ire zeigte auf eine Stelle im Steppengras. Die Stelle war etwa drei Meter von Siebeneisen entfernt.

»Oh. Dann jetzt aber!« Siebeneisen griff nach einem neuen Pfeil. Er sollte einfach früher schießen, dachte er. Nicht zu lange warten. Spannen, zielen, loslassen, das musste eine einzige geschmeidige Bewegung sein. Er dachte an Wipperfürth, der immerzu über dieses Zenzeugs schwadronierte – wahrscheinlich wäre der hier mit einer Augenbinde angetreten. Siebeneisen spannte den Bogen dieses Mal also schon, während er ihn anhob, führte die Pfeilspitze in die Mitte der feixenden Derwische und ließ los, als das Zittern gerade einsetzen wollte. Dieses Mal hörte sich das Sirren wesentlich professioneller an. Der Pfeil flog in einer leichten Ellipse davon, etwas zu weit nach links, wie es schien. Dann war er aber schon wieder auf der Erde, der Pfeil, und Siebeneisen sah, wie ein taubenblaues Vehikel in etwa hundertzwanzig Meter Entfernung vorne links plötzlich ein Stück zusammensackte. Und wie ein Mann, der offenbar wegen einer Reparatur an der geöffneten Motorhaube seines Autos stand, sich erstaunt zum linken Vorderreifen hinunterbeugte und nachschaute, warum der plötzlich sämtliche Luft verlor. Siebeneisen ahnte, dass ihm für seinen dritten Pfeil eher nicht so viel Zeit bleiben würde. Uchka der Fahrer würde ganz schnell hier sein, ganz schnell würde er das.

»Schöner Schuss!« Pat O'Shady klopfte Siebeneisen anerkennend auf die Schulter.

»Danke. Er hätte allerdings gerne auch zumindest in Richtung des Zieles gehen dürfen.« Siebeneisen zog seinen letzten Pfeil aus dem Boden. Er spürte, wie ihm ein stechender Schmerz aus dem Nackenbereich in die Arme kroch. Als er den Bogen zum dritten Schuss anhob, ahnte er, dass er die kommenden Tage wahrscheinlich noch nicht einmal einen Becher gegorener Stutenmilch zum Mund würde führen können. Beim Spannen zitterten seine Arme völlig unkontrolliert.

Der Pfeil blieb mitten im Wolfsfell stecken.

42

Die Barlas rasteten komplett aus. Die Männer ballten die Fäuste in den Himmel und klopften sich gegenseitig auf die Schultern, die Frauen jubelten, mehrere der Schrumpelgroßmütterchen kamen auf Siebeneisen zugelaufen und herzten ihn. Als er sich aus den Umarmungen befreite, sah er zu den Gurragtschaas hinüber, die sich in eine menschliche Wand aus Schweigen verwandelt hatten. Lawn zwinkerte ihm zu. Offensichtlich hatte sie keine Probleme damit, dass ihre Glücksbringerfähigkeiten bei diesem Teil des Wettkampfes nicht ausreichend gewesen waren.

Doch leider folgte nun der zweite Teil. Siebeneisen sah mit Entsetzen, wie mehrere kleine Jungs die Pferde zu den Teams führten. Keines der Tiere machte auch nur einen halbwegs ruhigen Eindruck auf ihn. Und keines der Tiere trug einen Sattel.

O'Shady neben ihm runzelte die Stirn. Er klopfte Siebeneisen erneut kurz auf die Schulter und ging zu den Gurragtschaas hinüber, wo er mit dem Schamamen sprach. Dann kam er zurück.

»Sie bekommen Zaumzeug und einen Sattel. Ohne den schaffen Sie es nicht über den ersten Hügel. Außerdem kann das mit der Zeit sehr schmerzhaft sein, wenn man es noch nie gemacht hat.«

»Mit der Zeit? Ich dachte, es gibt ein schnelles Wettrennen? Über welche Distanz reiten wir denn?« Siebeneisen hatte vermutet, so ein mongolisches Pferderennen sei eine Sache von ein bis zwei Minuten.

»Sehen Sie den Berg da hinten?« O'Shady zeigte mit der Hand auf eine Silhouette, die sich in der Ferne im Dunst des Nachmittags abzeichnete, ungefähr an jener Stelle, wo Steppe und Horizont sich berührten. »Am Fuß des Berges warten zwei Männer, einer aus jeder Familie. Das sind die Schiedsrichter. Um die reiten Sie herum, und dann kommen Sie einfach in gerader Linie zurück.«

»Bitte was? Das sind doch bestimmt drei Kilometer!«

»Eher fünfzehn. Keine Sorge, Sie kriegen das hin. Sie dürfen nur nicht vom Pferd fallen.«

Siebeneisen bemerkte, wie er zum soundsovielten Mal auf seiner Odyssee über den Sinn des Daseins zu grübeln begann. Allmählich kam er sich vor wie in einer dieser griechischen Tragödien, bei denen ebenfalls immer alles immer noch schlimmer wurde für den Hauptdarsteller, selbst dann, wenn jeder dachte: Der arme Kerl, jetzt ist mal genug, lasst ihn doch endlich in Ruhe. Worauf natürlich erneut die Hölle über den Mann hereinbrach. Wie bei ihm selbst, dachte er, während zwei Mongolen das größte und ungestümste Pferd für ihn sattelten. Wieso passierte ihm das alles? Was hatte er getan, dass er das verdiente? Es musste etwas in einem anderen, früheren, vergessenen Leben sein, das er angerichtet hatte. Etwas Schreckliches, für das sich die Götter nun rächten, das Schicksal, der Kosmos, alle zusammen, eine andere Begründung konnte es nicht geben für diese surreale Folge an immer neuen Zwischenfällen. Man hatte ihn verprügelt, entführt und mit grenzdebilen australischen Rentnerinnen auf einem Schiff ins Eis geschickt, er war von einem jähzornigen Nashorn gehetzt und beinahe von einem Geier angefressen worden. Und jetzt sollte er auf ein Pferd geschnürt werden, das ihn nach allerspätestens anderthalb Minuten im hohen Bogen in die Steppe werfen würde. Siebeneisen wollte nach Hause. Er wollte nur noch nach Hause.

»Kommen Sie, ich helfe Ihnen in den Sattel.« O'Shady führte das Pferd am Zügel heran. An seiner Seite wirkte das Tier plötzlich handzahm. Es legte seinen Kopf an die Schulter des Iren und schnaubte leise. O'Shady tätschelte es und zeigte Siebeneisen, wie er den linken Fuß in den Steigbügel stecken sollte. Leider hing der Bügel viel zu hoch über dem Boden, oder vielleicht waren seine Beine auch zu kurz, jedenfalls baumelte Siebeneisen für einen endlos langen Moment merkwürdig schwerelos in der Luft, aber dann hatte O'Shady ihn schon von hinten gestützt und mit einem Ruck hinauf in den Sattel geschoben.

Siebeneisen kam sich sofort vor wie auf dem Dreimeterbrett im Oer-Erkenschwicker Freibad: Unten schien endlos weit entfernt. O'Shady auch, der war jetzt unter dem Pferdebauch beschäftigt, wo er ein Seil vom linkem Fußknöchel des Reiters zu seinem rechten spannte. Siebeneisen sah hinüber zu den anderen Teammitgliedern, die ihre Tiere tänzeln ließen. Einige der Männer lächelten ihm zu oder streckten den Daumen aufmunternd nach oben, das waren wohl die aus seinem Clan. Die anderen ignorierten ihn. Und dann trat ein Mann mit einer Peitsche aus den Zuschauern und baute sich theatralisch vor den Reitern auf. Siebeneisen spürte ein Ziehen an seinen Knöcheln, als O'Shady den Sitz seines Sicherheitsgurtes noch einmal überprüfte. Dann kam der Ire unter dem Pferd hervor, und der Mann mit der Peitsche ließ sie knallen, und unter den Anfeuerungsrufen der Barlas und Gurragtschaas ritten sie los.

Das heißt: Die anderen ritten los – Siebeneisens Pferd blieb, wo es war. Es bewegte sich keinen Meter. Das Tier schaute den anderen Reitern nach, schnaubte verächtlich und inspizierte in aller Ruhe eines der vielen Erdhörnchenlöcher. Den Lärm, den die Barlas (verzweifelte Anfeuerungsrufe) und die Gurragtschaas (höhnisches Gelächter, Schmähgesänge) hundert Meter von ihm entfernt veranstalteten, ignorierte es komplett. Siebeneisen sah zu, wie sich die Staubwolke vor ihm Richtung Horizont entfernte. Ein eigenartiges Gefühl überkam ihn. Er glaubte zu spüren, wie die Welt zu einem kompletten Stillstand kam und plötzlich schwerelos im All schwebte, wohlbehütet zwischen all den anderen Sternen und Planeten eines Universums in vollkommener Balance. Er fühlte eine warme, wohlige Ruhe, die alles zu durchströmen schien. Als habe jeder und jedes sein Plätzchen gefunden, endlich gefunden, er oben auf dem friedlichsten Pferd der Welt und das Pferd mit allen vier Hufen fest auf den einzig richtigen Quadratmetern mongolischer Steppe.

»Schlagen Sie ihm die Hacken in die Flanken, verdammt!« O'Shady war neben ihm aufgetaucht. Er bewegte seine angewinkelten Ellenbogen demonstrativ ruckartig nach hinten. Auch die Geräusche waren jetzt leider schlagartig in die soeben noch so balsamische Welt zurückgekehrt. Siebeneisen sah erschrocken, wie der komplette Barlas-Clan schreiend in seine Richtung strömte, die Schrumpelgroßmütterchen vorneweg. Also schlug er dem Pferd die Schuhabsätze in die Rippen. Einmal nur. Ganz kurz. Und nicht wirklich fest.

Die Metamorphose geschah in Sekundenbruchteilen. Während er entsetzt zu den anstürmenden Barlas hinübersah, schien es, als verändere der massige Körper zwischen Siebeneisens Schenkeln seine Form, als dehnte und streckte sich jede einzelne Zelle, jede Ader, jede Faser eines jeden Muskels. Einen Augenblick später ruhte die Welt nicht mehr länger in sich – einen Augenblick später flog die Welt an Siebeneisen vorbei. Oder besser: Er flog durch die Welt. Hinaus in die Steppe. Im gestreckten Galopp. Hinter der Staubwolke her, die die anderen Reiter aufgewirbelt hatten. Instinktiv duckte sich Siebeneisen und griff mit beiden Händen die Zügel, und weil er glaubte, seinen Halt zu verbessern, wenn er die Beine nur fest genug gegen den Pferdeleib drückte, tat er auch das. Er würde nicht von diesem Gaul fallen, dachte er, auf gar keinen Fall würde er von diesem Gaul fallen.

Pferde sind kluge Tiere – in der Regel merken sie sehr, sehr schnell, mit wem sie es zu tun haben. Mongolische Pferde bilden da keine Ausnahme, und das unter Siebeneisen wusste seit der ersten Minute ihrer Begegnung, dass es einen absoluten Anfänger auf seinem Rücken transportieren sollte. Weil es klug war, lief es erst einmal weiter, bis sie über drei oder vier Hügel waren und die lärmenden Sippen weit genug hinter sich gelassen hatten. Dann allerdings entschied es sich ziemlich bald, ein interessant aussehendes Erdhörnchenloch zu begutachten. Es blieb abrupt stehen.

Die Vollbremsung ließ Siebeneisen nach vorne fliegen, und wenn ihn der Strick zwischen seinen Fußknöcheln nicht gehalten hätte, wäre er wohl über den Kopf des Tieres geschleudert worden. So aber schlug er bloß gegen Hals und Mähne, prallte von dort zurück und geriet dabei irgendwie in eine bedrohliche Schieflage ganz hinten auf dem Rücken des Tieres. Und dann konnte auch O'Shadys Sicherheitsgurt nicht mehr verhindern, dass Siebeneisen ganz langsam und wie in Zeitlupe vom Pferd rutschte.

Der Schmerz schoss wie ein Blitz aus seinem Hintern durch den Körper. Siebeneisen wartete darauf, dass als Nächstes sein Hinterkopf auf den Boden knallen würde, stellte dann aber fest, dass er bereits ziemlich stabil in der Steppe saß. Und zwar auf etwas sehr Spitzem. Es tat höllisch weh. Er wollte aufstehen, aber das ging nicht, weil seine Beine ja zusammengebunden waren und der Strick zwischen den Vorder- und Hinterläufen des Pferdes lag. Er versuchte, ihn unter den Hufen hindurchzuziehen. Das Pferd stand wie festgemauert. Es war mit seiner Erdhörnchenlochinspektion fertig und rupfte nun kleine Grasbüschel aus. Siebeneisen zerrte noch einmal, dieses Mal mit ganzer Kraft. Das Pferd unterbrach sein Grasen und schaute nach hinten. Es schnaubte, was sich ein wenig mitleidig anhörte. Dann machte es zwei Schritte nach vorne. Siebeneisen war frei.

Er wollte aufstehen, aber da kehrte sofort dieser Schmerz zurück: Besser, er blieb erst einmal sitzen. Siebeneisen war ein emsiger Leser der Apothekenzeitschriften, die Walburga auf der Herrentoilette im Fetten Hecht auslegte (wahrscheinlich, um Gäste wie Schatten sehr dezent auf die Gefährlichkeit ihrer Gewichtsklasse aufmerksam zu machen). Kurz vor seiner Abreise nach Australien hatte er dort etwas zum Thema Steißbeinbruch-Prävention gelesen. Er befürchtete, dass er sich genau so einen nun zugezogen hatte. Ausgerechnet das Steißbein! Wo er doch morgen schon wieder endlos im Rumpeljeep von Uchka dem Fahrer sitzen musste, bis zurück nach Ulan Bator! Und anschließend bestimmt wieder genauso endlos auf irgendeinem Holzklassesitz, den Wipperfürth mit Sicherheit für den nächsten Reiseabschnitt buchen würde. War das denn nie vorbei? Siebeneisen wimmerte leise. Mit zusammengebissenen Zähnen hob er die Hälfte seines Hinterns und tastete nach der Stelle, von der aus die Blitze durch seinen Körper zuckten. Seine Finger berührten etwas Metallisches. Erschrocken sprang er auf, wobei das Messer sich aus seinem Hintern löste und auf den Boden fiel. Das war doch nun wirklich nicht zu fassen! Da rutschte er mitten in anderthalb Millionen Quadratkilometer Nichts und Leere vom Pferd und landete genau auf dem einzigen Dolch, der in der kompletten Mongolei besitzerlos herumlag. Die Klinge war korrodiert, blaugrün angelaufen und saß nur noch locker in dem Knauf aus Horn. Das Messer lag hier nicht erst seit gestern, so viel war klar. Siebeneisen bemerkte nun auch, dass er auf einer Art Steinhügel stand. Merkwürdig, dachte er. Die Erhebung sah nicht so aus, als sei sie natürlich entstanden. Was konnte hier einst gebaut worden sein? Er legte das Messer vorsichtig zurück auf die Steine, als fürchtete er, sein Besitzer könne heute Abend zurückkommen und es suchen. Als er sich – die Hand am Hintern und sehr, sehr vorsichtig – gerade wieder aufrichten wollte, fiel sein Blick auf ein weiteres Stück Metall: einen länglichen Anhänger mit Schriftzeichen, an dem der Zahn der Zeit bereits ziemlich erfolgreich herumgenagt hatte. Siebeneisen überlegte kurz. Dann steckte er den Anhänger in die Hosentasche. Wenn diese Reise irgendwann einmal zu Ende gehen sollte, würde er zumindest ein kleines Erinnerungsstück besitzen.

Es dämmerte bereits, als er zurück ins Lager humpelte. Nicht, dass es wirklich weit gewesen wäre – Siebeneisen hatte bloß eine halbe Ewigkeit versucht, das Pferd in Bewegung zu setzen. Über einen Zeitraum, der ihm wie mehrere Stunden vorgekommen war, hatte das Tier ihn ignoriert, ihn und seine Versuche, mit ihm am Zügel nach Hause zu gehen: das Zerren und Ziehen, das aufmunternde »Hopphopp!«, das Schnalzen mit der Zunge wie in den John-Wayne-Western. Er hatte dem Tier mit der flachen Hand auf die Flanken geklappst und ihm ein alarmierendes »Halten Sie bitte Ihren Hund fest!« ins Ohr geflüstert und was einem sonst noch so alles einfällt, wenn man sein Reittier nicht allein in der mongolischen Steppe zurücklassen wollte. Das Pferd war stehen geblieben. Das Pferd hatte einfach weitergefressen. Das Pferd hatte so getan, als sei es allein, als wäre da niemand außer ihm. Bis zu jenem Moment, in dem Siebeneisen seine Angst überwunden und beschlossen hatte, zurück in den Sattel zu steigen: Da war das Pferd auf einmal losgerannt. Richtung Lager. Und Siebeneisen, der gerade einen Fuß in den Steigbügel bugsiert hatte, war mit viel Schwung auf den Boden geknallt. Genau auf jene Stelle an seinem Hintern, an der bereits ein kleines, blutrot umrandetes Loch klaffte. Natürlich genau auf jene Stelle.

43

(DONNERSTAGS IM FETTEN HECHT, OER-ERKENSCHWICK.)

»Und wenn wir ihm den hier besorgen? Sieht doch gut aus.« Schatten reichte Wipperfürth den *Tagesboten*. Die betreffende Stelle hatte er eingekreist.

»Hammer. Krasse Farbe. Was kostet der denn?«

»Geld spielt in diesem Fall keine Rolle. Unser Siebeneisen hat sich schließlich ordentlich ins Zeug gelegt. Da werde ich mich nicht lumpen lassen. Und die technischen Daten sind einwandfrei.«

»Warte mal, kleinen Moment.« Wipperfürth ging hinüber zu seinem Notfallrucksack, den er hinter dem Tresen des Fetten Hechts deponiert hatte, trotz Walburgas Protesten, die schon mehrmals über das 80-Liter-Modell gestolpert war. In letzter Zeit hatte er sich verstärkt mit der kommenden Katastrophe beschäftigt. Er vermutete schon länger, dass die Medien die deutsche Öffentlichkeit bewusst uninformiert ließen. Auf Druck der Bundesregierung möglicherweise, wer wusste das schon. Jedenfalls war er sich sicher, dass man ihnen nicht die Wahrheit sagte über das, was der Menschheit drohte. Eines Tages – und möglicherweise schon sehr bald – würde ein mutierter Virus Tod und Verdammnis über die Welt bringen, das stand mal fest. All diese mit Antibiotika gemästeten Tiere! Überall diese Genzüchtungen! Und was da alles in den Laboren der Geheimdienste ausprobiert wurde! Das war doch alles eine tickende Zeitbombe! Leider bot die Volkshochschule Oer-Erkenschwick keinen Kurs in Katastrophen-Vorsorge an, aber Wipperfürth hatte im Internet nützliche amerikanische Webseiten ausfindig gemacht. Und Listen mit Dingen, die man am Mann haben sollte, wenn der D-Day anbrach. Seit ihm klar war, auf welch dünnem Eis die Menschheit ihre munteren Runden drehte, ging Wipperfürth niemals ohne seinen Rucksack aus dem Haus. In dem steckten Atemmaske, Taschenlampe, Wasserreinigungstabletten und ein Multifunktionswerkzeug. Außerdem hatte er wasserdicht versiegelte Streichhölzer, Vitaminpräparate und eine Rettungsdecke aus Alufolie eingepackt. Unter anderem. Aus dem kleinen Fach oben im Deckel holte er jetzt seine Lesebrille.

»Brauch ich fürs Kleingedruckte«, sagte er, als er Schattens verwunderten Blick bemerkte. Er beugte sich über die Zeitung und las das eingekringelte Inserat:

Fahren wie ein Italiener! Vespa Nachbau, 50cc. Niedrigster Benzinverbrauch durch Vollkunststoffverkleidung! Lieferung erfolgt aus Shenzhen. VR China. 18 Monate Garantie. NP 499 €, zuzüglich 380 € Frachtkosten.

»Und, was meinst du? Unser Freund kann doch nicht ewig mit seiner alten, mausgrauen Möhre fahren. Das hier« – Schatten tippte mit dem Zeigefinger auf das Inserat in der Zeitung –, »das hier ist was Ordentliches.«

Wipperfürth nickte. Ganz klar: Schatten erkannte Qualität, wenn er Qualität sah. Und dass Siebeneisen eine Belohnung für seine Arbeit haben sollte: Auch das stand außer Frage. Eigentlich hatte er eher vermutet, dass Schatten bei eBay auf die Suche nach einem Motorroller für Siebeneisen gehen würde. Im osteuropäischen Ausland, wo die Dinger etwas preiswerter zu haben waren, wenn man sich einen Hänger lieh und sie dort abholte. Wipperfürth kannte keinen geizigeren Menschen als Schatten, der jeden Cent so lange umdrehte, bis er vom vielen Anfassen blank poliert glänzte. Daran würden auch die Millionen nichts ändern, da war er sich sicher. Er nahm die Zeitung und hielt sie unter die Lampe, um sich den Motorroller noch einmal genau anzuschauen.

»Braucht man in Deutschland für eine Zulassung nicht auch Blinker?«

»Die kann er sich doch in jedem Zweiradladen dazukaufen. Den Rückspiegel auch.«

»Und meinst du, ihm gefällt die Farbe?«

»Brombeer ist zeitlos! Damit kann man doch nichts falsch machen. Eine Farbe aus der Natur kann niemals aus der Mode kommen.«

»Stimmt. Und die neongelben Herzchen vorne sehen auch krass aus. Was ist denn das für ein Katzenmotiv?« Wipperfürth zog seine Brille einen Zentimeter auf der Nase nach vorne, um die Beschriftung an der großen Comic-Katze lesen zu können, die unterhalb des Sitzes auf die Brombeerlackierung aufgesprüht war. Sie trug ein rosa Kleidchen und eine Butterblume auf dem Kopf.

»Hel-lo Kit-ty. Niedlich.«

»Ich denke, wir ordern den. Als Belohnung. Wenn wir das schnell machen, ist das Teil vielleicht sogar vor unserem lieben Siebeneisen zu Hause. Wo ist er eigentlich gerade?«

»In der Mongolei. Aber nur noch ein oder zwei Tage, schätze ich. Da dürfte nichts schieflaufen.«

»Und dann? Den letzten meiner geschätzten Miterben hast du doch auch schon gefunden…«

»Klar… Habe ich…« Wipperfürth schoss plötzlich ein Gedanke in den Kopf. Ein genialer Gedanke.

»Und? Wo?«

Wipperfürth strahlte. »Ich glaube, ich habe uns gerade eben 380 € gespart.«

44

(ZUR GLEICHEN ZEIT IN DER MONGOLISCHEN STEPPE.)

»Haben Sie einmal darüber nachgedacht, wie Landschaften auf den Menschen wirken? Dass es Panoramen gibt, bei denen man das Gefühl hat, sie würden etwas in einem berühren? Etwas, von dem man bislang überhaupt nicht wusste, dass es vorhanden ist?«

Pat O'Shady hockte auf einem mit Moos überzogenen Hügel, kaute an einem Grashalm und schaute hinaus in die Mongolei. Siebeneisen saß neben ihm. Er achtete penibel darauf, sein Gewicht nicht auf die rechte Gesäßhälfte zu verlagern – das war die mit der Stichwunde. Eine Stunde zuvor hatte er dem Kaschmirhändler bei einem großen Becher gegorener Stutenmilch offenbart, weshalb er zu ihm in den 20. Bezirk gereist war. Und hatte ihm die komplette Geschichte erzählt, von der Beerdigung der Großtante in Irland bis zu den Erlebnissen mit dem cholerischen Nashorn. O'Shady hatte ihn nicht unterbrochen, nichts kommentiert und keine einzige Frage gestellt. Erst als Siebeneisen fertig gewesen war, hatte Pat O'Shady einen einzigen Satz gesagt: »Danke, dass Sie gekommen sind.« Dann war er hinaus auf den Hügel gegangen. Nach einer Weile war Siebeneisen ihm gefolgt.

Vielleicht lag es ja an der Stutenmilch, dass er sich nun so angenehm beschwingt fühlte. Bereits bei seiner Rückkehr ins Lager hatte es einen kräftigen Begrüßungsschluck gegeben. Die anderen Reiter waren bereits über drei Stunden vor Siebeneisen eingetroffen, und sowohl die Barlas als auch die Gurragtschaas hatten längst vergessen, wer den Wettkampf gewonnen hatte, und wahrscheinlich auch, warum er überhaupt ausgetragen worden war. Nun lagerten die Mitglieder beider Clans gemeinsam um große Feuer. Hammel wurden gegrillt, Wodka getrunken und Reiterlieder gesungen; Siebeneisen entdeckte Uchka den Fahrer, der die Männer an seinem Feuer zu einem dreistimmigen Chor arrangierte und zu dirigieren versuchte. Lawn saß zusammen mit den Schrumpelgroßmütterchen vor einer Jurte und würfelte mit Schafsknochen Orakel aus. Als Siebeneisen näher kam, blickte sie auf und lächelte ihr schönstes Lächeln. Er umarmte sie. Natürlich hat sie sich keine Sorgen gemacht, dachte er. Wieso auch? Personen mit gewissen Wahrnehmungsfähigkeiten machen sich keine Sorgen, wenn man auf einem Pferd am Horizont verschwindet – weil sie ja spüren würden, wenn etwas wirklich nicht in Ordnung ist. Dass jemand in vier Kilometer Entfernung in der Steppe stand und verzweifelt versuchte, ein Pferd am Zügel zum Mitkommen zu bewegen, gehörte eher nicht zu jenen Dingen, die die Aufmerksamkeit einer solchen Person auf sich ziehen.

»Ich kenne das. Das mit den Landschaften.« Siebeneisen unterbrach die lange Stille zwischen den beiden Männern oben auf dem Hügel. »Wenn sie zu einem zu sprechen scheinen. Ich hatte neulich in Südafrika das Gefühl. In diesem Nationalpark. Kurz bevor wir entführt wurden.«

O'Shady nickte. »Wissen Sie, ich glaube, dass Städte dem Menschen schaden. Seine Seele zerstören, ganz allmählich. Dass wir nicht für Straßenschluchten und Fußgängerzonen gemacht sind, sondern an einen Ort wie diesen hier gehören.« Er blickte noch immer in das Land, das vor ihnen lag. Die Sonne war hinter die Hügel gerutscht, in der Dämmerung wiegte sich das Gras der Steppe in sanften Wellen Richtung Horizont. Um sie herum veranstalteten kleine Grashüpfer einen Hochsprungwettbewerb. Siebeneisen konnte das leise Knacksen vernehmen, das die Insekten beim Abspringen erzeugten.

Schweigend sah er in die Steppe hinaus. Er wollte jetzt nicht reden. Zum einen, weil er ähnlich empfand wie der Ire. Zum anderen, weil ihn ein leiser Verdacht beschlich, wohin dieses Gespräch führen würde. Noch war da nicht viel mehr als eine feine Ahnung, aber die würde sich möglicherweise ziemlich bald auswachsen. Warum, hätte er nicht sagen können. Er spürte es einfach.

»Wenn wir die Zeit hätten, wären wir in ein paar hunderttausend Jahren möglicherweise so weit. So lange benötigt die Evolution bestimmt, bis sie uns auf ein Leben in Städten eingestellt hat.«

O'Shady fing einen der auf und ab springenden Grashüpfer und betrachtete das Tier. Es saß still auf seiner Hand und putzte sich entspannt die Flügel. Offenbar gefiel es ihm dort.

»Aber selbst dann wäre die Sehnsucht nach Landschaften wie diesen weiterhin tief in uns verankert. Und wir würden noch immer ein offenes Kaminfeuer lieben und könnten noch immer stundenlang in seine Flammen schauen. Weil uns das noch immer an die Zeit erinnern würde, in der wir hier draußen in der Steppe um ein Lagerfeuer saßen.«

Siebeneisen dachte an die langen Stunden, die er vor kurzem an Deck des Kreuzfahrtschiffes verbracht hatte, um den vorbeitreibenden Eisbergen zuzusehen. Er wusste genau, von was O'Shady sprach. Egal, wie diese Hetzjagd um die Welt ausgehen würde: Diese Erkenntnis würde ihm bleiben. Ihm fiel das Amulett ein, das er draußen in der Steppe gefunden hatte. Er zog es aus seiner Hosentasche und zeigte es dem Iren.

»Wo haben Sie das her?«

»Gefunden. Da draußen. Als ich vom Pferd gefallen bin.«

»Hm.« O'Shady nahm den Anhänger in die grashüpferfreie Hand. Er betrachtete ihn mit gerunzelter Stirn.

»Können Sie lesen, was da draufsteht?«

»Ja.« O'Shady blickte Siebeneisen in die Augen. »Darf ich Ihnen einen Tipp geben? Behalten Sie das nicht. Geben Sie das den Mongolen. Und sagen Sie ihnen, wo Sie es gefunden haben.«

»Ist es wertvoll?«

»Es hat keinerlei materiellen Wert, wenn Sie das meinen. Ein Stück Kupfer mit Inschrift.« O'Shady gab Siebeneisen den Anhänger zurück. »Es sollte trotzdem in der Mongolei bleiben.«

Siebeneisen wartete einen Moment auf weitere Erklärungen, aber O'Shady hatte offenbar beschlossen, dass alles gesagt war. Er betrachtete nun wieder den Grashüpfer, der noch immer völlig regungslos in seiner Hand saß. Siebeneisen wusste nicht, ob ein Insekt wirklich schlafen konnte – dieses hier wirkte, als ob es in eine Art Koma gefallen sei. Er betrachtete O'Shady, der in die Landschaft hinaussah. Er war kein Mongole, er war hier nicht geboren, besaß hier keine Wurzeln, und dennoch hatte Siebeneisen noch nie einen Menschen getroffen, der so eins zu sein schien mit seiner Umgebung wie dieser Mann mit diesem Land. Als ob er und die Mongolei füreinander bestimmt waren und bloß eine Volte des Zufalls dafür gesorgt hatte, dass er auf einer steppenlosen Insel im Atlantik das Licht der Welt erblickt hatte.

»Haben Sie eigentlich einmal daran gedacht, dass einer der Erben das Geld möglicherweise überhaupt nicht möchte?« O'Shady streichelte den Grashüpfer in seiner Hand. »Weil er zufrieden ist mit dem Leben, das er hat? Weil er ahnt, dass eine solche Summe all das zerstören würde, für das er lebt?«

Da war es dann also. Ganz schnell. Wie nebenbei dahingefragt. Siebeneisen war nicht wirklich schockiert. Eigentlich überhaupt nicht. Wenn man ihn vorher gefragt hätte, was er denn tun würde, wenn einer der Erben sein Erbe ausschlage – wahrscheinlich hätte er das für eine absurde Vorstellung gehalten. Oder entgegnet, dass ihm schon die geeigneten Argumente einfallen würden, um den Mann zu seinem Glück zu zwingen. Jetzt aber, wo das Undenkbare gerade dabei war, handfeste Realität zu werden, blieb Siebeneisen völlig gelassen.

»Nein, das haben wir uns wohl nicht wirklich überlegt. Eigentlich haben wir uns alle nur Gedanken gemacht, was wäre, wenn wir einen der sieben fehlenden Erben nicht auftreiben können. Aber nicht, dass einer seinen Anteil nicht haben möchte.«

»Das Erbe wird nicht ausbezahlt, wenn nicht alle gemeinsam zustimmen?«

»Ja. Das ist die Bedingung.«

O'Shady schwieg. Er betrachtete noch immer den regungslosen Grashüpfer in seiner Hand. Das Tier hatte sich etwas nach links geneigt. Es sah aus, als lehnte es am Handballen des Iren. Wenn man bessere Ohren hätte, würde man es jetzt wahrscheinlich leise schnarchen hören, dachte Siebeneisen. Ein sanfter Wind kam auf. Er spürte, wie sich die Kühle der Nacht über die Hügel heranpirschte.

»Lassen Sie uns ins Lager gehen. Am Ende eines solchen Tages muss man einen Wodka zusammen trinken.« O'Shady stand auf. Er pustete sanft in seine flache Hand. Der Grashüpfer erwachte. Einen Moment blieb er noch sitzen. Dann sprang er zu seinen Kumpels ins Gras.

Als sie zurückgingen, bemerkte Siebeneisen aus den Augenwinkeln eine Bewegung. Er drehte den Kopf: Auf dem Hügel neben ihnen stand ein Wolf. Auch O'Shady blickte zu der Silhouette hinüber.

»Schwer zu sagen.« Der Ire schien zu ahnen, was Siebeneisen

dachte. »Ist in diesem Licht kaum zu unterscheiden. Könnte auch einer der Hunde sein.«

Sie beobachteten das Tier. Es stand vollkommen regungslos und sah in ihre Richtung.

»Ich kann es wirklich nicht sagen.« O'Shady kniff die Augen zusammen. »Die Stunde zwischen Hund und Wolf – kennen Sie die Redewendung? Wenn nicht klar ist, mit was man es zu tun hat?« Er sah Siebeneisen an. Dann ging er weiter Richtung Lager. Als Siebeneisen erneut zu dem Hügel hinübersah, war das, was ein Wolf oder auch nur ein Hund war, verschwunden.

Am nächsten Morgen benahm sich Uchka der Fahrer, als sei er um sieben ins Bett gegangen und habe anschließend elf Stunden tief und fest geschlafen. Er scherzte mit den Schrumpelgroßmütterchen, rannte mit kleinen Kindern auf den Schultern zwischen den Jurten umher und forderte jeden zum Singen auf, der sich gerade mühsam und verkatert aus den Decken wickelte. Anschließend erledigte er ein paar kleinere Reparaturen am Auto, signalisierte, dass sie bald aufbrechen könnten und pfiff und sang und lärmte bei alldem unerträglich munter vor sich hin. Siebeneisen wusste natürlich, dass der Mann bluffte. Uchka der Fahrer musste hundemüde sein. Im Laufe des Abends hatte er unglaubliche Mengen Wodka konsumiert und sich zudem völlig in seiner Funktion als Chorleiter verausgabt. Anfangs waren lediglich die Mongolen an seinem Feuer zu soliden Reiterliedersängern ausgebildet worden. Als dann aber der Abend voranschritt und der Mond wie ein kaltgeschmiedeter Krummdolch über der Steppe hing, war Uchka der Fahrer in die Mitte der Feuer gewankt. In den folgenden zwei Stunden war es ihm gelungen, so gut wie alle Mitglieder der beiden Clans zu einem großen Chor zu vereinen. Anfangs hatte Siebeneisen das alles fasziniert beobachtet, das Einstudieren der Verse, das Üben der korrekten Einsätze, die Geduld und Unermüdlichkeit des Dirigenten. Als die

Fischerchöre des 20. Bezirks dann aber das erste Mal in voller Lautstärke *Aylen* und *Shudlen* gepriesen hatten und gleich danach den Tee der Mutter, mit viel Milch und ein wenig Salz, da hatten er und Lawn beschlossen, sich einen Schlafplatz außerhalb des Lagers zu suchen. Bei dieser Geräuschkulisse mussten sie keine Angst vor Wölfen haben; Wölfe vermieden instinktiv Orte, an denen ihnen ein Tinnitus droht. Sie hatten sich Decken und Schafsfelle genommen und waren im Mondlicht einen Hügel hinaufgelaufen. Und dann lagen sie gut verpackt unter dem Himmel der Mongolei, und Siebeneisen hatte den romantischen Artikel aus dem Flugzeug aus der Tasche holen und ihn Lawn vorlesen wollen, aber da war sie auch schon eingeschlafen, und er selbst keine zwei Minuten später ebenfalls.

Und nun war es Morgen, und gleich sollten sie nach Ulan Bator aufbrechen. Das Wetter war umgeschlagen. Gelbliches Schlierengewölk bedeckte einen Himmel, der aussah, als müsse er sich demnächst übergeben. Es war unerträglich schwül. Dünne Sandhosen tänzelten über die Steppe, angetrieben von einem scharfen Wind. Siebeneisen beobachtete, wie sich aus der Ferne der Regen näherte, ein dunkelgrauer Vorhang aus feinen Streifen, der dem Land jedes Licht zu nehmen schien. Es blitzte. Der Donner klang, als galoppierten zehntausend Pferde über die Hügel auf sie zu.

»Uchka der Fahrer will jetzt aufbrechen.« Der Mongole schaute auf die Wetterwand, die mit erstaunlicher Geschwindigkeit näher kam. Er schien allmählich etwas nervös zu werden.

»O.k. Machen wir. Einen Moment noch.«

Während Lawn sich von den Schrumpelgroßmütterchen verabschiedete, ging Siebeneisen rasch zu den beiden Schamanen hinüber und überreichte ihnen sein Fundstück. Er hatte den Anhänger in ein Stück Stoff verpackt, damit das Ganze wie ein kleines Präsent aussah. Genau wie das kleine Päckchen, das ihm neulich in New Orleans die Voodoo-Priesterin zum Abschied überreicht hatte.

»Bitte erst öffnen, wenn ihr zu Hause seid!«, sagte er zu den Schamanen, bevor ihm einfiel, dass das Nomaden gegenüber eine ziemliche unsinnige Bemerkung war.

»Wo ist O'Shady?« Er konnte den Iren nirgendwo entdecken. »Kämmt er Ziegen aus? Will er nicht mit in die Stadt?«

»Uchka der Fahrer hat gesehen, wie er das Lager verlassen hat. Sehr früh. Es war noch dunkel.«

»Er ist gar nicht mehr hier?« Siebeneisen war irritiert. Er konnte sich nicht daran erinnern, dass der Ire bei ihrem Gespräch am Abend zuvor etwas von einem frühen Aufbruch gesagt hatte. Im Gegenteil: Er war davon ausgegangen, dass er mit ihnen zurück nach Ulan Bator fahren würde. Was sollte das denn nun? Hatte O'Shady sich tatsächlich entschieden, das Erbe nicht anzunehmen? War er deswegen auf und davon? Ohne ein Wort zu sagen? Siebeneisen wurde es schlagartig blümerant. Gestern, auf dem Hügel, da hatte das alles ganz vernünftig geklungen, da hatte er O'Shady sogar ein klein wenig bewundert für dessen Einstellung. Aber das war gestern gewesen, zu einer Zeit, in der ein blöder Grashüpfer eine symbolische Bedeutung zu haben schien! Gestern! Nicht heute, nicht hier und jetzt, fast am Ende einer endlosen Reise!

»Das kann der doch nicht machen!« Siebeneisen merkte nicht, dass er laut dachte. »In welche Richtung ist er denn gefahren?«

Uchka der Fahrer nickte zu den Hügeln hin. Ulan Bator lag auf der anderen Seite. »Nicht gefahren. Er ist auf seinem Kamel geritten.«

»Auf seinem Kamel?« Siebeneisen erinnerte sich an die Worte von Ganzorig. Der hatte davon gesprochen, dass O'Shady auf einem Kamel unterwegs sei, aber in dem Büro des Beamten hatte Siebeneisen diesen Hinweis eher für Steppenfolklore gehalten. Wo war er hin auf seinem Kamel? Zum nächsten Sippentreffen? Zu den Weidegründen anderer Kaschmirziegen? Und hätte er nicht zumindest kurz Bescheid sagen können?

Etwas berührte seine Hand: Lawn. Siebeneisen wurde ein wenig ruhiger. Alles würde gut. Irgendwie. Irgendwann.

Der Mongole griff in eine der Taschen seines ölverschmierten Overalls.

»Uchka der Fahrer hat eine Nachricht von O'Shady.« Er zog ein gefaltetes Papier hervor. Siebeneisen riss es ihm aus der Hand. Das war doch nicht zu fassen! Wenn er auf dem Rückweg dazu kommen würde, gäbe es eine Lektion in nichtlinearem Erzählen. Dieser Mensch hätte ihm wahrscheinlich auch noch detailliert geschildert, was das Kamel heute Morgen gefressen hatte, bloß weil das ebenfalls vor der Übergabe der Botschaft passiert war. Er las O'Shadys Mitteilung. Noch bevor er fertig war, fielen die ersten Regentropfen auf das Papier.

45

(IN DER HAUPTSTADT DER MONGOLEI, WENIGE TAGE SPÄTER.)

Bei ihrer Ankunft sah Ulan Bator aus wie frisch gewaschen. Während der Reise in den 20. Bezirk war das Wasser aus der mongolischen Hauptstadt abgelaufen und hatte den Staub eines langen Sommers weggespült. Im Zentrum glänzten die Fassaden der Hochhäuser, alles schien und schimmerte, und auf dem Süchbaatar-Platz funkelte die Statue des großen Khan in der Sonne. Uchka der Fahrer brachte sie zu ihrem Hotel und machte sich auf dem Parkplatz sogleich an kleinere Ausbesserungsarbeiten. Die Unwetter auf der Rückfahrt hatten dem taubenblauen Jeep ziemlich zugesetzt. Durch die porösen Dichtungen und das Loch im Dach war der Regen ins Wageninnere gelangt, und der Fußraum des Fahrzeugs hatte sich unaufhörlich mit Wasser gefüllt. Bereits nach einer Viertelstunde Fahrt – wegen der nur erratisch funktionierenden Scheibenwischer konnte Uchka der Fahrer nicht wie üblich Vollgas geben – stand das Wasser mehrere Zentimeter hoch, und Lawn und Siebeneisen mussten die restliche Strecke im Schneidersitz verbringen. Und natürlich gab es auch weiterhin die üblichen anderen Pannen, die ständigen Stopps, die dauernden Reparaturen. Bloß der CD-Spieler funktionierte bis zum Ende der Fahrt.

Im Businesscenter des Hotels roch es nach Bohnerwachs und schalem Wodka. Siebeneisen ging online und öffnete seine

Facebookseite: Mittlerweile hatte er 47 Fans. Unter den Neuankömmlingen entdeckte er Walburga, Simon Winter und eine »Pjönjang Import/Export African Goods«. Von der stammte die knappste Meldung an seiner virtuellen Pinnwand:

Pjönjang Import/Export African Goods:
We know who you are. We will find you.

Aha, dachte Siebeneisen, ein Nordkoreaner also. Er sah die Herrentasche aus Lederimitat vor sich, wie sie am Ast des Baumes hing. Das war schnell gegangen. Sein afrikanisches Erlebnis war gerade mal eine Woche her, und schon wusste man in einer Lagerhalle irgendwo in Nordkorea, dass er einem Potenzmittelhändler einen Strich durch die Rechnung gemacht hatte. Beziehungsweise nicht er, sondern ein cholerisch veranlagtes Nashorn. Dabei taten die doch immer so, als hätten sie mit dem Rest der Welt nichts zu tun! Wahrscheinlich wurden solche kleinen Handelsexpeditionen mit Hilfsgeldern der Vereinten Nationen finanziert, dachte Siebeneisen. Er las den nächsten Eintrag.

James O'Shady:
Hi! Der Prof hat Sie ja bereits benachrichtigt. Sie werden berühmt! Zumindest unter Antarktisspezialisten. Ihr Fußball ist schon in Dublin angekommen, und die Kollegen vom Nationalmuseum freuen sich über den superben Zustand. Man wird auch ein Foto von Ihnen in die Ausstellung integrieren! Freuen Sie sich?

Siebeneisen wusste nicht, worüber. Was war mit Endurance 14? Das alles schien ihm Jahre her zu sein. Was wollte das Museum mit der alten Lederhülle? Und wieso wollten die ein Foto vom ihm? James O'Shady hatte noch einen zweiten Eintrag geschrieben, er stand gleich unter dem ersten:

James O'Shady:
Und?

Das wiederum hatte eine kleine Lawine ausgelöst:

Sheila O'Shady:
Und??

Liam O'Shady:
Und???

Finn Whitesail:
Und????

Kenneth O'Shady:
Und?????

Siebeneisen schmunzelte. Er würde den O'Shadys nicht schreiben müssen, welche O'Shadys er mittlerweile gefunden hatte – die O'Shadys fanden sich auf dieser Seite ja mittlerweile selbst gegenseitig. Er las weiter.

Lucky Jim:
G'Day from Down Under! *Wollte mal schnell fragen, wie es so geht bei der Erbensuche. Hab leider nicht viel Zeit, muss los, Wilbur macht bei einem Schönheitswettbewerb im Fernsehen mit, »Australiens schönstes Beuteltier«, verstehste, das ist alles mega-aufregend. Die Vorrunden hat er locker überstanden, kein Problem, das Achtelfinale auch, obwohl Mark mit seinem Wombat da war, hab ich bestimmt erzählt, mein alter Kumpel Mark, mit dem ich 1981 oder '82 in Coober Pedy die kleine Opalmine hatte, zusammen mit diesem verrückten Mike, »The Hammer« wurde der genannt, weil er mit einem einzigen Schlag einen ganzen Eimer Ge-*

stein wegsprengen konnte, hatte irre Muskeln, der Typ, na ja, jedenfalls hat Mark jetzt diesen bildhübschen Wombat, aus Tasmanien, glaube ich, da war er ja öfter, ist ja in letzter Zeit ständig in den Schlagzeilen, unser Tassie, wegen der Tasmanischen Teufel, verstehste, die haben ja diese schlimme Seuche, die armen Dinger, und wenn das noch länger …

Siebeneisen stellte fest, dass ihm leicht schwindelig war. Er schloss kurz die Augen, schüttelte den Kopf und ignorierte den Rest von Lucky Jims Eintrag.

Hamal Gheepa, Innenministerium Nepal:
Sehr geehrter Herr,
bei der Überprüfung der beruflichen Korrespondenz eines unserer Beamten sind wir auf dessen Aktivitäten auf Ihrer Seite gestoßen. Mr Rashid Shamesta befindet sich zurzeit in Kur, nachdem unser Amtspsychologe erhebliche psychische Auffälligkeiten bei ihm diagnostiziert hat. Mr Rashid Shamesta kann sich unter anderem nicht daran erinnern, dass er Sie auf Ihrer Reise ins Königreich Mustang begleitet hat. Er behauptet, seine Vorgesetzten hätten diese Dienstreise erfunden. Außerdem verdächtigt er mich, ein Verhältnis mit seiner Frau zu haben. Die Situation ist mit der Zeit leider untragbar geworden. Mr Rashid Shamesta befindet sich nun in einem Sanatorium im indischen Shimla. Die Ärzte gehen davon aus, dass die Ruhe und die frische Luft dort ihm guttun werden.
Bei Ihnen möchte ich mich hiermit noch einmal für alle Unannehmlichkeiten entschuldigen.

Hochachtungsvoll und in der Hoffnung, dass Sie unser schönes Land trotz allem in guter Erinnerung behalten werden: Hamal Gheepa, Ministerialbeamter I. Grad, Innenministerium Nepal, Kathmandu.

Simon Winter:
Hi nach wo auch immer! Meine Kollegin Monica behauptet, Sie hätten versucht, mit ihr zu knutschen, hinter dem Landrover, als wir Sie abgeholt haben. Stimmt das?

Siebeneisen war sprachlos. Wer war Monica? Die fette Rangerin, die bei diesem Simon im Auto gesessen hatte? Er beschloss, auch diesen Eintrag zu ignorieren. Genau wie den folgenden, der von Mathilda Pankovic stammte – er hatte Angst, dass die australischen Frauen vom Kreuzfahrtschiff zu singen beginnen würden, wenn er auf den Link klickte. Stattdessen las er den übernächsten Eintrag:

Villa La Reina:
Nach allem, was Sie unserem armen Papagei angetan haben, wollten wir eigentlich jeden weiteren Kontakt mit Ihnen vermeiden. Dennoch möchten wir Ihnen mitteilen, dass Archibald vergangene Woche entflogen ist. Er war nach wie vor fest davon überzeugt, dass der Einmarsch der Yankees in New Orleans unmittelbar bevorstehe; deswegen hatte er beschlossen, sich vor General Sherman in den Sümpfen von Cajun Country zu verstecken. Das alles ist allein Ihre Schuld. Wir sind tief betroffen, aber nicht mutlos. The South will rise again!

»The Man« Wipperfürth:
Alter! Hab den letzten O'Shady ausfindig machen können! Frag mich bitte nicht wie, das hat mich ganz schön Zeit und Nerven gekostet. Weiß noch nicht, wann ihr ihn treffen werdet. Auf jeden Fall müsst ihr nach Qingdao. Liegt in China. Muss wahnsinnig schön dort sein, ist wohl so eine Art Seebad, angenehmes Klima, Sommerfrische der Parteibonzen, du weißt schon. Und tolles Bier brauen sie da auch. Tickets liegen am Infoschalter am Flughafen in Ulan Bator. Ihr fliegt über Hongkong.
Habt ihr den Wollhändler? Immer schön warm anziehen!

Na toll, dachte Siebeneisen. Das klang mal wieder so, als sei dieser ganze Trip bislang nichts anderes als ein erholsamer Wellnessurlaub. Zum 86. Mal nahm er sich vor, Wipperfürth bei seiner Rückkehr die Leviten zu lesen. Jede Nachricht von ihm, wirklich jede, hatte diesen leicht vorwurfsvollen Unterton – als verbringe er, Siebeneisen, faule, wundervolle Urlaubstage an exotischen Destinationen, während zu Hause rund um die Uhr geschuftet wurde, um das alles möglich zu machen. Er wollte gerade eine gepfefferte Antwort schreiben, als sich unten rechts auf dem Bildschirm ein kleiner Kasten öffnete. Ein winziges Porträt war zu sehen. Und ein Satz:

Wipperfürth: My man Siebeneisen! Bin auch gerade online!

Siebeneisen schaute gebannt auf den kleinen Kasten und das, was Wipperfürth am anderen Ende der Welt da offensichtlich vor einer Sekunde geschrieben hatte. Auch sein eigenes Porträtfoto und sein Name waren nun zu sehen, neben einem leeren Textfeld. Er schrieb testweise einen Satz:

Siebeneisen: Kannst Du das hier lesen?
Wipperfürth: Klar, Alter! Was denn sonst?

Siebeneisen staunte. Sein erster Chat! Er tippte weiter.

Siebeneisen: Dann erkläre mir bitte einmal, warum Du Tickets nach Qingdao organisiert hast, wenn Du Dir offenbar gar nicht sicher bist, dass wir den letzten O'Shady da auch treffen?
Wipperfürth: Natürlich trefft ihr ihn. Es ist nur noch nicht klar, wann genau.
Siebeneisen: Und wieso? Weil der Mann möglicherweise dann doch 730 Kilometer außerhalb von Qingdao wohnt und gerade keine Zeit für einen kleinen Abstecher in die Stadt hat?

Wipperfürth: Du bist aber schräg drauf! Es gibt noch keinen Termin, weil ich seine Tourdaten noch nicht habe.
Siebeneisen: Welche Tourdaten?
Wipperfürth: Die von Connor O'Shady. Berühmter Elvis-Imitator. Shake, Rattle and Roll, Baby!
Siebeneisen: Das ist von Bill Haley. Weiß O'Shady denn, dass wir kommen? Zur Abwechslung wäre das mal ganz nett, dass uns jemand erwartet. Dann würde er möglicherweise nicht im letzten Moment in eine Wüste abreisen oder Nashörner betäuben gehen oder so was.
Wipperfürth: Okeydokey! Ich lass es ihm ausrichten. Und mach dir keine Sorgen wegen Qingdao: Your man Wippy wird da was Schickes für euch organisieren!
Siebeneisen: Es würde mir schon reichen, wenn wir dieses Mal in einem vernünftigen Hotel wohnen dürften. In einem, in dem es Strom gibt. Und das möglicherweise nicht in einem Binnensee steht. Übrigens: Mit Pat O'Shady gibt es ein kleines Problem …
Wipperfürth: Was? Wieso?
Siebeneisen: Er will das Geld nicht.
Wipperfürth: WAS???
Siebeneisen: Ist glücklich ohne Geld.
Wipperfürth: NEIN!!!!
Siebeneisen: Doch. Sorry. Tut mir leid. Sagst Du es bitte gleich Schatten?
Wipperfürth: ER WILL SEINE 50 MILLIONEN NICHT?
Siebeneisen: Nein.
Wipperfürth: UND DU HAST DAS NICHT VERHINDERN KÖNNEN?
Siebeneisen: Nein.
Wipperfürth: UND DAS SCHREIBST DU EINFACH SO? WAS MACHEN WIR DENN JETZT???
Siebeneisen: Was Ihr da drüben macht, weiß ich nicht. Ich soll ja nach Qingdao, um mit diesem Elvis-Verschnitt zu reden. Denkt Euch halt was aus! Bis demnächst!

Siebeneisen schickte den letzten Eintrag ab und schloss sofort anschließend die Internetseite. In der Reflexion des Computerbildschirms sah er sich maliziös grinsen. Er stellte sich vor, wie Wipperfürth am anderen Ende der Welt gerade tobte. Ausrasten würde der jetzt, gepfiffen auf die Zen-Kurse bei der VHS. Und garantiert würde er pfeilgerade in den Fetten Hecht laufen, um Schatten vorsichtig beizubringen, dass es möglicherweise nichts werde mit den 50 Millionen. Er sah Schatten im Geiste schnaufen und schwitzen. Das geschieht euch ganz recht, dachte Siebeneisen, nach all dem, was ihr mir in den vergangenen Wochen zugemutet habt, geschieht euch das ganz recht. Er beschloss, die beiden da drüben in Oer-Erkenschwick mindestens zwei oder drei Tage zappeln zu lassen, bevor er sich wieder melden würde. Siebeneisen fühlte sich plötzlich wunderbar. Mein ist die Rache, dachte er, und die Rache ist mein.

46

(QINGDAO, VR CHINA, ZWEI TAGE SPÄTER.)

»Siebeneisen« hatten sie interessanterweise beinahe korrekt geschrieben, während das wesentlich simplere »Lawn« gründlich misslungen war: *Mr Sibbeneisen & Mrs Looahn* stand auf dem Schild, das ein elegant gekleideter älterer Herr in der Ankunftshalle des Qingdao International Airport in die Höhe hielt.

»Schau mal – das sind wir!« Lawn zupfte Siebeneisen am Arm. Der war bereits an dem Mann vorbei und musste ein paar Schritte zurückgehen, um das Unmögliche zu betrachten.

»Wir werden abgeholt? Wir? Abgeholt? Das ist ja mal was Neues.«

Der Mann mit dem Schild lächelte und verbeugte sich.

»Herzlich willkommen in unserem schönen Qingdao, der Perle der nordostchinesischen Küste«, sagte er in einem eigenwillig manierierten Tonfall, bei dem Siebeneisen sogleich an die Buddenbrooks denken musste.

»Ob ich Ihnen wohl mit Ihrem Gepäck behilflich sein kann?«

Sie drückten ihm ihre Reisetaschen in die Hand.

»Wenn Sie mir nun bitte folgen mögen – hier entlang.«

Zwei Schritte hinter der Drehtür des Terminals rannten sie gegen eine Wand aus Hitze. Siebeneisens Brille beschlug augenblicklich, was er aber anfangs überhaupt nicht mehr bemerkte, weil seine Lunge gerade viel zu sehr damit beschäftigt war, genügend Sauerstoff in der Atmosphäre aufzustöbern. Er schätzte dass es mindestens 43 Grad waren. Außerdem roch es nach faulem Seetang. Ihrem Abholer schien das alles nichts auszumachen, er ging mit forschem Schritt voran und versicherte ihnen immerzu, wie froh er sei, dass sie sich für einen Aufenthalt in Qingdao entschieden hätten. Und dass ein ganz ausgezeichnetes Programm auf sie warte: Architekturspaziergang, Teezeremonie und vor allem natürlich das Oktoberfest, ein Highlight ihres Besuchs, oh ja, das könne er jetzt schon mit Sicherheit behaupten. Und, wie schon gesagt: Alles sei vorbereitet.

»Können wir vielleicht erst einmal schnell in unser Hotel? Ist das auch für uns vorbereitet?« Siebeneisen fühlte sich überrumpelt. Er hatte noch nicht einmal damit gerechnet, abgeholt zu werden. Und erst recht nicht, dass da jemand ein Programm für sie organisiert zu haben schien.

»Selbstverständlich! Ein ganz wunderbares Hotel ist für Sie gebucht, das Grand Palace. Qingdaos bestes Haus. Für die Dame ist außerdem unser Golden-Princess-Spa-Paket reserviert. Das gefällt Ihnen möglicherweise besser als ein Tag im Bierzelt. Bitteschön…«

Ihr Abholer öffnete die hinteren Türen einer Limousine, die wie ein Jaguar aussah. Als Siebeneisen um das Auto herum zu seiner Tür ging, suchte er das Heck nach einer Typenbezeichnung ab: Yaggwar. Jetzt fälschen sie hier schon komplette Autos, dachte er. Und glaubten wahrscheinlich, eine Klage des britischen Automobilherstellers abzuwenden zu können, wenn sie ein wenig an der Typenbezeichnung herumfuddelten. Unfassbar. Vielleicht waren sie aber einfach auch nur zu blöd, die Marke richtig zu schreiben. Wenn er an das Namensschild von eben dachte, war auch das möglich.

Er ließ sich in das weiche Leder der Rückbank sinken. Es roch fabrikneu, als hätte ihr Fahrer erst fünf Minuten vor ihrer Ankunft die schützende Klarsichtfolie von den Sitzen entfernt. In einer breiten Lehne zwischen ihm und Lawn standen gekühlte Mineralwasserflaschen; daneben lagen feuchte Frotteetücher. Ihr Fahrer erkundigte sich, ob ihnen die Temperatur behage, eine Formulierung, die Siebeneisen in ihrer Antiquiertheit erneut an eine längst vergangene Epoche denken ließ. Und jetzt tröpfelte auch noch leise Musik aus Lautsprechern, die in den Türen versteckt sein mussten, Mozarts Violinsonate #21, eine Melodie, die Balsam war für ein vom langen Fliegen angekratztes Nervensystem. Für all das hier konnte es nur eine Erklärung geben, dachte Siebeneisen, als die Limousine aus dem Parkhaus nach Qingdao hinausrollte: Da hatte jemand in Oer-Erkenschwick ziemliches Fracksausen bekommen. Er malte sich aus, wie Wipperfürth und Schatten donnerstags im Fetten Hecht stundenlang Kriegsrat gehalten hatten. Die arme Walburga! Wipperfürth würde die Geschichte mit Pat O'Shady auf seine übliche Art ausgebreitet haben, und Schatten hatte mit Sicherheit sogleich eine Lösung gesucht, schnaufend und schwitzend. Und irgendwann hatten die beiden beschlossen, dass es vielleicht ganz sinnvoll wäre, ihren Mann an der Front ein bisschen zu verwöhnen. Weil sie hofften, er könne den renitenten Kaschmirwollhändler vielleicht ja doch noch umstimmen. Natürlich würden sie niemals zugeben, dass sich der Reiseluxus genau deswegen plötzlich eingestellt hatte. Siebeneisen konnte sich genau vorstellen, wie Wipperfürth sich wehren würde, wenn er ihm so etwas unterstellte: dass er doch die ganze Zeit schon diese wahnsinnig tollen Deals für seinen Kumpel an Land gezogen habe, dass das Beste doch immer gerade gut genug gewesen sei, all dieses Zeugs. Mich legst du nicht herein, dachte Siebeneisen, als er an Wipperfürth dachte, ich weiß sehr genau, was hier gerade abläuft.

»Bitte schauen Sie: unser Jugendstil!« Der Fahrer zeigte zu einem Neubaugebiet hinüber, an dem sie gerade vorbeiglitten (vielleicht fuhren sie auch einfach nur ganz normal, aber nach dem grauenvollen Gehoppel im Auto von Uchka dem Fahrer kam es ihm so vor, als schwebe dieses Auto hier zehn Zentimeter über dem Asphalt). Die Häuser sahen tatsächlich aus, als habe ihr Architekt Blaupausen aus dem Jahr 1912 verwendet. Siebeneisen entdeckte architektonisch verspielte Villen und kleine Schlösser im Zuckerbäckerstil. Die Gebäude waren neu und teilweise noch nicht bezugsfertig; es sah ganz so aus, als sei Jugendstil gerade sehr populär bei Chinas vermögender Oberschicht.

»Wie Sie ja wissen, war Qingdao für einige schöne Jahre eine Kolonie des Deutschen Kaiserreiches. An diese Zeit soll diese Siedlung mit ihrer Architektur erinnern.«

Eine deutsche Kolonie, dachte Siebeneisen. Ihm war, als habe er das einmal in einer *National-Geographic*-Ausgabe gelesen und wieder vergessen. Was nicht weiter schlimm war, weil ihr Fahrer sein gesammeltes Wissen nur allzu gerne loswerden wollte. Dass Qingdao früher Tsingtau hieß und von 1898 an reichsdeutsches Protektorat war. Dass zuvor zwei deutsche Missionare ermordet worden seien, worauf Kaiser Wilhelm II. die Marine auslaufen ließ und die Hafenstadt besetzte. Dass es heute in Qingdao nicht nur neue Jugendstil-Siedlungen gebe, sondern mehr originale und intakte wilhelminische Architektur als in Hannover, Düsseldorf, Köln und Hamburg zusammen. Und die Stadt außerdem ein sehr beliebtes Seebad sei. Er reichte ihnen eine Broschüre nach hinten, die Besuchern »eine ewig lebende Brise von Ozean frischer!« versprach. Siebeneisen fühlte sich plötzlich sehr erschöpft.

Der Yaggwar war mittlerweile etliche Serpentinen hinaufgeschwebt. Sie hielten vor einer breiten Treppe, die auf einen Hügel führte.

»Unser Yushan Hill Park. Kommen Sie, machen wir eine

Pause. Von dort oben hat man einen guten Blick auf unsere wunderbare Stadt.«

Siebeneisens Brille beschlug bereits beim Aussteigen. Innerhalb von Sekunden war die Welt hinter einem Dunstschleier verschwunden, also blieb er erst einmal stehen und versuchte, den Temperaturwechsel wegzustecken. Als er wieder halbwegs sehen konnte, waren Lawn und der Fahrer schon weit oben auf der Treppe. Den Weg hinauf schmückten aufgeblasene Goldfische und blaue Torbögen, wie man sie aus den Hüpfburgen bei den Straßenfesten der LBS oder ähnlicher verspielter Organisationen kennt. Während Siebeneisen noch darüber sinnierte, dass sehr wohl noch einige asiatische Mysterien ihrer Entschlüsselung harrten, hatte er das Panorama-Plateau erreicht, auf dem leider etliche voluminöse Goldfisch-Aquarien das Panorama verstellten. Die Becken waren übereinandergestapelt und reihten sich entlang eines Geländers, hinter dem das schöne Qingdao lag, das man jetzt allerdings nur durch trübes Goldfischwasser hindurch bewundern konnte. Offensichtlich war das schon anderen Besuchern suspekt vorgekommen, jedenfalls hing an einem der Becken ein handgeschriebenes Schild: *Beautiful! Just to show tourist! Look! Very nice!* Eine Frau mit umgehängter Schärpe und Megafon nutzte Siebeneisens kurze Verwirrung heimtückisch aus, baute sich unmittelbar vor ihm auf und begann, ihm blecherne Parolen ins Gesicht zu brüllen. Er flüchtete zu Lawn und dem Fahrer, die einen Tisch im Garten des Yushan Hill Restaurants ergattert hatten.

»Sie müssen hungrig sein!« Ihr Fahrer winkte einer Bedienung, deren Namensschild an der Uniform sie als »004« auswies. 004 verschwand und schleppte kurz darauf einen Stapel Speisekarten an ihren Tisch, die den Umfang von Tolstoi-Romanen besaßen. Siebeneisen fand die Werke aus kalligrafischer Sicht mehr als gelungen. Lesen konnte er allerdings nichts.

»Oh! Ich entschuldige mich sehr für diese Unannehmlichkeit!«

Ihr Fahrer schien sich persönlich für die fehlende Übersetzung in den Karten verantwortlich zu fühlen. Er winkte 004 herbei und sprach mit ihr in einem Tonfall, der irgendwo zwischen Kasernenhof und Kindergequengel lag und auch beeindruckende Lautstärkewechsel aufwies. 004 verbeugte sich tief. Sie forderte Lawn und Siebeneisen auf, ihr zu folgen.

»Bestell einfach das Gleiche für mich mit!« Lawn hatte ihre Sonnenbrille aufgesetzt, die Beine auf einen freien Stuhl gelegt und hielt den Kopf in die Sonne, anders gesagt: Sie hatte eine Haltung eingenommen, aus der man eine Frau unmöglich zu einem Besuch einer Restaurantküche bewegen konnte.

Also folgte Siebeneisen 004 allein, die ihn allerdings nicht in die Küche, sondern in die hinterste Ecke im Restaurant führte, zu einer langen Reihe veralgter Frutti-di-Mare-Aquarien, über deren Inhalt jeder Tiefseeforscher eine Dissertation hätte schreiben können. Siebeneisen starrte entsetzt auf die schrecklich aussehenden Tiefseegeschöpfe, die da im Wasser wimmelten. 004 ignorierte seine Schockstarre, sie zeigte abwechselnd auf Quallen, verwarzte Kröten und schleimige Tausendfüßer, wobei sie die eine oder andere Kreatur am Kragen packte, aus dem Becken zog und vor seinem Gesicht zappeln ließ.

Siebeneisen beschloss auf der Stelle, in diesem Land nur das Allernötigste zu sich zu nehmen. Er würde ausschließlich im Hotel essen. Und nur Dinge, die er einwandfrei identifizieren konnte.

»Können wir bitte zwei Tassen Tee bekommen?«

004 schaute irritiert. Siebeneisen zeigte mit dem Finger die Reihe der Aquarien entlang und schüttelte dabei vehement den Kopf. Dann imitierte er einen Schluck aus einer Teetasse. Sicherheitshalber machte er noch ein Schlürfgeräusch.

004 strahlte und nickte und verschwand im Finstern des Restaurants. Siebeneisen ging nach draußen.

»Und? Was gibt's Feines?« Lawn saß noch immer tiefenentspannt in ihrem Stuhl. Der Fahrer hatte Kissen für sie organisiert.

»Wenn du zum Frühstück Kröte in Aspik oder undefinierbares Schleim-Getier magst, haben die hier eine beeindruckende Auswahl. Ich hab Tee bestellt. Ah – da kommt er auch schon.«

004 näherte sich mit einem großen Tablett. Auf dem allerdings keine Teekanne stand, sondern ein Kochtopf. Siebeneisen registrierte ein merkwürdiges Gefühl, das er sogleich als eine Kombination aus Ärger und Widerwillen identifizierte. Angst war auch dabei.

»Quallensuppe? Eine sehr gute Wahl!« Ihr Fahrer hatte bereits in den Topf geschaut. »Und sehr nahrhaft dazu!«

»Was? Nein! Bitte lassen Sie das zurückgehen! Das ist ein Versehen.« Siebeneisen war aufgesprungen und versuchte zu verhindern, dass 004 den Inhalt des Topfes ausschenkte, aus dem ein grauenvoller Geruch aufstieg. Ihm war jetzt leicht übel. Auch Lawn war deutlich blasser als noch vor zwei Minuten. »Wir hätten stattdessen gerne einen Schnaps, falls man hier so etwas serviert.«

»Selbstverständlich. Ganz wie Sie wünschen.« Der Fahrer war offensichtlich an schwierige Kunden gewöhnt. Oder hielt es für völlig normal, dass Besucher aus dem Westen zuerst ein gesundes Frühstück bestellten und es zwei Minuten später durch ein hochprozentiges Getränk ersetzt haben wollten. Siebeneisen empfand ein Gefühl der Dankbarkeit für den älteren Mann.

»Erzählen Sie uns doch noch etwas über die Kolonialzeit Qingdaos!«, forderte er ihn auf. Das Thema schien ja ein Steckenpferd des Fahrers zu sein.

»Aber gerne. So viel gibt es da zu berichten!« Der Fahrer hatte das Problem mit der Quallensuppe offenbar sofort vergessen. »Wollen wir dann weiterfahren? Ihre Getränke können Sie gerne im Auto zu sich nehmen.« Er nickte 004 zu, die mit beleidigter Miene und dem Topf verschwand und kurz darauf mit zwei kleinen Keramikfläschchen zurückkehrte. Lawn und Siebeneisen leerten sie noch auf der Treppe.

»Und zum Gedenken an diese Zeit feiern wir unser Oktoberfest.« Sie waren zurück im Yaggwar und schwebten Richtung Stadtmitte. Ihr Fahrer hatte in den vergangenen Minuten ein kleines Referat gehalten, »Tsingtau: Kaiserliche Modellstadt für eine bessere Zukunft«, oder so ähnlich.

»Sonntag ist übrigens ein ganz besonderer Tag: Dann wird Elvis Presley in der Halle des Bieres auftreten! Und später gibt es das größte Feuerwerk des Jahres!«

»Presley? Der Imitator? Am Sonntag? Sind Sie sicher?«

»Oh ja. Gerade heute Morgen brachte unsere Tageszeitung einen Bericht über ihn. Natürlich ist das nicht der richtige Elvis, der ist ja vor langer Zeit verschieden. Aber dieser Sänger aus Irland sieht in der Tat so aus wie das Original. Und singen kann er! Die Leute sind völlig verrückt nach ihm.«

»Das heißt, er hat tatsächlich richtige Fans? Ein Imitator?«

»Belieben Sie zu scherzen?« Ihr Fahrer sah über den Rückspiegel nach hinten. »Natürlich hat er Fans. Vor allem, wenn er deutsche Volkslieder singt.«

Siebeneisen erinnerte sich an eine Version von »Muss i denn, muss i denn«, die Elvis in den Sechzigern aufgenommen hatte, in Erinnerung an seine Militärzeit in Deutschland. Wahrscheinlich waren Drogen im Spiel gewesen, anders ließ sich dieser Fehlgriff bis heute nicht erklären.

»Und was singt er so auf Deutsch?«

Der Fahrer räusperte sich. Sah über den Rückspiegel nach hinten. Und begann dann, ohne weitere Vorwarnung zu singen:

»Wi wolln unslen alten Kaisel Wilhelm wiederhamm,
wi wolln unslen alten Kaisel Wilhelm wiederhamm
abl nu', abl nu', abl nu' mit Batt!«

Es hört nie auf, dachte Siebeneisen, es endet niemals, der Wahnsinn geht immer weiter, immer weiter. Für ein paar Minuten hatte er sich wohl und behaglich gefühlt im weichen, schwarzen Leder der Limousine, ein paar Minuten lang, aber jetzt hatte ihn der Irrsinn dieser Welt wieder eingeholt. Dieses Mal in Form eines Chauffeurs, der ein 130 Jahre altes Lied deutscher Monarchisten anstimmte. Er wusste nicht, ob er lachen oder weinen oder einfach nur verzweifelt schweigen sollte. Eine große Müdigkeit überfiel ihn. Schlafen, dachte er, schlafen wäre jetzt das Beste. Lange schlafen. Sehr lange.

»Was singt er denn da?« Lawn blätterte in den Spa-Prospekten des Hotels, die in der Tasche des Vordersitzes steckten.

»Etwas, das meine Großmutter mir als Kind manchmal vorgesungen hat. Vor langer, langer Zeit, als die Dinosaurier noch vor dem Haus grasten.« Siebeneisen beschloss, das Kolonialthema nicht zu vertiefen. Lawn war bei solchen historischen Dingen wie ein Schwamm, der alles aufsog. Er hatte keine Lust, die nächsten Stunden über die Weltmachtambitionen des Kaiserreiches zu referieren, und welche Konsequenzen die deutsche Expansionspolitik möglicherweise auf das Auftreten von paranormalen Erscheinungen hatte. Er wechselte schnell das Thema. »Da hat sich unser Freund zu Hause aber ganz schön ins Zeug gelegt«, sagte er und klopfte mit der flachen Hand sanft auf das Rücksitzleder.

»Und du hast das Hotel noch nicht gesehen, zu dem dieses kleine Auto hier gehört.« Lawn klappte den Spa-Prospekt zu und zeigte Siebeneisen das Foto auf der Titelseite. Er hätte Wipperfürth früher Dampf machen sollen, dachte Siebeneisen, als er die Frontansicht des Grand Palace betrachtete, viel früher. Was für eine Reise hätte das werden können.

47

Ziemlich genau drei Tage später saß Siebeneisen an einem Tisch in der Halle des Bieres auf Qingdaos Oktoberfest und war sich sicher, dass Connor O'Shady nicht mehr auftauchen würde. Auf der Bühne spielte die Band wieder einmal jene Tuschs, von denen Siebeneisen im Laufe des Tages bereits viele gehört hatte. So viele, dass er vermutete, sie könnten in seinen Albträumen von nun an eine nicht unwesentliche Rolle bei der audiophilen Untermalung unterschiedlichster Schrecken spielen. Er seufzte. Nach all den Stunden und all den Bieren war ihm übel. Als er sich aufrappelte, drehte sich das Bierzelt um ihn herum. In den Ohren summte es seltsam. Wahrscheinlich ein drohender Hörsturz, dachte Siebeneisen. Er knallte den halb leeren Becher zurück auf den Tisch, stützte sich kurz ab und schob mit dem Hintern seinen Plastikstuhl aus dem Weg. Beim Umdrehen stieß er mit Nummer 43 zusammen, die ihm gerade seine Bestellung bringen wollte, ein Tablett mit kleinen Knabbereien – gegrillte Skorpione, Schalen mit merkwürdigem Schleim und etwas, das nach frittierten Unken aussah. Siebeneisen stürzte Richtung Ausgang. Knallte gegen Stühle, quetschte sich an Bedienungen vorbei, stapfte durch Berge aus Plastikbechern, kämpfte und drängelte und stieß sich durch die Halle. Als er die Hitze des Augusttages bereits spürte, ein fauchender Drachen, der darauf wartete, ihn zu verbrutzeln, spielte die Kapelle einen besonders lauten Tusch. Der Ansager sprach natürlich Chinesisch, oder besser: Er schrie Chinesisch. Deswegen merkte Siebeneisen erst im allerletzten Moment, weshalb sich die Stimme des Mannes da hinter ihm auf der Bühne fast überschlug. Er war einen Schritt vor dem Ausgang, als er den Namen O'Shady hörte.

»Conno' O'Shaaaaaaaaady iiiiiissss Elvisss!«

Siebeneisen drehte sich ruckartig zur Bühne um, die in der Mitte der Halle des Bieres stand. Leider konnte er sie nicht entdecken, weil seine Brille durch seinen Ausflug zum Ausgang mal wieder beschlagen war. Deswegen sah er auch nicht, dass so gut wie jeder Besucher in der Halle aufgesprungen war und zu eben dieser Bühne eilte. Er sah es nicht, aber das war auch überhaupt nicht nötig, weil er nun von all den Leuten zurück in die Halle geschoben wurde, die von außen hineindrängten. Und die jetzt alle zu kreischen begannen, weil offenbar die Band auf die Bühne kam, und dann wohl auch O'Shady, jedenfalls war der Lärm nun ohrenbetäubend. Und dann sang Connor O'Shady »Suspicious Minds«, und wenn Siebeneisen als großer Musikfan nicht mit Sicherheit gewusst hätte, dass Elvis Aaron Presley diese Welt am 16. August 1977 verlassen hatte und alle Sichtungen seiner Person seitdem nichts anderes waren als optische Täuschungen: Siebeneisen hätte schwören können, dass er da vorne auf der Bühne stand.

Manchen Menschen ist es gegeben, andere Zeitgenossen täuschend ähnlich nachzuahmen. Hape Kerkeling kann wie die niederländische Königin sprechen, Kevin Spacey wie Al Pacino, und Peter Alexander konnte mehr nach Hans Moser klingen als Hans Moser selbst (weshalb sich Hans Moser in einigen seiner Filme von Peter Alexander synchronisieren ließ, da möchte man auch nicht drüber nachdenken). Connor O'Shady aber klang wie Elvis Presley. Und zwar exakt wie Elvis Presley. Da waren nicht bloß die identische Stimmlage und die beeindruckende Bandbreite zwischen Flüstern und Schreien – O'Shady schienen auch Presleys zweieinviertel Oktaven keine Probleme zu bereiten und auch nicht das hohe G, um das den King sogar Opernsänger beneidet hatten. Der Mann auf der Bühne dachte sogar daran, die eine oder andere Silbe gummiartig in die Länge zu ziehen, wie es jemand macht, der im tiefen Süden der USA groß geworden ist, in Tupelo, Mississippi, zum Beispiel. Das würde Lawn gefallen, dachte Siebeneisen, der diesen Akzent aus der Kaserne kannte, in der sein Vater Hausmeister gewesen war. Den ganzen schrecklichen Tag über hatte er seine Freundin beneidet, weil sie im 5 000 Quadratmeter großen Luxus-Spa des Grand Palace Hotels ausspannen konnte, während er mit wildfremden Menschen literweise lauwarme Bierplörre hatte trinken müssen. Jetzt aber dachte er zum ersten Mal, dass Lawn soeben etwas ziemlich Außergewöhnliches verpasste.

»*Ni hao!*« Elvis sagte seinen Fans auf Chinesisch Guten Tag. Die Fans tobten. Siebeneisens Brille war mittlerweile aufgeklart. Er sah, dass O'Shady auch optisch eine verblüffende Ähnlichkeit mit Elvis hatte – zumindest mit dem Elvis einer gewissen Periode. O'Shady wog um die 150 Kilo und trug einen weißen Bühnenoverall, der so eng saß, dass man sich fragte, wie um alles in der Welt er in dieses Ding hineingekommen war. Er wischte sich gerade eine schwarze Haartolle aus dem Gesicht und schaute leicht irritiert auf die Massen, die von allen Seiten gegen die Absperrgitter rund um die Bühne drängten. Offenbar war das Sicherheitspersonal schon jetzt überfordert. Siebeneisen sah, wie mehrere uniformierte Männer in ihre Walkie-Talkies schrien und gleichzeitig versuchten, Fans am Übersteigen der Absperrgitter zu hindern. Schon in ganz normalen Alltagssituationen waren Chinesen ja ziemlich rigide, wenn es darum ging, in vorderster Reihe zu sein (am Morgen war Siebeneisen zusammen mit einem steinalten Ehepaar mit dem Aufzug in die Lobby gefahren und hatte erlebt, wie die beiden zuerst ihn zur Seite gerempelt und sich dann gegenseitig beharkt hatten, weil jeder zuerst aus dem Aufzug wollte). Kam aber Alkohol ins Spiel und dann auch noch ein Star, der zum Greifen nah schien, dann war ein chinesisches Publikum so schwer in Schach zu halten wie einst Achilles vor Troja.

Elvis stimmte nun »House of the Rising Sun« an, eine Ballade, die auf die aufgedrehte Stimmung in der Halle des Bieres eigentlich beruhigend hätte wirken sollen. Tat sie aber nicht. Stattdessen wurde die Lage rund um die Bühne zunehmend prekärer. Bislang hatten sich die Sicherheitsleute zu zweit oder dritt auf jeden stürzen können, der es über die Absperrung schaffte, jetzt aber drängten derart viele Fans auf die Bühne, dass jeder Bodyguard zwei oder drei Besucher zurückhalten musste. Siebeneisen ahnte, dass es nicht mehr lange dauern würde, bis eine der betrunkenen Frauen O'Shady um den Hals fiel. Oder ein besoffener Chinese ihn abzuküssen versuchte. Und dann alle anderen. Die würden ihn erdrücken, vor seinen Augen, dachte er. Er war um die halbe, ach was: um die ganze Welt gereist, um diesen Mann zu treffen – und musste nun hilflos zusehen, wie eben dieser Mann in Lebensgefahr geriet. Elvis zog das Tempo nun wieder an und sang »That's alright, Mama«, obwohl um ihn herum überhaupt nichts mehr alright war. Ein Hagel leerer, halb voller und voller Bierplastikbecher flog von allen Seiten auf die Bühne, wo das Sicherheitspersonal in aussichtslose Handgemenge mit den Fans verstrickt war. Dann gelang es einem Besucher, von hinten auf die Bühne zu klettern und dem Schlagzeuger die Stöcke aus den Händen zu reißen. »That's alright, Mama« bröckelte augenblicklich in sich zusammen. Eine schrille Rückkopplung übertönte die Geräuschkulisse rund um die Bühne, als der Gitarrist sein Instrument an den Verstärker lehnte, um schneller fliehen zu können. Es waren nun mehr Fans auf der Bühne als Musiker und

Sicherheitsleute. Und noch einmal zweiundachtzigmal so viele waren dabei, ebenfalls hinaufzuklettern. Siebeneisen kam ein Moment in einem Zelt im australischen Outback in den Sinn. Das hier konnte nicht gut gehen, dachte er, er musste sofort etwas unternehmen.

Und dann entdeckte Connor O'Shady Siebeneisen. Beziehungsweise: Er entdeckte den einzigen Nicht-Chinesen im Publikum. Und den einzigen Menschen, der nicht hysterisch brüllte, mit Bierbechern um sich warf oder versuchte, über Absperrgitter und den Ring der Sicherheitsleute zu ihm zu gelangen. Elvis stand völlig unbeweglich inmitten des Chaos, ein weißer Riese in einem Pulk Wahnsinniger, als sein Blick auf Siebeneisen fiel. Und was machte Connor O'Shady? Er schüttelte seine Anhänger ab, stieß Sicherheitspersonal, Fans und Absperrgitter zur Seite und schob und drängte und wühlte sich aus der Masse heraus. Und dann rannte er auf Siebeneisen zu. Er rannte genau auf Siebeneisen zu.

»Schnell! Hier entlang!« Siebeneisen reagierte sofort. Weil sämtliche anderen Besucher in der Halle zur Bühne gedrängt waren, war der Weg nach draußen frei, von den umgestoßenen Tischen und den durcheinanderliegenden Plastikstühlen einmal abgesehen. Er stolperte Richtung Ausgang, O'Shady hinter ihm, und hinter O'Shady die größten Elvis-Presley-Fans, die das Reich der Mitte aufzubieten hatte. Etliche Hundert von ihnen. Denen ihr Idol auf seiner Flucht alles in den Weg warf, was sich an Stühlen, Bänken und Tischen greifen ließ. Sie rannten ins Freie, wo Siebeneisen einmal mehr mit den Nachteilen im Leben eines Brillenträgers konfrontiert wurde. Er riss sich das Gestell von der Nase und blickte in die verschwommene Kirmeswelt des Oktoberfestes.

»Laufen Sie vor! Ich bleibe hinter Ihnen!«

O'Shady rannte an Siebeneisen vorbei. Oder besser: Er schnaufte an ihm vorbei – Elvis anno '81 war niemand, der es über eine Treppe hinauf in den zweiten Stock geschafft hätte, ohne dass man Angst um sein Leben hätte haben müssen. Siebeneisen gelang es problemlos, dem Iren zu folgen, der in seinem weißen Overall wie ein übergewichtiger Schneemann vor ihm herstapfte. Als er nach hinten sah, kamen die ersten Verfolger gerade aus der Halle des Bieres.

»Sie kommen!« Siebeneisen sah sich um. Rechts von ihnen befand sich der Eingang zu einer Ausstellungshalle, die ihm irgendwie bekannt vorkam, aber darüber konnte er jetzt nicht nachdenken. Er packte Elvis an seinem weißen Anzug, riss die Tür auf und schubste O'Shady hinein.

»Welcome back!«, sagte die Frau an der Kasse und hielt ihnen zwei feuerrote Wintermäntelchen hin, und Siebeneisen wusste, warum ihm die Tür bekannt vorgekommen war. Egal! Es blieb keine Zeit, ein anderes Versteck zu suchen.

»Ziehen Sie das an!«, sagte er zu Elvis, der schnaufend und prustend neben ihm stand und verwirrt auf das Mäntelchen schaute, das er in die Hand gedrückt bekommen hatte. Siebeneisen war schon an der Tür zur Haupthalle.

»Schnell!« Er zog den immer noch irritierten Elvis am Arm und gab der hocherfreuten Ticketverkäuferin ein kompliziertes Handzeichen, das diese hoffentlich als ein »Schließen Sie hinter uns bitte wieder so sorgfältig wie heute Morgen ab, als ich in Ihrem verfluchten Eispalast beinahe erfroren wäre!« verstand. Die Ticketverkäuferin strahlte und winkte ihm nach. Und Siebeneisen zog Elvis auf die Brücke über den gefrorenen Seerosenteich und hinein in das Reich des Eises.

48

Der Brauch, komplette Städte oder sogar Landschaften aus Eis zu bauen, stammt vermutlich aus der Mandschurei im Norden Chinas. Lange Zeit konnte man die Skulpturen der Eisschnitzer nur dort bewundern, mittlerweile aber gehen einige Künstler mit ihren Kreationen auch auf Tournee. Bei ihren Eislandschaften legen sie sehr viel Wert auf Authentizität und Maßstabstreue. Paläste werden nach Feng-Shui-Prinzipien errichtet, Brücken bekommen die korrekte Statik, und wenn bekannt ist, dass ein bestimmter Tempel in der richtigen Welt von 125 Säulen getragen wird, dann wird sein eisiger Nachbau ebenfalls 125 Säulen haben und keine weniger. Künstlerische Freiheit genießen chinesische Eisskulpturenkünstler lediglich im Zusammenstellen ihrer Landschaften und Szenen, bei denen es weder auf historische Korrektheit noch auf geografische Logik ankommt: Gut möglich, dass da der Kaiser vor dem Eiffelturm thront und das Empire State Building in einer Wüstenoase steht. Der Loreleyfelsen direkt neben der chinesischen Mauer ist auch kein Problem.

Siebeneisen und Connor saßen mit dem Rücken an einem mittelalterlichen Festungsturm und schauten auf scharfkantige Eisberge, zwischen denen ein großes Segelschiff zu sehen war, die »Endurance«. Das Schiff lag offenbar vor einem Alpendorf vor Anker, jedenfalls standen etliche Eis-Murmeltiere am Ufer Spalier. Hinter ihnen konnte man eine kleine Kapelle und mehrere sehr schön gestaltete Alpenbauernhöfe sehen, komplett mit Balkonen, Blumenkästen und Brennholzstapeln aus Eis. Die Szenerie wurde von der Cheopspyramide überschattet, deren Spitze fast bis hinauf an die Hallendecke reichte.

»Wielngmüssnwrdennnchhierdrnnbleibn? Mirisseisklt!« Connor O'Shady zitterte heftig. Siebeneisen hatte ihm von seinem Erbe unterrichtet, aber der Ire schien von den Vorfällen in der Halle des Bieres und ihrer Flucht in die Eishalle derart traumatisiert zu sein, dass er die Tragweite dieser Mitteilung wohl nicht wirklich realisiert hatte. Er hatte in den letzten Minuten kaum gesprochen. Siebeneisen war darüber ganz froh: Er verstand den Iren nämlich nur sehr schlecht. Offensichtlich hatte sich der Elvis-Imitator aus Heimweh verzweifelt an den Dialekt seiner Heimatinsel geklammert und diesen in den Jahren in der Fremde noch verschärft. Das Ergebnis war eine Aussprache, bei der sämtliche Worte zu Satzungetümen verschweißt schienen. Dass er nun so zitterte und die Lippen kaum auseinanderbrachte, machte die Sache nicht besser. Siebeneisen musste jeden Satz dechiffrieren.

»Ein paar Minuten noch. Wir sollten sicher sein, dass sie nicht draußen am Eingang auf uns warten.«

»'chrchmlneziggrre. Acchne?« O'Shady fingerte ein Etui aus seinem Elviskostüm und bot Siebeneisen eine Zigarre an.

»Oh nein, danke! Davon wird mir schlecht. Warten Sie, ich zünde sie Ihnen an.« Er nahm O'Shady das Feuerzeug aus dessen Fingern und hielt ihm die Flamme unter die Zigarre. O'Shady inhalierte tief und musste husten, aber offensichtlich wärmte ihn der Rauch, das Zittern jedenfalls ließ ein klein wenig nach.

Siebeneisen spürte, wie sich die Aufregung legte und er ruhiger wurde. Außerdem realisierte er allmählich, dass seine Mission kurz vor ihrem Ende stand: Er hatte den letzten von Schattens sieben Miterben gefunden und ihn informiert. Was jetzt noch blieb, musste von Oer-Erkenschwick aus in die Wege geleitet werden: ein Termin beim Notar in Dublin, Flüge und Hotelzimmer für alle und dann die Auszahlung der Millionen beziehungsweise ihre Überweisung auf Konten in Australien, Nepal und wo sonst noch. Er versuchte sich Schatten als Multimillionär vorzustellen, 50 Millionen Euro schwer. Es gelang ihm nicht. Es gelang ihm genauso wenig, wie es dem Mann neben ihm für sich vor ein paar Minuten gelungen war. O'Shady hatte seine Zigarre fast bis zu Ende geraucht. Das Zittern war beinahe vollständig verschwunden.

»Ich glaube, wir können es jetzt wagen«, sagte Siebeneisen, »die sind mittlerweile bestimmt alle wieder zurück in der Halle und trinken. Kommen Sie, gehen wir!«

O'Shady nickte. Er zog noch ein letztes Mal an seiner Zigarre, dann warf er den glühenden Stumpen hinter sich. Der Stumpen beschrieb einen eleganten, ellipsenförmigen Bogen und flog genau durch die unterste Schießscharte des Festungsturmes hinter ihnen. Jenen Turm, den die Organisatoren des größten Feuerwerkes in der Geschichte Qingdaos als sicheren Ort für die Aufbewahrung ihrer Raketen und Knallkörper ausgesucht hatten.

49

(ZUM FETTEN HECHT, OER-ERKENSCHWICK, SAMSTAGS – AUSNAHMSWEISE.)

Sie musste bei dem Lied jedes Mal an Winnetou denken. Was hatte dieser Pierre Brice damals gut ausgesehen! Dabei war er Franzose und überhaupt kein Apache! Der Sänger ihrer Lieblingsband erwähnte allerdings einen anderen Häuptling, die Stelle kam jetzt gleich, kurz vor dem Refrain, sie konnte sich den Namen nie merken: Schinnkatschkuck? Walburga trocknete das letzte Glas ab und reckte sich, um es in den oberen Schrank zu stellen. Sie sang laut mit, während sie mit dem Staubtuch über die ausgestopften Rebhühner wischte. In dem Lied ging es um geplatzte Kinderträume und das, was von ihnen einmal übrigblieb. Um kleine Jungs mit stolzen, furchteinflößenden Indianernamen, die als Erwachsene dann nichts anderes machten, als das Familienerbe zu verwalten. Oder dröge Bürojobs erledigten und nach Feierabend zu viel Feuerwasser tranken – um all so was jedenfalls, die eine oder andere Andeutung verstand sie nicht richtig aber das war bei begnadeten Autoren ja schließlich immer so, oder?

Walburga bewunderte Menschen, die solche Texte verfassen konnten. Das waren Künstler! Und wie sich das alles reimte! Sie verstand nicht, warum ihre Stammgäste diese Musik nicht leiden konnten. Siebeneisen rastete jedes Mal aus, wenn er donnerstags in den Fetten Hecht kam und *Die Hits Pur* liefen. Wipperfürth und Schatten moserten zwar auch regelmäßig, aber die waren in letzter Zeit meist so intensiv in ihre Planungen vertieft, dass sie nur selten bemerkten, dass die CD immer wieder von vorne lief. Waren spät dran heute Abend, die beiden. Walburga sah auf die Uhr: Schon Viertel vor zehn. Sie schaltete den Fernseher an, gleich gab es Nachrichten. »Nur zwei Mann gibt es noch bei uns, die letzten Mohikaner«, sang sie frei erfunden mit, während sie beschwingt mit einem Eimer Kartoffelchips aus dem Vorratsraum tänzelte, »die sehen sich oft und essen Erdnussflips!« Sie holte den Handstaubsauger aus dem Unterschrank und ging hinüber zur Tipp-Kick-Platte, die Schatten und Wipperfürth bei ihrer letzten Partie vollgekrümelt hatten.

Wegen des Getöses der kleinen Maschine verpasste sie dann den Anfang der Meldung. Die Nachrichtenfrau mit den unwirklich blauen Augen war diese Woche an der Reihe, das hatte sie beim Saugen aus den Augenwinkeln gesehen – wo dieses Volksfest allerdings gefeiert wurde, hatte sie nicht mitbekommen. Walburga schaltete den Handstaubsauger aus und schaute gebannt auf den Bildschirm über dem Tresen, auf dem gerade tausende Raketen in einen nachtschwarzen Himmel aufstiegen. Wo gab es denn so ein prächtiges Feuerwerk? Sie griff zur Fernbedienung. Die Stimme der Nachrichtenfrau wurde lauter.

»...vermuten die Behörden, dass mindestens 150 Tonnen Sprengkörper aus bislang ungeklärter Ursache explodierten.«

Ach herrje, dachte Walburga, das war überhaupt kein geplantes Feuerwerk, offenbar war da irgendwo in Asien ein Unglück passiert. Sie sah Menschen in Panik, heranrasende Feuerwehrautos und Krankenwagen, deren Besatzungen sich einen Weg durch die Schaulustigen bahnten. Überall lagen große Eisbrocken. Immer wieder flackerten Blaulichter über die Szenerie.

»Offenbar befanden sich zum Zeitpunkt des Unglücks nur zwei Personen in der Eisskulpturenausstellung, weil sich alle anderen Besucher des Festivals in der großen Halle nebenan aufhielten, wo sie auf die Fortsetzung eines zuvor unterbrochenen Konzertes warteten. Die Ausstellungshalle wurde bei den gewaltigen Explosionen vollständig zerstört. Während Rettungsmannschaften zurzeit in den Trümmern nach der Leiche eines der Besucher suchen, überlebte der zweite das Unglück wie durch ein Wunder unverletzt.«

Oh Gott, dachte Walburga, war das schrecklich. Da besuchten die Menschen am Ende eines langen Arbeitstages so einen Ort, um ein wenig abzuschalten, und dann passierte eine solche Katastrophe. Sie blickte gebannt auf den Bildschirm. Gerade führten Sanitäter einen Mann zu einem der Notarztwagen. Er sah furchtbar mitgenommen aus und humpelte stark, hatte aber offenbar seinen Lebenswillen nicht verloren: Als er an den Fernsehkameras vorbeikam, hielt er den Daumen in die Höhe.

Walburga hatte plötzlich das Gefühl, sich mitten in einem Wattebausch zu befinden. Sie spürte den Boden unter ihren Füßen nicht länger, das Fernsehbild war plötzlich in etlichen Ausführungen neben- und übereinander zu sehen, und in ihren Ohren rauschte eine Art integrierte Toilettenspülung. Den Satz »Es handelt sich dabei um einen Deutschen aus Oer-Erkenschwick« hörte sie nur noch wie einen Nachhall aus weiter Ferne, weil die Welt um sie herum jetzt ein wahnwitziges Karussell war und das Rauschen aus ihren Ohren in jede Zelle ihres Körpers zu fließen schien, und wenn nicht just in diesem Moment Schatten und Wipperfürth in den Fetten Hecht gekommen wären und sie aufgefangen hätten, bevor sie auf den Tipp-Kick-Tisch fallen konnte – wer weiß, ob hier je wieder eine Partie ausgetragen hätte werden können.

Auf dem Fernsehbildschirm über dem Tresen leitete die Nachrichtenfrau mit den unwirklich blauen Augen zum Wetter über.

50

(QINGDAO, VR CHINA, DREI TAGE SPÄTER.)

In der Hotel-Lobby hatte ein kleines Symphonie-Orchester Platz genommen, das passierte im Grand Palace an jedem Nachmittag. Die Streicher stimmten soeben das Lied vom Eisberg an, was ebenfalls an jedem Nachmittag passierte und nichts mit den Ereignissen zu tun hatte, die Qingdao zum ersten Mal seit Ende der Kolonialherrschaft auch in Deutschland Schlagzeilen bescherten.

»*Titanic! You like?*« Die Dame an der Rezeption verneigte sich. Siebeneisen war in den vergangenen beiden Tagen zu einer lokalen Berühmtheit avanciert. Immer neue Radio- und Fernsehstationen waren in der Lobby aufgetaucht, und Siebeneisen wusste längst nicht mehr, wie oft ihm die Geschichte seiner Flucht mittlerweile entlockt worden war. Wie er intuitiv gehandelt hatte, als plötzlich Rauch aus den Schießscharten des Festungsturms quoll, in den O'Shadys Zigarre geflogen war. Wie er sich an seinen morgendlichen Besuch in der Eisskulpturenhalle erinnerte und in welcher Richtung des Labyrinths aus Gebäuden, Mauern und Statuen sich der Ausgang befand. Wie sie um ihr Leben gerannt und geschlittert waren, er voraus, O'Shady hinter ihm. Nur die letzte Brücke lag dann noch vor ihnen, eine filigran geschwungene Konstruktion über einen gefrorenen Seerosenteich, die sich für das Gewicht von Elvis anno '81 dann leider als etwas zu filigran erwies. Siebeneisen war schon am anderen Ufer, als er den Schrei hinter sich hörte, und das Geräusch von splitterndem Eis unter einer großen Last. Und dann waren auch schon die ersten der insgesamt 150 Tonnen Böller und Raketen explodiert, die für das größte Feuerwerk in der Geschichte Qingdaos bereitlagen.

»Ja, sehr schön. Ich liebe Kate Winslet. Klasse Hintern.« Siebeneisen lächelte die Rezeptionistin an. Er hatte sich daran gewöhnt, dass niemand in diesem Land ihn verstand und dass er sagen konnte, was er wollte.

»Titanic! I like!«, bestätigte die Rezeptionistin. Siebeneisen erkundigte sich nach Nachrichten für ihn. Es waren keine da. Oder man verstand nicht, was er wollte. Er humpelte zu den Sitzecken in der Mitte der Lobby hinüber. Beim Verlassen des Eispalastes war seine Brille beschlagen, und er war gestolpert und prompt in eine Garküche gefallen, die offensichtlich schwangere Tintenfische verkaufte, jedenfalls fühlte es sich beim Abstützen mit der Hand so an. Bei diesem Sturz hatte er sich den linken Fuß verstaucht. Zusammen mit der Stichwunde in seiner rechten Gesäßhälfte ergab das eine Kombination, die einen nachgerade grazilen Bewegungsablauf garantierte.

Er ließ sich in das weiche Leder eines Sessels sinken und sah sich die Fotos in einer der ausliegenden Zeitungen an: Berlusconi singend in einer Talent-Show, Merkel, wie sie Peer Steinbrück herzte, irgendwelche Parteikader in Peking. Und in der Mongolei hatten sie offensichtlich etwas Wichtiges in der Steppe gefunden, auf dem Foto waren jubelnde Menschen zu sehen, die um einen aufgegrabenen Hügel herumstanden. Siebeneisen legte die Zeitung zurück und schaute sich um. Nachmittags war immer einiges los in der Lobby des Grand Palace, *High Tea* nannte die Hotelleitung den kleinen Kaffeeklatsch zu Orchesterklängen – offenbar war man bereit, auch nichtpreußische Elemente in den Alltag der ehemaligen deutschen Kolonie einzubinden. Zwei emsige Kellner servierten Schwarzwälder Kirschtorte und schenkten Kaffee aus. Die Hälfte der Gäste schrie in ihre Handys. Das Orchester steigerte verzweifelt die Lautstärke und gab nun eine schmissige Version einer Melodie zum Besten, die in Deutschland einmal unter dem Titel »Bring uns Regen, Pan!« bekannt war, untermalt vom Klingeln der Handys, die sich mit pentatonischen Melodien meldeten oder einer Tonfolge, die eindringlich an die Alarmsirenen aus diversen U-Boot-Filmen erinnerte. Worauf ihre Besitzer ein donnerndes *»Wei! Wei!«* in ihre Geräte bellten und dabei nicht unbedingt darauf achteten, ob sie gerade noch eine Gabel Sahnekuchen im Mund hatten. Die Cellisten ignorierten die Bröckchen auf ihren Instrumenten mit asiatischer Gelassenheit.

»Na, geht's besser?« Siebeneisens Verbredung war eingetroffen.

»Ghtschnwidringermßen«, sagte Connor O'Shady aus dem Sessel gegenüber. Er sah aus wie eine Mumie. Beziehungsweise wie der Elefantenmensch im letzten Stadium, in jenen Filmszenen, in denen er nur noch komplett umwickelt aus dem Haus konnte. Und auch ein wenig so wie ich neulich in Kathmandu, dachte Siebeneisen. Obwohl O'Shady nicht mehr zitterte, war der Ire noch immer kaum zu verstehen. Er kleisterte weiterhin Silben und Wörter zu grotesken Bandwurmbegriffen zusammen. All die Bandagen um seinen Schädel verschlimmerten seine Aussprache obendrein.

Dass O'Shady die Explosion überlebt hatte, verdankte er einzig und allein dem Professionalismus der Eiswelt-Architekten. Weil ihnen die realistische Ausarbeitung der Anlage über alles ging, hatten sie dafür gesorgt, dass der zugefrorene Seerosenteich unter der Brücke tatsächlich ein zugefrorener Seerosenteich war. Durch dessen Oberfläche krachte der voluminöse Elvis bei seinem Sturz in das unter dem Eis liegende Wasser. Als er wieder auftauchte, stand der Hallenhimmel über O'Shady in Flammen, also war er im Wasser geblieben und hatte unter dem zerborstenen Brückenpfeiler Schutz gesucht. In den nächsten Minuten war er sich im Hagel der Raketen und Böller vorgekommen wie der Verteidiger einer mittelalterlichen Burg beim Angriff eines normannischen Invasionsheer, aber selbst eine auf den Brückenpfeiler krachende Zeus-Statue überstand er halbwegs unbeschadet, von etlichen Schnittwunden durch herumfliegende Eissplitter abgesehen. Als alles vorüber war, hatten Sanitäter den völlig unterkühlten Mann im Elviskostüm aus dem Wasser gezogen.

»Lawn und ich fliegen heute Abend nach Deutschland zurück. Über Hongkong, da müssen wir noch irgendwas für Schatten abholen. Wir sehen uns dann beim Notar in Dublin, oder?«

»'chhoffe'sielssnmichsoflign…«

»Das hoffe ich auch. Bei den Sicherheitskontrollen an den Flughäfen heutzutage weiß man ja nie. Aber vielleicht können bis dann schon einige der Mullbinden entfernt werden…« Siebeneisen betrachtete die Verbände. Konnte gut sein, dass man ihn in diesem Aufzug tatsächlich nicht an Bord eines Flugzeugs lassen würde. Er lächelte O'Shady tröstend zu und fragte sich gerade, warum das Orchester bei »Fünfzehn Mann auf des toten Seemanns Kiste« derart ins Stocken geriet, aber dann saß Lawn auf der Lehne seines Sessels, Lawn in einem weißen Handtuch und sonst nichts, geradewegs aus den Tiefen des Spas, wo sie mehr oder weniger die kompletten letzten Tage verbracht hatte. Auf Kosten des Hauses, schließlich war sie die Begleiterin einer lokalen Berühmtheit.

»Ich komm nicht ins Zimmer, du hast den Schlüssel!« Sie zwinkerte O'Shady zu. Der Dirigent versuchte, sein Orchester auf Linie zu bringen, aber offenbar hatten die Cellisten beim Anblick Lawns jegliche Konzentration verloren. »Fünfzehn

Mann auf des toten Seemanns Kiste« schlingerte Richtung Refrain, als herrschte in der Lobby plötzlich starker Wellengang.

»Ich komme mit.« Siebeneisen hielt es für das Beste, ebenfalls schnell aus dem Fokus zu kommen. Er nickte O'Shady zu.

»Wir sehen uns in Dublin!« Dann humpelte er mit verstauchtem Fuß und Stichwunde im Hintern Richtung Aufzug, und Lawn in ihrem weißen Handtuch neben ihm war schöner als je zuvor.

Der Yaggwar schwebte durch Qingdao, als habe er keinerlei Kontakt mit dem Asphalt. Siebeneisen sah aus dem Fenster. Es hatte zu regnen begonnen, die Rücklichter der Autos zogen rote Schlieren auf den nassen Straßen. Er konnte noch immer nicht glauben, dass sie am Ende ihrer Reise angelangt waren. Dass die Mission erfüllt war, dass er sämtliche sieben lebenden Miterben Schattens gefunden hatte. Er horchte in sich hinein und versuchte, irgendwo dort drinnen ein Gefühl des Triumphs zu entdecken oder zumindest ein wenig Zufriedenheit, aber da war nichts. Wie denn auch? Die letzten Wochen und Monate hatte sein Körper beinahe ununterbrochen Adrenalin produziert. Da würde es bestimmt noch eine ganze Weile dauern, bis ihm wirklich klar werden würde, dass er das Unmögliche tatsächlich geschafft hatte. Er drehte sich vom Fenster weg. Lawn war eingeschlafen, als sie vom Hotelparkplatz gerollt waren. Nach mehreren Tagen ununterbrochener Spa-Anwendungen hatte sie nun wahrscheinlich einen Zustand erreicht, für den man als Mönch sehr, sehr lange würde meditieren müssen. Siebeneisen betrachtete ihr dunkles Haar, das im sanften Zug der Klimaanlage wie ein seidener Vorhang wehte.

Sie hielten vor dem Abflugterminal. Ihr Fahrer öffnete die Tür des Yaggwars und half Lawn formvollendet hinaus. Dann verbeugte er sich tief.

»Wir bedanken uns, dass sie das kostenlose VIP-Angebot der Qingdao Tourist Commission genutzt haben.«

»Was haben Sie gesagt?«, fragte Siebeneisen, der gerade die Taschen aus dem Kofferraum holte.

»Ich habe mich im Namen der Qingdao Tourist Commission bedankt, dass Sie unser kostenloses Oktoberfest-VIP-Paket genutzt haben. Bitte erzählen Sie allen Ihren Freunden zu Hause, wie schön es in Qingdao ist, der Perle der nordostchinesischen Küste.«

»Wollen Sie damit sagen, das alles hier hätten Sie organisiert? Und nicht jemand aus Deutschland?«

»Oh nein! Das ist ein ganz offizielles Programm, das speziell für Gäste aus der Bundesrepublik entwickelt wurde. Ihr Kaiser war es schließlich, der …«

»Schon gut, ja, so war es …« Siebeneisen fürchtete, dass gleich wieder das Lied vom bärtigen Monarchen geschmettert werden würde. Trotzdem wollte er das jetzt genau wissen.

»Wir hatten die Info, dass man unseren Aufenthalt hier aus Deutschland organisieren wollte …«

»Also … aus Deutschland haben wir lediglich den Auftrag für eine Hotelbuchung erhalten, Moment …«

Der Fahrer holte einen Folder aus dem Handschuhfach und überflog die ersten Seiten.

»Ah, hier steht es: Ein Mr Wieehp …«

»Wipperfürth.«

»Also dieser Mr Wieehperfurdd hatte ursprünglich … Moment … hatte ursprünglich ein Doppelzimmer im Kunsing Mansion für Sie reserviert, ohne Frühstück, Straßenseite, Etagenbetten, keine Klimaanlage, WC auf dem Flur, für 12 € inklusive Steuern.«

»Wie bitte??«

»So steht es hier, das war die ursprüngliche Buchung. Das Kunsing Mansion ist allerdings schon vor mehreren Monaten abgebrannt, als pakistanische Bewohner einen Hammel in ihrem Zimmer grillen wollten. Ehrlich gesagt: Es war nicht schade um diese Baracke.«

»Und da hätten wir eine Reservierung gehabt?«

»Mr Wieehp ...«

»Wipperfürth.«

»... hat das Zimmer über unsere Webseite online reserviert. Warten Sie ...«

Der Mann überflog den Text in seinen Papieren.

»Also, es war so: Er hat nicht reagiert, als ihm die Buchung sofort als ungültig angezeigt wurde und die Reservierungsmaschine ihm stattdessen ein etwas teureres Angebot vorgeschlagen hat. Als er auch nicht auf unsere E-Mails geantwortet hat, haben wir Ihnen ein Zimmer im Grand Palace organisiert, das war wohl das einfachste.«

»Das war es wohl.« Siebeneisen gelang es, diesen Satz sehr gelassen auszusprechen, beinahe emotionslos. Offensichtlich hatte das Adrenalin der vergangenen Wochen besänftigende Nachwirkungen. Allerdings würden die lange verflogen sein, wenn er Wipperfürth das nächste Mal sah. Da war er sich sehr, sehr sicher.

51

Aus der Facebook-Fanseite »Siebeneisen«, Rubrik: Pinnwand, Einträge der letzten fünf Tage.

Wipperfürth:
Hallo?? Erinnerst du dich an uns? Und wenn ja: Kannst du dich bitte vielleicht mal melden? Oder gibt es in China kein Internet? Was ist jetzt mit Pat O'Shady? Hast du Kontakt zu ihm? Der kann doch nicht wirklich daran denken, sein Erbe auszuschlagen! Dann fliegt uns hier doch alles um die Ohren! Schatten ist schrecklich nervös. Ich vermute, er bekommt Asthma. Melde dich!

Uchka der Fahrer:
Sie sind ein Held! Es heißt, man werde Sie zum Ehrenbürger der Mongolei machen! Dann sehen wir uns schon bald wieder! Und machen Sie sich keine Gedanken über die Reise zum Grab: Ich bringe Sie natürlich hin und wieder zurück!

Rashid Shamesta:
Sehr geehrter Herr,
warum nur helfen Sie mir nicht? Schon vor einigen Wochen habe ich Ihnen mitgeteilt, dass ich Opfer eines schrecklichen Irrtums bin. Ich bitte Sie nun noch einmal eindringlich, sich meiner Sache anzunehmen. Mittlerweile bin ich mir sehr sicher, dass mein Vorgesetzter ein Verhältnis zu meiner Gattin unterhält. Um dieses schändliche Treiben fortsetzen zu können, hat er den Ministerialarzt bestochen, mich in diese Kurklinik einzuliefern, obwohl ich gänzlich unschuldig

bin. Hier muss ich jeden Morgen Yogaübungen im Garten machen, angeblich dient dies meiner Gesundung. Als ob ich krank sei! Der Spielball einer heimtückischen Intrige, das bin ich. Und nur Sie können bezeugen, dass ich niemals mit Ihnen in Lo Monthang war. Klären Sie das Missverständnis auf! Helfen Sie mir!
Hochachtungsvoll,
Rashid Shamesta,
Ministerialbeamter II. Grad, Innenministerium Nepal, Kathmandu.

Pat O'Shady:
Danke, dass Sie das Amulett nicht mitgenommen haben. Es war tatsächlich so, wie ich es vermutet hatte. Die Mongolen sind überglücklich. Sie haben einem Volk ein Stück seiner Geschichte zurückgegeben.

Siebeneisen:
Danke an alle, die sich die Mühe gemacht haben, auf diese Pinnwand hier zu schreiben! Sitzen gerade am Flughafen in Hongkong und freuen uns auf zu Hause! Bald sind wir da!
@ Uchka der Fahrer: Danke für die Komplimente! Ich weiß nur leider nicht, wovon Sie sprechen … Hoffe, dem Auto geht es gut!
@ Rashid Shamesta: Wenden Sie sich am besten einmal an die Dorfältesten von Loh Monthang. Erwähnen Sie das Stichwort »Geier«; möglicherweise kann man Ihnen dann weiterhelfen. Ich weiß, dass es ein weiter Weg ist. Vielleicht sollten Sie den langen Marsch als eine Art Büßergang verstehen.
@ Pat O'Shady: Mein Fahrer hat mir auch schon so eine kryptische Nachricht hinterlassen! Was ist mit dem Amulett?
@ Wipperfürth: Wir waren gerade eben bei dem Großhändler in Shenzhen, zu dem Du uns geschickt hast. War am Ende dann doch ganz schön weit vom Flughafen, und leider fuhren doch keine Linienbusse, wie Du vermutet hattest – das ist nämlich die Grenze zu China dazwischen. Das Taxi hin und zurück hat knapp 100 €

gekostet. Sag das Schatten bitte schon mal, sonst fällt er später bei der Abrechnung in Ohnmacht.
Und dann verrate mir bei Gelegenheit einmal, weshalb er sich dieses Einmann-U-Boot bestellt hat. Mal abgesehen davon, dass ich nicht weiß, wo er damit herumfahren könnte – der bekommt doch schon in einem Aufzug Platzangst. Und dann hat er auch noch seinen Namen ins Metall gravieren lassen!
Wie auch immer: Wir haben das Ding natürlich nicht ins Taxi bekommen, sondern mussten es mit einem Laster nach Hongkong liefern lassen (299 €). Jetzt geht es als Übergepäck mit (420 €).
Die hatten übrigens ziemlich schicke Motorroller dort.
Ach so: Pat O'Shady. Keine Ahnung.

52

(DUBLIN, IRLAND, ETWA ZWEI WOCHEN SPÄTER.)

Manche Menschen behaupten ja, es gebe auf Gottes weiter Welt kaum etwas Schöneres als einen Spätsommertag in Dublin. Die allermeisten dieser Menschen sind natürlich Iren, und die meisten dieser allermeisten wiederum sind Iren, die in Dublin wohnen. Aber selbst unbefangene Besucher der irischen Hauptstadt soll an einem Spätsommertag in Dublin schon einmal die Ahnung beschlichen haben, dass es möglicherweise kaum etwas Schöneres auf Gottes weiter Welt gibt als, nun ja: einen Spätsommertag in Dublin.

Wenn man Glück hat, wacht man auf an so einem Tag, und die Stadt draußen vor dem Fenster badet gerade in Gold. Die Sonne ist in einen babystrampelanzugsblauen Himmel geklettert, der Atlantikwind hat über Nacht die letzten Staub- und Rußpartikel aus der Atmosphäre geblasen, und alles scheint von innen heraus zu leuchten, die bunten Fassaden der Häuser, die Kopfsteinpflasterstraßen, die Mauern des Trinity College und die Statue von Molly Malone, die ganze große alte Stadt. Sogar die Liffey sieht nicht länger aus wie ein Auffangbecken für Klärschlamm, sondern tatsächlich wie ein richtiger Fluss, über den die Schwalben ihre Achten in den Himmel fliegen. Anders gesagt: Alles ist perfekt an so einem Morgen. So lange, bis am Vormittag dann die ersten Regenwolken aufziehen. Spätestens um die Mittagszeit, wenn es in der Regel das erste von etlichen Malen schüttet, ist der Morgen dann nicht mehr als eine verblasste Erinnerung. Weshalb viele Menschen behaupten, ein Spätsommertag in Dublin sei vergleichbar mit einem Spätherbsttag irgendwo sonst in Europa. Die allermeisten dieser Menschen sind allerdings keine Iren. Und natürlich ist keiner von ihnen Ire, der in Dublin wohnt.

Einer der Dubliner, die an einem dieser goldenen Morgen am Ufer der Liffey entlangging, war Nathan Ó Cinnéide. Der Notar war übellaunig. Er litt an den Folgen seines Besuches im Dead Cromwell am Vorabend, wo er das größte Brauereiunternehmen der Stadt ein wenig zu offensiv bei dessen Um- und Absätzen unterstützt hatte. Außerdem besaß er mehr als nur eine vage Ahnung davon, was ihn an diesem lieblichen Spätsommertag erwartete, und auch das war seiner Stimmung nicht gerade zuträglich. Gut möglich also, dass Nathan Ó Cinnéide an diesem bezaubernden Morgen der einzige Dubliner war, der die Schönheit seiner Heimatstadt komplett ignorierte. Und stattdessen in Gedanken an allem und jedem herummäkelte, während er langsam und lustlos Richtung Kanzlei trödelte.

Gerade eben war ihm beispielsweise ein Mann entgegengekommen, der ein T-Shirt mit einer aufgedruckten Gletscherlandschaft trug. Als ob Hochsommer wäre! Und auf der anderen Seite des Flusses spazierte doch tatsächlich ein Farbiger in kurzen Hosen und einer Art Safarihemd. Der Notar überprüfte den Sitz seines Schals unter dem Mantel. Er versuchte, an etwas Nettes und Aufheiterndes zu denken, was ihm aber partout nicht gelingen wollte. Stattdessen ging ihm der anstehende Termin am Mittag nicht aus dem Kopf. Niemals in seiner Laufbahn hatte er schon einmal einen ähnlichen Fall erlebt. Keinen, bei dem es auch nur annähernd um so viel Geld ging. Keinen, bei dem auch nur ansatzweise ein solcher Aufwand betrieben worden wäre, um die Voraussetzung für die Auszahlung eines Erbes zu erfüllen. Vor allem aber noch keinen, bei dem er es mit einer Ansammlung derart exzentrischer Figuren zu tun hatte. Nein, das waren keine Vorurteile. Diese Leute waren mehr als nur sonderbar. Alle. Ohne Ausnahme. Die einen mehr, die anderen weniger.

Dieser Erbe aus New Orleans zum Beispiel, der ihn gestern angerufen hatte und wissen wollte, ob es an diesem Morgen irgendwo in Dublin eine Auktion mittelalterlicher Ritterrüstungen geben würde: Auf diese Idee würde man doch selbst nie und nimmer kommen. Und was wollte der andere? Die Adressen von Wollfachgeschäften? Unfassbar. Und die Deutschen erst! Ó Cinnéide erinnerte sich nur allzu gut an das Treffen mit dem einzigen Erbberechtigten, der zur Beerdigung der steinalten Claire O'Shady erschienen war. Er hatte damals befürchtet, dass dieser Seamus Brothaigh Donnchadh O'Shady in seinem Büro kollabieren würde, so schwitzte und schnaufte sein Besucher. Und heute würde er auch noch seinen Mitarbeiter mitbringen. Der Mann war ihm zu Hause zur Hand gegangen, als es um die Logistik der Erbensuche ging. Dieser Wipperfürth hatte ein krankhaftes Mitteilungsbedürfnis. In den vergangenen Monaten hatte er ihm permanent E-Mails geschickt, in denen er die Suche nach den anderen Erbberechtigten bis ins kleinste Detail schilderte. Von diesen Mails waren an manchen Tagen gleich mehrere gekommen, so dass Ó Cinnéide einen eigenen Ordner in seinem Computerprogramm für sie hatte anlegen müssen. Ihm als Notar und Nachlassverwalter waren diese Details der Suche völlig gleichgültig, das hatte er Wipperfürth immer wieder zu erklären versucht. Ohne Erfolg. Vielleicht auch deshalb hegte er eine leise Sympathie für den dritten Mann, diesen Siebeneisen. Den, den die beiden losgeschickt hatten, um alle anderen zu suchen. Der konnte einem leidtun, das war gewiss.

Ó Cinnéide war nun an der Half Penny Bridge angekommen. Er beschloss, sich für einen Moment auf eine Bank in die Sonne zu setzen, solange die Bank noch in der Sonne stand, in dieser Stadt konnte man sich ja nie sicher sein. Praktischerweise wurde gerade ein Platz frei; ein Mann mit einem seltsamen Hut auf dem Kopf stand auf und ging Richtung Brücke davon. Ó Cinnéide sah ihm nach und wunderte sich über die Mode von heute, die so tat, als lebe man im 16. Jahrhundert, aber was wusste er denn schon. Der Notar tastete nach dem Brief in der Innentasche seines Jacketts und seufzte leise, als er durch den Stoff das Papier fühlte. Das Schreiben war ihm gestern Nachmittag durch einen Kurier zugestellt worden. Nachdem er es gelesen hatte, war er im Dead Cromwell gelandet, statt nach Hause zu gehen. Und ziemlich lange geblieben. Die Band fiel ihm wieder ein, gute Musiker waren das. Vor allem der Sänger war ziemlich überzeugend. Ein wenig auffällig bandagiert, der Knabe, wahrscheinlich eine Schlägerei, die er besser nicht begonnen hätte. Aber singen konnte er! Ó Cinnéide hatte schon etliche Elvis-Imitatoren gehört, aber so gut wie der von gestern Abend war noch niemand gewesen.

Die Erinnerung an den Abend im Dead Cromwell machte ihn durstig. Und ein paar Minuten war ja auch noch Zeit. Auf keinen Fall wollte er vor zwölf in der Kanzlei sein, mit Sicherheit saßen der schnaufende O'Shady und dieser Wipperfürth bereits im Büro und warteten auf ihn. Ó Cinnéide sah sich um: Gegenüber lag ein Kurzwarengeschäft, der Verkäufer zeigte einem Kunden gerade einen Schal im Sonnenlicht vor der Tür. Daneben war ein Laden für Souvenirs, daneben ein Wettbüro, gleich nebenan eine dieser neumodischen Metzgereien mit angeschlossenem Bistro. Durch die Glastür sah der Notar einen kleinen Jungen und eine blonde Frau, die ihn an irgendeine Schauspielerin erinnerte, aber dann war sein Blick schon weitergewandert, und dann entdeckte er etwa hundert Meter weiter links einen irischgrün gestrichenen Pub. Und weil sich nun eine dunkle, unheilvoll ausschauende Wolkenwand vor die Sonne schob und sich außerdem ein Mann der Bank näherte, der schlimm humpelte und von seiner Gattin gestützt werden musste, stand Ó Cinnéide auf und ging in Richtung Irischgrün. Ziemlich zügig übrigens.

Der Fernseher über der Bar lief stumm. Wann hatte das angefangen, dachte er, als der Wirt ihm sein Guinness hinstellte, wann waren die ersten Flachbildschirme in irischen Kneipen aufgetaucht? Es gab eine Zeit, da waren Irish Pubs dunkle, heimelige Höhlen; jetzt aber flackerte unentwegt das nervöse Licht der Bilderschnippsel über Flaschen und Gesichter. Er sah kurz hin, die üblichen Nachrichten, Aktienkurse, UN-Konferenzen, irgendein Volksfest in Kasachstan oder wo immer es diese Steppen und Reiter gab. Nathan Ó Cinnéide drehte sich um: Niemand im Pub interessierte sich auch nur einen Deut dafür. Natürlich nicht. Fernsehen konnte man zu Hause im Wohnzimmer. Wer einen Pub betrat, wollte mit der normalen Welt nichts mehr zu tun und seine Ruhe haben, zumindest für ein paar Stunden. So wie der bärtige Mann mit der roten Mähne, der schweigend am anderen Ende des Tresens saß und gerade seinen dritten oder vierten Whiskey innerhalb weniger Minuten bestellte. Seine linke Gesichtshälfte war merkwürdig geschwollen. Noch so eine Gestalt, wie sie diese Stadt zu Tausenden ausspuckt, dachte Ó Cinnéide, Tresenphilosphen, Lebensmelancholiker, heilige Trinker. Auf dem Flachbildschirm über der Bar begann ein Film, der offenbar in Louisiana spielte; ahnungslose Hinterwälder legten sich gerade mit zwei gut gekleideten jungen Männern an, bei denen es sich in Wirklichkeit um schlimme Vampire handelte. Nathan Ó Cinnéide schüttelte den Kopf, zum wer weiß wievielten Mal an diesem Spätsommertag.

Er sah auf die Uhr: kurz vor zwölf. Nun ja, dann musste er wohl. Er trank sein Guinness aus und zahlte. Beim Hinausgehen summte er leise das Intro von »It's now or never«.

»Wie oft soll ich dir das denn noch erklären? Ich habe kein U-Boot bestellt!«

»Es stand aber im Warenlager in Shenzhen für dich bereit, hat er geschrieben. Deswegen hat er es ja mitgenommen. Beziehungsweise: gegen viel Geld zum Flughafen bringen lassen.«

»Die Chinesen haben da was verwechselt! Ich habe die Bestellnummer des Motorrollers mehrfach kontrolliert und ganz sicher die »Hello-Kitty-Special-Edition« angekreuzt. Wieso hat er sich denn nicht kurz von dort gemeldet?«

»Wieso? Weil er gedacht hat, dass ein Einmann-U-Boot, das deinen Namen auf der Außenwand eingraviert hat, von dir bestellt wurde und an deine Adresse in Oer-Erkenschwick geliefert werden sollte, auch dein Einmann-U-Boot ist. Vor allem, weil wir ihn ja zu dieser Lagerhalle geschickt haben, um etwas Großes abzuholen. Ich durfte das mit dem Roller ja nicht verraten.«

»Deswegen kaufe ich aber doch noch immer kein U-Boot! So ein Schwachsinn! Und wo fahren wir denn hier eigentlich herum? So weit kann doch der Flughafen nicht außerhalb der Stadt liegen! Wie lange dauert das denn noch?«

Schatten und Wipperfürth saßen eingeklemmt zwischen acht schweigenden Pakistani. In einem Kleintransporter, der von einem grimmigen Mann mit mächtigem Turban gesteuert wurde. Bis vor wenigen Minuten hatten die acht Pakistani und der Fahrer sich wütend beschimpft, aber dann hatte er angehalten und damit gedroht, die Pakistani hier und jetzt rauszuwerfen, und seitdem herrschte Ruhe. Wipperfürth hatte den »Ganesha Airport Express« im Internet entdeckt, als er auf der Suche nach einer günstigen Transportmöglichkeit in die Dubliner Innenstadt gewesen war. Das Unternehmen kutschierte in erster Linie pakistanische Arbeiter aus dem Umland in die Hauptstadt, was regelmäßig zu bilateralen Spannungen mit dem indischen Fahrer führte, aber davon hatte natürlich nichts auf der Internetseite gestanden. Um die Übernachtungskosten zu sparen, waren sie nicht schon am Vortag angereist, sondern noch vor Tagesanbruch von einem winzigen Flughafen im Hunsrück aus gestartet, zu dem Walburga sie gefahren hatte. Gebucht war ein Flug nach Limerick. Der war mit dieser irischen Budget-Airline deutlich preiswerter als die Verbindungen nach Dublin, da hatte Wipperfürth ein echtes Schnäppchen ergattert. Schatten war das nicht bewusst, er war bereits beim Check-in mit aufgeregtem Schwitzen und Schnaufen beschäftigt gewesen. Und Wipperfürth hatte beschlossen, ihm es jetzt auch nicht mehr zu erklären. Mittlerweile waren sie seit fast zwölf Stunden unterwegs, und die Sache mit dem U-Boot hatte Schattens Laune nicht unbedingt verbessert. Garantiert war ihm da ein Zahlendreher bei der Bestellung unterlaufen, dachte Wipperfürth, das hätte er mal lieber ihn erledigen lassen sollen, er kannte sich schließlich in der Onlinewelt aus. Er sah ein Hinweisschild vorbeifliegen: Dublin 143 km.

»Wir müssen jeden Moment da sein«, sagte er.

Die Kassiererin im Museums-Shop flirtete jetzt mit ihm. Statt das T-Shirt einzupacken, mit dem er an die Kasse gegangen war, hatte sie ihn zuerst in ein Gespräch über den herrlichen Spätsommertag verwickelt, obwohl James O'Shady durch das Fenster hinter der Kasse hatte sehen können, dass es demnächst in Strömen regnen würde. Dann war sie zu dem Regal gestöckelt, in dem die Stoffpinguine standen, die offiziellen Merchandise-

Artikel zur großen Shackleton-Ausstellung des Irischen Nationalmuseums.

»Sind die nicht süß? Soo süß sind die!« Die Verkäuferin packte einen der beinahe lebensgroßen Kaiserpinguine und kam mit ihm zurück zur Kasse. Sie hielt ihn so, dass sie mit ihrer Nase den Schnabel hin und her stupsen konnte.

»Und so küssen sich die Eskimos bei euch da im Eis, gell, das hast du gerne, du kleiner Süßer!«

James O'Shady war aus verschiedenen Gründen sprachlos, und nur einer davon hatte mit dem Aussehen der Verkäuferin zu tun, die zu ihren Stiefeln einen Minirock trug sowie einen Pullunder, der fünf Zentimeter über dem Bauchnabel endete. Er kam gerade aus dem Büro des Museumsdirektors, der einen Großteil des Vormittags über den gefundenen Fußball von Shackletons »Endurance«-Mannschaft monologisiert hatte. In etwas mehr als einer Stunde musste er im Büro des Nachlassverwalters sein. Eigentlich wollte er jetzt nur schnell dieses T-Shirt bezahlen.

Und die Verkäuferin wollte flirten. Oder das tun, was sie dafür hielt.

»Na, da musst du aber keine Angst haben, wenn dich dieser große, starke Mann hier vielleicht mitnimmt! Der hat bestimmt ein groooßes Gewehr, das packt er schnell aus und schießt auf den bösen Eisbären, der den kleinen Pingu auffressen will! Pengggg! Pengggg! Und schon fällt der böse Bär mausetot um!«

»Könnte ich bitte mein T-Shirt bezahlen?« O'Shady hatte die letzten Monate an einem Ort verbracht, an dem niemand mit ihm sprach. Und wo Pinguine ihm zweimal täglich Fischmansch vor die Füße würgten. Er wollte keinen lebensgroßen Stoffpinguin. Nur das T-Shirt. Das mit den Eisschollen und dem witzigen Aufdruck. Sonst nichts.

Die Verkäuferin stellte den Pinguin achselzuckend neben der Kasse ab und begann, das T-Shirt zu falten. Sie kniff die Augen hinter ihrer Hornbrille und sprach den Text beim Lesen laut mit.

»Wenn es um wissenschaftliche Entdeckungen geht – gib mir Scott.
Für Reisegeschwindigkeit und Effizienz – gib mir Amundsen.
Aber wenn das Desaster zuschlägt und alle Hoffnung verloren ist –
dann knie nieder und bete, dass Shackminton kommt!«

»Shackleton. So wie der Mann, um den es in Ihrer Sonderausstellung geht: Shack-le-ton.« O'Shady riss sich zusammen, so gut es ging. »Sie müssen es nicht einpacken, ich ziehe es gleich an«, sagte er.

Er zögerte einen kurzen Moment. »Vielleicht brauchen Sie ja neue Gläser?«

Die Verkäuferin schob die Hornbrille nach vorne auf die Nasenspitze und sah ihn über den Rand an.

»In manchen Situationen setze ich sie auch ab … die Brille. Wollen Sie den Pinguin wirklich nicht mitnehmen?«

Und dann knallte der kleine Hammer zum dritten Mal auf das Pult, und Finn Whitesail sprang auf und rief *»Yess!«*, und alle Besucher, die vor ihm saßen, drehten sich echauffiert nach ihm um oder steckten die Köpfe zusammen und tuschelten. War ihm alles egal – er hatte sie. Original, vollständig erhalten, zu einem Preis, der sich zu Hause mit nur einem einzigen Verleih an ein großes Hollywoodstudio schon wieder amortisiert haben würde.

»Die Rüstung aus dem 15. Jahrhundert, Brust mit Tapul, Rücken mit geschobenem Halskragen, Schultern und Armzeugen, der geschlossene Helm mit zweiteiligem Visier, Augenschlitzen und Atemlöchern geht an den Bieter dort hinten am Gang.« Der Auktionator sah noch einmal genau hin und konnte sich dann den Nachsatz nicht verkneifen: »An den Herrn, der bei einer anderen Auktion bereits einen historischen Hut ersteigert zu haben scheint.«

Jetzt drehten sich auch noch jene Besucher um, die vorher nur pikiert getuschelt hatten. Finn Whitesail zwinkerte einer älteren Dame zwei Stuhlreihen vor ihm zu und deutete das grüßende Lüften seines Freibeuterhutes an. Seit der Party vor ein paar Monaten war das Kostüm des Piraten Lafitte zu seiner Lieblingskleidung geworden. Man hatte ihn damals in New Orleans verhaftet, als er in voller Montur und mit gezücktem Säbel hinter den Partygästen her war, die sein Zimmer demoliert hatten. Die zuerst etwas peinlichen Zeitungsfotos und TV-Berichte über den »Piratenüberfall im French Quarter« *(The Times-Picayune)* hatten sich im Nachhinein allerdings als wunderbare Werbung für sein Ausstattungsunternehmen erwiesen – er hatte Aufträge aus dem ganzen Land erhalten. Seitdem war Whitesail immer öfter als Lafitte unterwegs, in den Bars von New Orleans fiel man damit nicht besonders auf. Für die Reise nach Irland allerdings hatte er auf das meiste verzichtet. Lediglich der Dreispitz war im Gepäck.

»Möchten Sie die Rüstung an eine bestimmte Adresse geliefert bekommen?«, wurde er nun leise von einem Mitarbeiter des Auktionshauses gefragt, der mit dem Kaufvertrag zu seinem Platz im Saal gekommen war, während der Auktionator versuchte, ein etwa 50 Zentner schweres Kanonenrohr aus dem späten 18. Jahrhundert an den Mann zu bringen.

»Nein danke«, hörte sich Finn Whitesail sagen, »ich nehme sie gleich mit.«

Die Schmerzen hatten sich seit Wochen immer wieder angedeutet, ein einzelner Stich hinten links im Mund, ein Drücken, ein plötzliches Pochen, das nach einer Stunde wieder verschwand. Richtig heftig waren sie ausgerechnet dann geworden, als er im Flugzeug saß. Zuerst hatte er die Schmerzen ignoriert. Beziehungsweise: mit Whiskey bekämpft, bevor sie schlimmer wurden. Leider waren sie schlimmer geworden. Sie wurden es immer noch. Sein Kopf fühlte sich mittlerweile an, als werde im Innern seines Schädels ein Fußball aufgepumpt. Alle zwanzig oder dreißig Sekunden zuckten grelle Schmerzblitze aus seiner linken Kieferhälfte nach oben in die Stirn. Er hätte unentwegt stöhnen können, so weh tat es. Liam O'Shady stapfte missmutig durch Dublins Grafton Street. An dem verspiegelten Eingangsbereich eines Einkaufszentrums blieb er stehen und betrachtete sein Gesicht. Die linke Seite sah aus, als habe er einen Golfball im Mund. Liam O'Shady erschrak. Das, ahnte er, würde von alleine nicht mehr verschwinden. Er verspürte einen seltsam metallischen Geschmack im Mund. Tief drinnen in seinem Magen ballte sich ein dunkler Klumpen.

Liam O'Shady, furchtloser Gast der Himalajatäler und Butterteerunden Lo Monthangs, wilde Mähne, wehender Bart, windgegerbt und durchtrainiert, ausdauernder Reiter, hervorragender Schütze und nicht zuletzt bewunderter Zahnarzt am Hofe Seiner Majestät – Liam O'Shady hatte Angst vor dem Zahnarzt. Angst? Panik hatte er. Schon immer. Früher hatte er jedem erzählt, er sei genau aus diesem Grund selbst Zahnarzt geworden, aber das stimmte schon deshalb nicht, weil er weder promoviert noch ausgebildet noch sonst irgendetwas war. Bevor er seine Stellung am Hofe des Königs antrat, hatte er lediglich ein viertägiges Praktikum in einer Dental-Praxis in Bangkok absolviert, und das auch nur, weil er sich in eine der Arzthelferinnen verliebt hatte (die ihm bei ihrem ersten Dinner in einem Restaurant am Chao Praya dann allerdings erklärte, dass sie gar keine Arzthelferin sei, sondern ein Arzthelfer). In den meisten Regionen der Welt wäre jemand wie er schon nach der ersten Kariesuntersuchung als Scharlatan entlarvt worden. In den Höhen des Himalajas aber hatten Patienten wenig Vergleichsmöglichkeiten, und beim Zustand ihrer Zähne half in der Regel sowieso nur noch die Zange – nie hatte jemand an O'Shadys Expertise gezweifelt. Aber nun stimmte etwas in seinem Mund nicht, und zwar hinten links. Der Klumpen in seinem Magen war jetzt steinhart. Liam O'Shady beschloss, Furcht und Schmerz zu bekämpfen und dann eine Entscheidung zu treffen. Gleich gegenüber gab es einen irischgrün gestrichenen Pub.

Der Junge in dem Metzgerei-Imbiss war vielleicht sieben oder acht Jahre alt, und irgendwann nahm er all seinen Mut zusammen und kam zögernd zu ihr herüber. Zuvor hatte er sie angestarrt und mit seinem Vater geflüstert, der daraufhin auch gestarrt hatte, und dann hatten beide leise miteinander diskutiert, bis der Vater den Sohn mehr oder weniger in ihre Richtung schob. Jetzt stand der Junge mit hochrotem Kopf vor ihr, während der Vater in sicherer Entfernung blöd grinste.

»Entschuldigen Sie… sind Sie vielleicht… sind Sie vielleicht Cate Blanchett?«

Sheila O'Shady legte Messer und Gabel neben den Teller mit der Blutwurst, die sie für eine mögliche Verwendung im australischen Outback testete. Sie hatte sich daran gewöhnt, dass sie mit der Schauspielerin verwechselt wurde, das passierte immer wieder. Oft war das einfach nur nervend, manchmal auch ganz amüsant. Hin und wieder tat es ihr sogar leid, nicht diejenige zu sein, für die man sie hielt. In Situationen wie dieser jetzt zum Beispiel.

»Leider nein. Ich weiß, dass ich ihr sehr ähnlich sehe, aber ich bin es nicht.«

Der Junge betrachtete sie intensiv. Er schien jetzt nicht mehr aufgeregt zu sein. Eher skeptisch.

»Sie reden aber genauso wie Cate Blanchett!«

»Naja, das liegt daran, weil wir beide in Australien leben.«

Sheila lächelte den Jungen an. Was Kindern alles auffiel!

Wahrscheinlich hatte der Kleine jeden Film mit der Blanchett gesehen, den er sehen durfte. Bestimmt hing ein Poster von ihr über seinem Bett.

»*Robin Hood* fand ich total doof.« Der Junge hat offenbar beschlossen, ihre Einwände zu ignorieren und sie weiterhin für Cate Blanchett zu halten. Wahrscheinlich hatte er in einer dieser Kinozeitschriften gelesen, dass berühmte Schauspieler gerne so tun, als liege eine Verwechslung vor.

»Aha. Hat der dir nicht gefallen? Ich fand ja, dass sie toll aussah als Lady Marian. Was ist denn dein Lieblingsfilm mit ihr?«

Sheila O'Shady hatte diesen Dialog so oder so ähnlich bereits etliche Male geführt, deswegen kannte sie die Antwort bereits. Alle Jungs in diesem Alter liebten die *Der-Herr-der-Ringe*-Trilogie. In der spielte die Blanchett eine ätherische Elbenkönigin mit beinahe durchsichtiger Haut, die in jeder ihrer Szenen ausschließlich zu flüstern schien. Gabrielle? Gahandrial? Sie schnitt sich noch ein Stück von der Blutwurst ab, um dem Jungen Zeit zu lassen. Die er nicht brauchte.

»*Zwei abgewichste Profis!*«

Sheila O'Shady verschluckte sich beinahe an ihrer Wurst. Sie trank hastig einen Schluck Wasser, um Schlimmeres zu verhindern.

»*Zwei ABGEWICHSTE!!! Profis!*«, wiederholte der Junge jetzt lauter. Wahrscheinlich dachte er, sie habe ihn beim ersten Mal nicht verstanden.

»Der ist doch erst ab 18 freigegeben!« Mehr fiel ihr nicht ein. Und als sie den Satz beendet hatte, ahnte sie auch noch, dass sie ihn viel zu laut gesagt hatte. Möglicherweise hatte sie ihn auch gerufen. Laut gerufen.

Der kleine Junge stand vor ihr und grinste frech. Die Unterhaltungen an der Wursttheke und an den kleinen Imbisstischen verstummten. Sheila O'Shady bemerkte das und beschloss, ihre

Blutwurst aufzuessen und alles andere jetzt einfach zu ignorieren. Vor allem diesen Jungen da vor sich.

Der Junge da vor ihr hatte nun offenbar genug davon, dass ihn sein Schwarm so doof behandelte: Er streckte Sheila die Zunge heraus und begann vor ihrem Stehtisch herumzuhampeln. Dabei sang er aus voller Kehle.

»Cate Blanchett stopft sich fette Blutwurst rein, Cate Blanchett stopft sich fette Blutwurst rein!«

Sheila O'Shady hatte plötzlich das Gefühl, dass alle um sie herum sie anstarrten. Das war, kurz bevor die Blitzlichter von mindestens 27 Handykameras den kleinen Metzgerei-Imbiss erhellten.

»Wir haben hier auch noch ganze wunderbare Pashmina-Schals!«

Der Verkäufer witterte das Geschäft des Spätsommertages und schleppte einen großen Karton heran. Pat O'Shady hatte bereits bezahlt. Einen Stapel Decken aus original irischer Schafswolle in traditionellen Mustern, Mitbringsel für Ganzorig vom »Zentralbüro Wolle und Molkereierzeugnisse« und dessen Sekretärin; er hatte die beiden kennengelernt, als er von Ulan Bator aus nach Dublin geflogen war. Und für die Schamanen der Gurragtschaas und der Barlas, deren Segen er für das geplante Projekt in der Steppe benötigte. Er setzte seine Einkaufstüten ab, nahm eine der eingeschweißten Stolen in die Hand und warf sie einen Moment später zurück in den Karton: Fälschungen. Viskose, die irgendwo in der Türkei als Kaschmir deklariert worden war. Oder Polyester. O'Shady erkannte das auf den ersten Blick, da musste er die Stola noch nicht einmal auspacken.

»Wir haben die in allen Farben. Die sind so viel weicher als die aus irischer Schafswolle!« Der Verkäufer brachte einen weiteren Karton Schals heran.

»Das liegt an der Chemie.«

»Chemie?« Der Verkäufer schüttelte den Kopf. »Das sind reine Naturprodukte! Die kommen aus der Mongolei!«

»Die kommen nicht aus der Mongolei, sondern aus der Türkei«, sagte Pat O'Shady, der wiederum gerade aus der Mongolei gekommen war, nicht aus der Türkei.

»Soll ich Ihnen zeigen, wie man Original von Fälschung unterscheiden kann? Lassen Sie uns kurz vor die Tür ins Licht gehen.«

Draußen war eine große, dunkle Wolkenfront gerade dabei, dem sonnigen Teil des Dubliner Spätsommertags den Garaus zu machen. Pat O'Shady nahm eine der Stolen aus dem Plastik. Er ließ sie den Händler anfassen.

»Wie fühlt sich das an? So, als könne es eine Frau in einer Jurte wärmen? Wenn draußen ein eisiger Wind pfeift, ihr Mann auf der Jagd ist und das Heulen der Hunde sich auf einmal wie das von Wölfen anhört? Oder eher glatt und kühl?«

»Aber hier auf dem Etikett steht doch: 100 % Pashmina!« Der Händler war sichtlich erschüttert. Nicht, weil die eine Stola in seinen Händen eine Fälschung sein sollte. Eher, weil er über fünftausend davon auf Lager hatte. In allen Farben.

»Pashmina ist aber keine Bezeichnung für Wolle, so nennt man lediglich diese Stolen. Das ist so, als wäre in einem Rugbytrikot ein Schild mit »100 % Rugbytrikot« eingenäht. In den allermeisten Fällen enthält ein Schal mit einem solchen Etikett kein einziges Gramm Kaschmirwolle.«

»Was? Woraus sind die denn dann gemacht?«

»Das kann ich Ihnen nicht sagen, ich bin kein Kunststoffspezialist. Polyester vielleicht. Oder Viskose. Darf ich?«

Pat O'Shady strich mit der Hand über den Schal, bis er ein paar lose Fäden in der Hand hielt. Dann holte er ein Feuerzeug aus der Hosentasche und hielt es unter die Fäden. Sie verschwanden in einer großen Stichflamme. Der Händler sah ihm entsetzt zu.

»Polyester. Hundert Prozent.« Der Mann tat ihm leid.

»Wollen Sie die besten Kaschmirprodukte der Insel im Sortiment?«, fragte er, als er mit ihm nach drinnen ging. »Die besten Europas? Schals und Pullover so weich, dass die berühmtesten Models mit nichts anderem auf der Haut aus dem Haus gehen würden?«

Der Verkäufer schaute ihn fragend an. In seinem Gesicht stand so etwas wie Hoffnung. Pat O'Shady dachte an die großen Augen der Kaschmirziegen.

»Ich glaube, wir könnten ins Geschäft kommen.«

Connor O'Shady wurde von der Sonne geweckt, die sich irgendwann an diesem Spätsommermorgen am Turm der St. Patrick's Kathedrale vorbeigeschoben hatte und nun durch das Hotelzimmerfenster auf sein Gesicht schien. Es dauerte einen kurzen Moment, bis er wusste, wo er war. Gleich darauf registrierte er das leicht berauschende Gefühl, das er am Morgen nach einem gelungenen Auftritt fast immer verspürte. Er kannte das Dead Cromwell noch aus seiner Jugend. Schon damals war er dort ein paar Mal aufgetreten, meistens mit Musikern aus seiner Gegend. Mit Paul Hewson zum Beispiel, den er noch aus der Grundschule kannte und der in Glasnevin nur zwei Straßen entfernt gewohnt hatte. Paul war kein besonders guter Gitarrist gewesen damals. Aber dann hatte er zusammen mit ein paar Jungs von seiner weiterführenden Schule eine eigene Band gegründet. Connor O'Shady lächelte, als er in seinem Hotelbett an den Tag dachte, an dem Paul Hewson ihm feierlich erklärt hatte, er wolle ab jetzt nicht mehr Paul Hewson, sondern Bono genannt werden. Bono! Was für eine Marketingidee! Er hatte sofort gewusst, dass Paul einmal berühmt werden würde. Und? Hatte er sich da etwa geirrt? O'Shady schlug die Bettdecke beiseite. Er stand auf und ging zum Fenster. Dublin glühte, als leuchte es von innen heraus. Sein Gesicht spiegelte sich in der Scheibe. Er würde diesen Verband jetzt abnehmen, entschied er. Die noch nicht verheilten Kratzer und Schrammen konnte er ja mit Pflastern abkleben, und wenn er zwanzig Stück brauchen würde.

Die Nuss fest in beiden Händen und den Kopf mit der Mähne neugierig ein Stück nach links geneigt, saß das Goldene Löwenäffchen auf seinem Lieblingsast und betrachtete den Mann, der es betrachtete. Kenneth O'Shady hatte noch nie ein Goldenes Löwenäffchen gesehen. Was nicht weiter verwunderlich war, weil der Arbeitsplatz des Rangers und der Lebensraum des Tieres einen Kontinent weit auseinanderlagen. Außerdem war die Art in freier Wildbahn so gut wie ausgestorben – die komplette Population wurde auf nur noch knapp tausend Tiere geschätzt. Im Dubliner Zoo aber war es sehr erfolgreich gelungen, die Affenart in Gefangenschaft zu züchten. Irgendwann würde man vielleicht damit beginnen können, einzelne Tiere wieder in ihren ursprünglichen Lebensraum in Brasilien auszuwildern. Falls der Regenwald dort dann noch existierte. Kenneth O'Shady schnitt dem kleinen Äffchen eine Grimasse. Das kleine Äffchen pfefferte blitzschnell seine Nuss in O'Shadys Richtung. Das Geschoss prallte mit einem lauten Klock von der Glasscheibe ab, unmittelbar vor seinem linken Auge.

O'Shady war keine drei Tage fort aus Afrika und vermisste es schon ganz fürchterlich. Letzte Nacht hatte er von der Savanne im Nationalpark geträumt. Sein Landrover stand auf einer Lichtung, über die eine Prozession von Tieren zog. Neben ihm hatte die dicke Monica gesessen und sich die Nägel lackiert, immer passend zu den vorbeilaufenden Tieren, Zebrastreifen, Leopardenpunkte, Giraffenflecken, ein Muster ging in das andere über, beinahe surreal sah das aus. Aber Monica hatte nicht ihre Fingernägel, sondern ihn angeschaut, immer nur ihn. O'Shady war froh, dass er aufwachte, bevor sich seine Situation im Traum verschlimmerte. Als er sah, dass draußen die Sonne schien, entschied er sich für seine Rangerkleidung, auch das deutete er im Nachhinein als Zeichen seines Heimwehs. Dabei würde seine Reise insgesamt kaum eine Woche dauern. Heute Mittag war der Termin bei diesem Notar. Für morgen hatte er ein Treffen mit dem Direktor einer großen Bank vereinbart. Übermorgen um diese Zeit würde er schon wieder in einem Flugzeug nach Johannesburg sitzen.

Kenneth O'Shady schlenderte Richtung »Afrikanische Savanne«, zumindest stand das so auf dem Schild. Hinter einer Mauer mit aufgesetztem Geländer rupfte ein großes Nashorn saftiges irisches Gras aus dem Boden und gab dabei zufriedene Grunz- und Schmatzgeräusche von sich. O'Shady war schon vorbei an dem Tier, als er stutzte, zehn Meter zurückging und an die Umrandung des Geheges trat. Als er sich über das Geländer lehnte, um das Tier besser sehen zu können, hörte das Nashorn zu fressen auf. Es grunzte und schmatzte auch nicht länger. Stattdessen hob es den Kopf und starrte konzentriert in Richtung seines Besuchers. Natürlich konnte es ihn nicht sehen, Nashörner sind ja bekanntlich ziemlich kurzsichtig. Irgendetwas am Geruch seines Besuches aber schien es unruhig werden zu lassen. O'Shady sah erstaunt, wie plötzlich ein Zittern durch den Berg aus Fleischmasse, Lederrunzeln und Panzerplatten lief, ein Zittern wie ein Erdbeben. Und dann donnerte das wutschnaubende Nashorn, das seit seiner Gefangennahme im Tamallango Nationalpark und der Verfrachtung in den Zoo von Dublin nicht wirklich ruhiger geworden war, frontal gegen die Mauer seines Geheges.

»Geht's mit dem Fuß?« Lawn sah, wie Siebeneisen zwischen den Sträuchern umherhumpelte.

»Ist schon viel besser!« Er ließ sich auf einer der großen Steine fallen, die überall lagen, nur um sofort wieder in die Höhe zu schießen – die Messerwunde vertrug hastiges Hinsetzen noch nicht. »Schön hier. War eine gute Idee, hierherzukommen.«

Als sie morgens gesehen hatten, dass es wider Erwarten nicht nach Regen, sondern nach einem schönen Spätsommertag in Dublin aussah, hatte Siebeneisen ein Auto gemietet. Die Fahrt hinaus zum Hill of Tara dauerte weniger als eine Stunde. Lawn hatte viel über den berühmtesten Ort Irlands gelesen und war entzückt, als sich in ihrem Zeitplan plötzlich ein freier Vormittag auftat. Bis ins 11. Jahrhundert hinein war der Hill of Tara Sitz der Hochkönige gewesen, spirituelles Zentrum und Nabel der irisch-keltischen Welt. Tausend Jahre später gab es nicht mehr viel zu sehen, ein paar seltsame Hügel und die Reste eines Grabes aus der Steinzeit; dennoch hatte Siebeneisen den Eindruck, dass von dem Ort eine eigentümliche Ausstrahlung ausging. Sie waren über die Wiesen auf eine kleine Anhöhe gelaufen, während um sie herum die Krähen krächzten. Jetzt standen sie da oben und sahen über das grüne Land, und Siebeneisen versuchte, seine Gefühle in Worte zu fassen, aber irgendwie funktionierte das nicht, also ließ er es bleiben. Er war ja sowieso eher von der pragmatischen Sorte.

»Und dann? Was machen wir, wenn ich dir das liebliche Oer-Erkenschwick gezeigt habe? Also etwa anderthalb Stunden nach unserer Ankunft?«

Auf dem Weg hinaus zum Hill of Tara hatten sie vereinbart, dass sie zusammen mit Schatten und Wipperfürth nach Deutschland fliegen würden. Es gab viel zu erzählen, viel zu klären, viel abzurechnen. Außerdem musste ein Einmann-U-Boot ausprobiert werden, das würde ein großer Spaß werden. Und die eine oder andere Tipp-Kick-Partie wollte auch nachgeholt sein.

»Dann sollten wir uns um das hier kümmern.« Lawn ließ einen Schlüssel von ihrem Zeigefinger baumeln. Einen alten Schlüssel.

»Wofür ist der denn?«

»Erkennst du ihn nicht wieder?«

»Ehrlich gesagt: nein.«

»Das ist der aus der Schatulle unter meinen Holzdielen. Der von Gregory O'Shady.«

»Ah. Und? Was ist damit?«

»Ich bin davon überzeugt, dass die Yankees sein Vermögen nicht gefunden haben. Dass es noch da ist, irgendwo in meinem Haus. Deswegen erscheint seine Entität dort auch noch immer, das muss der Grund dafür sein. Ich glaube, dass dies hier der Schlüssel zu seinem Geld ist.«

»Hm. Könnte schon sein. Meinst du denn, die Suche lohnt sich? Glaubst du, dass er reich war?«

»Er hat sich in dem Brief an seine Frau ja selbst als gut situiert bezeichnet, erinnerst du dich? Und sein Vermögen hatte er in Gold angelegt. »Unser Gold ist in Sicherheit«, stand in dem Brief. Und wenn du dir anschaust, wie der Preis für Gold seitdem gestiegen ist, dann ...«

»... dann?«

»Was schätzt du? Na? Ich habe das mal hochgerechnet: Gold hatte bis zum Bürgerkrieg einen festen Preis, die Feinunze kostete etwas über zwanzig Dollar. Wenn Gregory damals ein Vermögen von, sagen wir mal: 20 000 Dollar besaß, was für einen Unternehmer wie ihn eher niedrig angesetzt ist, dann gehörten ihm also um die tausend Feinunzen Gold.«

»So weit bin ich mitgekommen. Und was ist so eine Feinunze jetzt wert?«

Lawn lächelte ihn an. Sie drückte ihm einen Kuss auf die Lippen, dann stand sie auf und ging den Hügel hinunter.

»Hey, warte auf mich!« Siebeneisen humpelte hinter ihr her.

Lawn blieb stehen und drehte sich zu ihm um. Sie lächelte noch immer.

»Als ich heute Morgen nachgeschaut haben, stand der Kurs bei 1 800 Dollar pro Feinunze. Kann aber natürlich sein, dass es mittlerweile ein paar Cent mehr oder weniger sind.«

Jetzt lächelte Lawn nicht länger, sondern lachte laut, als sie mit ausgebreiteten Armen und großen Schritten die Wiese Richtung Mietwagen hinunterlief, und wieder einmal dachte Siebeneisen, dass er noch nie etwas Schöneres gesehen hatte.

»Zwei Ihrer Besucher warten schon eine ganze Weile.« Seine Sekretärin half Nathan Ó Cinnéide aus dem Mantel. »Ich habe ihnen die Zeitungen gegeben und mir erlaubt, sie in Ihr Büro zu setzen… ich musste hier ja schließlich arbeiten.« Mary machte ihr »Sie haben ja keine Idee, was ich Ihnen alles wegschaffe«-Gesicht. Ó Cinnéide kannte die Miene. Mary setzte sie immer auf, wenn sie wegen einer Gehaltserhöhung vorsprach.

»Schon gut, kein Problem…« Ó Cinnéide konnte die beiden durch die geschlossene Tür debattieren hören, und die war aus Eichenholz. Er blieb einen Schritt vor ihr stehen und lauschte. Offenbar ging es um etwas, das in einer der Zeitungen stand. Er erkannte die Stimme des schnaufenden O'Shady.

»Es ist unglaublich, welche Zufälle es auf der Welt gibt! Da sucht man in der Mongolei fast tausend Jahre lang nach dem Grab von Dschinghis Khan, und dann findet es wer? Ein Tourist! Bei einem Reitausflug. Und merkt es nicht einmal!«

»Wie: Er merkt es nicht? Wie blöd kann man denn sein?«

»Hier steht, dass es sich um ein Hügelgrab handelt, das in der Landschaft nicht sonderlich auffiel. Zum Glück hat der Typ eine Grabbeilage mitgehen lassen, ein Amulett oder sowas, da stand… Moment: ›Grabwächter des Temüüdschin‹ stand da drauf. So haben sie das Grab gefunden.«

»Und jetzt?«

»Jetzt weiß man, wo Dschinghis Khan bestattet wurde.«

»Ich meine: Was passiert nun mit dem Grab?«

»Irgendein reicher Ausländer hat den Mongolen offensichtlich einen ziemlich hohen Geldbetrag in Aussicht gestellt. Jetzt soll da draußen in der Steppe ein Mausoleum entstehen und ein Geschichtszentrum.«

»Sinnvolle Geldanlage. Andere Leute bestellen sich ja lieber ein Einmann-U-Boot, mit dem sie dann demnächst im Halterner Stausee herumtauchen können.«

»Ich habe dieses Ding nicht bestellt! Was soll ich denn mit sowas? Die Sendung geht ungeöffnet zurück an den Absender!«

Draußen vor der Tür atmete Nathan Ó Cinnéide noch einmal tief durch. Nur die Ruhe, sagte er sich, nur die Ruhe. Dann öffnete er die Tür zu seinem Büro und trat ein.

53

Wegen eines unaufschiebbaren Zahnarztbesuches verspätete sich Liam O'Shady um mehr als eine Stunde, war aber dennoch nicht der letzte der O'Shadys, der in der Kanzlei von Nathan Ó Cinnéide eintraf: Finn Whitesail kam nochmals zwanzig Minuten nach ihm. Sie hörten ihn, noch bevor er das Büro betrat: Im Vorzimmer krachte und schepperte es, als sei soeben eine komplette Ritterrüstung auf das Eichenparkett gefallen. Man konnte Mary leise um Hilfe rufen hören.

»Klingt, als sei eine Ritterrüstung umgefallen«, bemerkte Schatten.

»Oder ein U-Boot auseinander«, erwiderte Wipperfürth.

Nathan Ó Cinnéide ignorierte den Radau auf der anderen Seite der Eichentür. In den letzten anderthalb Stunden hatte er gelernt, einiges von dem auszublenden, was um ihn herum passierte. Er vermutete, dass sein Blutdruck dennoch auf einen Wert von ungefähr 240/130 gestiegen war, seit er um Punkt zwölf die Tür zu seinem Büro geöffnet hatte, um den ersten der O'Shadys zu begrüßen. Und seinen Mitarbeiter, diesen Wipperfürth. Der Mann hatte augenblicklich ohne Punkt und Komma zu reden begonnen: Über Schnäppchenpreise für Flugtickets und einen unschlagbar günstigen Shuttle-Service vom Flughafen in Limerick (Limerick?), über Pakistani und Inder und irgendetwas über ein U-Boot, in dem der O'Shady neben ihm in einem Baggersee tauchen wollte. Nathan Ó Cinnéide wollte an dieser Stelle eine Zwischenfrage stellen, aber dann stand plötzlich Pat O'Shady in der Tür, und gleich nach ihm kamen die Nächsten. Damit er niemanden verwechselte, notierte sich der Notar hastig einige Stichworte auf der Namensliste, die er sich als Gedächtnisstütze angefertigt hatte:

Pat O'Shady: nach den Deutschen der Erste
Sheila O'Shady: Elbenkönigin »Herr der Ringe«
Connor O'Shady: 20 Pflaster
Kenneth O'Shady: Safari! Dunkel!
James: Eisberg
Finn: Hut
Liam: wg. OP stumm. Bergschrat.

Das waren die Erbberechtigten. Die anderen Namen hatte er etwas abgesetzt:
Wipperfürth: --
Siebeneisen: kann schlecht sitzen, humpelt.
Siebeneisen/Begleitung: interessante Lippen

Nathan Ó Cinnéide beschlich das merkwürdige Gefühl, all diese Personen schon einmal irgendwo gesehen zu haben. Hatte sein Unterbewusstsein ihm diesen Tag schon in Albträumen ausgemalt, an die er sich nicht erinnerte? In solchen von jener Sorte, die morgens nach dem Aufwachen in einem merkwürdig unangenehmen Gefühl nachhallten, ansonsten aber nicht greifbar sind?

Vor allem Liam O'Shady kam ihm merkwürdig bekannt vor. Ihm war, als hätte er vor kurzem jemanden gesehen, der ganz ähnlich ausschaute. Beim Golfspielen vielleicht? Auch Siebeneisen und seine Freundin weckten dieses Gefühl der Erinnerung in ihm, kein ausgeprägtes, eher ein kurzes Aufflackern. Die Frau schien etwas mysteriös zu sein. Während sich Ó Cinnéide mit den anderen unterhielt, rutschte sie auf Knien in seinem Büro herum und hielt die rechte Hand ausgestreckt über dem Teppich. Dann wollte sie wissen, ob er sich in seinem Büro manchmal so fühle, als sei er nicht allein im Raum.

»Ja. Jetzt gerade zum Beispiel. Wieso fragen Sie?«

»Ich finde hier einige thermische Abdrücke. Deswegen. Möglicherweise gibt es in diesem Raum Aktivitäten von Entitäten.«

»Aktivitäten von Entitäten? Sind Sie ein Medium oder so was?«

»Ich würde mich eher als Person mit gewissen Wahrnehmungsfähigkeiten bezeichnen.«

»So wie die in dem Film mit Dan Akroyd, wo am Ende das Michelin-Männchen durch Manhattan stapft?«

»*Ghostbusters*. In der Originalfassung war das der Marshmellow-Mann.«

So war das den ganzen Mittag über gegangen. Also exakt so, wie er es sich vorgestellt hatte. Ein Panoptikum wirrer Gestalten saß in seinem Büro und wartete darauf, dass er es zu Multimillionären machte. Nathan Ó Cinnéide zog das Schreiben aus der Innentasche seines Jacketts, legte es auf die lederne Unterlage auf seinem Schreibtisch und strich das Papier glatt. Er öffnete die oberste Schublade auf der rechten Seite des Tisches und nahm eine dünne Ledermappe heraus, in der ein weiteres, einzelnes Blatt lag. Claire O'Shadys letzter Wille war knapp formuliert. Knapp und eindeutig, dachte er, es hätte seiner Hilfe eigentlich nicht bedurft. Er überflog den Text noch einmal. Dann räusperte er sich.

»Meine Damen und Herren«, sprach Nathan Ó Cinnéide, »sehr geehrte Mitglieder der O'Shady-Familie, verehrte Freunde und Begleiter derselben.«

Er blickte seinen Besuchern in die Augen. Die O'Shadys saßen in einer Stuhlreihe vor seinem Schreibtisch. Sie kamen ihm etwas nervös vor, aber nicht übermäßig erregt. Das alles waren

Menschen, die in der rauen Welt da draußen klargekommen waren, dachte er, und die dort auch weiterhin zurechtkommen würden – wenn vielleicht auch auf andere Art und Weise, als sie es sich jetzt in diesem Moment hier dachten. Siebeneisen, dessen Freundin und dieser schreckliche Wipperfürth hatten es sich in der Sitzecke im hinteren Teil des Büros gemütlich gemacht. Wahrscheinlich waren sie davon ausgegangen, dass dieser Termin länger dauern würde, wenn er erst einmal begonnen hätte. Würde er aber nicht, dachte Ó Cinnéide. Würde er weiß Gott nicht.

54

(DONNERSTAGS IM FETTEN HECHT, ZWEI TAGE SPÄTER.)

Während Hartmut Engler, Gründer und Sänger der deutschsprachigen Popband Pur, irgendetwas von fliegenden Adlern sang, füllte Walburga eine große Schale mit Schattens Lieblingserdnusssorte. Es war donnerstags im Fetten Hecht, und gleich würden die Herren zum Tipp-Kick kommen. Und zum ersten Mal nach so langer Zeit wieder alle drei! Walburga war ein wenig aufgeregt. Sie nahm ihren kleinen Handstaubsauger und ging zum Tipp-Kick-Tisch hinüber, an einem Tag wie heute sollte kein Krümel das Spiel stören, oh nein, alles sollte perfekt sein. Siebeneisens neue Spielfigur hatte sie schon gegen die alte ausgetauscht; er hatte ihr das Päckchen gestern in den Briefkasten geworfen. Da sah man mal, wie viel Kind selbst noch in den größten Reisenden steckte, sinnierte Walburga. Da war ihr Siebeneisen einmal um die Welt geflogen und hatte zwischendurch doch an die Donnerstage im Fetten Hecht gedacht. Von einer richtigen Voodoo-Prinzessin hatte er die Figur bekommen! Bestimmt war der kleine Metallfußballer verzaubert. Dann würde Siebeneisen nie wieder gegen Wipperfürth verlieren, so wie früher immer. Ach, das würde ein schöner Abend werden!

Walburga sah sich um im Fetten Hecht. Was fehlte noch? Ein paar Flaschen Bier sollten noch in den Kühlschrank. Und die Musik müsste sie leiser stellen, ihre Lieblingsband kam bei den drei Herren ja nicht sonderlich gut an. Vielleicht sollte sie besser gleich die CD von Louis Armstrong auflegen, die mit den Hot Five, die mochte Siebeneisen besonders. Was musste der alles erlebt haben! Bestimmt würde er viel erzählen. Wenn Wipperfürth ihn zu Wort kommen ließ. Walburga drehte vor Aufregung und Freude eine kleine Pirouette auf den erdfarbenen Fliesen. Dann wartete sie auf Schattens Schnaufen und Wipperfürths Stimme.

55

(NOCHMAL IN DUBLIN, ZWEI TAGE ZUVOR.)

»Wir sind hier zusammengekommen, um den Nachlass der verstorbenen Claire O'Shady zu regeln«, fuhr Ó Cinnéide fort.

»Die Voraussetzungen sind Ihnen alle bekannt: Nur bei vollständigem Erscheinen der Erbberechtigten und bei Zustimmung jedes Einzelnen soll das Vermögen der Verstorbenen auf Sie aufgeteilt werden. Mr Pat O'Shady hat mir im Vorfeld unseres Termins bereits mitgeteilt… «

»Nein!« Hinten in der Sitzecke war Wipperfürth wie von der Tarantel gestochen aus seinem Ledersessel geschossen. Siebeneisen und seine Freundin hielten ihn fest.

»… hat mir im Vorfeld des Termins bereits mitgeteilt, dass…«

Ó Cinnéide hatte sich fest vorgenommen, sich nicht unterbrechen zu lassen. Auch nicht von der sehr geräuschvollen Schnappatmung, die jetzt bei Seamus Brothaigh Donnchadh O'Shady direkt vor ihm eingesetzt hatte.

»… dass er seinen Anteil des Erbes annehmen werde, den kompletten Geldbetrag aber direkt auf das Konto einer von ihm gegründeten Stiftung zur Bewahrung des Erbes von Dschinghis Khan überwiesen haben möchte. Was natürlich möglich wäre.«

Ó Cinnéide schaute in die Runde. Seamus Brothaigh Donnchadh O'Shady schien ein Felsbrocken vom Herzen gefallen zu sein. Er atmete schlagartig ruhiger. Von seiner Nase löste sich ein Schweißtropfen und landete ein Stück weiter unten, wo sich das Hemd über den gewaltigen Bauch spannte. Für einen Moment glaubte der Notar, der Tropfen werde von dort wie von einem Trampolin in seine Richtung geschleudert werden, aber dann zog er dann doch ziemlich schnell in den Stoff ein. Hinter der Schulter des O'Shady aus Deutschland sah er, wie Wipperfürth mit den Fingern seiner ausgestreckten rechten Hand ein Victory-Zeichen formte.

»So weit, so gut...« Ó Cinnéide hatte seinen Faden verloren. Er schaute auf den Brief, den er am Vortag erhalten hatte. Was wollte er als Nächstes sagen? Warum brachte es nicht einfach hinter sich?

»Ich muss Ihnen allerdings mitteilen, dass mit Eintreffen dieses Schreibens gestern Abend eine Veränderung der Situation eingetreten ist.« Zu Untermalung seiner Worte hielt er den Brief kurz in die Luft, als sei er ein römischer Senator und habe soeben schlechte Nachrichten aus Karthago erhalten.

»Ich will es kurz machen: Sie sind nicht vollzählig. Matthew O'Shady, den die indischen Behörden vor mehreren Monaten offiziell für tot erklärt haben, lebt. Er ist vor zwei Tagen aus einer sechsmonatigen Meditation erwacht. Leider haben wir ihn verpasst. Nach Angaben der Tempelverwaltung hat er sich auf eine Pilgerwanderung nach Nordindien begeben.«

Das war's, dachte Nathan Ó Cinnéide. Für einen Moment lauschte er seinen Worten hinterher, wie sie sich aufmachten auf ihren Weg über die Schreibtischplatte, hinein in sein Büro, hinein in die Stille, hinein in das Schweigen. Zum wer weiß wievielten Male an diesem Tag versuchte er, tief durchzuatmen. Nun funktionierte es. Es war, als habe sich eine eiserne Klammer um seinen Brustkorb geöffnet, als sei ihm ein Gitter von der Seele genommen – als hätten ihm die gnädigen Götter soeben mal flugs ein neues Leben geschenkt. Einen Moment ließ er noch verstreichen. Dann hob der Notar und Nachlassverwalter sehr, sehr langsam den Kopf und sah den O'Shadys vor ihm in die Augen.

Das heißt: Er wollte ihnen in die Augen sehen. Die O'Shadys allerdings sahen ihn nicht an. Alle acht hatten sich in ihren Stühlen umgedreht und schauten nach hinten.

Zur Sitzecke.

Zu Siebeneisen.

EPILOG

(DONNERSTAGS IM FETTEN HECHT, DREI WOCHEN SPÄTER.)

»Aber dann müsste er in Eriwan, Kiew und Nowgorod die Maschine wechseln. Und hätte in Delhi auch nur eine knappe Stunde, um vom Internationalen Flughafen zu dem für die Inlandsflüge zu kommen…«

»Eine knappe Stunde? Das schafft man locker. Überhaupt kein Problem.«

»Glaubst du wirklich? Ich fürchte, das könnte eng werden. Die beiden Flughäfen liegen fast 20 Kilometer auseinander. Er muss sich ja auch um sein Gepäck kümmern. Und wenn er den Anschluss verpasst, fallen wahrscheinlich Umbuchungsgebühren an. Wie war noch die andere Verbindung, die du gefunden hattest?«

»Mit Masala Airlines. Mit denen wäre er über Baku und Peshawar in nicht mal 44 Stunden in Delhi. Von dort bis nach Rishikesh sind es dann nur nochmal drei mit einer kleinen Propellermaschine. Allerdings müsste er in Delhi übernachten, am gleichen Tag gibt es keine Verbindung mehr. Das Ticket wäre aber auch fast 200 Euro preiswerter als das andere.«

»Im Ernst? Dann sollten wir das buchen. Ein Hotelzimmer in Delhi kostet ja wohl nicht die Welt, da finden wir bestimmt eine kleine, einfache Pension irgendwo nahe beim Flughafen. Er soll einfach ein paar von seinen gelben Magazinen einstecken, damit er was zu lesen hat. Mit der richtigen Lektüre vergeht so ein Flug doch wie im Flug.«

Wipperfürth und Schatten standen am Tipp-Kick-Tisch im Fetten Hecht, dessen Spielfeld unter mehreren Lagen Landkarten, Reiseführern, Flugplänen und Broschürensammlungen des Indischen Fremdenverkehrsamtes begraben war. Weil die beiden sämtliche Partien seit Siebeneisens Rückkehr haushoch verloren hatten, wurde donnerstags im Fetten Hecht kein Tipp-Kick mehr gespielt. Zumindest vorerst. Stattdessen hatten Schatten und Wipperfürth mit der Feinplanung für Siebeneisens Reise nach Indien begonnen, wo er den letzten, dieses Mal aber wirklich allerletzten noch fehlenden Erben ausfindig machen sollte.

Walburga hatte ihnen zwei weitere Flaschen Bier gebracht und dabei einen Blick auf die große Landkarte geworfen, die ganz oben auf den Papieren lag. In der hatte Schatten die vermutete Route von Matthew O'Shady eingetragen: Sie führte aus Delhi nach Norden, allerdings nicht entlang einer der Hauptstraßen, sondern in schlingernden Kurven, auf denen alle fünf oder sechs Milimeter eine Stelle mit einem Kugelschreiber-Kreuz markiert war. Schatten und Wipperfürth vermuteten, dass der Guru auf seiner Pilgerschaft keine einzige der vielen heiligen Hindu-Stätten auslassen würde. Deswegen der Schlingerkurs. Deswegen die Kugelschreiber-Kreuze. Auf der Karte sah es so aus, als habe sich O'Shady in den Wochen seit seinem Aufbruch wie eine beschwippste Biene voranbewegt. Offenbar befand er sich im Moment nicht mehr als 20 oder 25 Kilometer Luftlinie von seinem Ashram entfernt. Schatten und Wipperfürth waren sich sicher, dass Siebeneisen ihn unmittelbar nach seiner Ankunft in Indien aufgestöbert haben würde.

Und Siebeneisen? War ebenfalls im Fetten Hecht. Er saß an einem Tisch etwas abseits, sah sich Fotos an und versuchte, die Diskussionen zwischen Schatten und Wipperfürth so weit wie möglich auszublenden. Seinen Plan, zusammen mit Lawn nach New Orleans zu reisen, hatte er geändert, als klar geworden war, dass es einen achten Erben gab. Nach einigen Tagen Sightseeing in Oer-Erkenschwick war Lawn in die USA vorausgeflogen, um sich möglichst schnell um eine inflationäre Zahl an Aufträgen zu kümmern: Offenbar hatten die Entitäten Louisianas ihre Abwesenheit genutzt, um ordentlich auf den Putz zu hauen.

Von ihren ersten Einsätzen nach der Auszeit hatte sie Siebeneisen etliche Fotos gemailt. Auf den Aufnahmen waren leere Flure, leere Zimmer und leere Säle in diversen Herrenhäusern am Mississippi zu sehen, sonst nichts – obwohl er nun schon seit etlichen Minuten versuchte, irgendeine Ungereimtheit zu entdecken, fiel Siebeneisen nichts Ungewöhnliches auf. Er nahm sich ein weiteres Foto und betrachtete eine leicht dunklere Stelle auf einem Treppenabsatz. Lawns Meinung nach handelte es sich dabei um eine Entität, einen Vorarbeiter der Baumwollplantage, die zu dem Landsitz gehört hatte. Siebeneisen hielt die Aufnahme direkt unter die Lampe. Da war nichts, überhaupt nichts. Er legte das Foto zu den anderen und ließ sich von Walburga eine Flasche Bier bringen.

Siebeneisen hatte schlechte Laune. Seit Tagen schon. Im Grunde hatte er schlechte Laune, seit er zurück in Oer-Erkenschwick war. Natürlich hatte er sich sehr gefreut, alle und alles wiederzusehen, Walburga, seine Wohnung, den Fetten Hecht, aber merkwürdigerweise hatte diese Freude nur kurz angehalten. Nach zwei Nächten in seinem eigenen Bett kam es ihm vor, als habe er niemals woanders übernachtet. In der Redaktion gab es zuerst ein großes Hallo, einen Tag später hatten sie ihn zur Bauaufsichtsratsitzung geschickt, 120 Zeilen, Redaktionsschluss 22.30 Uhr. Nach drei Tagen war es, als sei er niemals fort gewesen. Leider fühlte es sich auch so an.

Es war schon seltsam, sinnierte er: Monatelang hatte er sich nichts sehnlicher gewünscht, als endlich nach Hause zu kommen. Jetzt war er zu Hause und ertappte sich immer häufiger bei dem Gedanken, wie es wohl wäre, wenn er wieder unterwegs sein würde. Interessanterweise kamen ihm die vergangenen Monate auch überhaupt nicht mehr schlimm vor. Ein wenig anstrengend, ja gut, das bestimmt, aber schlimm? Er trank von seinem Bier. Odysseus kam ihm in den Sinn: Der war ja auch endlos lange unterwegs, und als er zurück auf Ithaka war, hatte er garantiert ganz bald schon wieder Hummeln im Hintern. Wahrscheinlich lag er auf seinem Sofa, trank Rotwein und schwärmte Penelope vor, was das unterm Strich dann doch für ein klasse Trip gewesen sei, seine Odyssee. Die Gefahren! Die Tollkühnheit! Die Abenteuer! Siebeneisen seufzte leise. Und stellte fest, dass er den Duft von Räucherstäbchen in der Nase hatte. Und noch etwas anderes, Intensiveres, etwas, das ihn an Pinguine erinnerte. Fernweh, dachte er. Du Idiot hast tatsächlich Fernweh.

Er unterbrach seinen Gedankengang und konzentrierte sich auf das Gespräch zwischen Schatten und Wipperfürth. Es schien um eine Zugverbindung in Rajasthan zu gehen, für die man auf der Internetseite eines Unternehmens in Kalkutta sehr preisgünstige Dritte-Klasse-Tickets reservieren konnte. Siebeneisen nahm einen großen Schluck aus der Bierflasche und zwinkerte Walburga zu, die gerade neue Erdnüsse brachte. Dann stand er auf und ging hinüber zum Tipp-Kick-Tisch.

»Na, wie weit seid ihr?«